La memoria

1273

DELLO STESSO AUTORE
in questa collana

Pista nera
La costola di Adamo
Non è stagione
Era di maggio
Cinque indagini romane per Rocco Schiavone
7-7-2007
La giostra dei criceti
Pulvis et umbra
L'anello mancante. Cinque indagini di Rocco Schiavone
Fate il vostro gioco
Rien ne va plus
Ah l'amore l'amore
Gli ultimi giorni di quiete
Vecchie conoscenze
Le ossa parlano
La mala erba

nella collana «Il divano»

Sull'orlo del precipizio
Ogni riferimento è puramente casuale

Antonio Manzini

ELP

Sellerio editore
Palermo

2023 giugno seconda edizione

Questo volume è stato stampato su carta Arena Ivory Smooth prodotta dalle Cartiere Fedrigoni con materie prime provenienti da gestione forestale sostenibile.

Manzini, Antonio <1964>

ELP / Antonio Manzini. - Palermo: Sellerio, 2023.
(La memoria ; 1273)
EAN 978-88-389-4549-6
853.92 CDD-23

CIP - *Biblioteca centrale della Regione siciliana «Alberto Bombace»*

ELP

AI LETTORI

Sono passati dieci anni dall'uscita di Pista nera, *il primo libro con protagonista Rocco Schiavone. Dieci anni intensi che richiedono, da parte mia, un doveroso tentativo di ringraziamento*

Lunedì

I giorni scivolavano come macchie d'olio sull'acqua, grigi e uguali, la primavera non si affacciava e l'inverno aveva lasciato il posto ad un velo di pioggia. A passo veloce, col bavero del loden rialzato seguito da Lupa che gli trotterellava a fianco, Rocco Schiavone attraversava la piazza diretto al bar centrale. Qualcuno, lontano, scandiva slogan in un megafono. I muri dei palazzi e il selciato bagnato rimandavano l'eco dei tamburi. Il vicequestore afferrava poche parole: «Tempo...», «Pianeta...», «Futuro...».

Entrò nel bar, Ettore stava mettendo in ordine i tavolini. «Una bella giornata, giusto, dottor Schiavone?».

«Se uno è un fungo... Me lo fai un caffè?».

«Comandi». Ettore girò intorno al bancone per piazzarsi di fronte alla Faema.

«Ma questo casino che si sente?».

«Curioso che lei della questura lo chieda a me che gestisco un bar».

«Che vuoi dire?».

«Sono in piazza, davanti alla Regione».

«Chi?».

«I dimostranti. Non lo sapeva?».

«Non leggo circolari».

«E fa male. Sono mica pochi, sa?».

«Che chiedono?».

«Sono tutti ambientalisti. Le solite cose. Pianeta pulito, rispetto per la terra, basta chimica sulle colture... Oggi manifestano in tutta Italia, è la giornata del pianeta pulito», e posò la tazzina davanti a Rocco. «Dottor Schiavone, io sono d'accordo con loro. Lo sa però cosa mi rattrista?».

«Guardarti ogni mattina allo specchio?».

«Anche. È che se lei va a dare un'occhiata, sono tutti giovani».

Rocco schioccò le labbra. «Buono il caffè, grazie». Poggiò una moneta da 2 euro.

«Sono i giovani che dimostrano» continuò Ettore, «i vecchi hanno la coda di paglia, si vergognano di scendere in piazza, eppure il pianeta è di tutti!».

«Caro Ettore, i vecchi hanno fatto i danni. Dovremmo andare lì a batterci il petto chiedendo scusa. Aggiungi poi che i vecchi sanno sempre tutto e hanno l'entusiasmo di una lapide».

Ettore scosse la testa. «Non lo so, però qui bisogna agire in qualche modo».

«E sentiamo, hai un'idea?».

«Be', la differenziata».

«Va bene, Ettore, poi?».

«Smettiamo di usare le automobili, diminuiamo i voli aerei...».

«Ettore, c'è un solo modo per recuperare il pianeta. Far sparire l'uomo».

«Una soluzione meno drastica?».

«No. Ecco, m'hai fatto anda' il caffè in acido, Ettore».

«Anche lei mi ha illuminato la giornata con la sua allegria contagiosa».

«Fottiti».

«E buona giornata anche a lei».

«Andiamo Lupa!». La cucciola sguisciò da sotto il tavolino. «Ah, a proposito. Come sta la figlia di Lupa?».

Ettore aveva preso uno dei tre cuccioli di Lupa, Porzia. «Sta benissimo. È bellissima, obbedisce e mangia per tre. Mia moglie non riesce a staccarsi. Ovvio, dorme sul letto».

«È cattiva?».

«Una peste».

«Baciamela per tre ore consecutive appena torni a casa».

«Lo consideri cosa fatta».

Rocco gli sorrise e uscì. «Sentito, Lupa? Tua figlia sta benone ed è una peste». Come se avesse capito, quella abbaiò. Ma ce l'aveva con un molosso al guinzaglio dall'altra parte della strada. «Lascialo perde Lupa, lo vedi tranquillo e pacioso, ma quello mena!». Lupa uggiolò. «No, direi che manco ce poi fa' i cuccioli. L'hai appena sfornati, di che parli?». Scosse il capo. «Me mancava la cagna zoccola...» mormorò.

Era diretto verso la questura, poi ci ripensò e tornò sui suoi passi. Voleva andare a vedere da vicino.

La piazza davanti al palazzo della Regione era gremita di gente. Striscioni riportavano scritte di protesta, alcune incomprensibili come quella che campeggiava vicino alla grande aiuola e che recitava: «10, 100, 1.000 polli!». Molti manifestanti avevano il viso colorato di verde, non sorridevano. Erano seri, arrabbiati, i vestiti e i visi bagnati dalla pioggia e, come aveva notato Ettore, giovani. Tamburi e percussioni scandivano gli slogan: «Non c'è un piano B. Non c'è un piano B».

Vide parecchi agenti della questura, anche due suoi uomini, Deruta e D'Intino, che lo salutarono al riparo dalla pioggerellina che continuava a cadere da ore.

«Ci – avete – rotto – i polmoni! Ci – avete – rotto – i polmoni!».

Cartelli del WWF, Comitato SOLE, Rete degli studenti. Rocco si sorprese quando s'accorse che sul volto gli era affiorato un sorriso. Sotto un cielo grigio e la nebbia di acqua e umidità, i colori dei dimostranti accendevano la luce rarefatta del mattino. Qualcuno ballava, chi mangiava una brioche, chi fumava, chi si baciava.

Erano tutti belli. Se avesse avuto un figlio con Marina, a quest'ora l'avrebbe ritrovato lì in mezzo agli altri con un megafono? No, perché lui sarebbe stato più attento, la vita non gli sarebbe scivolata via come quei giorni inutili di aprile, Marina ancora accanto a lui, e se suo figlio o sua figlia avesse partecipato oggi alla dimostrazione per l'ambiente l'avrebbe fatto davanti a qualche ministero, a Roma. Ma una figlia lui non l'aveva e al futuro non ci pensava mai, perché il futuro e Rocco s'erano separati dal 7 luglio del 2007, il giorno che Marina aveva chiuso gli occhi sul mondo. «Il futuro non esiste perché appena lo vivi diventa passato» gli aveva detto una volta qualcuno, o forse lo aveva letto su un muro o magari l'aveva pensato lui durante una notte insonne.

Si accese una sigaretta e lasciò la piazza, accompagnato dai cori e dagli slogan, con le spalle pesanti, difficili da tenere dritte.

Arrivò in questura col passo indolente di chi è in pensione da qualche anno. Quasi si scontrò con Caterina che invece usciva di corsa accompagnata da un suo collega, Bruschi, quello che Rocco aveva ribattezzato *gnu dalla barba* e che ad uno gnu somigliava davvero, e altri due agenti che il vicequestore non conosceva. I quattro poliziotti salirono sulle macchine, Caterina gli rivolse l'abbozzo di un sorriso da dietro il finestrino, poi le auto schizzarono verso il centro. Dovevano aver sostituito la ditta appaltatrice delle pulizie perché in questura da qualche giorno era cambiato l'odore. Non più limone chimico ma lavanda, amara, che aggrediva narici e stomaco. Anche Lupa sembrava schifata e cercava di tenere il tartufo del naso più in alto possibile. «Buongiorno dottore...» lo salutò un poliziotto di cui non ricordava il nome. Salì le scale e arrivò al suo piano. Si soffermò davanti al cartellone delle rotture di coglioni, prese il pennarello e ne aggiunse una nuova all'ottavo livello: gli ignavi, quelli che non prendono una posizione e si girano dall'altra parte.

Si affacciò nella sala degli agenti, c'era solo Antonio Scipioni con gli occhi puntati sul monitor del computer e un sorrisetto sulle labbra. Alzò lo sguardo. «Buongiorno, Rocco» mormorò.

«Chi dei nostri sta alla manifestazione oltre a Deruta e D'Intino?».

«Solo loro».

«Casella?».

«Oggi ha un permesso di qualche ora. Analisi all'ospedale».

«Ma che guardi?».

«Vieni a dare un'occhiata».

Rocco si avvicinò al monitor. Le immagini erano quelle di un'autostrada bloccata da migliaia di polli che razzolavano fra il guardrail e la corsia d'emergenza. «Che film è?» chiese Rocco.

«Non è un film. È successo stamattina all'alba vicino Modena... ne hanno liberati migliaia che hanno bloccato il traffico verso il Brennero. Ne stanno parlando tutti in televisione».

Si incantò a osservare quei pennuti scorrazzanti, così numerosi da coprire il manto stradale mentre decine di uomini cercavano di recuperarli per infilarli dentro gabbie e ceste. Poi gli tornò in mente la scritta sui 1.000 polli in piazza.

«Sono quattro ore che è tutto bloccato» aggiunse Antonio.

«Anche questa è una protesta ecologista?».

«Direi. La vittima è un allevatore che tiene questi animali come in un campo di concentramento. Vuoi vedere?». Antonio fece sparire le immagini comiche e apocalittiche allo stesso tempo e mostrò sul monitor fotografie di polli stipati in gabbie di ferro; ce n'erano a perdita d'occhio, privi di spazio vitale, cercavano di alzare la testa per guardarsi intorno e scorgere solo altri polli e il tetto giallastro del capannone industriale. «Ecco, li hanno liberati da qui».

«Ma poi la gente se li magna pure» disse Rocco scuotendo la testa.

«Perché tu no?».

«No» disse Rocco con un sorriso al viceispettore. «Io no. Si sa chi è stato?».

«Niente. Magari ora è davanti al palazzo della Regione a protestare. Ma fa il paio con quello che è successo due notti fa, secondo me». Antonio si accese una sigaretta.

«Cosa?».

«Quando hanno liberato i visoni dall'allevamento illegale dalle parti di Trento. Un migliaio circa. Ora staranno scorrazzando per i boschi alpini».

«Gli è andata meglio. Mi fai rivedere le immagini dell'autostrada?».

Restò incantato per tre minuti. «Se lo vedono gli americani ci girano un film...».

«L'hanno già fatto, tipo *Galline in fuga...*» lo avvertì Antonio.

«Vabbè, tutto 'sto casino non riguarda la nostra questura, quindi vado in ufficio e non bussare».

«Mai» fece Antonio.

Lupa si catapultò sul divanetto di pelle per riacchiappare il sonno lasciato a casa. Rocco con la chiave aprì il cassetto e prelevò la prima canna della giornata già rollata. L'accese e allungò le gambe. Alla prima boccata guardò fuori dalla finestra le montagne e il cielo lattiginoso. Ripensò alle galline. Era un'idea magnifica. A quando le mucche? Maiali? Pecore? Immaginò l'intera rete autostradale invasa da animali da cortile. Tacchini, conigli, anche struzzi. Ma per compiere un atto come quello dei polli non basta volerlo, pensò, bisogna essere organizzati, avere del denaro. Si era già convinto non fosse una ragazzata, una protesta goliardica ben indirizzata. Quando spense lo spinello era certo che una rivendicazione prima o poi sarebbe arrivata. L'avrebbe prodotta lui stesso, magari, pur di spezzare la noia e l'inazione che gli stava deteriorando il sistema nervoso.

L'occhio destro ammaccato, viola, una prugna matura, ma la donna seduta davanti alla stufa a pellet spenta si sforzava di sorridere e continuava a dondolare la carrozzina. Il neonato dormiva, sembrava sereno con mezza testa nascosta da un cappellino azzurro e l'altra metà sotto una copertina costellata di orsacchiotti rosa. Monica Novailloz fingeva di sentirsi a proprio agio davanti ai quattro agenti di polizia in piedi nel saloncino di casa sua. Caterina osservava la stanza. C'era una credenza con dentro dei bicchieri, piatti e ciotole di ceramica; all'unica finestra mancava un riquadro di vetro in basso, il tavolo era occupato da biberon, sonaglini e pannolini. La padrona di casa sedeva su un vecchio baule rosso coi fiori gialli sul quale aveva sistemato due cuscini marocchini; la porta che dava nella camera da letto aveva la maniglia divelta. «Signora Novailloz, se come dice lei è tutto a posto, perché la sua vicina ci ha telefonato mezz'ora fa in preda al panico?» chiese l'ispettrice. «*Si ammazzano!*, urlava al telefono».

«Ma cosa vuole, tenente...».

«Non ci sono tenenti in polizia. Io sono ispettrice».

«Scusi. Sono abituata con mio padre. Lui era alpino. Non è successo niente. Un litigio come altri. Ogni tanto fra marito e moglie può accadere, no?».

Caterina guardò i colleghi. Maurizio Bruschi prese la parola. «E l'occhio?».

«Questo?» disse Monica Novailloz sfiorandolo appena come se solo in quel momento se ne fosse accorta. «Ma questa è una botta di tre giorni fa. Lo sportello della credenza in cucina. Quando si ha un bimbo in casa si ha solo tempo di non avere tempo». Sorrise, soddisfatta della sua battuta. Caterina si alzò avvicinandosi alla finestra. Dal riquadro mancante penetrava aria umida. «Dov'è suo marito ora? Vorremmo parlare con lui».

«A quest'ora sarà al lavoro».

«E sarebbe?» insisté Caterina.

«Ah sì, certo. Roberto lavora all'officina Crampi, al 13 località Grande Charrière. Fa il carrozziere».

«È sua l'officina?».

«No, è del marito di sua sorella, del cognato».

Caterina guardò i colleghi. «È mio dovere informarla che questa nostra presenza qui, in casa sua, ha valore di denuncia. Nel caso dovessimo essere ricontattati potremo, dove lo riterremo necessario, passare alle vie di fatto».

«Non ho capito» disse Monica.

«Se torniamo, a suo marito lo sbattiamo dentro» spiegò aggressivo l'agente Bruschi. «La legge ce lo permette, è il nuovo protocollo. Le è chiaro?».

Monica rise a bocca chiusa, cacciando l'aria dal naso e facendo il rumore di un irrigatore automatico da giardino. «Arrestare? E per cosa? Roberto è l'uomo più buono del mondo, mi creda, agente. Ha cura della sua famiglia, di nostra figlia e di me. Parlerò con la vicina e le spiegherò che è tutto in ordine».

Caterina si morse le labbra. Fece un cenno ai colleghi che capirono e uscirono rapidi dall'appartamento. Prese una sedia e la portò davanti al baule dove sedeva Monica. «Senti, ora siamo sole. Lo so che menti. Hai paura, sei scossa, ti senti sola. Non è così. Ci siamo noi accanto a te, e abbiamo posti dove...».

«Ma di che parla? Lei sta prendendo un abbaglio, ispettrice. Qui va tutto bene. Io e mio marito ci amiamo, tanto, e faremo un secondo bambino. O bambina, dipende da come si incroceranno le ics e le ipsilon», e rise ancora.

«Lasciami il numero di tuo marito».

In strada Caterina raggiunse gli altri. «Mente» le disse Bruschi convinto mentre cercava un indirizzo sul cellulare.

«Sì. È terrorizzata. Mi sono avvicinata alla finestra e sotto gli anfibi ho sentito i vetri. Ci sono frammenti dappertutto, quella finestra s'è rotta stamattina, non ha fatto in tempo a pulire per bene».

«Né a rappezzarla con un cartone» aggiunse Bruschi.

«Dobbiamo stare con gli occhi aperti» disse Caterina ai colleghi, che annuirono. «Io lo chiamo», e digitò il numero di Roberto Novailloz. Rispose al quinto squillo. «Chi è?».

«Questura di Aosta. Parlo con Roberto Novailloz?».

«Sì. Che succede?».

«Abbiamo bisogno di vederla».

«In relazione a...?».

«Sua moglie. Dove si trova adesso?».

«Sono vicino Milano, per dei ricambi di una macchina che abbiamo in riparazione».

Caterina sbuffò. «Appena in città la voglio in questura».

«Ma il motivo?».

«C'è qualcosa che non va fra lei e la signora. Quindi, le ripeto, venga in questura».

«Cos'è che non va? Mica si sarà inventata la solita storia dei litigi? È la vicina, vero?».

«Ne parliamo in questura, signor Novailloz», e chiuse la telefonata. «Stronzo vigliacco!» ringhiò. Poi risalì in auto sbattendo lo sportello. Prima di infilare la strada principale, Caterina alzò lo sguardo e vide Monica Novailloz alla finestra. Il sorriso sparito, il viso era una maschera di dolore e solitudine.

Caterina attraversò di fretta l'atrio della questura per arrivare alle scale. Era pallida, i capelli spettinati, gli occhi spiritati puntati sul pavimento. «Cateri'?» si sentì chiamare dal pianerottolo. Si voltò. Era la sostituta commissaria Michela Gambino che beveva da una borraccia di alluminio. «Ciao Michela...».

«Che hai?».

«Niente...».

«Niente una minchia. Dai beviamoci una cosa e parlamene», e le allungò la borraccia. «Che è?».

«Acqua».

Caterina sorrise. «Pensavo mi stessi invitando al bar».

«Per prendere cosa? Un caffè? Vuoi che ti descriva i processi di tostatura del caffè, così ti passa la voglia? Questa è acqua che io stessa ho analizzato. Puoi bere tranquilla...».

Caterina eseguì, più per non contraddire Michela che per sete. «Allora, non mi piace il tuo sguardo, ispettrice Rispoli».

«Siamo alle solite. Lei non denuncia il marito che la massacra, la minaccia e la violenta. Paura? Sconforto?».

Michela sbuffò. «Sono stata a un convegno dove una ricercatrice francese dimostrava che molte donne vittime sono convinte di essere nel torto, di meritare la punizione che il marito infligge loro». Anche Michela bevve un sorso d'acqua. «Buona... ancora troppo calcarea ma buona. Dicevo, è difficile scuotersi migliaia di anni dalla schiena».

«Sì, ma questa è la cronaca di una morte annunciata» disse Rispoli guardando la collega negli occhi. «Lo leggeremo sul giornale quando sarà troppo tardi».

«Come puoi evitarlo se lei non ci dà una mano?».

Caterina scosse la testa. «Questo è il punto. E sai quanti casi ho qui ad Aosta? Dodici! Sono tanti, e noi siamo in quattro. Mica possiamo controllare la situazione e monitorarla ogni giorno a tutte le ore!».

«No, non puoi. Bisognerebbe prevenire» disse pensosa Michela.

«E come? Per prevenire la violenza, io ho bisogno che la vittima mi apra la porta oppure mi servono due cose: soldi e uomini, se mi spiego...».

«Alla perfezione. E a proposito di prevenzione, voglio che ti fai le analisi del sangue. Hai un colore alla sclera che non mi piace. Rifletterò sul tuo problema e ti saprò dire, chissà che non mi venga in mente una soluzione». Le carezzò la spalla e scese le scale. Caterina la ringraziò con un sorriso e prese a salire i gradini. Rocco era poggiato alla balaustra. Aveva ascoltato la conversazione. «A frequentare troppo la Gambino si rischia, lo sai?».

«Ce ne fossero» rispose Caterina raggiungendo il piano.

«Posso fare qualcosa per te?».

«No, Rocco, niente».

«In ufficio da me è calma piatta. Ho gli uomini che si stanno impigrendo. Vuoi parlarmi di questa cronaca di una morte annunciata? Così, da collega a collega?».

«Mi prometti che non reagisci?».

«Giuro!» rispose Rocco. «Magari aiuto a prevenire».

Nenè sosteneva di essersi trasferito in Valle l'anno prima per lavorare all'ufficio postale di Pont-Saint-Martin. E sosteneva anche che da due mesi si era preso l'aspettativa per portare a termine un suo progetto, il sogno della sua vita, del quale però nessuno sapeva niente. Sosteneva pure, Nenè, che purtroppo lo stipendio non gli bastava per pagare un affitto, quindi aveva chiesto e ottenuto dall'agente Domenico D'Intino l'ospitalità sulla poltrona letto della sua mansarda, 28 metri quadrati, che non affacciava su niente perché le finestre erano a un metro e novanta di altezza e dunque per guardare il cielo bisognava arrampicarsi su una scaletta. Era un posto angusto, se si aggiungevano poi le falde del tetto oblique che mangiavano altri metri quadrati, c'era spazio per muoversi solo se accucciati o in ginocchio. La poltrona letto prestata generosamente all'amico era infilata in un angolo, il divano letto di Domenico D'Intino in quello opposto. Il bagno era stato studiato alla perfezione. La doccia finiva sul water, il che comportava almeno due vantaggi, secondo D'Intino. Il primo era che lavandosi con la tavoletta tirata si risparmiava poi la sgrassatura della tazza. Il secondo era riuscire a far coincidere al mattino defecazione o minzione con il lavaggio del corpo guadagnando così almeno un paio di minuti sulla tabella di marcia.

Il bidet non c'era, ma i francesi ne fanno a meno da sempre, così aveva dichiarato il padrone di casa e D'Intino, più per piaggeria che per reale conoscenza, aveva annuito convinto, e il lavandino grande come il beverino di un box per cavalli era incistato in un angolo dietro la porta. La cucina era affare più complesso. C'era un fornelletto elettrico ad una sola piastra e un lavandino. Il tavolo era agganciato alla parete con due stop. Quando serviva, bisognava chiudere la poltrona letto, togliere i due sgabelli e trascinare il comodino porta magliette e calzini nel bagno. Una serie di mensole basse e inaccessibili serviva per stipare tre pentole, il cibo e sorreggere una scatola delle scarpe che conteneva posate, apribottiglie e pelapatate. Il frigo era posizionato su una tavola di legno munita di rotelle, perché doveva essere mobile, deambulare per casa a seconda delle esigenze. Per esempio, quando D'Intino apriva il suo divano letto a una piazza per il riposo notturno, allora il frigo veniva trascinato e attaccato alla porta di casa. Questo significava che Nenè non poteva tornare a dormire in un secondo momento, perché con D'Intino sotto le coperte e il frigo contro l'uscio era impossibile entrare nella mansarda. La mattina, una volta in piedi, chiuso il divano letto, si poteva riportare l'elettrodomestico al centro della stanza e tutti i movimenti dovevano essere compiuti intorno a quel monolite bianco. Solo alla fine delle abluzioni e del vestimento, il frigidaire poteva essere riposizionato addosso alla porta del bagno che, va da sé, non era più utilizzabile, a meno che non si fosse riportato il mostro al centro della stanza. Un paio di mattine D'Intino aveva dimenticato Nenè defecante sotto la doccia ed era uscito di casa intrappolando così il suo amico e paesano di Mozzagrogna per tutto il giorno nella toilette. Per evitare il ripetersi di una simile iattura, decisero di portarsi sempre in bagno il cellulare.

Nenè era più basso di Mimmo di una ventina di centimetri e in quella mansarda si trovava benone. Dividevano la spesa e la sera si raccontavano la giornata come una coppia di fatto. A turno una volta a settimana portavano i panni a lavare alla tintoria a gettoni, il lunedì e il venerdì facevano le pulizie di casa insieme, così si stancavano la metà. All'inizio D'Intino era entusiasta di ospitare l'amico, ora, dopo più di due mesi di convivenza, cominciava a dare i primi segni di nervosismo. Non tanto per la divisione degli spazi millimetrici della mansarda, il problema vero era la sudorazione di Nenè. Poteva farsi sei docce al giorno, ma piedi e ascelle mantenevano un retrogusto caprino che nessun deodorante, nessuna essenza o profumo erano mai riusciti a debellare. Avevano provato anche con il deodorante per ambienti ottenendo solo una reazione cutanea su tutto il corpo. Il medico di Mozzagrogna aveva prescritto a Nenè alcuni saponi allo zolfo, peggiorando la situazione. Un dermatologo di Aosta l'attribuiva a un forte esaurimento nervoso. Ma il problema era ancora lì, tanto che dormivano con la finestra aperta, e la temperatura di notte scendeva ancora sotto i cinque gradi.

Quel pomeriggio D'Intino rientrò a casa esausto. La manifestazione era durata tutta la mattina e aveva un male ai piedi da non poter camminare. Trovò la mansarda in ordine, Nenè non era in casa. Allora si spogliò, tirò via il frigorifero dalla porta del bagno ed entrò per lavarsi. Si sedette sul water e aprì l'acqua. Chiuse gli occhi immaginando di essere al mare sotto un temporale estivo. Si asciugò, spostò di nuovo il frigo e accucciandosi raggiunse il divano dove si sedette. Solo allora vide il messaggio che l'amico gli aveva lasciato attaccato con una puntina da disegno alla porta di casa. Chino la raggiunse, strappò il foglio e lesse: «Ti ho lasciato nel frigo una lettera che t'è arrivata stamattina. Io sono in giro per i miei affari. Ciao ciao».

Era abitudine di D'Intino e Nenè mettere la posta dentro il frigorifero. Pubblicità, richieste di donazioni, bollette sarebbero state al sicuro considerando che il mobile più grande e spazioso della mansarda era proprio quell'elettrodomestico ingombrante e quasi sempre vuoto. Sul secondo ripiano, sopra alle mutande – anche quelle venivano stipate là dentro dalla coppia di amici –, c'era una busta giallastra con il suo indirizzo e un francobollo timbrato. «Ma chi scrive più una lettera? Mo ci sta l'e-mail!» disse ad alta voce dimenticando che lui, una mail personale, non l'aveva più da tempo. Quando lesse il nome del mittente per poco non perse i sensi. Si lasciò andare ai piedi del divano letto e restò così con la schiena sul linoleum a osservare in silenzio quel regalo inaspettato. La lettera proveniva da Pupa Iezzi, l'amore della sua vita, l'unica donna al mondo per Mimmo D'Intino. Sapeva che era rimasta vedova da un po', il marito Carlo era morto in un incidente sull'asse attrezzato Pescara-Chieti, e D'Intino un pensiero di andare ai funerali l'aveva fatto. Mica per portare l'estremo saluto a Carlo Scopa, che aveva sempre odiato con un certo livore, ma perché Pupa Iezzi era di nuovo sul mercato! S'era vergognato di quell'idea. Poi Nenè un giorno a cena gli aveva detto: «Guarda che

Pupa m'ha chiesto di te!», e l'amico aveva imbottito la donna di bugie affermando che Domenico D'Intino nato a Mozzagrogna andava di letto in letto «come a 'nu farfallone». Se da una parte l'astuzia di Nenè lo aveva lusingato, dall'altra però poteva essere molto rischiosa. Pupa avrebbe pensato che Mimmo ormai era un partito perso e poteva interessarsi a qualcun altro. Tempo addietro aveva dunque deciso di contattarla senza riuscirci. Poi il lavoro, l'incidente con Schiavone, i giorni erano passati, e Pupa Iezzi era tornata nella nebbia dei suoi ricordi. Ora quella lettera riaccendeva nel cuore dell'agente di polizia una fiamma mai sopita, una speranza che lui stesso si vergognava di ammettere. La aprì con delicatezza, come se contenesse nitroglicerina pronta ad esplodere. Era un foglio solo, rosa, scritto a penna. Gli tremavano le mani, aveva paura a leggere perché fra quelle righe poteva celarsi una gioia incontenibile o una delusione mortifera.

Caro Memè,
come stai? È da tanto tempo che non ci sentiamo, ma sei rimasto sempre dentro al mio cuore.

D'Intino chiuse gli occhi. Sorrise. Riprese a leggere.

Come tu saprai da li petteloni che ci stanno a Mozzagrogna, sono rimasta vedova, Carlo mio si è schiantato contro un tir sulla Chieti-Pescara poco prima dell'uscita di Sambuceto. Forse un colpo di sonno o forse un malore, ma di Carlo c'è rimasto poco da mettere al cimitero. La mia vita prima s'è fermata, poi però si è ripresa perché, mi sono detta: e che ci devo morire pure io sull'asse attrezzato all'altezza dell'uscita di Sambuceto? No! Ho rivisto un po' di vecchi amici. Apro una parentesi. Carlo era geloso assai. Ho visto Gino Tenisci, ti ricordi?

Se lo ricordava e come! Sciupafemmine vero, proprietario dell'autosalone e di una macchina sportiva a due posti.

S'è invecchiato parecchio. Troppa vita frenetica. Comunque l'autosalone è fallito e lui sta come a un morto seduto al bar dalla mattina a la sera. Ho visto Peppino De Ritis.

E ti pareva!, quasi strillò D'Intino. Peppino De Ritis, che le sbavava dietro dalle elementari.

E lo sai? Gli hanno tagliato una gamba per il diabete. Sono stata molto insieme a Lauretta De Gregorio, che è già nonna! Però di stare a Mozzagrogna mi sono stufata. Allora ho deciso di fare un viaggio. Per l'Italia. E indovina da dove parto? Da Aosta! Sì, da dove sei tu. Chiamami appena ricevi questa mia lettera così ci mettiamo d'accordo.

Il cuore di Mimmo D'Intino aveva accelerato i battiti, anche l'aria sembrava mancare in quella mansarda. Trascinò il frigo sulla porta del bagno per mettersi in piedi, salire sulla scaletta e aprire la finestra. Gli girava la testa, forse s'era alzato di scatto o forse era l'idea di chiamare Pupa che gli stava squassando il petto.

Rocco sfrecciò accanto ad Antonio e Casella senza salutarli. Il viceispettore notò una luce diversa nello sguardo del superiore: da quella mattutina, abulica e annoiata, ora in serata era diventata ferina e aggressiva. Pensò ad una telefonata del questore o del magistrato, o a qualche brutta notizia da Roma. «Ci vediamo domani?» gli chiese poco prima che Rocco uscisse dalla questura. Quello si voltò. Sembrava non avesse sentito. «Certo che ci vediamo. Perché me lo chiedi?».

«Non saprei, sembri molto incazzato».

«Pensieroso, Antonio, pensieroso. Ci vediamo domani», e di nuovo senza salutare uscì.

Casella diede di gomito al collega. «Questione di femmine» disse.

«Sei sicuro?».

«Certo. Hai fatto caso che la giornalista non si vede più in giro?».

«È vero. Ma sai, alla fine chi è causa del suo mal...».

Casella lo guardò. «Che vuol dire?».

«Pianga se stesso, Case'! Non l'hai mai sentito dire?».

«No».

«Io devo andare, salutami Eugenia», e Antonio schizzò fuori dalla questura.

Aveva preso un'auto di servizio, una Punto bianca che sembrava andasse a 3 cilindri, prodigio che per Rocco era possibile solo alla vecchia FIAT 500 e forse a qualche auto della DDR. Si fermò davanti al civico 13, località Grande Charrière, un po' fuori città. Le luci dell'officina erano ancora accese. Spense il motore e ordinò a Lupa di restare in macchina. Una pioggerella impalpabile e continua aveva ripreso a cadere da qualche minuto. Attraversò la strada e raggiunse la rampa di accesso. Un uomo robusto con una barba rossa stava per chiudere la saracinesca. Appena vide Rocco si bloccò. «Accidenti, stiamo chiudendo. C'è qualcosa che posso fare per lei?».

«Cercavo Roberto Novailloz».

«Bobo? È appena andato via! Guardi, neanche cinque minuti fa. Posso esserle d'aiuto?».

«Lei è Roberto Novailloz?».

«No».

«E allora non mi può essere d'aiuto». Si girò e tornò sui suoi passi.

Il carrozziere bofonchiò «*Vaté caqué*» e tirò fuori le chiavi per chiudere l'officina.

Rocco tornò in auto e ripartì. La rabbia gli saliva di minuto in minuto, difficile contenerla, difficile anche solo pensare ad altro. Aveva un bisogno fisiologico di scaricarla su qualcuno, e quel qualcuno quella sera piovosa di aprile era Bobo Novailloz. Superando il limite di sopportazione del motore sgangherato dell'auto, raggiunse via Bouleaux dall'altra parte della città. Lasciò la Punto in seconda fila e andò a citofonare. Gli rispose una voce di donna. «Sì?».

«C'è Bobo, per favore?».

«No, ancora non è tornato. Chi è?».

«Sono Berardo, un amico...».

«Provi a chiamarlo sul cellulare».

«Ma non me lo ritrovo più» mentì Schiavone.

«Aspetti, glielo do...». E glielo dettò. Rocco lo trascrisse sul suo telefonino.

«Ci... ci conosciamo?» chiese la donna.

«Sì, non ti ricordi ma ci conosciamo da tanti anni. A presto».

«Ciao... Berardo?».

«Sì, Berardo».

Era sicuro che la moglie di Roberto Novailloz si sarebbe affacciata alla finestra per osservarlo, quindi fece attenzione a non voltarsi verso il palazzo. Entrò in auto e partì. Appena girato l'angolo della strada accostò, digitò i simboli per effettuare la telefonata anonima, poi aggiunse il numero di Roberto e attese. «Pronto?» gli rispose una voce catarrosa.

«Bobo?».

«Sì, chi è?».

«Ci dobbiamo vedere».

L'uomo dall'altra parte fece una breve pausa. «Perché?».

«Perché sì. Vengo da te».

«Sai dove abito?» fece ironico.

«A via Bouleaux... credi che ti sto prendendo per il culo?».

«Non sono a casa e tu non sei di queste parti» disse sospettoso. «Mi dici chi cazzo sei?».

«Tu preoccupati di dirmi dove ti trovi che ti raggiungo. È urgente».

«Sono in città».

«Fra dieci minuti. Piazzale della Stazione angolo con via Cretier e vedi di esserci», e Rocco chiuse la telefonata.

Era proprio davanti all'incrocio a quell'ora deserto. Si era messo bene in vista, sotto un lampione. Non era alto, ma robusto. I capelli rasati e gli occhi piccoli, portava una barba nera tagliata con precisione sotto gli zigomi e intorno al collo sul quale spuntava un tatuaggio, sembravano zampe di qualche insetto. Rocco gli andò incontro e gli parve che quello tirasse un sospiro di sollievo vedendolo arrivare e prendere un atteggiamento strafottente nel corpo e nella voce. «Che vuoi?» gli chiese avvicinandosi minaccioso, quasi molleggiando sulle ginocchia e tirando fuori le mani dalle tasche del giubbotto di pelle nero. Schiavone pensò che il tizio avesse visto troppi telefilm americani brutti e la metamorfosi in gangster da film di serie B era stata troppo rapida. «È una cosa veloce veloce, Bobo, Bebo o come cazzo te chiamano. Rimetti le mani addosso a tua moglie e finisci i giorni su una sedia a rotelle».

Bobo scoppiò a ridere. «E chi sei? Suo padre? Suo fratello? Perché non ti fai i cazzi tuoi?».

«Io te lo ripeto, giusto perché tu lo sappia: mai più!».

«Mi sto cacando sotto».

«Bene. Se ci ricaschi lo vengo a sapere. E torno».

Roberto avanzò di un passo, arrivò a pochi centimetri da Rocco. «E perché non la chiudiamo subito questa sto...».

La testata del vicequestore gli arrivò precisa sul setto nasale. Roberto restò prima stupito, poi si abbassò per il dolore. Rocco gli afferrò la nuca e lo colpì ancora col ginocchio sul viso e quello si accasciò a terra. Il cellulare rotolò via dalla tasca illuminandosi. Il vicequestore gli montò addosso e cominciò a tempestarlo di pugni, violenti e regolari, come un martello pneumatico.

Qualcuno lo tirò via per le spalle e lo fece cadere di schiena sul marciapiede.

«Che cazzo...?».

«Fermati!». Era Antonio Scipioni che l'aveva allontanato per piazzarsi fra lui e Novailloz ormai quasi privo di coscienza. «Così l'ammazzi! Ma che cazzo t'è preso?».

«Che vuoi?» disse Schiavone calmo, alzandosi e spolverandosi i pantaloni. «Che ti metti in mezzo? È fra me e 'sto coglione».

Antonio teneva le mani tese per impedire a Rocco di avvicinarsi a Roberto, ma sembrava che Schiavone, la rabbia ormai sfogata, non avesse nessuna intenzione di proseguire il pestaggio. «Mi spieghi?» gli chiese.

«Deve togliersi un vizio».

«E così hai risolto il problema?».

«Non lo so, diciamo che può essere un buon suggerimento». Si abbottonò il loden e si avviò verso l'auto. Poi si fermò. «M'hai seguito?».

«Sì».

Scipioni lo vide attraversare la strada e riprendere la Punto. Solo quando Rocco mise in moto si avvicinò a Novailloz. Aveva il viso sporco di sangue. Un sopracciglio era spaccato come anche il setto nasale. «Oh, mi senti?». Raccolse il cellulare ultima generazione. Almeno quello era sano. «To'... t'era caduto».

«Chi... sei?» chiese aprendo l'occhio buono.

«Passavo di qui. Ti chiamo un'ambulanza».

«No, che ambulanza...». Con qualche sforzo Roberto Novailloz si rialzò in piedi aiutato dal viceispettore e si rimise in tasca il cellulare. «Non bi serve ambulanza...».

«Invece mi sa di sì».

«Ma patti i catti tuoi!» gridò schizzando altro sangue dal naso e allontanò Scipioni con una spinta. Barcollando si diresse verso un'auto parcheggiata lì vicino, una Mercedes. Antonio scosse la testa. «Non ce la fai a guidare» gli gridò.

Ma quello senza rispondere salì in macchina, accese il motore e partì a razzo. Antonio attese qualche secondo, convinto che avrebbe sentito un fragore di lamiere che invece non ci fu.

Restò a lungo sotto il getto d'acqua calda, ad occhi chiusi, domandandosi cosa fosse successo. Qualcosa era scattato e l'aveva reso una belva facendogli sfogare una rabbia incontrollabile in pochi secondi. Ma Rocco non stava cercando di capire la causa, non era la prima volta che sentiva di violenze familiari, abusi domestici o femminicidi, come i giornalisti ormai chiamavano l'uccisione di una donna da parte del marito, amante o stronzo di turno. Si stava domandando il perché. Mai negli anni si era fatto un esame per cercare di comprendere i suoi comportamenti. Agiva, la vita andava avanti e tutto restava nascosto da qualche parte nella memoria. L'autoanalisi era una novità. Non che provasse rimorso o sensi di colpa per quello che era successo. Cercava solo di analizzare con freddezza, come guardandosi dal di fuori, il suo comportamento e le sue reazioni. Riflessi, cioè, del suo vivere quotidiano. Starò invecchiando, concluse chiudendo l'acqua. Si guardò le escoriazioni sulle nocche e quando si mise davanti allo specchio ne aveva una evidente anche sulla fronte. Sarebbe bello stasera mangiare con un amico, si disse. Ma amici là non ne aveva.

A dire la verità, in quel momento non sapeva neanche dove fossero Brizio e Furio. Da giorni li chiamava ma i loro cellulari restavano staccati.

«Non mangi?».

«No» le rispondo versandomi un bicchiere di rosso.

«Bere il vino sarebbe una cena?».

«Ha le proteine e pure le vitamine».

«E perché i carboidrati no?». Marina si mette a ridere. La guardo. «Ma dimmi un fatto... mi spieghi perché quando ti guardo non sei tu? Chiarisco. Lo so che sei tu, ma non sei tu. Come tieni il viso, le mani. Non lo facevi mai, non ti muovevi così».

Marina si mette a ridere. «Come se fossi in posa per una foto?».

«Qualche volta mi dai quell'idea».

«Sono in posa», e diventa seria. «Mi hai già vista così ma non ero io, era un'altra donna, mi hai vista così, seduta sulla sedia con le mani sul tavolo e lo sguardo per-

so. Riflettici, mi hai vista eccome! E non mi ci metto io in posa. Sei tu che costruisci tutto».

«Io ti metto in posa?».

«Certo, e chi? Le immagini nel cervello sono fotografie che però uno si dimentica. Restano impresse nella memoria, ma giù, in profondità, nascoste, tanto che non pensiamo più neanche di averle. E allora tornano fuori nei sogni e ci diciamo: ma dove mai ho visto quella casa? Quella donna? Quella strada? Li abbiamo incontrati già, ma non lo ricordiamo. I sogni invece hanno memoria migliore della nostra».

«Perché?» le chiedo.

«Perché non hanno interferenze. Quando sei nei sogni, è il tuo mondo, non quello di tutti, come nella realtà. E i ricordi li condividiamo solo con noi stessi. Insomma, nessuna interferenza».

Mi verso un altro bicchiere di vino. «Ci devo riflettere».

«E perché? Cosa rifletti a fare? Invece rifletti sul fatto che se continui a bere ti viene una pancia gonfia da alcolista».

Mi batto l'addome. «E tanto a chi devo piacere?».

«Fai meno lo stupido, Rocco. Non la vedi più?».

«Chi?».

«La giornalista».

«Ma che te ne frega?».

«A me niente. Cerco di capire se è così anche per te. È così?».

«Non lo so. Forse sì. Mi manca e... Ma ti pare che devo dirle a te queste cose?». Marina ride di gusto, e i denti sono perle. «Presta bene orecchio, amico, a quel che

ti dico. Tu miri contro uno specchio. Sparerai a te stesso, amico».

«Oddio, cos'era, Mari'?».

«Una poesia che ci piaceva. Una delle tante. L'avevo scritta sul frigorifero».

«Non me la ricordavo più».

«E invece ora sì...».

Il numero era sempre occupato, oppure staccato, solo alle dieci di sera il segnale suonò libero. D'Intino sentì lo stomaco rimpicciolirsi e i capelli residui schizzargli sulla testa. Anche le braccia si erano coperte di piccoli bozzi sotto i peli. Poi una voce stanca rispose: «Sì? Pronto? Chi è?».

«Sono Domenico D'Intino!» disse e attese qualche secondo.

«Memè?».

«Sine».

«Oh mio Dio, che bello che sento la voce tua. Come stai?».

«Bene Pupa, tu?».

«Bene... ma tu guarda se mo mi dovevo pensare che oggi mi chiamavi. Allora ti è arrivata la lettera?».

«La so' letta...». Decise di sforzarsi e cercare di parlare più italiano possibile. «L'ho letta e mi ha fatto piacere una freca».

«Che bello... quanto mi piacerebbe rivederti».

«Pure a me, Pupa, pure a me». Si avvicinò carponi al tavolo della cucina aperto e pronto per la cena e si versò un bicchiere di acqua.

«Ma come ti va la vita? Sei sposato? Anzi no. Aspe', Nenè m'ha detto che si' 'nu farfallone, eh? Una femmina appresso all'altra».

«Eh!» gongolò D'Intino, e si sentì ridicolo. «E tu?».

«E che ti devo dire, Memè. Da quando mio marito Carletto se n'è andato... ti ricordi a Carletto?».

Se lo ricordava? L'aveva odiato per anni con tutte le sue forze. «Vagamente».

«Ecco, sì, insomma, sono sola. Ho provato a rifarmi una vita. Ma qui in paese... che vuoi fa'? Mica come te che sei in una città, una metropoli, chissà quanti incontri la sera... cinema, teatro, eh...?».

«Eh!» gongolò ancora e di nuovo si sentì un imbecille. Cinema? Teatri? Metropoli?

«Io faccio un giro, come t'ho scritto. E comincio da su. Ti va di vederci? Magari un caffè?».

«Ma pure un pranzo o una cena, Pupa. Mi piglio la giornata libera e chi s'è visto s'è visto».

«Ma che bello»

«Ma che bello. Allora mi avverti quando vieni?».

«Memè, io sono arrivata a Torino. Domattina sto lì».

Martedì

Alla fine Deruta si arrese alle insistenze di Casella. «Dai, parlami di queste analisi che hai fatto ieri».

«Allora, ti infilano in un tubo e dentro c'è aria, come un ventilatore. Lo fanno per darti l'idea di essere all'aperto, perché, oh!, viene la claustrofobia a stare chiusi così, come in una bara!». Deruta si stava impressionando al racconto di Casella. «Comunque è meglio della prostata. Pure quella l'ho fatta l'altra settimana. Mentre invece la coronarografia è strana. Ti mettono un liquido dentro che brucia forte e hai caldo... poi...».

«Basta, Ugo» fece Deruta, «basta così. A me già mi fa impressione tirarmi il sangue».

«Buongiorno!». Scipioni entrò nella sala. «Novità?».

«Nessuna. Tranne che D'Intino ha bisogno del giorno libero. Me l'ha chiesto ora. Io ho messo il foglio sulla scrivania del vicequestore».

«Digli che lo copriamo noi senza stare a chiedere permessi. Vai a recuperare il foglietto» ordinò Antonio e Casella scattò. «Allora, la manifestazione ieri è andata benone. In tutta Italia» fece Deruta. «Io ero in divisa sennò partecipavo. Federico ha chiuso il forno ed è sceso in piazza. Ci siamo salutati. Ha fatto strano, no? Un manifestante che si saluta con un poliziotto».

«E perché?» chiese Antonio sedendosi al suo posto. «Che c'è? Abbiamo la lebbra?».

«No».

«Quella era una bella manifestazione, mica quattro deficienti che uscivano ubriachi dallo stadio. Sarei sceso anche io».

«Anto', così per parlare. Ma un poliziotto ci può andare a una manifestazione?».

«In forma privata, certo. Siamo cittadini come gli altri, Miche'. Non ci possiamo andare in divisa».

«Eh no, perché in divisa dobbiamo assicurare l'ordine pubblico ed essere a servizio dello Stato».

«Più o meno. E manco sarebbe corretto, per esempio, partecipare a una manifestazione contro la polizia».

«Eh no... non sarebbe corretto» pensò Deruta.

«Ma a questa io avrei partecipato. Hai visto il video dei polli sull'autostrada?».

«E come no? Oh, in un giorno quattro milioni di visualizzazioni! Parlano tutti di quello. Chissà chi è stato» chiese Deruta eccitato.

«Chissà». Il computer prese vita con la sua solita musichetta proprio quando Casella rientrava in stanza. «A tempo a tempo, il vicequestore è appena arrivato in ufficio, mi ha visto e gli ho detto che mi volevo fare un caffè. Dice che possiamo andare tutti».

Si alzarono. «E andiamo. Oh, se chiede di D'Intino?».

«Al solito, sta all'ufficio passaporti» rispose Deruta. «Tanto Schiavone meno lo vede meglio sta».

Uscirono dal corridoio e quasi si scontrarono con il vicequestore che aveva lasciato l'ufficio. «Con me» disse neanche fosse un generale all'assalto di una trincea. I tre poliziotti lo seguirono senza capire. Schiavone neanche si girò a guardarli. «Dov'è il cretino?». Tutti sapevano a chi si riferisse.

«Ufficio passaporti» bofonchiò Deruta. Rocco annuì e cominciarono a scendere le scale. «Cos'è, un livello 10?» chiese Antonio in apprensione.

«No. Tutta la questura convocata in sala stampa. Che due coglioni».

«E si sa il perché?».

«L'ha deciso il questore». Arrivati al piano incrociarono altri colleghi. «È per un video mandato online questa notte» fece un agente dell'amministrazione unendosi al gruppetto all'altezza dell'ascensore. «Ancora non avevo aperto il pc» gli rispose Antonio, poi entrarono tutti nella sala.

Abitare al piano sotterraneo o al mansardato pone nel residente lo stesso problema: dalle finestre non si riesce a vedere bene il cielo per vestirsi di conseguenza. D'Intino aveva deciso che la temperatura sarebbe stata più o meno la stessa del giorno prima e che avrebbe piovuto. Quindi pantaloni di velluto e maglione a collo alto di lana, sopra la giacca a vento imbottita e ombrello. Invece la temperatura era più alta di almeno cinque gradi e le nuvole che D'Intino aveva scorto nel piccolo rettangolo dell'abbaino erano solo di passaggio. Mentre attendeva il treno da Torino sudava e teneva in mano un mazzo di margherite, ma decise di poggiarlo sul cestino dei rifiuti perché a forza di stringerlo stava stropicciando la carta crespa che la fioraia aveva modellato con amore e precisione. L'altoparlante avvisò dell'arrivo dell'interregionale al binario 1 e Mimmo sentì una scossa quando avvistò il muso del locomotore: gli stava portando Pupa Iezzi, l'amore della sua vita, e da oggi, forse, la sua esistenza sarebbe cambiata. Nenè era stato chiaro al riguardo: «Secondo te viene ad Aosta per farsi un giro? Francoli', viene per te, solo per te!». Nenè lo chiamava Franco non perché si sbagliasse, era una vecchia storia di Mozzagrogna. Franco doveva essere il nome sul quale i signori D'Intino avevano trovato un accordo, ma poi si era riaccesa una lite furibonda sul nome da dare al nascituro alla quale si aggiunse un inguacchio all'anagrafe e alla fine il padre, per ripicca, scelse Domenico. Qualcuno al paese lo chiamava Franco, Francoli', Cicci; altri Domenico, Mimmo, Dome'. Pupa era l'unica a chiamarlo Memè. Per la legge il nome di D'Intino era comunque Domenico.

I freni stridettero e le ruote fermarono la loro corsa. Le porte si aprirono e scesero pochi viaggiatori. Lei stava al terzo vagone. Mimmo la riconobbe subito. I capelli chiari, la leggera zoppia alla gamba destra. Non era sola, l'accompagnava una donna anziana. Recuperò i fiori dal cestino e si avvicinò. «Pupa!» disse. Lei sorrise. Aveva preso qualche chilo ma gli occhi erano quelli di una volta, le labbra piccole a cuore e il naso lungo ed elegante. Grazie ai tacchi superava D'Intino di qualche centimetro. «Memè!». Si abbracciarono. Lei profumava di fiori e naftalina, D'Intino dentro rideva di gioia come quando da piccolo attendeva la vigilia di Natale. Poi Pupa gli afferrò le guance con le mani e lo guardò dritto nelle pupille. «Si' sempre tu, Memè, gli occhi non sono cambiati».

«So' perso 'nu poco di capelli».

«E je so' preso qualche chilo».

«Sei sempre bellissima», e gli venne da piangere.

«Pure tu. Questa è mammà, te la ricordi?».

Mimmo si girò e solo allora guardò in volto l'accompagnatrice e si scontrò col suo sguardo. Un metro e cinquanta, occhi piccoli, neri, due lame sotto le sopracciglia bianche, la bocca circondata da rughe, senza labbra. Non c'era l'ombra di un sorriso. «Signora...» fece D'Intino.

«Vai a prendere le valigie» ordinò quella senza salutare e indicando il vagone.

«Sì, certo. Che posti avevate?».

«Stanno tutte all'entrata» disse la vecchia. D'Intino gettò ancora uno sguardo a Pupa, poi salì sul treno.

Erano schierate davanti al bagno. Nove valigie. Mimmo non si spaventò, cominciò a calarne due alla volta e a posizionarle sul marciapiede sotto lo sguardo vigile della vecchia e il totale disinteresse di Pupa che intanto s'era accesa una sigaretta e osservava distratta il mazzo di fiori. Mimmo non ricordava fumasse. Alla fine dell'operazione, sempre più sudato, si guardò intorno soddisfatto. «Ecco...», e si pulì le mani sbattendo i palmi uno contro l'altro.

«'Mbè?» fece la madre.

«'Mbè che?».

«Addo' jamme?».

Era un problema che D'Intino non si era posto. Era chiaro che le due avrebbero dormito ad Aosta. Nei suoi sogni Pupa si sarebbe stesa accanto a lui, Nenè per quella notte si sarebbe arrangiato in una pensione o un bed and breakfast. Ma la situazione s'era complicata. «Non le sacce...».

«Francoli', li ti' 'na casa o sti' come a 'nu zingare?» chiese la vecchia.

«E certo che tengo la casa, sine, ma non c'entriamo. È una mansardina che...».

«Eh... lu farfallone abita in una mansardina» disse Pupa ridendo. «Mammà, Memè mica tiene famiglia. Memè è 'nu sciupafemmine!». D'Intino sorrise lusingato.

«Sciupafemmine?» fece scettica la vecchia. «Tu portaci là, poi vediamo» tagliò la madre incamminandosi verso l'uscita.

«Ma tutte 'ste valigie?» chiese D'Intino disorientato.

«Non hai la macchina?» chiese Pupa.

«Quella di servizio, però se mi beccano che la uso per fatti miei...».

«E chi ti vede? Jamè, su», e si incamminò verso l'uscita.

Il volto era coperto da un passamontagna, la voce distorta cupa e metallica. Dietro quell'ombra un simbolo. Quattro bastoni inscritti in un cerchio e sotto un acronimo: ELP.

«Rivendichiamo l'atto dell'autostrada. Sarà solo il primo contro una società cieca e corrotta. Diciamo basta agli allevamenti intensivi, basta agli usi spregiudicati di antibiotici e alla mattanza dei mammiferi che sono nostri fratelli. Basta alla depauperazione del territorio, alle colture dissennate e ai veleni sulle piante e sulla terra, basta al massacro di questo pianeta, allo spreco di acqua, vogliamo indietro la nostra terra perché non esiste un pianeta B. La nostra terra ha 4,6 miliardi di anni. Riduciamo l'età in scala a 46 anni. Noi esistiamo da 4 ore. La rivoluzione industriale è cominciata un minuto fa e in un solo minuto abbiamo distrutto il 50 per cento delle foreste del pianeta». Poi l'ombra si portò la mano a pugno davanti al viso e tirando su un dito alla volta disse: «Acqua, aria, terra, fuoco», e restò con le quattro dita davanti alla telecamera. «Noi siamo l'Esercito di Liberazione del Pianeta», e il video si interruppe.

Si riaccesero le luci nella sala stampa. Rocco era in fondo accanto all'agente Maggini, in odore di pensione. «ELP? Sarà mica un'idea pubblicitaria per una tournée degli Emerson Lake & Palmer?» gli disse il vecchio poliziotto, come Rocco un nostalgico del rock di una volta. Sotto la divisa portava una maglietta preziosissima del concerto dei Deep Purple al Rainbow Theatre nel '72. «Non credo Maggi', a occhio il terzetto va per gli ottanta» rispose Rocco.

«Ma che dici? Keith Emerson ha 70 anni!».

Il questore era in piedi davanti ai suoi uomini. Fece una pausa drammatica, poi attaccò: «Tutte le questure d'Italia sono state preallertate, magari si tratta, come io credo, di una ragazzata che non avrà un seguito, però ora abbiamo il nome del responsabile. Abbiamo già cercato di rintracciare la provenienza del segnale ma...», e fece un cenno verso Moriani della postale che sedeva accanto a lui, «niente. Rimbalza sui soliti server e ci si perde... Ovvio che non sappiamo dove si trovino» proseguì il questore. «Stiamo analizzando la voce per scoprire qualche inflessione dialettale o qualsiasi altro dettaglio ci possa mettere su una buona strada ma, ripeto, per ora la situazione è sotto controllo e non abbiamo motivo di alzare il livello di guardia. Solo voglio che tutti voi siate informati sulla questione perché è na-zio-na-le», scandì la parola con le dita a occhiello. «Ora sciolti che arrivano i giornalai». Qualcuno rise, poi i poliziotti in un frastuono di sedie e chiacchiere lasciarono l'aula. A Rocco, rimasto in piedi vicino all'uscita, bastò un solo passo per trovarsi in corridoio diretto al suo ufficio. Ancora non aveva fumato, una certa fretta dunque spingeva i suoi passi. Prese le scale proprio nel momento in cui i giornalisti entravano in questura. C'era anche Sandra Buccellato che non lo vide. Parlava fitto con un collega mentre attraversava l'atrio. Era bella, coi suoi capelli sciolti, il passo sicuro e il sorriso che le illuminava il volto e Rocco non seppe dare una risposta al perché fra loro le cose non fossero andate. L'unica donna con la quale era finito a letto almeno quattro volte senza mai riuscire a fare l'amore. Ma il controsenso era che nella doccia, quando si masturbava, pensava a lei.

Entrò in ufficio, chiuse la porta e andò al cassetto preferito. Prese una canna, l'accese e la fumò affacciato alla finestra, davanti al panorama montano dove i picchi erano ancora coperti da federe di neve. Ripensò alla notte precedente, alla sua reazione con Novailloz, alla rabbia che gli era esplosa dentro quando Caterina gli aveva raccontato dell'ennesima violenza su una donna. «Hai un serio problema con il controllo della rabbia» aveva sentito in un film americano un paio di sere prima. Sì, ce l'aveva. Da sempre, fin da piccolo, ed era stato quel problema in fondo a segnare quasi tutta la vita e la carriera di Rocco. Se era lì ad Aosta la causa era sempre quella mancanza di controllo, aveva picchiato, accoltellato, ucciso anche. Se ne vergognava, perché dopo aver sfogato la rabbia con violenza squilibrata, non solo non si sentiva meglio, anzi, si sentiva un barattolo vuoto, senza forze e senza emozioni, un involucro buono per l'indifferenziata. Gli venivano in mente gli occhi di suo padre che a forza di non reagire, evitare lo scontro, era stato stroncato da un infarto, o sua madre che avrebbe voluto un figlio avvocato con una bella casa ai Parioli, una moglie bionda, due nipoti e l'estate a Sabaudia. Per fortuna sua madre non aveva mai visto cos'era diventato in realtà, le aveva evitato un dolore, era stata l'unica nota positiva della morte prematura di Cesira.

«Rocco mio, ma che è una pagella questa?».

«Ti giuro ma', mo me metto a studia'».

«E io ce credo. Dovresti pure fini' de vedette co quei tre banditi... Sebastiano, Brizio e quell'altro...».

«Furio».

«Ecco. Boni quelli».

«Ma quelli so' amici!».

«Rocco, l'unico amico che uno ci ha al mondo 'o sai chi è? Quello che vedi allo specchio ogni matina! Nun te fa' frega' da 'ste storie dell'amicizia, ognuno deve vive la vita sua. E se uno de questi decide de esse un assassino, tu nun lo devi segui'!».

«Ma magari lo posso aiuta'!».

«Ma che stai a di', fijo? Chi nasce quadrato...».

«E io come so' nato, ma'?».

«Bello!».

Gli venne da sorridere a ripensare ai baci che gli dava sua madre in fronte, come fosse un pupo. Pure prima di andarsene, all'ospedale, gli disse: «Ciao fijo. Io devo anna'. Non lo so se se rivedemo... in caso, conservate questo...», e lo aveva baciato sulla fronte per poi chiudere gli occhi, il farmaco potente aveva avuto pietà addormentando il corpo massacrato di Cesira.

Gettò la cicca di sotto e chiuse la finestra. Lupa era sveglia e lo osservava con attenzione. Ogni volta che i pensieri di Rocco diventavano malinconici, la cagna sembrava percepirlo. «Se famo un caffettuccio, lupacchio'?», e andò alla macchina del caffè. Bussarono alla porta. Non riconobbe lo stile. «Avanti!» urlò. Apparve Caterina, pallida, con i capelli raccolti all'indietro. «Vuoi?» le chiese mostrandole la cialda.

«Sì» disse, e si andò a sedere davanti alla scrivania. «Senti un po', Rocco. Tu hai combinato qualche cazzata dopo quello che ti ho raccontato sulla famiglia Novailloz?».

«Io? No» rispose allungando il bicchierino di plastica all'ispettrice. «Perché?».

Caterina versò la bustina di zucchero. «Perché mi ha chiamato la moglie, Monica». Rocco non reagì, intento a prepararsi il suo caffè. «E mi ha detto che, guarda che coincidenza, ieri sera il marito non è rientrato a casa, fatto assai raro in sette anni di matrimonio».

«E dunque?».

«La coincidenza mi lascia perplessa».

«Pensala così. Ieri siete andati a parlare con la moglie, magari vi ha visto un vicino e gliel'hanno raccontato. Lui, offeso?, preoccupato?, arrabbiato?, è andato a farsi un giro chissà dove». Caterina con il labbro inferiore abbracciava quello superiore, reazione muscolare autonoma ogni volta che era preda di un certo scetticismo. «Avanti, che pensi? Che gli abbia sparato?», e Rocco si andò a sedere alla scrivania.

«Non credo tu gli abbia sparato. Forse però ci hai chiacchierato. Perché, sai?, sempre la moglie mi ha detto che ieri sera, prima di cena, un tale Berardo era andato a cercare il marito». Caterina finì il caffè. «Lei non conosce nessun Berardo, allora si è affacciata alla finestra e ha visto un uomo alto entrare in una piccola macchina bianca e allontanarsi».

«Sarà stato 'sto Berardo, no?».

«Sì, certo. E indossava un loden?».

«Cominciano a copiarmi» disse Rocco sorridente. «Lo sai, faccio tendenza».

«Almeno fra me e te non diciamoci cazzate».

«Non te le sto dicendo, Cateri'».

«Va bene, quando ti decidi a essere serio, ci riparliamo. Grazie per il caffè». Si alzò dalla sedia.

«Cateri'?».

«Sì».

«Tienimi informato».

«Qua manco ci entriamo!» protestò donna Natalina. «Je pure pure, ma in tre non ci stiamo». Insieme a sua figlia guardavano sconsolate la mansardina di D'Intino.

«No, Memè, mammà tiene ragione. Qui ci entra a malapena uno svassato... uno piccolo come a Nenè...».

«Ma io questa tengo. Che prima Nenè neanche ci stava, ero da solo e stavo bene».

«Sì, ma da solo non sei» protestò donna Natalina, e dopo un cenno alla figlia si allontanarono sul pianerottolo. D'Intino rimase sull'uscio. All'improvviso gli venne un'idea. «Sentite a me. Mo voi due vi sistemate, vi riposate e stasera dormite qui. Io e Nenè un altro posto lo troviamo. Poi domani vediamo. Quanto restate?» chiese alle donne.

«Quanto restiamo?». Pupa girò la domanda alla madre che non rispose. Poi lo guardò chiudendo un poco le palpebre e abbassando la voce disse: «Non le sacce,

Memè, dipende...» e alzò un po' il mento puntando il naso al soffitto. D'Intino rimase in silenzio. «Da che dipende?» domandò dopo qualche secondo. Pupa gli diede un pizzicotto sulle guance. «Che sei ingenuo, farfallo'! Be', fai così, portaci le valigie che io e mamma intanto ci riposiamo».

«Tutte? E mica c'entrano».

«Solo quelle rosse!» latrò donna Natalina.

«Sì, però aspettate, vi devo spiega' li muvementi de li mobili, sennò 'n ce la fate. Allora quando aprite lu tavolo...».

La notizia la portò Antonio Scipioni a mattinata inoltrata bussando alla porta già aperta del vicequestore, al quale bastò guardare il viso del viceispettore per capire. «È un livello altuccio, Antonio, vero?».

Antonio annuì.

«Dove?».

«Al parking vista sulle Alpi, sulla statale che porta al Gran San Bernardo».

«Cazzo! Pochi chilometri ed era roba degli svizzeri», e schioccò le dita.

«Se vuoi portarlo oltre confine dobbiamo farlo di notte, di giorno credo ci scoprirebbero», e accompagnò l'osservazione con un sorriso.

«Esagerato!» disse il vicequestore. «Mica t'ho chiesto di spostare il cadavere».

«Come se non l'avessimo già fatto, Rocco!».

«Ah sì?».

«Sì, una volta, sul Monte Bianco».

«Mah, non ricordo. Ed è un uomo?».

«Per ora è tutto quello che sappiamo. Deruta e Casella sono già partiti. Sul posto ci stanno due della stradale».

«Anto', chiamiamo l'allegra compagnia e saliamo. Quanto ci vuole?».

«Una mezz'oretta...».

Il vicequestore si alzò e fischiò a Lupa che si svegliò. Scosse un po' la testa, si stiracchiò curvando la schiena e scese dal divanetto. «Sembrava tutto tranquillo» mormorò Rocco, «invece ci andiamo a fare una bella gita. Sei felice, Lupa?».

Incrociarono Michela Gambino proprio davanti all'entrata della questura. «Miche', proprio tu, mi fai risparmiare una telefonata».

«Già so tutto. Mi chiamarono i tuoi agenti. Ci vediamo su» e si diresse verso le scale che scendevano al suo laboratorio.

«Ci sarebbe sempre la speranza...» e appena all'aperto Rocco si accese una sigaretta, «... che magari si tratti di un incidente, un infarto, un colpo apoplettico, no?». Antonio non rispose. «No» concluse da solo Schiavone, «non ci speri neanche più, eh? Manco io, porca troia!».

«Rocco, consideriamo il lato positivo» disse il viceispettore accendendo l'auto.

«Ce n'è uno?».

«Non piove».

Guardarono il cielo. «E pure su questo non mi giocherei un euro». Allungò il pacchetto di Camel a Scipioni che ne prese una. «Sono più buone delle mie» disse Antonio.

«Che fumi?».
«Chesterfield!».
«Allora è una mania, cazzo... pure quel deficiente di Italo fumava Chesterfield».
Seguì un silenzio di qualche minuto. Il processo all'ex agente di polizia per associazione a delinquere ancora non era cominciato. Stava a casa, in attesa di giudizio. Aveva rifiutato l'avvocato che Rocco gli aveva procurato e tutte le visite dei suoi amici poliziotti. «In questura dicono che quattro anni se li prende» disse Antonio mettendo la freccia e svoltando.
«Lo credo anche io. Magari poi ne fa uno e esce... niente precedenti, no? Certo era un poliziotto, se il giudice si fa rodere picchiano forte. Almeno la stampa non ne parla più».
«Sì, almeno».
Rocco percepì che Antonio aveva un peso sullo stomaco e doveva vomitarlo. «Dimmi, Anto'». Antonio si grattò il viso. «Ho... ho dei problemi...».
Rocco deglutì. «Fermati lì», e indicò una stazione di servizio col bar.
«Ma dobbiamo salire...».
«Tranquillo, è nella natura dei cadaveri restare immobili».
Antonio mise la freccia. «E poi mi va un caffè. Speriamo lo sappiano fare».

Seduti ai tavolini vicini al finestrone del bar c'erano due ragazzi con la barba e delle camicione a scacchi. Stavano guardando il video dei polli liberati sull'autostrada e sghignazzavano. «Grandi...» commentavano dandosi pacche a vicenda. «È virale» disse Antonio mentre Rocco lo raggiungeva alla cassa. «Il video delle galline?».

«Sì».

«Speriamo non comincino con le imitazioni... ce la vedi mezza Italia invasa da animali da cortile?».

«Perché no, Rocco? Meglio che andare a razzolare in mezzo ai cadaveri».

Il vicequestore ordinò due caffè a un barman giovane e con gli occhi strabici.

«Allora, che genere di problemi, Anto'?».

«Economici. Diciamo che non li posso risolvere col mio stipendio».

«Chiaro. E me ne parli perché...?».

Antonio guardò Rocco e scosse la testa. «Secondo te?».

«Perché ti posso aiutare» concluse il vicequestore.

«Ci spero». Scipioni sospirò. «Tu non sai quanto mi pesa dirti 'sta cosa. Sono uno che ha sempre seguito le regole, e anzi mi sono pure arrabbiato con te in passato per come... vabbè, per come ti muovi».

«Al limite della legalità?».

«No, proprio nell'illegalità. E ti giudicavo. Sarei voluto andare via dalla squadra».

«Mi ricordo...».

«Poi ho capito che i giudizi sono come cani idrofobi. Prima di togliere il guinzaglio e farli mordere, ci devi pensare bene, perché infettano e non si può tornare indietro».

Rocco attese che il ragazzo posasse i caffè sui piattini, un tiepido raggio di sole aveva vinto lo schermo delle nuvole per rimbalzare proprio accanto alla zuccheriera.

«Due caffè. Altro?» chiese aggiustandosi gli occhiali.

«Niente, grazie». Licenziato il barman, Rocco riprese: «Antonio, io posso provare ad aiutarti. Ma si rischia».

«Non ho scelta».

«Devi soldi a qualcuno?».

Antonio quasi scoppiò a ridere. «Sì. A mio fratello». Il vicequestore si passò la mano sulla barba ispida e restò in ascolto. Antonio proseguì: «Non ce la fa ad andare avanti e rischia il fallimento. Ecco, ora sai tutto».

«Un negozio?».

«Costruisce profilati di alluminio. Finestre, vetrine. Solo che la concorrenza...».

«Cioè?».

«Hanno aperto vicino a lui altri due laboratori tre volte più grandi che fanno prezzi tre volte più bassi. Che io non capisco dove cazzo abbiano trovato i soldi».

«Non ci vuole un genio, Anto'. So' lavatrici. Camorra, 'ndrangheta, fai tu. Vedrai che fra poco chiuderanno per fallimento e tuo fratello recupera».

«Intanto però ha i debiti, non sa come pagare gli stipendi a quattro operai e nemmeno dove sbattere la testa. La banca i soldi non glieli presta».

«Ma non mi dire?». Schiavone posò la tazzina vuota scuotendo la testa.

«Già. E lui di andare a farseli prestare da qualche agenzia non ne ha voglia, anche se la banca gliene ha indicate un paio».

«È storia vecchia, Anto'. La banca nega il prestito, presenta un'agenzia al cliente che poi si rivela essere uno strozzino. Il giro è sempre quello e tuo fratello non ci deve cascare. Di quanto parliamo?».

Antonio abbassò lo sguardo, quasi si vergognasse. «Cento».

Rocco ci pensò su. «Come si chiama tuo fratello?».

«Giovanni».

«Quanto tempo abbiamo?».

«Il meno possibile, Rocco».

Rocco diede una pacca sulla schiena del collega. «Devo fare qualche chiamata, ma 'ste cose le risolvono sempre due amici miei che mo sono spariti».

«Brizio e Furio, no?».

«Esatto. Non ho più notizie da un po'».

«Staranno in galera».

Rocco si fece una risata. «No, Anto', fossero in galera da mo che l'avrei saputo. Daje, annamose a diverti'!». Lasciarono il bar. I due ragazzi al tavolo erano ancora concentrati sul cellulare a guardare l'ombra mascherata che rivendicava l'attentato. Ascoltavano in silenzio, seri.

Il piazzale adibito a parcheggio era circondato da abeti incastonati fra le montagne che sembravano sorvegliare la strada. Sui bordi di ghiaia ed erba, lungo tutto il perimetro, c'erano ancora tracce di neve.

Scesero dall'auto superando una baracchetta di legno che vendeva prodotti alimentari. L'auto di Deruta e Casella era nel mezzo dello spiazzo. I due agenti poggiati sul cofano mangiavano un panino. Poco più in là un uomo sui quarant'anni fumava una sigaretta. Aveva un grembiule bordeaux legato intorno alla vita e guardava per terra. Appena Schiavone si avvicinò, i due agenti deglutirono il pasto come le rane quando catturano un insetto, e si staccarono dal cofano dell'Alfa. «Dotto', è laggiù» fece Casella indicando un punto alle sue spalle. «Lì, sotto al ponticello» aggiunse. Rocco invece guardò il tizio con la parannanza. «Quello chi è?».

«L'uomo che l'ha trovato».

«È il pizzicagnolo?».

Gli agenti lo guardarono senza capire. «Insomma, è il padrone della baracca?».

«Sì. Vende un sacco di cose buone». Casella tirò fuori dalla tasca un barattolo di vetro. «Questi sono funghi sott'olio che fa lui».

«La mocetta è di prim'ordine» si aggiunse Deruta. «E pure il formaggio, una specie di gorgonzola... buonissimo».

«Tiene pure il miele. Certo se li fa pagare, eh?». Casella cercò con lo sguardo l'appoggio del collega che annuì convinto. «Deu meu, due panini con mocetta e burro d'alpeggio e pane di semi, che Federico fa molto più buono, sette euro!».

«Però, dotto', a noi ce l'ha messo a cinque» concluse con aria cospiratoria Casella.

«Sì, e ha messo pure tre fette in più di mocetta».

«Avete finito di rompere i coglioni? Casella! Deruta! Ma che ve devo ricorda' che stiamo facendo qui a... a quanto stamo d'altezza?!».

«Più di mille sicuro» rispose Antonio.

«A più di mille sicuro pe' magna' e comprasse i funghi sott'olio? Avanti, mostratemi il corpo».

Casella e Deruta fecero strada. Le scarpe dei poliziotti scricchiolavano sulla ghiaia. L'uomo della baracchetta alzò lo sguardo. «Lei aspetti qui!» gli ordinò Rocco e quello alzò le mani annuendo. Proseguirono lungo il piazzale dal quale si godeva la vista di uno splendido massiccio che, come una mastodontica quinta teatrale, chiudeva il panorama a nord. Ai piedi delle rocce innevate si scorgevano piccoli alpeggi e ghiaioni che scivolavano verso valle. «Dove stanno quelli della municipale?» chiese Rocco.

«C'era Mastronardi prima, ma se n'è andato quando siamo arrivati noi» rispose Casella. «Le porto i suoi saluti». Arrivarono su un ponticello che permetteva il passaggio sopra un piccolo torrente che friggeva ai loro piedi. «Là» disse Casella, e indicò la sponda destra. Da un cespuglio di felci sbucava un corpo, le gambe immerse nel ruscello oscillavano appena al passaggio dell'acqua, il busto poggiava sulla roccia. La testa, faccia in giù, era nascosta dai rami. «Andiamo» disse Rocco, poi fermò gli altri due agenti. «Solo io e Antonio!».

Scesero il dislivello verso il corso d'acqua superando un gruppo di abeti giovanissimi e raggiunsero il corpo.

Portava un giubbotto di pelle nero, i jeans, ed era calvo. Sulle dita della mano destra aveva scritto AMOR con un tatuaggio. Sull'altra mano invece MORS. «Eros e Thanatos» commentò Rocco, «e pure in latino. Un classico». Si chinò per guardarlo in viso. «Oh porca troia» disse e si voltò a guardare Antonio.

«Oh porca troia» disse quello di rimando.

Risalì con difficoltà, scivolando con la suola liscia delle Clarks sull'erba umida e raggiungendo il parcheggio. «Ha controllato se ha i documenti?» gli chiese Casella, ma Rocco non rispose. Seguito dal viceispettore puntò verso il proprietario della bancarella. «Minchia» mormorava Scipioni a ogni passo che faceva. «Minchia, minchia e minchia!».

«Hai chiarito il concetto, Anto'... ecco la cavalleria», e indicò la strada. Stava arrivando il pulmino della scientifica seguito dall'auto di Fumagalli. Deruta faceva dei segni per indicare dove fosse il corpo e farli parcheggiare più vicino possibile alla scena del delitto.

«Buongiorno», Rocco allungò la mano che l'uomo col grembiule strinse. «È lei che ha trovato il corpo?».

«Sì, stamattina. Arrivo verso le nove, nove e mezza, apro la baracca e mi prendo il caffè del thermos». Rocco ascoltava osservando la Gambino e due agenti prelevare le attrezzature dal furgone e vestire la tuta bianca. Fumagalli, sceso dall'auto, si stiracchiò sbadigliando, neanche fossero le sei del mattino. «Poi è arrivato un pullman di turisti... vanno in Svizzera, però spesso si fermano qui a dare un'ultima occhiata all'Italia e comprano. Pane, panini, grissini, affettati, cibo sott'olio...». Aveva i capelli ricci e neri, la carnagione scura e la barba folta. «Come si chiama?» lo interruppe Rocco.

«Ulisse Cirò».

«Nativo della Valle anche lei» commentò Scipioni.

«Tropea» rispose quello sorridendo.

«Tropea è un paradiso» affermò Scipioni.

«Se uno tiene lavoro e casa e soldi sì. Sennò è un incubo» rispose Ulisse intristito.

«Da quanto fa questo lavoro?».

«Con la bancarella? Sono due anni. Ci campo e mando pure qualcosa a casa. Mia madre con la pensione sopravvive a malapena».

«L'aveva mai visto?».

«Chi, il morto? Mai. Poi le dirò la verità, io in faccia non l'ho guardato. Davanti al cadavere mi si è gelato il sangue!».

«Uelà!» gridò Michela Gambino salutando i colleghi. «Sembra neanche un'ora fa che parlavamo in questura», e si infilò un guanto di lattice per proseguire.

«Giù, al torrente!» le gridò Schiavone.

«Lo so!», poi la sostituta si rivolse ai suoi agenti: «Piccio', non camminate nella ghiaia del parcheggio fate il piacere, venitemi dietro, sul lato erboso... amunì!», e seguita dagli uomini in tuta proseguì.

Ulisse sorrise. «Ma fra noi c'è qualcuno della Valle o siamo tutti di fuori?».

«Forse i due agenti della scientifica che non conosco, ma non ci giurerei» rispose Scipioni.

«Senta Cirò... quando lei è arrivato stamattina, c'erano auto?».

«No, il piazzale era deserto».

«Mi dice perché è andato laggiù al fiume?».

Alzò le spalle come a scusarsi. «Pipì. Mentre stavo lì ho visto le gambe del tipo in acqua e ho chiamato subito la polizia. Ma ho chiamato la stradale, mica lo so perché. Anzi lo so, mi sono spaventato, io mica l'ho mai visto un cadavere. A parte mio padre, ma era all'ospedale ed è tutta un'altra storia».

«Anche ieri era qui?».

«Anche ieri, sì. C'è stato abbastanza movimento, ho chiuso alle cinque. Dopo comincia a calare il sole e non si ferma più nessuno».

«Da quanto tempo ha questa bancarella ha detto?» gli chiese Antonio.

«Due anni. Ho tutto. Permessi, tasse pagate...».

Rocco lo fermò con un gesto della mano. «Non ce ne frega un cazzo, mica siamo della finanza, Uli'... per ora grazie. Credo che per oggi debba chiudere e tornarsene a casa».

«Sì, mi rendo conto. E quando posso riaprire?».

«Glielo comunicherà il viceispettore Scipioni al quale lei gentilmente lascerà i suoi dati e i suoi recapiti».

«Dottore, mi raccomando, io ci campo». Rocco cercò di rassicurarlo con una pacca sulla spalla. Alzò lo sguardo e vide Alberto Fumagalli che scendeva verso il greto del ruscello. Anche da lontano si leggevano chiare le bestemmie che tratteneva fra i denti. Il vicequestore si accese una sigaretta. «Ulisse?».

«Dica, dottore».

«Me lo fa un panino con il lardo? Lo vuoi pure tu, Anto'?».

«Sì, grazie».

Tornò dal commerciante. «Due allora, acqua ce l'ha?».

«Signorsì».

«Anzi faccia una cosa, di panini ne prepari... sei, così nutriamo pure quegli scappati de casa della scientifica. Sei per cinque trenta... ecco, le lascio cinquanta e ci dia pure un po' d'acqua che qui la cosa è lunga».

«Subito!» fece, e corse al chiosco. Solo allora Rocco notò lo sguardo triste di Deruta che non era stato conteggiato. «Deru', te lo sei appena magnato il panino, direi che basta, no?».

Intristito l'agente abbassò il capo.

Coi gomiti poggiati al parapetto del ponticello, il vicequestore osservava Fumagalli al lavoro. «Dio bono, non è che posso fa' gli esami diaccio in mezzo all'acqua! Non so quando è morto ma il come è facile...». Schiaffò un morso al panino. Poi lo sollevò verso il vicequestore. «Grazie, buonissimo».

«E com'è morto, se è lecito?».

«Prima l'hanno pestato, ecchimosi, naso spaccato, sopracciglio destro lacerato, un dente dondola ancora, però ti dico che l'hanno picchiato molto prima dell'omicidio. Sai perché? Avrebbe più sangue sul viso, invece la sensazione è che se lo sia sciacquato. Poi gli hanno sparato, un colpo in mezzo alla fronte. Ecco, e questo è strano, no?». Si alzò in piedi e si tolse un guanto di lattice. «Dico, che fanno? Lo picchiano, gli detergono il sangue dal viso e poi lo freddano?».

«Gli hanno sparato da vicino?».

«Non c'è foro di uscita quindi ritengo che il proiettile sia ancora qui dentro. Vabbè, appena viene la mortuaria me lo faccio portare in sala e ci scambio due chiacchiere», poi lanciò un oggetto a Rocco che quello acchiappò al volo. «Il portafogli. Vedi che ci sono documenti e tutto, dovreste farcela a risalire all'identità». Rocco lo aprì e prese la patente. «Per curiosità, non ho guardato, come si chiama?» chiese Alberto mentre risaliva il bordo scosceso con l'aiuto di Casella che, tenendosi al tronco di un giovane abete, gli allungava il braccio.

«Roberto Novailloz» rispose Schiavone che già sapeva.

«E adesso?». Antonio Scipioni aveva preso da parte Rocco che aveva consegnato il portafogli della vittima a un agente della scientifica. «Se qualcuno t'ha visto alla stazione?».

«Non credo. M'ha visto il cognato dove lavorava e la moglie dalla finestra...».

«La moglie?».

«Ero andato a cercarlo a casa», e si allontanò. Fece tutto il perimetro del parcheggio. Notò una stradina che si addentrava nel bosco. Un cartello dipinto a mano indicava Saint-Romain. Proseguì. Sul lato opposto della scorciatoia c'era uno slargo ricavato abbattendo qualche abete, nel quale avevano piazzato due tavoli di legno con quattro panche; un altro cartello, sempre dipinto a mano, indicava che quella era un'area picnic. Rocco tornò da Ulisse Cirò che stava finendo di chiudere a chiave le serrande della baracchetta. «Ulisse, dimmi un po'. Laggiù, dall'altra parte, c'è un sentiero».

«Sì. A proseguirlo entra nel bosco e sale su per la montagna».

«Che cos'è Saint-Romain? C'è un cartello».

«Mai saputo. Forse un eremo. Comunque ci vanno i cacciatori».

Rocco lo salutò accennando un sorriso e salì in auto dove Antonio lo aspettava. Aprì il finestrino e gridò verso Deruta e Casella: «Voi due chiamate un cambio, vi voglio in ufficio. Poi qualcuno mi deve spiegare dove cazzo sta D'Intino!». Casella allargò le braccia, Deruta finse interesse per dei sassolini di ghiaia ai suoi piedi. «Cercatelo e ditegli che lo voglio trovare in questura. Non mi piace essere preso per il culo, chiaro?».

«Signorsì» disse Casella.

Se aver lasciato la casa a Pupa e donna Natalina risolveva il problema del momento, ne apriva però uno peggiore: dove sarebbero andati a dormire lui e Nenè? «Scusami, fammi capi'... gli si' lasciate la casa te'? E mo noi addo' jamme?» gli domandò infatti l'amico.

«Ne le sacce Nenè... mannaggia a lu demonie! Ne le sacce!» rispose D'Intino disperato. Fermi sotto la Porta Pretoria, appoggiati alla ringhiera di ferro, riflettevano sulla situazione complessa in cui si trovavano. D'Intino mordendosi le unghie, Nenè osservando le antiche pietre come a cercare l'ispirazione.

«Ma almeno com'è? È sempre bella?».

«Pupa? Sì... Solo che s'ha purtate appresse la mamma...».

«Donna Natalina...» mormorò Nenè.

«La conosci?».

«La cchiù grossa 'mpicciona, 'gnurante, cattiva scassacazzi che so' mai canesciute...».

«Sì, sta sempre 'n mezzo! Pare 'nu cane arrajate ca s'abbenda appena uno parla».

«Perché ha venute 'nghe la fija?».

«Sacce je pecché. Ha venute».

«'Nghe nove valigie?»

«'Nghe nove valigie!».

Nenè ci rifletté qualche istante. «Strano, no?».

«Sì, pe' 'nu viagge turistico, nove valigie so' 'na freca!».

«Mah... mo arisulvéme 'stu fatte de la casa!».

«Aspe', famme fa' una telefonata». D'Intino prese il cellulare. «Michele? So' Mimmo... addo' stai?».

Il vento che sentiva soffiare nel telefonino si mischiava alle parole. «Sono al parcheggio sulla statale che va al San Bernardo».

«E perché?».

«Perché ci devi essere pure tu! Guarda che Schiavone ti sta cercando, dice che devi correre in questura, se non ti trova si arrabbia assai».

D'Intino scosse la testa. «Mo tengo 'nu problema cchiù grosso. Miche', scusa, ma la casa tua, quella che hai lasciato per andare a vivere con tuo marito, è libera?».

«Non lo so, devo chiedere al padrone. Ti serve?».

«Sì. Mo per stanotte dormo magari in ufficio, ma domani devo truva' una soluzione».

«Ti faccio sapere. Tu va' in questura».

Nenè guardò speranzoso l'amico. «Allora?».

«Mo chiede. Je devo corre a l'ufficio».

«E je? Che faccio?».

«Nenè, che ne sacce? 'Nte pozzo aiuta'».

Nenè lo guardò sprezzante. «Bell'amico che si', mi si' cacciate de casa e non mi aiuti».

D'Intino si tirò una manata sulla fronte. «Per stanotte magari 'na pensioncina, un bedenbrefas! Anzi no, idea! T'arresto! E stanotte almeno tieni da dormire!».

«Rocco, bisogna che impari a farti i cazzi tuoi, come vai predicando sempre in giro» disse Antonio, ma il vicequestore si limitò a prendere il cellulare e digitare un numero. «Lo potevi minacciare e basta, no? C'era bisogno di picchiarlo?».

«Cateri'? Sono Rocco. Vieni a via Bouleaux... te lo spiego lì. Sbrigati. E vieni sola». Chiuse la comunicazione. «L'unico che mi ha visto bene è il carrozziere. E questo può essere un problema... o un vantaggio».

«Un vantaggio?».

«Dipende come evolve la storia, Anto'...».

«Pensa a quando lo portiamo in questura per l'interrogatorio... la faccia che farà appena ti vede?».

«Si piscia addosso se pensa che l'assassino di suo cognato è un poliziotto, no?».

«Come minimo!». Il semaforo passò al giallo, Antonio accelerò e superò un furgone. «È certo che se lo interroghiamo, la verità non la dirà mai».

«Oppure sì, se ha paura potrebbe essere una carta da giocare».

«Rocco? Ci hai pensato che quello potrebbe andare dritto dritto dal questore o dal magistrato?».

«Certo che ci ho pensato. E infatti il carrozziere lo interrogherai tu».

«Io?».

«La prossima prendi a destra che siamo arrivati».

Antonio eseguì.

«Civico 26».

L'auto si fermò in doppia fila di fronte alla palazzina. Non fecero in tempo a finire la sigaretta che Caterina arrivò con l'auto di servizio. Inchiodò e uscì pallida in viso e coi capelli al vento. Rocco e Antonio le andarono incontro. «L'ho sentito per radio. Roberto Novailloz?» disse.

«Freddato con un colpo alla fronte».

Caterina guardò i due colleghi, si poggiò le mani ai fianchi. «Che succede, Rocco?».

«Sì, è una storia strana!».

«Una storia strana, dici? Io ieri parlo con la moglie, ti racconto tutto e stamattina...», poi lo fissò negli occhi. «Dimmi che non c'entri niente».

«Ma che sono uno che spara a una persona a sangue freddo? Per chi cazzo m'hai preso?» chiese disgustato. La domanda gli era uscita dalla bocca d'istinto. Perché chi fosse in realtà Rocco Schiavone, Caterina lo sapeva benissimo. I suoi trascorsi, le sue amicizie. Lo sguardo della donna costrinse il vicequestore a una giustificazione non richiesta. «Io non sparo alla gente senza un motivo più che personale!».

«Ecco, meglio» disse Caterina.

Antonio non capiva dove stesse andando la discussione fra i due, gli sfuggivano nessi e implicazioni, ma sentiva che era meglio così, perché non aveva voglia di districarsi in quel ginepraio che era Rocco Schiavone, soprattutto ora che gli aveva chiesto un aiuto illegale.

«Non c'entri niente, allora?» insisté Caterina.

«Non è proprio così». Antonio sbarrò gli occhi e diede un colpo al gomito di Rocco, che invece proseguì: «Qualcosa è successo ieri sera, ma te la racconto dopo».

«Che cosa è successo?».

«Hanno avuto un diverbio» intervenne Scipioni.

«Un diverbio?».

«Sì, alla stazione. Si sono picchiati».

«Vi siete picchiati?».

«Cateri', non è che devi ripetere tutto quello che dice Antonio».

«Se due si picchiano, ci dovrebbero essere dei segni, e ti guardo in volto e non ne vedo».

«Ho delle ferite interne».

«Vaffanculo, Rocco», e Caterina mollò una manata sul tettuccio dell'auto.

«Adesso saliamo dalla moglie e le porti la notizia».

«Io?».

«Sì. Voglio osservare la reazione. Mi tolgo il loden» disse Rocco. «L'ha visto dalla finestra, quando mi sono spacciato per un amico del marito».

Monica Novailloz li accolse con un sorriso forzato. Non aveva dormito, l'occhio ancora gonfio, Rocco notò anche un taglio sul labbro inferiore. «Buongiorno Monica...» disse Caterina, «oggi sono venuta con altri due colleghi». La finestra del saloncino era stata rattoppata con un pezzo di cartone.

«Sì, lo vedo, ma... non è successo niente. Perché è qui?».

«Possiamo?».

La donna si fece da parte e lasciò entrare i tre poliziotti. C'era un odore dolciastro, forse miele. Rocco osservò i mobili da grande magazzino ammucchiati, claustrofobici, che riempivano la piccola stanza. «Che succede? Avete notizie di Roberto?».

«Sì» disse Caterina. «Dovrebbe venire con me per il riconoscimento».

Monica strabuzzò l'occhio sano. «Il riconoscimento? Non capisco, che riconoscimento? Dove? È successo qualcosa?». La voce le tremava. Si sedette sul baule rosso abbellito dai cuscini multicolori.

«Purtroppo Roberto è stato ritrovato ucciso stamattina sulla strada per il Gran San Bernardo».

Monica restò seria, sbatteva appena le palpebre. Poi alzò un sopracciglio, sembrava una nobildonna offesa e ferita nell'orgoglio da una parola di troppo della sua dama di compagnia. Poi tirò in dentro le labbra, se le morse, chiuse gli occhi per cominciare a piangere in silenzio. Si ripiegò su se stessa, coprendosi il viso con le mani che teneva poggiate in grembo. La schiena sussultava per i singhiozzi sordi, la lavatrice da una stanza vicina stava finendo il programma di centrifuga. Aspettarono. Il cestello di alluminio terminò per primo il suo ritmico pulsare, poi, insieme all'elettrodomestico, anche Monica si calmò. Si tirò su. Aveva il naso rosso e le guance sporche di rimmel. Solo allora Antonio si accorse che portava le ciglia finte. «Non ho voglia di venire a riconoscerlo. Lo dico alla sorella. Verrà lei».

«Come si chiama la sorella?» intervenne Rocco.

Monica lo guardò, come se s'accorgesse di lui solo in quel momento. «Eh? Ah sì, Diletta... Diletta Novailloz in Crampi».

«Va bene, ci può dare l'indirizzo?» chiese Antonio con la voce più tranquilla e pacata che possedeva.

«Sì, certo. Abita alla frazione Arsin... al numero 15. Non fate il centro, vi conviene la statale» suggerì con la voce fioca, poi abbassò il capo come volesse controllare che il vecchio baule sul quale era seduta fosse reale e reggesse il peso. Caterina si voltò verso i colleghi: «Andate. Io sto ancora un po' con lei».

Rocco e Antonio salutando Monica uscirono di casa. Già sul pianerottolo si sentirono meglio.

«Dobbiamo capire con chi se la faceva 'sto Novailloz». Rocco parlava ad alta voce, ma erano solo pensieri usciti per sbaglio dalla bocca. «Ieri guidava un Mercedes Classe A. Dove sta l'auto? Sul piazzale non c'era. Sarà andato in un altro posto, dove poi l'hanno ucciso? Perché non sentiamo la stradale, la stazione, e vediamo se ci sono dei filmati di ieri sera?».

Scipioni era preoccupato. «Lo faccio subito. Scusa, Rocco, ma non c'è il rischio che...».

«Cosa?».

«Cazzo, e non mi fare dire l'ovvio. Che insomma, magari troviamo una telecamera che riprende la tua lite con la vittima».

«E secondo te io do gli appuntamenti a cazzo di cane? Lì telecamere non ce ne sono! Accosta che siamo arrivati». Antonio eseguì. «Vado a parlare con la sorella di Novailloz. Poi ci facciamo pure due chiacchiere col roscio?».

«Il roscio?».

«Il marito, il carrozziere, è roscio di capelli e ha il barbone che pare un vichingo». Aprì la portiera. «Aspettami che se si sente male capace che dobbiamo portarla noi all'ospedale».

Antonio annuì e prese il cellulare.

La casa di Diletta Crampi e suo marito era un bel villino che dominava Aosta. Un piccolo giardino curato sul davanti, il tetto spiovente, il videocitofono e il cancello moderno in ferro lavorato comunicavano un certo benessere. Rocco notò che dal comignolo usciva una filaccia di fumo. «Sì?» disse il citofono.

«Diletta Crampi?».

«Sono io... chi è?».

«Polizia», e si azzittì. Faceva sempre quella pausa, gli piaceva immaginare lo stomaco dell'altra persona che si strizzava come uno straccio.

«Polizia?» gracchiò la voce della donna.

«Sì, ha presente? Quelli con le auto azzurre e la divisa, che lavorano in un ufficio chiamato questura? Ecco, proprio quella!».

«Devo aprire?».

«Oppure scende lei, faccia come preferisce».

«Eh? Sì, scendo».

Non seppe perché si stava comportando in quella maniera, in fondo doveva portare una notizia triste a una donna che neanche conosceva, ma qualcosa gli suggeriva la linea dura. Se hai un fratello che muore per un colpo di pistola in fronte, qualcosa sai, qualcosa nascondi, qualcosa hai visto. E Rocco doveva scoprirlo, era il suo mestiere, che spesso non lasciava spazio alla pietà umana. Il cancello si aprì. Diletta era sui quarant'anni, piccolina, con gli zigomi sporgenti, il viso magro e gli occhi nocciola. Portava i capelli lunghi e curati. Sotto al mento una vecchia cicatrice, di quelle che si rimediano all'asilo cadendo dall'altalena. «Vicequestore Schiavone», le tese la mano. La donna l'aveva fredda. «Diletta Crampi».

«Purtroppo non le porto una bella notizia».

«Oddio, Costantino?» gridò portandosi le mani davanti alla bocca.

«Chi è Costantino?».

«Mio marito».

«No. Suo marito non c'entra nulla».

Si rilassò, addirittura accennò un sorriso. «Sono qui per Roberto, suo fratello». Lo sguardo di Diletta si indurì, divenne serio. «Che succede?».

«Dovrebbe venire con noi. Per il riconoscimento».

«No!» disse la donna.

«No?».

«No... no... no!» urlò alla fine e mollò due pugni sulle braccia di Rocco. «No! Non vengo, non ci voglio venire. Quale riconoscimento? Quale? No!». Indietreggiò fino a restare con la schiena attaccata al cancello. «No. Non vengo proprio. No! Stronzo!» urlava. Cominciò a piangere. «Che è il riconoscimento? Non lo so, non... non me lo dica, non lo voglio sapere! Non lo voglio sapere, brutto stronzo!». I singhiozzi le serrarono la gola, frantumando le parole in monconi inintelligibili, poco più che dei rumori. «Che fra... adde... marc... sape...». Scivolò a terra fino a che, seduta sull'asfalto, si abbracciò le gambe per restare in silenzio. Rocco guardò l'auto, Scipioni era ancora al telefono voltato verso la città e non aveva assistito alla scena. Allora si chinò, mise un braccio sulle spalle della donna che reagì con uno scatto. «No!» disse ancora. Schiavone insisté, riuscì ad abbracciarla e quella si lasciò andare finendo con la testa dentro il cappotto del vicequestore. Antonio aprì la portiera e fece per avvicinarsi, ma il vicequestore con un gesto lo fermò. «Mi dispiace» disse, «mi dispiace doverle dare questa notizia. Però, la prego, ora dobbiamo muoverci».

Diletta sollevò il volto, si asciugò le guance, sembrava stupita di ritrovarsi per terra abbracciata a uno sconosciuto. Si alzarono e lenti raggiunsero l'auto.

Non dissero una parola fino all'ospedale. Diletta aveva guardato la città fuori dal finestrino tenendo le labbra talmente serrate che erano diventate bianche. Si fece guidare lungo i corridoi squallidi freddi e maleodoranti fino a raggiungere la morgue. Fumagalli stesso gli andò incontro. Sapeva, l'anatomopatologo, che davanti a un familiare bisognava tenere la bocca chiusa e accompagnare quel fagotto di dolore a destinazione.

Il cadavere coperto riposava sul primo lettino. La donna si avvicinò aggrappandosi al braccio di Rocco. Fumagalli scoprì con gentilezza il viso. Diletta annuì e ricominciò a piangere. Schiavone la scortò di nuovo fuori. Uno scambio rapido di occhiate con l'anatomopatologo per darsi un appuntamento a più tardi.

Diletta non volle essere riaccompagnata. Ringraziò fredda il vicequestore e Antonio Scipioni che si era risparmiato la scena nell'obitorio, e sola si allontanò a piedi per le vie di Aosta. I due poliziotti la tennero d'occhio fin quando non svoltò l'angolo per sparire alla loro vista. «Ma che cazzo...» mormorò Schiavone lisciandosi i capelli. La corazza faceva acqua da tutte le parti, piena di buchi che il tempo, come un tarlo lento e silenzioso, aveva prima aperto e poi allargato. Non le reggeva più queste situazioni, una volta osservava la scena con freddezza, adesso ci si ritrovava invischiato dentro, e il dolore degli altri diventava anche suo. «Antonio, vai dal marito e convocalo in questura. Ricordati che lo devi interrogare tu».

«Che facciamo, registriamo?».

«No, starò lì a guardare. Se mi viene in mente qualcosa di importante, ti chiamo. Portalo nella sala interrogatori».

Antonio sgranò gli occhi. «Ma mica è in stato di fermo!».

«Inventati una cazzata, che stanno dipingendo, che c'è una perdita e non hai un'altra stanza disponibile. Per tranquillizzarlo lascia la porta aperta, starò dietro allo specchio. Torno a piedi in ufficio. Fatti raggiungere da qualcuno e vallo a prendere».

«Tutto questo casino perché non hai saputo tenere le mani tranquille».

«Viceispettore, il giorno che potrai rompermi il cazzo sarà quello in cui avrai un grado superiore al mio, sia in polizia che nel quoziente d'intelligenza. E in questo momento, credimi, stai sotto in tutti e due i casi».

Il vecchio appartamento di Deruta non era più a disposizione. Era stato già riaffittato. D'Intino non aveva altre soluzioni. «Non tengo dove andare a dormire» disse al collega. «Se vuoi per questa notte vieni da me e Federico, c'è il divano libero».

«Sì, forse sì. Ma questa situazione non può rimane' accusci'... mannaggia a lu demonie...».

Il telefono di Casella squillò. «Dimmi Anto'... Arrivo subito!». Si mise il cellulare in tasca e andò a prendere il giubbotto. «Guaglio', vado con Antonio a prendere uno da interrogare», e uscì di fretta dalla stanza. Deruta e D'Intino restarono soli. «Senti un po', ma perché 'sta Pupa si è portata dietro la madre?».

«Dice che era un viaggio che da mo che volevano fare».

«Ma questo viaggio, Mimmo, com'è? Cioè, partono da Aosta e poi?».

D'Intino ci pensò su. «E poi non le sacce. Boh... andranno a Milano, Venezia».

«Sì, ma tu, con questa Pupa, quando ci parli? Quando ci stai da solo? Quando le dici quelle cose che volevi dirle da trent'anni?».

«Eh... stasera ce ne jamme a mangia' la pizza».

«Ottimo!». Michele mollò una pacca sulla spalla di D'Intino che di rimando sorrise soddisfatto. «Eh, è arrivate lu momento. Mo Pupa addo' va? Non scappa più!».

«L'ha intrappolata Mimmo!».

«Ce so' messe gli anni, ma alla fine so' fatte bbuone. Se ci sta il cervello che cammina, Miche', sei a metà dell'opera. Anzi pure tre quarti, va'!».

«Infatti».

Costantino Crampi aveva gli occhi gonfi, la pelle del viso risparmiata dal lungo barbone rosso era candida e piena di lentiggini. Le mani grosse e tozze erano mani che svitavano, saldavano, imprecavano. Anche loro bianche e cosparse di efelidi, riposavano sul tavolo di metallo. Fra indice e medio teneva una sigaretta che in mezzo a quelle salsicce pareva più piccola del normale. Aveva gli occhi chiari, questo Rocco riuscì a vederlo quando alzò il viso verso la plafoniera accesa. E proprio quel gesto lento del volto suggerì a Schiavone, che lo spiava da dietro lo specchio, la catalogazione di Costantino Crampi nel suo bestiario: Chow chow, cane paffuto ma potente, divenuto popolare in Cina ai tempi della nascita di Gesù Cristo. I nobili se lo portavano a caccia oppure ci tiravano i carretti. Chissà se anche il carrozziere aveva la lingua blu come quel bellissimo canide, pensò il vicequestore. Entrò Antonio che lasciò la porta aperta. «Ancora mi scuso, ma non ho altra stanza a disposizione. Lo so che si sente scomodo qui ma mi creda, non ho altre soluzioni» e passò al carrozziere una bottiglia di acqua. Quello l'aprì e ne bevve un lungo sorso. «Grazie» disse alla fine. «Anche se non è nelle condizioni migliori per rispondere, la prego di aiutarci, prima ci muoviamo e prima abbiamo qualche speranza di beccare l'assassino». Costantino annuì. «Ieri l'ha visto?».

«Sì, ha lavorato fino alle quattordici». Costantino fece un tiro alla sigaretta che poi spense nel posacenere. «Poi Bobo è andato via, doveva prendere dei pezzi di ricambio dalle parti di Milano. Non le so dire altro».

«Le è parso agitato? Ha fatto qualcosa di curioso?».

Costantino sembrò pensarci su. «No. Quando è arrivato la mattina era molto nervoso... mi ha detto una cosa tipo: *A casa siamo alle solite*. Ogni tanto litigava con sua moglie, la Monica, ma chi non litiga con la moglie?».

«A lei è mai successo?».

«Oh...», Costantino alzò appena le spalle, «ogni tanto anche io e la Diletta litighiamo. Ma poi se uno si ama...».

«Già, se uno si ama... e cos'è accaduto ieri sera?».

«Ho chiuso il garage e sono andato a casa».

Antonio si accese una sigaretta e si rilassò sulla sedia. «Il signor Novailloz... mi scusi, forse pronuncio male il cognome».

«Fa niente» disse il Chow chow.

«Ecco... ha ricevuto qualche telefonata, una visita, niente di particolare da segnalarci?».

«No, niente, mi creda. Ah sì! Che stupido. Quasi dimenticavo». Con la mano tremante spense la sigaretta nel posacenere, Rocco si avvicinò allo specchio.

«È venuto un suo amico e gli ha lasciato la Opel per cambiare lo specchietto laterale».

«Nient'altro? Nessuna visita ieri sera? Nessuno ha chiesto di Roberto?».

«No... nient'altro».

Antonio guardò in silenzio Costantino, un ultimo tiro, poi anche lui spense la cicca. «Signor Crampi, grazie!».

«Prego» rispose quello sollevato. «Se uno può aiutare... spero che lo prendiate».

«Lo spero anche io, anzi ne sono certo», e il sorriso di Scipioni spaventò il carrozziere. «L'accompagno fuori».

I due lasciarono la stanza. Rocco entrò dopo qualche secondo e attese che il viceispettore rientrasse.

«Qualcosa sa, e non parla».

«Già... Ha paura».

«Sì. Vado da Baldi a farmi quattro chiacchiere. Poi mi sa che mi tocca la riunione con Fumagalli e Gambino».

«Ti accompagno?».

«No... vedi se ci sono novità sui filmati».

«Benissimo. Poi torni in ufficio?».

«Non credo proprio. Me ne vado a casa. Stammi bene».

«Ah, Rocco. Su sta per cominciare la conferenza stampa».

«E allora?».

Antonio sembrava imbarazzato. «Arrivano i giornalisti. E allora pensavo che forse ti conviene usare l'ascensore e uscire dal garage...». I due si guardarono per qualche secondo. Antonio voleva evitargli l'incontro con Sandra Buccellato, e Rocco gliene fu grato. «Antonio, io non mi sono mai nascosto in vita mia. Non vedo perché dovrei cominciare adesso».

Invece ascoltò il consiglio di Antonio, seguito da Lupa scese con l'ascensore al piano interrato del garage dove prese un'auto di servizio e partì verso la procura.

Doveva essersi stancata durante la sua assenza perché, invece di aggredire il tappeto del magistrato, Lupa si era addormentata accanto al portaombrelli. L'umore di Baldi era come il cielo di Aosta, che in quel momento virava decisamente al nuvoloso con rovesci a intermittenza. Sfogliava nervoso una pila di fogli senza rivolgere la parola al vicequestore. Dopo tre minuti di affannosa ricerca, senza alzare gli occhi dal lavoro febbrile, quasi gridò: «È venuto a fare una visita di cortesia o ha qualcosa da dirmi?».

Rocco si morse le labbra, poi sbuffò. «Parliamo di Roberto Novailloz, trovato cadavere questa mattina al parcheggio sulla strada per il Gran San Bernardo». Come risposta ottenne solo il frusciare delle carte. «Un colpo d'arma da fuoco di cui, spero presto, scopriremo il calibro. Preciso in mezzo alla fronte. Ancora non conosciamo l'ora della dipartita. Il soggetto, prima di essere liquidato con precisione chirurgica, aveva subito un pestaggio, a detta dell'anatomopatologo qualche ora innanzi», e si azzittì.

«Eccolo!», e alzò un foglio mostrandolo a Rocco. Poi lo accartocciò con rabbia e lo scagliò nel cestino. Dopo qualche secondo tutto il malloppo di carte seguì lo stesso destino. «Questo lo so già, Schiavone. Mi dica qualcosa che non so».

«Abbiamo sentito il carrozziere Crampi, il cognato, la vittima lavorava da lui. E siamo certi che menta».

«Perché?».

«Perché sì».

«Che è una motivazione più che soddisfacente». Baldi si sporse a controllare. «La cagnolona, come la chiama lei, dorme».

«Sì. Forse è stanca».

«Se imparassimo a dormire come loro, qualche minuto appena possibile, saremmo molto più riposati e energici».

Rocco non aveva niente da obiettare all'osservazione del magistrato.

«Mente, diceva. E allora? Perché mente?».

«Gli abbiamo chiesto se ieri qualcuno avesse cercato la vittima nel garage dove lavoravano insieme».

«E?».

«E lui è rimasto in silenzio. Invece noi abbiamo le prove che qualcuno da lui c'era andato».

«Chi?».

«Io».

Il magistrato guardò stranito il vicequestore. «E mi spiega il motivo?».

«Volevo parlare con Novailloz e intimargli di smetterla di massacrare la moglie».

Baldi si passò una mano sulla bocca. «Mi faccia capire meglio. Lei in maniera del tutto privata, oserei dire autarchica, in veste di poliziotto voleva minacciare un cittadino?».

«No, in veste di amico della signora».

«Schiavone, si rende conto di quello che mi sta dicendo?».

«Certo».

«E com'è che questo carrozziere non l'ha riconosciuta in questura?».

«L'ho fatto interrogare dal viceispettore».

«Ma poi lei, questo Novailloz, l'ha trovato?».

«Sì. E gli ho sparato dritto in fronte».

Baldi sorrise. «Pensi un po'? Io a questa versione ci credo».

«Andiamo, dottor Baldi, volevo solo alleggerire la situazione».

«Anche io».

«Comunque...» proseguì Rocco, «siamo stati fortunati. Qualcuno l'ha visto litigare davanti alla stazione verso ora di cena...».

«Le sette?».

«No, le nove».

«Qui l'ora di cena è alle sette. Le nove è laggiù da voi nelle terre mediterranee».

Rocco alzò gli occhi al soffitto.

«E non sbuffi. Qui si mangia prima, per via della luce, lo avrà imparato, no? È qui da quanto? Tre anni? Fra le montagne il sole tramonta prima, quindi si mangia prima».

«Dottore, ma a me che cazzo me ne frega?».

«Niente. Era solo per accordarsi sull'orario. Bene, le nove. E poi?».

«E allora, i miei valorosi agenti stanno cercando telecamere a circuito chiuso vicino alla stazione, agli incroci stradali eccetera, per scoprire qualche traccia».

«Ma che ci faceva lassù?».

«E questa è la prima domanda alla quale devo trovare risposta. L'hanno ammazzato lì? Se sì, allora è d'obbligo la seconda domanda: dov'è l'auto con la quale è arrivato?».

«Magari ce l'ha portato il suo assassino» obiettò Baldi.

«Anche questa è un'ipotesi».

Il magistrato prese un respiro profondo. «Come sempre vado a dare un'occhiata ai conti di questo Novailloz. Si impara molto dai movimenti bancari di una persona».

«Vero. Come dall'immondizia. Anche da quella si impara molto».

«Sono d'accordo, ma lì le mani ce le mette lei, semmai». Baldi si infilò una sigaretta in bocca senza accenderla.

«Dottore, è una vita che io metto le mani nell'immondizia, nelle fogne, nella merda insomma».

Baldi alzò il pacchetto di Marlboro che aveva appoggiato sulla scrivania. «Ormai ho ripreso...», poi se l'accese. «Se vuole, può farlo anche lei». Rocco non se lo fece ripetere.

«Che ne pensa di questo sedicente Esercito di Liberazione del Pianeta?».

«Poco o niente. Mi sembrano dei ragazzi che protestano. E lo fanno in maniera creativa».

«Anche io la vedo così. Perché le questure sono allarmate?».

«Non lo so, dottore. Io non ci vedo niente di pericoloso».

«Neanche io. Ma un'idea me la sono fatta».

«Dica...».

«Ricorda il subcomandante Marcos in Messico?».

«Certo».

«Non so perché, ma credo che questi tizi, chiunque siano, agiranno con le stesse modalità. Cellule con vari capi. E sa perché?». Baldi aspirò dalla sigaretta e buttò il fumo facendolo rimbalzare sulla scrivania.

«Perché è più difficile fermarli».

«Bravo. In più hanno il web per comunicare. Gli zapatisti non l'avevano. Buona serata, Schiavone».

«A lei». Rocco si alzò dalla sedia e Lupa si risvegliò schizzando in piedi.

«Lo vede?» disse Baldi. «Pochi minuti di sonno ed è già pronta, agile e scattante».

Parcheggiò l'auto vicino al centro. Si incamminò. L'aria era fresca, le stelle sembravano saltare via dalle coste delle montagne come pulci dal dorso di un enorme cane addormentato. Non aveva nessuna voglia di mettersi a cucinare, attività peraltro complicata da svolgere se prima non si è previsto di comprare qualcosa da mettere sui fornelli, ma si era stancato di andare al ristorante e cenare da solo. Mentre cercava di risolvere la questione, sapeva che a casa avrebbe trovato un pacchetto di patatine aperto e rimasugli di rosticceria più simili a scarti ospedalieri che a cibo, prese una decisione drastica e si fermò al bugigattolo che faceva angolo con Croix de Ville. Scelse un panino con un non meglio identificato formaggio e le patatine fritte. A Lupa, prima dei croccantini che l'aspettavano a casa, diede un supplì. Si sedette su delle sedie di ferro in attesa che preparassero il cibo e guardò distrattamente la televisione appesa sopra il banco delle ordinazioni. Strizzò gli occhi. Aveva visto bene. Centinaia di mucche pascolavano tranquille in una piazza di un qualche centro storico. Sorridendo si alzo e si avvicinò. Lo speaker del telegiornale, giovane e divertito, raccontava che quelle mucche erano fuggite da un allevamento vicino Vicenza e che le immagini provenivano da piazza delle Erbe, nel capoluogo di provincia veneto. Poi inquadrarono il cerchio con quattro bastoni inscritti dipinto su un muro non distante. «Si attende la rivendicazione del solito... Esercito di Liberazione del Pianeta» disse ironico il giornalista e si fece anche una risatina. Rocco preferiva i vecchi e compassati speaker dei telegiornali del bianco e nero. Che si limitavano a dare la notizia senza faccette, smorfie, battutine. Non c'era niente da ridere, per come la vedeva lui. Un gruppo di persone non ancora identificate si era rotto i coglioni dello sfruttamento del pianeta, e protestava in maniera vistosa, aggressiva, goliardica, forse, ma ne aveva tutto il diritto e l'esigenza. «Che cazzo te ridi!» disse a mezza voce guardando il televisore. La ragazza che gli imbustava le patatine sogghignò. Posò il pacchetto sul bancone e poi si mise quattro dita davanti al viso. Rocco la guardò senza capire. Comprese dopo, a casa, mentre mangiava, che quello era un segnale, un saluto; le dita erano i quattro bastoni e il viso il cerchio che li inscriveva.

Acqua, aria, terra, fuoco.

La vide scendere le scale con grazia e leggerezza, non sembrava neanche soffrire di quella leggera zoppia alla gamba destra. Aprì il portone sorridente. Non c'era traccia di donna Natalina. «Non ti sei cambiato, Memè?» gli chiese.

D'Intino allargò le braccia. «Tengo tutti i vestiti su, però so' fatte la doccia».

Pupa sorrise e prese Mimmo sottobraccio. «E dove mi porti?».

«A un bel ristorante che si chiama... vabbuò, je le chiamo da Amedeo che è lu nome de lu proprietarie. Si mangia bene».

Pupa gli diede un bacio sulla guancia. «Mammà?» chiese distratto D'Intino.

«Sta a letto. Solo che tieni una televisione vecchia, a malapena si vede Canale 5».

«Meglio che niente, no?».

«Non lo so. È che mammà se non si guarda un poco di televisione non si addormenta. È bella 'sta Valle d'Aosta». Osservava il cielo e i palazzi.

«Sine... la città però si chiama solo Aosta. Valle d'Aosta è tutta la regione».

«Sì, lo so, mica so' 'gnurante, Memè! Belle le muntagne... sono cchiù alte della Maiella».

«E pure de lu Gran Sasso...». Camminavano per le vie del centro. Pupa si perse a guardare le antiche vestigia romane. «Domani 'nghe lu sole ti porto a vede' l'anfiteatro. Roba grossa... ecco lu ristorante».

Era una pizzeria con le foto dei piatti al posto del menu. Si chiamava da Ahmed. «Fanno pizza e li primi. Se uno chiede, pure il kebab... li si' 'ssaggiate mai?».

«None. È buono?».

«Freghete!».

D'Intino aprì la porta e fece entrare Pupa, poi la seguì.

La sala illuminata col neon era semideserta. Dietro il bancone c'era Ahmed, che impastava. Appena vide D'Intino lo salutò con un sorriso. «Mimmo! Salam Alaikum!».

«Uè, Amede', portaci subito due supplì e la pizza... come la vuoi, Pupa?».

«Io voglio il kebab» protestò la donna.

«Allora pure je... due kebab!». Si sedettero al tavolo più vicino alla finestra.

«Sissignore. Che volete bere?».

«Je la birra. Tu, Pupa?».

«Je pure. Ma tenete quella analcolica?».

«E certo... quella che bevo io!».

Pupa si avvicinò a D'Intino. «Ma si chiama Amedeo? È arabo?».

«È egiziano. Ahmed, che poi è Amedeo, no? Ed è musulmano, per quello beve la birra analcolica». Le prese le mani. «So' cuntente di rivederti dopo tutti questi anni».

«Pure je... quanto tempo è passato, eh?».

«Tanto. Come stanno coso lì... Tenisci?». Era una domanda a trabocchetto. Tenisci, lo sciupafemmine di Mozzagrogna, D'Intino lo aveva sempre detestato con tutto il cuore.

«E te l'ho scritto. S'ha invecchiate assaje. Teneva un autosalone ma è fallito». Alzò le spalle. Il fallimento di Tenisci lo sciupafemmine era miele per il cuore di D'Intino. «E com'è? È grasso, sì?».

«Tiene 'na panza tanta!», e scoppiarono a ridere. «E poi li capelli sono caduti, e porta l'occhiali come a 'nu cecate!», ancora a ridere.

«E coso lì... De Ritis?».

«E, te le so' detto. Gli hanno amputato una gamba», ancora oro, incenso e mirra per D'Intino che non sapeva di essere così rancoroso e vendicativo. «Ah sì? Mi dispiace!» disse, ma mentiva e si vedeva.

«Vabbuò Memè, che ce ne frega a noi di De Ritis e Tenisci? Stiamo je e te, accore accore, che non mi pare vero».

L'agente D'Intino aveva gli occhi umidi. «Pupa. Je ti devo dire una cosa».

«E dimmela, Memè!».

«Una cosa importante».

«Ti stenghe a senti'! Dimmi».

«Due kebab». Amedeo posò i piatti sul tavolo. Il figlio Fahrid invece lasciò le bottiglie, le stappò senza dire una parola e sparì. «Buon appetito!» fece l'egiziano e tornò al lavoro.

«Mmmh, che profumino».

«Vero? Be'... buon appetito».

«Allora, ti volevo dire...».

«Memè, mo magneme, po' mi dici», e Pupa addentò la carne.

Suonò il citofono. Rocco si alzò, spense la sigaretta e andò a rispondere. «Sono Caterina», la voce era debole e stanca. Le aprì il portone, lo stesso fece con la porta di casa, poi si andò a sedere sul divano. Si versò un bicchiere di vino e attese che la donna entrasse nell'appartamento. «Buonasera».

Portò un odore di strada e freddo. «Hai cenato?».

«Sì... Ciao Lupa». La cagna le andò subito incontro a ricordarle la loro intimità di un tempo. «Bella cucciolona, come stai?».

«Vuoi un po' di vino?».

«Non hai niente di più forte?» gli chiese mentre accarezzava le orecchie morbide di Lupa.

«Guarda là dentro. Forse c'è del rum».

Caterina aprì lo sportello della libreria. C'era una bottiglia di Zacapa piena per metà. «Non conosco!», e andò a cercare un bicchiere in cucina.

«E fai male! Portane due, va'» disse Rocco. Lo raggiunse porgendogli il liquore.

«Tieni...». Si sedette sulla poltrona davanti al divano. Poi annusò il liquido ambrato. «Sono stata a casa di Monica e ho parlato molto con lei. Si è aperta». Bevve un sorso. «È buonissimo».

«E che ti ha detto Monica?».

«Che il marito era cambiato, da mesi. Era diventato un'altra persona e spesso le metteva le mani addosso. Ma prima non era così. Era dolce, premuroso e bla e bla e bla...».

Rocco bagnò le labbra nel liquore. «Mancanza di denaro?».

«Pare di no. Non che ne avessero prima di questo cambiamento, ma erano tranquilli. Lei pensa che la nascita della bambina abbia qualche responsabilità».

«E ti è parsa sincera?».

«Sì».

Rocco bevve un altro sorso di rum. Sbatté le labbra per assaporare quel nettare. «E le sembra normale che il marito venga ucciso con un colpo di pistola in mezzo alla fronte? Una vera e propria esecuzione?».

«Lei i particolari dell'omicidio non li conosce ancora. Però che suo marito sia morto in un posto isolato, mentre la sua auto, la FIAT 500, è ancora sotto casa sì, le sembra strano. Come la vedo io?».

«E dimmi».

«Ce l'hanno portato dopo che gli hanno sparato».

«Può essere. Ma perché lassù? Ci sono migliaia di ettari di bosco in cui mettere un cadavere. Invece scelgono una piazzola frequentata dai turisti. Allora? E se invece lui con gli assassini aveva un appuntamento?».

«Con gli assassini?».

«Come sono arrivati in quella piazzola? Tutti con l'auto. E qualcuno avrebbe dovuto riportare indietro quella di Novailloz...».

«Sempre se l'omicidio è avvenuto lì».

«Certo. Domani aspettiamo Michela».

Caterina si alzò per poggiare il bicchiere ormai vuoto. Rocco non disse una parola. «Vado a casa. È stata una giornata pesante».

Rocco le sorrise. «Vuoi restare qui?» le chiese.

«Meglio di no». E lasciò l'appartamento.

Non si poteva capacitare di aver speso 38 euro. Ricalcolava. Due kebab, la birra per lui, la birra analcolica per Pupa, le patatine fritte di Pupa, il gelato alla crema di Pupa, l'amaro di Pupa e un cornetto Algida per Pupa. Totale: 38. In realtà 40, perché aveva lasciato 2 euro di mancia facendo una bella figura. Tornavano a piedi verso la casa occupata da Pupa e donna Natalina. Arrivati al portone la donna gli sorrise. «Che mi volevi dire prima al ristorante?».

D'Intino deglutì. Ora o mai più, si disse. Si era preparato il discorso con Nenè ma non se lo ricordava. Andò dritto al punto. «Pupa, je te voje bbene».

«Sì».

«Sì. Da sempre, da prima che spusevi a Carlo».

«Che cosa dolce».

«Mo je voglio sape' se tu per me provi qualcosa».

Pupa abbassò gli occhi. «Sì».

«Che cosa?». D'Intino sentiva il cuore stantuffare in petto. Pupa restava a occhi bassi.

«Mi piaci, Memè... anche tu mi sei sempre piaciuto».

L'ossigeno tornò nei polmoni e gli sembrò che tutto avesse un buon odore ora che aveva ripreso a respirare, anche la giacca a vento che invece puzzava di fritto come i capelli e il maglione. Pupa lo guardò negli occhi, si avvicinò e lo baciò. Preso di sorpresa reagì d'istinto mettendo subito la lingua, ma Pupa si ritrasse. «Ci vediamo domani?» gli disse.

«Sì» fece quello, ipnotizzato.

«Però, Memè, dobbiamo risolvere questa cosa della casa. Su è troppo piccola».

«Sì» disse ancora. La donna aprì il portone con le chiavi e salì le scale. L'ultima cosa che vide D'Intino furono gli stivali di Pupa. Poteva andare a dormire sulla poltrona nella sala agenti.

Forse è meglio così, pensò Rocco mentre si spogliava. Dividere il letto con se stesso non era un peso, ormai ci aveva fatto l'abitudine. Quello che lo preoccupava era che a forza di stare da solo rischiava di perdere quel minimo di slancio necessario per sostenere un qualsiasi tipo di relazione. Aveva fatto un calcolo. La giornata era di ventiquattro ore. Lui dormiva una media di cinque ore a notte. Ne restavano diciannove. Di queste diciannove le chiacchierate di lavoro con Baldi, Fumagalli, il questore, Scipioni o gli altri della squadra, se sommate, potevano durare in tutto tre ore, con una certa generosità calcolò un'altra mezz'ora di ciance fra bar, ristorante per le ordinazioni o in un negozio qualsiasi per un minimo di spesa, un'altra mezz'ora con Lupa o con Marina quando capitava, a conti fatti lui per venti ore taceva. Un naufrago, una suora di clausura, uno stilita. A lungo andare le corde vocali si sarebbero atrofizzate, avrebbe perso l'uso della glottide e l'abitudine alle relazioni sociali, anche la prossemica non avrebbe avuto più senso. Una monade solitaria che nessuno può disturbare più. Un morto vivente. Che Caterina se ne fosse andata, dunque, era un bene perché finita l'attività fisica avrebbe dovuto applicarsi in quella verbale, e più passavano gli anni più lo stancava solo l'idea. Parlare con gli altri era diventato un esercizio troppo faticoso. L'attenzione ai vocaboli da usare, l'energia per trovare l'interesse a quello che l'interlocutore cercava di comunicargli, i dodici muscoli da sforzare per un misero sorriso. La verità era che a Schiavone gli altri interessavano sempre meno. Solo di fronte a una perdita, a un lutto, irrisolvibile e devastante, riusciva a compatire, a percepire il dolore, altrimenti reagiva per riflesso professionale, dovuto ai tanti anni di lavoro; era quello a metterlo in moto quando si trovava davanti a una rapina o a un omicidio, non la pietà o l'amore. Si vedeva come una sorta di uomo-macchina che conosce a memoria tutti i processi cognitivi e relazionali per risolvere un caso, poi, finita l'incombenza lavorativa, il motore si spegneva e ripiombava nel disinteresse.

Aveva appena smorzato la luce quando suonò il cellulare, lo afferrò e vide il nome di Brizio. Sorrise. Parlare con gli amici, invece, era l'eccezione; con loro la confidenza, il gioco, la relazione anzi era necessaria. «Chi non muore se risente, li mortacci tua!» esordì e la risata catarrosa di Brizio fu la risposta. «Ma ndo' sei stato?».

«Sono tornato ieri pomeriggio».

«Da dove?».

«E che te frega? Te dovrei racconta'. Senti, questa telefonata era per dirti che io devo salire per un po'», e si azzittì. Poi abbassò il volume della voce. «Diciamo che meno sto a Roma e meglio è».

«Ricevuto. Che ti serve?».

«Niente. Per ora vado in albergo, poi trovo un'altra sistemazione».

«So' guai brutti?».

Brizio scoppiò a ridere. «No, Rocco. Ho una situazione che mi porta... vabbè, se te dico che è meglio se sparisco un po' da Roma mi capisci, no?».

«Sono felice che vieni. Ma stai ad Aosta?».

«Mo non lo so. Poi vedo».

«Va bene. C'entra niente che da qui sconfini facile?».

«Allora annavo a Gorizia, no? Così sconfinavo a piedi».

«Ma lì non ci conosci nessuno».

«Pure questo è vero».

Restarono in silenzio per qualche secondo. «Porti pure Furio?».

«Non lo so se vuole salire. Mo vediamo. Comunque vengo in aereo. Giovedì».

«Ricevuto. Mi fai sapere a che ora?».

«Lo so già. All'una e mezza. Notte, Rocco».

«Notte, Bri'».

Mercoledì

Dopo quattro ore di dormiveglia decise di non tergiversare in inutili tentativi per riabbracciare il sonno e che fosse meglio prepararsi ad affrontare la giornata. In piazza vide due ragazzi, uno in bici l'altro a piedi, con lo zaino e il cappuccio tirato su, che si salutavano con le quattro dita di fronte al viso. Saltò la solita visita al bar centrale e si diresse verso l'auto che doveva recuperare e portare in garage. L'occhio abituato a cogliere i dettagli vide subito il cerchio e i quattro bastoni dipinto sulla colonna di un palazzo. Qualcuno aveva disegnato con la vernice a spruzzo il simbolo dell'ELP, l'Esercito di Liberazione del Pianeta. Chiunque fossero, si stavano allargando a macchia d'olio in poche ore. L'inno alla gioia cantò a squarciagola. Rocco rispose al terzo squillo. «Dimmi Michela».

«Qualcosa da raccontartelo ce l'ho. Passi tu o passo io?».

«Ti do una terza alternativa?».

«Tutt'orecchi».

«Bar!».

«Quale? Io sono in piazza».

«Torno indietro, ci vediamo lì». Chiuse la comunicazione. «Lupa, dietrofront, se va da Ettore!».

Michela era già al banco. Quando Rocco entrò, Ettore lo salutò col solito sorriso ottimista che Rocco detestava più del clima della città. «Cosa le preparo, dottore?». Lupa come sempre si era andata a nascondere sotto il tavolino all'ingresso. «Cicuta. Fredda», e raggiunse la sostituta. «Mi fa male il ginocchio, segno che pioverà».

«È bello vederti di prima mattina, Rocco. Scusa, Ettore, il caffè a me lo fai doppio?».

«Signorsì» rispose quello di spalle.

«Allora, senti qua. Dunque, non c'è traccia della Mercedes, non c'è traccia del cellulare, che è ancora più strano».

«Ah no?».

«Niente».

«Hanno portato via tutto per ripulirlo».

«Così sembra. Ma importante, Rocco, nella tasca del giubbotto abbiamo trovato una scheda, di quelle dei telefonini vecchia generazione per capirci».

«Interessante».

Ettore poggiò i caffè e il croissant per Rocco sul banco. «L'acqua?» protestò il vicequestore.

Sbuffando il proprietario riempì un bicchiere al rubinetto e glielo allungò. Poi si dedicò a un cliente in attesa dall'altra parte della sala.

«L'abbiamo messa su un cellulare, ha una password che speriamo di riuscire a trovare».

«Se non ci riuscite dalla a me, ho il numero uno per queste cose». Morse il dolce che rimise schifato sul piattino.

«Sopra c'è segnato il numero». Gli passò un fogliettino che Rocco lesse: «333... bene...».

«Per quanto riguarda tracce di pneumatici ce ne sono talmente tante che è inutile perderci tempo».

«Anche se l'auto della vittima lì non c'è».

«No. Ricordiamolo però, sempre che non ce l'abbiano portato».

«Anche questo è giusto».

«Però, e ora ti do l'informazione più importante, abbiamo trovato delle tracce di sangue sul piazzale, non lontane dal ponticello, quello che passa sul ruscello».

«Sapete a chi appartiene?».

«Oggi ti dico se è quello della vittima».

«Sarebbe un inizio, almeno ci racconterebbe se è stato seccato lì» fece Rocco bevendo il caffè.

«Ci sono buone possibilità».

«Grazie, Michela. Hai altro?».

«Sì». Finì il caffè, si leccò le labbra e guardò seria Schiavone. «Questi dell'ELP...».

«Sì?».

«L'hai capito, no?».

Il tono di Michela era cospiratorio, basso, carbonaro. Rocco alzò gli occhi al cielo. «No, Miche', non l'ho capito».

«Acqua, aria, terra e fuoco sono i quattro elementi alchemici. Aria e fuoco sono quelli attivi, terra e acqua i passivi. Ognuno rappresenta un significato, sia fisico che metafisico».

«Che cojoni!».

«No, ascoltami bene!». Si guardò alle spalle come a controllare che nessuno stesse ascoltando. «Fuoco è la forza attiva, artefice delle metamorfosi. Aria è l'incontro fra il fisico e il metafisico. È il sapere, capisci?».

«Mi viene da vomitare» protestò il vicequestore.

«Invece acqua è la forza che sfugge alla nostra volontà. E infine terra! La percezione, il sensibile. Insieme creeranno il quinto elemento. E sai quale sarebbe? L'etere, la quintessenza...», e si azzittì, ispirata.

«Che cazzo vuol dire?».

«Non sai una beata minchia, Rocco. Dipende a che punto della croce si incontreranno i quattro elementi. Potrebbe esplodere una forza distruttrice o procreatrice. Presto lo saprai, ma potrebbe essere troppo tardi».

«Grazie, Michela, grazie davvero. Sei stata preziosa».

«Mi pigghi po' culo? Sto dicendo che se li vogliono trovare, dovrebbero cercare fra le logge esoteriche».

«Dei ragazzi che fanno parte di logge esoteriche?».

«E chi ti dice che siano ragazzi?».

«Parecchi dettagli, Michela» rispose ironico.

«Mai sentito parlare di travestimenti, Rocco? Io lo dico per voi, perché a me di sapere chi siano questi tizi frega poco o niente».

«Riferirò al questore il tuo ragionamento».

«Ecco bravo, fallo».

«Ma secondo voi mi devo preoccupare?». A parlare era stato un uomo anziano, piccolo di statura con la barba lunga e gli occhi azzurri, cerchiati di rosso. Teneva le mani screpolate intorno alla tazza fumante, le dita tozze e corte. Il viso era una ragnatela di rughe e intorno alla bocca baffi e barba erano ingialliti dalla nicotina.

«Dipende» rispose Rocco. «Si sente in pericolo?».

«Questi dell'ELP» continuò con la sua voce acuta. «Mi chiamo Silvio Ney e ho 75 anni».

«Piacere, signor Ney. Michela Gambino, e di anni ne ho...».

«Altolà!». L'uomo la zittì alzando una mano. «Non si deve sapere l'età delle signore».

«Perché secondo lei le dicevo la verità?». Sorrisero. «Ma perché si sente in pericolo?» chiese interessata Gambino.

«Faccio il tassidermista. Ho la bottega a via Prés-Fossés... voi siete della polizia, magari ne sapete di più».

«Per come la vedo io? Lei imbalsama animali morti, animali che non ha ucciso. Semmai deve preoccuparsi chi gli ha sparato» concluse la sostituta.

«Mica detto...» obiettò Rocco. «Mi pare di capire che questi dell'ELP sono contrari a tutto ciò che riguarda violenza e soprusi sulla natura. Senza il tassidermista, nessun coglione avrebbe un trofeo, verrebbe meno per parecchi il motivo stesso di andare a caccia».

Silvio Ney guardò Schiavone e strizzò gli occhi. «Ecco, la pensavo proprio così. Anche se, vuole la verità?, io lo faccio perché così sembrino ancora vivi. Non ho mai ucciso un animale. Ma sono anche in Valle?».

«Chi, l'ELP? Per ora non ci risulta».

«Mah... speriamo». L'uomo bevve un sorso di liquido fumante dalla tazza. «Sapete che vi dico? Se mi dovessero uccidere, fatemi imbalsamare. Così mia figlia mi mette in salone seduto sulla mia poltrona preferita».

Michela e Rocco si guardarono. «Ritengo sia una soluzione un po' macabra come alternativa alla sepoltura» concluse Rocco.

«Invece no. Se ci pensate, ho imbalsamato centinaia di animali, è giusto che ora arrivi il mio turno».

«Vede, signor Ney, entrando in una trattoria o in un albergo non ho mai visto, che so?, tappeti umani con la faccia del vecchio proprietario a fauci spalancate, oppure la nonna sul mobile proprio accanto alla cucina. Un motivo c'è. È illegale».

Silvio Ney sembrò pensarci su. «Una volta si faceva» disse. «Se pensate agli egiziani».

«Sì, ma poi le mummie le chiudevano in un sarcofago, mica le lasciavano all'aria aperta» osservò Michela. «Poi diciamo che in cinquemila anni qualche passo avanti la giustizia l'ha fatto. Insomma il nostro Codice penale, anche se pieno di difetti, è un po' meglio di quello egiziano. Non trova, signor Ney? Che poi, Rocco, gli egiziani ce l'avevano, un Codice penale?».

«Miche', ma io che cazzo ne so? Non credo».

Il vecchio artigiano era ripiombato nei suoi pensieri e sembrava non volesse più dare retta ai due poliziotti che pagarono la consumazione e uscirono dal bar.

Michela si incamminò verso la questura, Rocco invece tirò fuori il cellulare e controllò il numero di Novailloz, quello che aveva chiamato la sera dell'omicidio. Cominciava con un 339. Quindi la sim trovata dalla Gambino nel giubbotto, che iniziava con 333, non apparteneva al numero che Roberto utilizzava. Lo richiamò. «Il numero da lei selezionato è irraggiungibile» lo ammonì una voce registrata. Sarebbe stato un bel colpo di fortuna se qualcuno avesse risposto, ma quella era da un po' di tempo che latitava nella vita di Rocco.

Tornò in via Bouleaux da Monica Novailloz. «Schiavone, polizia» disse al citofono e la donna gli aprì. Salì le scale e arrivato al secondo piano si fermò per un momento sul pianerottolo. Attese. Ma la moglie di Bobo non apriva. Dopo due minuti interi si avvicinò alla porta e bussò. Monica aprì. L'occhio non era più viola scuro, il colore virava al rosa acceso ma era sempre gonfio, i capelli sporchi, spettinati. Portava un golfino verde che cozzava con la carnagione e sopra un pendaglio coloratissimo. «Buongiorno» disse con poca voce. Poi fece entrare Schiavone che prese posto su una sedia. Monica lo imitò e si accomodò sul baule rosso. Sembrava aspettasse le domande del poliziotto che invece non arrivavano. In strada passò un furgone rumoroso. Al piano di sopra cadde qualcosa sul pavimento. «Come si sente?» le chiese alla fine.

«Male» rispose Monica.

«Dov'è la bimba?».

«Da mia madre, a Saint-Vincent». Rocco la osservava in silenzio. Lo sguardo terrorizzato, sembrava volersi rintanare in un angolo del salone e soprattutto chiedersi se poteva fidarsi o meno di quell'uomo con la barba di tre giorni e le scarpe fradicie. «Lei mi ha già visto» disse Schiavone. Un moto di sorpresa scosse il capo di Monica. «La sera dell'omicidio avevo suonato al citofono cercando suo marito».

«Era... era lei? Lei è Berardo?».

«No, non sono Berardo. Sono uno che voleva tirare fuori dai guai Roberto, ma sono arrivato tardi. Che combinava?».

La donna scuoteva la testa. «Non lo so».

«Era nervoso? Si vedeva con gente strana? Si rende conto anche lei che è stato ucciso?».

«Non lo so» continuava a dire.

«E invece io dico che lei qualcosa sa. E mi deve aiutare altrimenti io le mani sugli assassini non riesco a metterle».

La donna accavallò le gambe. I jeans erano lisi all'altezza del ginocchio. Portava delle pantofole da casa di spugna rossa e i calzini bianchi.

«Da quanto tempo la picchiava?».

«Oh...» disse, e cominciò a piangere. Si asciugò subito le lacrime con il polsino del maglione.

«Tanto?».

«Da un po'» ammise.

«Lei ora ha paura. Di chi?».

«Non lo so...».

«Pensa che gli assassini di suo marito cerchino qualcosa da lei?».

«Da me?». Tirò su con il naso. «E che possono cercare qui? Io non ho niente!».

«Perché? Cosa pensano che lei possa avere?».

«Ma non lo so. Io con tutta questa storia non c'entro niente. Non capisco perché mi fa tutte queste domande. Lei ne sa più di me, io non capisco...».

Rocco si alzò in piedi. «Mi prometta di chiamarmi. Le lascio il numero di cellulare su questo taccuino». Si avvicinò al tavolo e lo scrisse. Strappò il foglietto e glielo passò. «Se le viene in mente un dettaglio, se ha paura, mi chiami».

Monica prima lesse l'appunto, poi lo ripiegò per infilarlo nella tasca dei pantaloni. «Rocco Schiavone... perché... perché mi aveva detto di chiamarsi Berardo?».

«Non sapevo se suo marito era in casa, non volevo allarmarlo».

«Mio marito la conosceva?».

«Poco. Mi raccomando, Monica. Sono stanco di andare a ripescare corpi in giro».

Si ritrovarono tutti nella stanza del vicequestore. D'Intino con gli occhi chiusi dondolava la testa come fosse privo di cervicale, poi il capo crollava in avanti e solo allora si svegliava come preda di una scarica elettrica. Restava all'erta per poco, si guardava intorno, poi di nuovo le palpebre si arrendevano e si richiudevano.

«Quando avremo notizie sulla sim trovata sul cadavere?» chiese Scipioni.

«Presto. Invece due cose. La prima: Antonio? Hai guardato filmati e simili?».

«Ho una grande notizia» disse. «La Mercedes Classe A che la vittima ha usato quella sera è passata davanti alla telecamera di una banca. Abbiamo la targa e siamo risaliti al proprietario».

«Che non credo sia Novailloz, lui ha una 500 e sta ancora sotto casa sua».

«Esatto. È l'auto di una società, la Bulleri s.r.l.».

«La seconda è: che cazzo ha D'Intino?».

Deruta si avvicinò all'orecchio del vicequestore. «Stanotte ha dormito qui. Dormito... Ha vegliato».

«Non pensavo tutto quest'attaccamento al lavoro».

«No dotto', non per lavorare. Ma casa sua ora è occupata da una signora che è salita da Mozzagrogna... una vecchia fiamma».

«D'Intino possiede una vecchia fiamma?».

«Così pare. E le ha ceduto l'appartamentino dove vive e quindi stanotte...».

Rocco continuava a guardare l'agente abruzzese che ad occhi chiusi ondeggiava la testa in precario equilibrio. «Ma non c'era una pensione? Un albergo? Ma che cazzo!».

«Dotto'» intervenne Casella, «con lo stipendio che abbiamo, non è che uno può prendere una stanza e...».

«Stop! Il piagnisteo del poliziotto sottopagato non lo reggo. Allora benissimo. Dividiamoci i compiti. Casella, te ne vai dai vicini della Novailloz e chiedi se hanno visto o sentito niente di strano. Chi andava a trovarli, insomma prendi informazioni. Deruta...».

«Signorsì?».

«Com'è che non porti più cornetti e crostate dal panificio? Mi devo incazzare?».

«Nossignore. Domani provvedo».

«E salutami Federico, poi passo a saldare. Invece tu mi devi stare dietro a 'sta sim. Cioè, fiato sul collo alla sostituta. Ah, e trovate una casa a 'sto derelitto». Si avvicinò a D'Intino. «Attento!» gli urlò nell'orecchio.

D'Intino balzò in piedi. «Dottore, eccomi. Che devo fare? Ho sentito tutto, eh?».

«Vattene a dormi' che sei uno straccio e risolvi 'sta situazione della casa. Ti ritrovo così domani e ti mando a Osoppo».

Tutti i poliziotti si guardarono incerti. «Perché Osoppo?» azzardò Casella.

Il vicequestore versò i croccantini nella ciotola di Lupa, fece un cenno ad Antonio e insieme uscirono dalla stanza.

«D'Inti', ma vuoi casa mia?» propose Casella. «Tanto io ormai dormo da Eugenia».

«Ma davvero dici?».

«Eh sì, che scherzo? Oh, però l'affitto lo paghi tu».

«Quante stanze tiene?».

«Una da letto, poi ci sta l'angolo cottura col saloncino, il bagno, ci sta uno sgabuzzino e pure un balconcino che dentro ci ho messo una casupola di legno e lo uso per la lavatrice e come ripostiglio».

«Quanto costa?».

«400».

D'Intino sgranò gli occhi. «A lu mese?».

«E no, all'anno. Certo, al mese. E quanto vuoi pagare?».

D'Intino si stropicciò gli occhi. «Io la mansarda... gli do 200 euro».

«E ti credo» intervenne Deruta, «non è una casa, Mimmo, è una cella. E pure col soffitto basso».

«Guarda, ti conviene accettare» fece Casella. «In giro a meno non trovi».

«Ci penso, ma mi sa di sì. Certo devo fare economie...».

«Ma scusa... fai paga' un poco alla tipa, no?».

«E che figura ci faccio, Miche'! No, pe' piacere, no. L'omme deve pagare l'affitto e lu magna'!». L'agente si alzò risentito e uscì dall'ufficio.

Per arrivare alla frazione Etabloz superarono il carcere, poi salirono fino a raggiungere una piazzetta sulla quale si affacciavano tre edifici. La Bulleri s.r.l. era nel primo dei tre, un piccolo cubo anonimo di cemento e vetro. Poteva essere uno showroom di gabinetti come una sede della Asl. Il portone era aperto, una targa azzurra avvertiva i visitatori che la società si trovava al piano terra, interno 2. Suonarono il campanello. L'ingresso era spazioso e luminoso, seduta a un piccolo tavolo dal lato opposto c'era una segretaria che sorrise accogliente. La donna si alzò in piedi. «Cosa posso fare?».

«Può chiamare il direttore, il capo, insomma chi comanda qui dentro?».

«Certo. Chi devo dire?».

Rocco guardò Antonio. «Che vuol dire: chi devo dire?».

«Sì, insomma, vorrei sapere che nome devo dare, chi siete, ecco».

«Vicequestore Schiavone, polizia. Ora posso sapere il nome del capo?».

«Certo... Ruben Bulleri».

Rocco la invitò a darsi una mossa con un gesto. «Prego. Aspettiamo qui».

La donna sgattaiolò dietro una porta. Attesero mezzo minuto, poi uscì e fece cenno ai due poliziotti di seguirla. In fondo al corridoio c'era una porta spalancata. La donna si fermò sull'uscio, Rocco e Antonio entrarono.

La stanza era una trentina di metri quadrati, da una vetrata che affacciava sui prati si vedevano in lontananza l'autostrada e poi le montagne.

Il direttore seduto alla scrivania dava le spalle alla finestra, controluce era poco più di un'ombra. Vecchio trucco, pensò Rocco, e avanzò.

«Piacere, sono Ruben Bulleri, a cosa debbo?». L'uomo si alzò in piedi e tese la mano che Rocco non strinse, preferì superare lo scrittoio per trovarsi faccia a faccia col direttore e guardarlo a favore di luce. Aveva i capelli biondastri, radi sulla sommità del cranio. Le basette folte, rasato alla perfezione, portava una camicia azzurra col colletto bianco, gli occhi piccoli e neri. Il naso ricurvo denunciava una vecchia frattura.

«Mi chiamo Rocco Schiavone, questura di Aosta. Le parrà strano ma a me piace distinguere il viso della persona con cui parlo», e sorrise. «Così, adesso, sono soddisfatto. È proprietà della società un'auto...», fece un gesto verso Antonio che lesse da un taccuino, «Mercedes Classe A targata DH 000 MP».

«Oddio, così su due piedi... la società ha diverse auto... posso controllare se volete».

«No, glielo dico io che è vostra. Quello che vogliamo sapere è dove si trova in questo momento».

«Ma adesso?».

«Che dici, Antonio, ora? Ma no, dai, semmai torniamo a Natale con calma così ci scambiamo pure i regali». Ruben premette subito un tasto sul telefono. «Isabella, ho bisogno di controllare un'auto societaria... Mercedes Classe A... può ripetermi la targa?».

«DH 000 MP, bianca» fece Antonio.

«DH 000 MP... bianca... sì, grazie». Poi si rivolse ai poliziotti: «Posso offrire niente?».

«Niente, grazie».

Rocco e Antonio restarono in silenzio. Ruben Bulleri non reggeva l'imbarazzo. «E posso sapere perché la cercate?».

«Certo» rispose Rocco senza aggiungere altro.

«Dottore?». L'interfono aveva preso vita. «Allora, sì, abbiamo quell'auto e dovrebbe essere nel nostro garage in corso Battaglione Aosta...».

«Guarda le coincidenze. È pure il nostro indirizzo» disse Schiavone. «Quello della questura».

«Bene» disse Ruben.

«Mando un agente a cercarla o telefona lei?».

«E a chi posso telefonare? Non c'è nessuno nel garage».

«Non c'è un portiere? Come fate?».

«Abbiamo le chiavi».

«Chi ha le chiavi, Bulleri?». Rocco cominciava ad innervosirsi.

«Io, Isabella, Dante e Pietropaolo, che sono due miei collaboratori».

«Bene. Diciamo che io entro dieci minuti voglio sapere dov'è quest'auto. Crede sia fattibile o devo mettere in mezzo la magistratura?».

«Magari se mi dice il perché potrei essere più collaborativo». Bulleri aveva cambiato sguardo, gli occhi si erano infiammati e le sopracciglia arcuate. Bene, pensò Rocco, che gioiva sempre quando riusciva a vedere il vero volto delle persone. Poi quasi con un sospiro gli rispose: «Omicidio», e attese la reazione. L'uomo aprì un poco la bocca e perse colore sulle guance. «Omicidio... sì, o porca... subito, allora. Isabella?», di nuovo all'interfono. «Cerchiamo l'auto. Vedi se ce l'ha Dante o Pietropaolo o se è al garage, è molto, ma molto urgente». Guardò i poliziotti. «Vedrete che presto potrò darvi una risposta».

«Mi dia le chiavi del garage».

«Come?».

«Non ha capito? Mi dia le chiavi del garage. Ci mando il viceispettore».

«Be'... però qui siamo davanti a una violazione. Insomma, quella è una proprietà privata e non credo voi possiate entrare e uscire come vi pare, a meno che non lo ordini un magistrato».

Rocco andò a sedersi sul divano vicino alla porta. «E allora aspettiamo qui, vero, Antonio? Meglio, no?».

«Certo, molto meglio. Allora io vado fuori a fumarmi una sigaretta».

«Se vuole, ispettore, può farlo anche qui. Fumo anche io».

Antonio sorrise e si accese una Camel. Offrì il pacchetto a Rocco che rifiutò. «Dante e Pietropaolo dove sono?».

«In giro per lavoro».

«Magari ce l'hanno loro l'auto».

«Magari sì».

«Magari li può chiamare e acceleriamo i tempi, Bulleri?».

«Sì, certo, certo...». Il direttore prese il cellulare dalla giacca appesa alla poltrona. Cercò il numero. «Dante? Sono io, sì... Senti, stai usando la Classe A? Bianca? No? Ah, ok, scusami...». Chiuse la comunicazione. «No, dice che forse ce l'ha Pietropaolo».

«Bene. Che dice, lo chiamiamo?».

«Ma certo...». Ancora col cellulare in mano Ruben Bulleri smanettò per qualche secondo. «Mi dà staccato», poi si colpì la fronte. «Certo, oggi Pietropaolo è in Slovenia, è in missione».

«Per conto di Dio?» disse Rocco.

«Non lo so. Non... non credo».

«Mentre aspettiamo, ancora una domanda. Di che vi occupate?».

«Protesi dentarie».

«Può spiegarsi meglio?».

«Certo. Vede, in Italia i prezzi di certe prestazioni dentistiche sono saliti alle stelle. Noi abbiamo una rete di professionisti in Ungheria, Slovenia, Croazia, Repubblica Ceca che applicano tariffe concorrenziali e garantiscono lo stesso livello, se non superiore, dei dentisti italiani. Se vuole le posso mostrare i nostri dépliant così può rendersi conto».

«No, grazie. Come accettato. Può comunicare a Isabella che ho bisogno dei nominativi di Dante e Pietropaolo, nonché dei loro indirizzi?».

«Certo, certo». Ruben Bulleri pareva sollevato, forse sentiva vicino il momento in cui i due poliziotti avrebbero tolto l'incomodo. «Isabella, sempre io», si avvicinò ancora all'interfono tenendo la cravatta con la sinistra, «mi servono le generalità e l'indirizzo di Dante e Pietropaolo. Subito, per piacere», e chiuse la comunicazione. «Ecco, sempre a disposizione».

«Mica tanto» obiettò Rocco. «Prima s'è rifiutato di farci vedere il garage».

«Ci tengo cose personali».

«Illegali?».

Ruben scoppiò a ridere. «No, ma che illegali. Colleziono auto d'epoca. Non mi piace che un estraneo entri o esca di lì», e si aggiustò i capelli con la mano. Rocco riconobbe l'orologio, se non era taroccato era un Rolex d'acciaio, e notò che sulla camicia portava le iniziali. Registrò anche la gora di sudore sotto le ascelle. Quella chiacchierata non era stata una passeggiata per Ruben Bulleri.

Isabella entrò porgendo un foglio ad Antonio. «Ecco a lei, dottore. C'è l'indirizzo, nome, tutto».

«Grazie». Il viceispettore intascò l'appunto e in cambio donò la cicca alla donna che la prese con aria schifata e andò a gettarla nel posacenere sulla scrivania.

«Chi ci accompagna allora a vedere se sta lì dentro 'sta benedetta macchina?».

Isabella gettò la cicca in un cestino. «Vado io. Prendo le chiavi. Però se l'ha usata Pietropaolo, facciamo un buco nell'acqua».

«E intanto avvantaggiamoci, Isabella. A fa' buchi nell'acqua noi della polizia siamo dei professionisti! Uno in più, uno in meno...» disse Rocco.

«Ci vediamo lì?» propose Isabella.

Saliti in auto, chiusi gli sportelli, Antonio accese un'altra sigaretta. Stavolta Rocco accettò l'offerta. «Parti, non voglio che ci vedano qui davanti a chiacchierare». Antonio eseguì. Ripresa la strada principale verso Aosta, Schiavone provò a rispondere alla domanda muta del viceispettore. «Non quadra un cazzo. Io chiedo a Baldi di indagare su 'sta società. Tu rimediami tutto su Bulleri, indirizzo, stato civile, tutto. E pure sui collaboratori».

«Signorsì».

«Troppo nervoso, prima non ricordava di avere la Classe A, poi invece da come chiacchierava coi suoi sottoposti dava per scontato di averla. E poi hai notato? Non ha spento l'interfono».

«Ah no?».

«No».

Fermi al semaforo osservavano una madre attraversare tenendo per mano due bambini. Ognuno aveva un palloncino legato al polso. «Quando ero piccolo ero convinto che se non stavo attento potevo volare via col palloncino» disse Antonio.

«Senza sapere né leggere né scrivere, lo sai che devi fare appena siamo in ufficio?».

«No».

«Chiami la polizia di frontiera e chiedi se quella Mercedes Classe A è entrata in Svizzera il giorno, anzi la notte dell'omicidio. E se poi ne è uscita».

«Sei sicuro che l'abbiano ucciso lì?».

«No. Non sappiamo neanche a che ora è morto» rispose Schiavone. «Però se l'hanno seccato lassù, nel nulla, in mezzo alle montagne, l'unico motivo plausibile è la frontiera a pochi chilometri».

Rocco e Antonio attesero poco più di dieci minuti di fronte alla rampa del garage di Bulleri. Isabella arrivò trafelata, con un sorriso finto sulle labbra. Aveva in mano un mazzo enorme di chiavi, cercava nervosa quella giusta. «Anche ad Aosta il parcheggio è diventato un incubo... Ecco sì, trovata!». La infilò e la serranda cominciò ad alzarsi. «Siamo risaliti al problema. L'auto era dal carrozziere, e lui stesso avrebbe dovuto portarla qui. Ha un paio di persone che lavorano per lui, ci pensano loro».

La rampa buia si illuminò e Isabella, seguita da Rocco e Scipioni, scese nella rimessa. Sulla destra c'erano tre auto d'epoca, pulite e lucide. In fondo c'era un pickup fuoristrada della Rover, una Mini, una Golf e sull'altro lato una vecchia Panda. «Niente Mercedes...» disse Isabella. I poliziotti si avvicinarono. «No, niente Mercedes» fece Antonio.

«Niente da fare, Isabe', la macchina che cerchiamo non c'è».

«Non c'è...» ripeté la donna quasi a sincerarsi della verità. «E com'è possibile? Allora il carrozziere l'avrà ancora in garage?».

«E non lo so, ma qui non c'è» disse Antonio.

«Adesso facciamo così. Il viceispettore l'accompagnerà dal carrozziere, il nostro amato Costantino Crampi, e vediamo se l'auto è lì».

«Lo conosce?» disse stupita Isabella.

«E chi non conosce Costantino Crampi?» replicò Rocco freddo e distante.

«Si serve da lui, commissario?».

«Commissario 'sto par di palle. Sono vicequestore. Se lo ricordi».

«Certo».

«E no, non mi servo da lui».

Uscirono dal garage. Mentre la donna era impegnata a chiudere la saracinesca, Antonio si avvicinò al superiore. «Tu dove vai?».

«Da Fumagalli. Fammi sapere se ci sono novità».

«Contaci».

E si separarono. Rocco lasciò l'auto ad Antonio, preferì andare a piedi. Spesso erano quelle passeggiate ad aiutarlo a fare chiarezza.

«Mi sa che ho perso la voglia. O forse è solo un periodo così...». L'anatomopatologo alzò una spalla grattandosi il collo. «Non dico che non mi piaccia più lavorare, forse ho semplicemente bisogno di una vacanza, ecco tutto. Ma poi che sto qui a parlare con te di problemi personali come se potessi darmi un aiuto. Ti dispiace se restiamo fuori?».

Rocco si sedette sulla panchina accanto a Fumagalli. «Ho lavorato sul corpo di questo Roberto Novailloz. Allora, cominciamo col dire che nel sangue c'erano belle tracce di coca, e conta che Michela ne ha trovate anche in una banconota da 10 euro nel portafogli».

«Bene». Rocco si accese una sigaretta.

«Anche lui era un fumatore. Vuoi venire a vedere i polmoni?».

«Lascia perdere e vai avanti».

«No, perché sono interessanti, sai? Somigliano a due copertoni dei camion, sai quelli lacerati che ogni tanto si vedono abbandonati sull'autostrada?».

«Vai avanti?».

«Ci sono un paio di vecchie fratture, una seria al perone e una più semplice al radio. È morto all'alba».

«Sei certo?».

«Non ti so dire l'ora, ma è sicuro non prima dell'alba e non più tardi delle sette, otto del mattino. Nello stomaco non c'erano tracce di cibo, d'altra parte se tirava coca, fame non ne aveva. C'è un ultimo dettaglio che ti voglio svelare. Aveva un tumore, brutto, al pancreas. Così, a occhio, poco operabile».

Rocco ricevette le notizie e restò in silenzio. «Del proiettile?».

«Ce l'ha la balistica. Parlano di un calibro 22, altro per ora non so dirti»

«Come sempre sei stato prezioso. Non smettere di lavorare o, almeno, fallo dopo che sono andato in pensione». Rocco si alzò, Fumagalli lo afferrò per il braccio. «Ti devo chiedere un favore. Tu mi faresti da testimone?».

«Per un incidente?» chiese Rocco.

«Quasi, di nozze».

«Ma sei matto?». Si liberò della presa per tornare verso la macchina.

«Dai, le fedi le compro io!» gli gridò dietro Fumagalli, ma Rocco si limitò ad alzare la mano destra e a fare no col dito finché non sparì dietro l'angolo del palazzo.

«Com'è che la Mercedes Classe A non è nel nostro garage?». Antonio Scipioni guardava Costantino Crampi mentre Isabella gli poneva la domanda. Il carrozziere era serio e si lisciava la lunga barba rossastra. Isabella nervosa continuava a spostare il ciuffo biondo tinto ora a destra, ora a sinistra senza riuscire a prendere una decisione. Crampi si passò la mano dietro al collo lasciando una scia di grasso nero poco sopra il bavero della tuta. «Non lo so, non ne ho idea. Doveva riconsegnarla Bobo...» disse con una nota di tristezza nella voce. «Ma nessuno l'ha fatto. In garage non c'è, qui non c'è. Ma è sicuro che la riparazione fosse finita?» chiese Isabella. Costantino annuì guardandola appena in volto.

«Quale riparazione?» chiese Antonio.

«Eh?».

«Ho chiesto: quale riparazione?».

Costantino alzò le sopracciglia. «Dovevo rivedere la scocca e c'era un'ammaccatura sul parafango posteriore destro. Sciocchezze, il lavoro l'abbiamo finito in un pomeriggio. Davvero non mi capacito».

Antonio si mise le mani sui fianchi. «Questa benedetta macchina, chi l'ha portata in questo garage e quando!» gridò. Costantino si morse le labbra, si mise a pensare. «Me l'ha portata Pietropaolo, mi pare... giovedì della scorsa settimana».

«E quando l'avreste restituita?».

«Guardi, lunedì era già pronta. Dovevamo riconsegnarla martedì o mercoledì. Sa, non mi sembrava un lavoro urgente».

«No, abbiamo altre macchine. Le ha viste» disse Isabella.

«E fino ad allora la macchina doveva restare qui, in officina?». Il poliziotto guardava il carrozziere negli occhi.

«Eh sì. Dove dovevo metterla? A meno che Bulleri non mi dava l'ordine di riconsegnarla nel garage, quello di Battaglione Aosta. Ho le chiavi».

«Ma lei laggiù non ce l'ha portata».

«No».

«Allora mi spiega il motivo per cui lunedì notte Bobo Novailloz ci andava in giro?».

Costantino allargò le braccia.

Antonio guardò Isabella. «A questo punto?».

«Non so più cosa dire» fece Isabella e provò a sorridere al poliziotto. «Possiamo chiederlo a Bobo?».

Antonio la guardò serio negli occhi. «Va bene. Chiediamolo a Bobo. Ma dubito che risponderà».

«E perché?».

«Va bene, Crampi, la lasciamo al suo lavoro» disse Antonio.

«Forse davvero ce l'ha Pietropaolo. L'avrà prelevata lui la mattina presto di martedì?» azzardò Isabella.

«Cioè, secondo lei Novailloz ha portato l'auto nel vostro garage la sera e Pietropaolo l'ha presa?».

«Forse... non lo so... non mi ci raccapezzo più neanche io».

«Ma lei ha capito di che stiamo parlando, Isabella?».

«Io? No...» rispose quasi tremando.

«L'altra notte sulla vostra auto viaggiava Bobo Novailloz e l'abbiamo ritrovato con un proiettile in fronte».

Isabella sbiancò. «Oh Madonna».

«E ora la macchina è sparita. Ripeto: dov'è la macchina?».

«Io... giuro, non lo so. Non sapevo neanche che il carrozziere la usasse. Vedrà, ce l'avrà Pietropaolo!».

«Non è dal carrozziere, non è nel garage, nessuno sa dove cazzo è sparita 'sta macchina» disse Rocco.

«A meno che non ce l'abbia 'sto Pietropaolo che, a detta di Isabella, l'avrebbe potuta prelevare all'alba per andare in viaggio di lavoro» fece Antonio.

I panini erano duri e il prosciutto sembrava di plastica. «Ma che cazzo... ma dove li abbiamo presi 'sti sgorbi?».

«Al bar qui davanti». Antonio mangiava con l'appetito dei trentenni.

«Ma dico io, santa pace di Dio, abbiamo un poliziotto sposato col migliore fornaio di Aosta, e che cazzo ci vuole? 'Sta cosa la sistemo io». Rocco gettò il resto del panino a Lupa che lo mangiò in soli due morsi. «Allora, l'amico nostro è morto all'alba, massimo prime ore della mattina, su questo Fumagalli è stato preciso. Se è così, difficile che 'sto Pietropaolo abbia preso la macchina».

«A meno che non l'abbia ucciso lui, o che Bobo l'abbia riportata in garage prima di essere ammazzato».

«Giusto. Ma ancora non sappiamo se è morto lì o ce l'hanno portato. Può darsi che ci stiamo fissando con questa Bulleri e magari non c'entrano niente. Bobo Novailloz è andato da qualche parte con la Mercedes, l'hanno steso, poi l'hanno portato o seccato lassù e gli hanno fregato l'auto. Forse è andata così».

«Abbiamo diramato targa e tutto alla stradale, per ora nessuna risposta» intervenne Casella che era restato in silenzio a masticare un toast dall'aspetto rancido. Deruta bussò alla porta. «Dotto', è arrivato quel Dante Moretti che ha convocato».

«Ah sì, bene. Michele! Stammi a sentire. Da oggi ogni giorno della settimana esigo, ripeto, esigo che dal forno di Federico arrivino qui...», contò mentalmente i presenti, «semo cinque con D'Intino. Bene, cinque panini degni di questo nome o dieci tramezzini di quelli che fa lui...».

«Quelli a cupola?».

«Quelli a cupola».

«A cupola ce ne sono almeno trenta...».

«Allora panini tutti i giorni tranne il sabato che invece ci manda la cupola. Gli dici che è urgente, che si comincia domani. Segna l'Iban di Federico là sopra...», e indicò una lavagnetta per gli appunti offerta dalla questura che non veniva quasi mai usata se non per trascrivere numeri di telefono rigorosamente senza nome accanto, così da non sapere mai a chi appartenessero, «... e ogni lunedì la cifra che gli devo. Io a mangiare 'sta merda del bar non ci sto più».

«I panini li faccio fare a piacere?».

«A piacere e a gusto di Federico» decretò Rocco. «Deruta, guarda che ti ho appena dato una missione della massima importanza!».

«Signorsì, e che non l'avevo capito?».

«Vabbè, andate miei uomini, e fate entrare 'sto Dante Moretti...».

Dante Moretti aveva l'aria distrutta. Portava i capelli lunghi, con la scriminatura nel mezzo, non era un fanatico dello shampoo, quando muoveva la testa quelli si agitavano a ciocche, come incollati. Le guance risucchiate in dentro e la carnagione pallida stupirono Rocco quando lesse l'età sulla patente. «Lei ha 38 anni?».

«Sissignore, ne dimostro di più, vero?».

«Direi».

«Lo so. È stato sempre così, da quando ero piccolo. Credo sia un fatto di alimentazione. Ho la pelle vecchia».

«Si sieda, prego. Da quanto lavora alla Bulleri?».

«Dunque...», alzò gli occhi al soffitto, «da un anno o poco più». Prese posto sulla poltroncina davanti alla scrivania.

«Che fa?».

«Vendo il servizio odontoiatrico ai clienti in tutta la Valle, parte del Piemonte, arrivo fino a Biella e ad Alessandria. Pure Cuneo. Adesso ho dei clienti a...».

«Vabbè, basta così, Moretti. Leggo che lei è nato a Frosinone».

«Sì, perché l'ospedale era lì. In realtà sono di Sperlonga».

«Di Sperlonga. Ho passato l'infanzia da Saporetti, al lido. Conosce?».

«Sì, certo. Splendido».

Si guardarono.

«Allora lei è di Roma?».

«È una domanda, Moretti?».

«In parte sì».

«E in parte invece le domande se le ingoi, qui le faccio solo io. Come vede sono ostile nei suoi confronti già a pelle, quindi non mi faccia girare i coglioni».

Moretti annuì e abbassò il capo. Sembrava masticasse qualcosa.

«Dove stava lei l'altro ieri sera?».

«Dunque... sì, certo. Alle sette, sette e mezza sono rientrato in casa, ho mangiato e guardato la televisione, c'era una partita inglese. Io guardo il campionato inglese. Tifo Manchester City».

«E sticazzi?» gli disse Rocco.

«No, tanto per dire».

«Testimoni?».

«No. Vivo solo».

«Ma va?» osservò Rocco. «Mai stato sposato? Compagna? Compagno?».

«Sempre preferito la libertà».

«Sì, certo, come no. E fino all'alba è stato a casa?».

«Dottore, io la notte dormo. Sì, ero a casa, ma le ripeto, nessuno lo può confermare».

«Chi ce l'ha 'sta Mercedes Classe A, Dante?».

«Io non la uso mai. Ogni tanto la prende Pietropaolo, oppure resta a disposizione, che so?, per Isabella, o magari una commissione all'ultimo minuto».

Rocco si alzò in piedi, andò alla finestra seguito dagli sguardi di Lupa e di Moretti. «Quando arriverà la primavera?».

«Spero presto, dottore. Si figuri, io sono abituato al mare».

Il vicequestore si girò e piantò gli occhi addosso a Dante Moretti. «Da quanto conosce Roberto Novailloz?».

«Chi?».

«Ha sentito».

«No, davvero, non ho capito».

«Roberto Novailloz».

«Non... non lo conosco» disse stringendo i braccioli della sedia, come per evitare che qualcuno gliela levasse da sotto il sedere.

«Magari lo conosce con il nome di Bobo?».

Dante scuoteva la testa. «Giuro di no. Mai sentito. Chi è?».

«È quello che usa l'auto della ditta e nessuno ne sa niente. Non lo trova strano?». Rocco gli fece l'occhiolino. «Per ora può andare. Lei mente. Mentite tutti, Moretti. Ma prima o poi il dettaglio di cui non vi siete curati io lo trovo».

«Davvero, io non so di che sta parlando». Guardava ora Rocco ora Lupa, come se il cane avesse la facoltà di rispondere o quantomeno di comprendere il suo disagio.

«Buona giornata» lo liquidò Rocco.

Dante si alzò e rinculando uscì dalla stanza. Al suo posto entrò Antonio. «Hai sentito tutto?».

«Sì».

«Bene. Prendi più informazioni che puoi su questo tizio. Chiama l'anagrafe a Sperlonga, l'Inps, la motorizzazione civile, tutto quello che puoi. Hai mandato Casella e Deruta sotto casa di Pietropaolo Sarti?».

«Sì. Mi hanno detto se dopo mezzanotte possono avere il cambio».

«Rispondi che non ho uomini».

«Potremmo mandare D'Intino».

«Così mi si addormenta in macchina? No, digli di stare lì e domani giornata libera. Ti dispiace portare la poltroncina a Michela giù al laboratorio e farle controllare le impronte digitali di questo Dante? Sui braccioli?».

«Signorsì». Il viceispettore prese la seggiola con un fazzoletto di carta e iniziò a trascinarla fuori dalla stanza. «Ah, pare che il questore ti cerchi. Vuole un quadro della situazione».

«Molto bene».

«Qual è la versione? Perché sappiamo su quale macchina viaggiava la vittima? Per ora stiamo concentrando tutto su quella cazzo di Mercedes Classe A».

«Lo sappiamo perché... abbiamo avuto un colpo di culo. Un tale... Jean Dietoz? Ti piace il nome? L'ha visto fermo alla stazione a prendere le sigarette dal distributore proprio la sera del suo omicidio e l'ha visto salire su una Mercedes Classe A».

«C'è un distributore di sigarette alla stazione?».

«Ma che te frega? Credi che Costa andrà mai a controllare?».

«È preoccupante» osservò il questore non appena Rocco varcò la soglia dell'ufficio. «Dico, ha visto? Prima i polli, poi le mucche, e adesso tocca a questi». Girò il monitor a favore del vicequestore. Stavolta a riempire il binario, con tanto di treno Frecciarossa fermo, erano centinaia di maiali. Rosa, pezzati, grigi, c'erano scrofe di tutte le misure e taglie insieme ai piccoli. Grufolavano fra il pietrisco e le traversine, lo sguardo attonito di alcuni passeggeri scesi a osservare e l'indifferenza annoiata del capotreno. Qualche poliziotto cercava di allontanare il branco, senza riuscirci. «Siamo in Umbria, vicino Orvieto. Che mi dice, Schiavone?».

«Saranno sempre loro, no? Com'è che si fanno chiamare?».

«ELP, sì, hanno già mandato il video in rete. C'è una certa fibrillazione in questura centrale, a Roma, come se fossero davvero preoccupati. A me non sembra una situazione d'allarme, a lei, Schiavone?».

«Ancora meno. Anzi, la trovo divertente».

«E poi, resti fra noi, quassù cosa dovremmo temere? Una fuga di...? Che abbiamo? Qualche mucca? Quelle gravide che si incornano qui... com'è che si chiama? Ah sì, la battaglia delle regine?».

«La vedo difficile, dottore».

«La sa una cosa strana? Ho visto in giro qualche ragazzo salutarsi così», si mise quattro dita davanti al viso.

«Anche io l'ho notato».

«È diventato virale in pochi giorni».

«Eh già. Ma, ripeto, a noi?».

«A noi niente, Schiavone. Allora, ci sono novità interessanti sull'omicidio Novailloz?».

Aveva affittato un furgone per 65 euro che, aggiunti alla cena della sera prima, già superava 100 euro in due giorni, cifra con la quale D'Intino faceva la spesa per due settimane. Ma il van della FIAT serviva per il piccolo trasloco. Nenè si rifiutò di aiutarlo, perché, offeso e amareggiato, aveva capito che nella casa nuova non c'era posto per lui e che D'Intino, fra una settimana, avrebbe disdetto la mansarda, quindi lui sarebbe rimasto senza un tetto. «Scusa Nenè» gli aveva detto D'Intino, «ma perché non te l'affitti tu la mansarda?».

«Perché io sono in aspettativa e soldi pe' affitta' una casa ne le tenghe!» aveva risposto l'amico addolorato.

«E allora?».

«Allora mo tu te ni vi' a la casa dell'amico tuo, Casella, insieme a Pupa e io resto come a 'nu fesso in mezzo alla strada».

«Nenè, ma tu non lavoravi alle poste a Pont-Saint-Martin?».

«Sine».

«E ne le tinivi ’na casa a Pont-Saint-Martin? Addo’ campavi? Sotto al ponte?».

«E quanta si’ strunze» gli aveva risposto senza riprendere più l’argomento. Si erano lasciati con l’accordo che per una settimana Nenè avrebbe usato ancora la soffitta ma senza pentole, posate e piatti che appartenevano a D’Intino. Da solo, senza un aiuto e sotto lo stretto controllo di donna Natalina e Pupa, caricò il furgone con la poca mobilia e le nove valigie. Portò le donne nella nuova casa, il vecchio appartamento di Casella, e sempre da solo scaricò tutta la roba al piano. Alla fine della giornata era sfatto, distrutto, sudato e annientato. Pupa aveva guardato l’ex appartamento di Casella con il disprezzo misto allo schifo che può generare il cadavere di un topo. «Quest’è tutto, Memè?».

«Come questo è tutto! È una casa, no? È cchiù grossa della mansarda. Ci sta la camera da letto, lu salone».

«E mammà? Addo’ dorme?».

Dove dormiva donna Natalina? Che ne sapeva D’Intino? Per lui se ne poteva tornare a Mozzagrogna. «Pe’ qualche giorno se po’ arrangia’ a lu salone, ci sta la poltroncina. Guarda quant’è bella la poltroncina!».

«Tu t’arrangi a la poltroncina, ’mbapi’!» gridò Pupa. «E che io e te mo dormiamo nello stesso letto? Ma non se ne parla proprie!».

Mimmo allargò le braccia sconfitto. Per qualche giorno avrebbe dormito lui sulla poltroncina. Prima o poi donna Natalina sarebbe tornata a Mozzagrogna e lui e Pupa avrebbero vissuto come due fidanzati, com'era giusto che fosse. Era pronto anche a sposarla pur di reclamare i suoi diritti sul talamo nuziale.

«Addo' sta Ikea?» chiese Pupa sedendosi su una sedia spagliata mentre D'Intino trascinava le valigie in camera da letto. «Il più vicino, Memè».

«Mi pare a Torino, pecché?».

«Pecché domani dobbiamo accattare 'nu sacco di cose. Qui non ci sta 'nu tavole che è 'nu tavole, non ci sta 'na seggia che è 'na seggia, lu specchio e la tavoletta a lu bagne fanne schifo, qualche tenda, qualche tappeto, jamè, Memè, 'sta casa sembra 'nu posto pe' li zingari».

«Vero!» sentenziò donna Natalina.

«Ma io domani devo lavorare» protestò D'Intino. «E poi quante costa? Je tutti 'sti soldi ne le tenghe!».

Pupa intristita abbassò lo sguardo. Poi annuì. «Scusami, Memè, scusami, tieni ragione. È che io ero abituata a Carlo... ogni mio desiderio manco facevo in tempo a dirlo, vero mammà? E lui, tac!, lo accontentava. Ma non fa niente, ci arrangeremo».

Il poliziotto sentì un acido arrampicarsi dallo stomaco fino alla gola. Aveva dato un dolore a Pupa, aveva confessato la sua povertà, o forse solo la tirchieria. Ma le avrebbe voluto rispondere che quella casa sarebbe costata 400 euro al mese, e c'erano le bollette, e adesso a mangiare sarebbero stati in due. Non era sicuro, ma gli pareva che Pupa dalla vedovanza non avesse preso un quattrino, neanche lo straccio di una pensione.

«No, Pupa, vabbuò, cerco di farmi dare il giorno libero e ce ne jamme 'nghe lu furgone a Ikea. Che è pure divertente. Si' cuntenta?».

Caterina era nel suo ufficio immersa nella lettura di un enorme faldone etichettato 0/37. Stringeva la matita in bocca, sembrava una studentessa in biblioteca. «Posso?» chiese Rocco. La vice alzò la testa. «Ciao Rocco, scusa non ti avevo sentito». Chiuse la cartella. «È così il nostro lavoro» disse, «ci sono indizi, stralci, parole, intercettazioni buttate a caso dentro un solo contenitore, impossibile rimetterli insieme, trovare una traccia. Ma io la traccia la devo trovare qui e adesso, altrimenti domani una persona potrebbe finire all'ospedale oppure, peggio, al camposanto!». Si tolse gli occhiali da lettura. Rocco non aveva mai notato li portasse. «Ti stanno bene» le disse.

«Grazie» rispose. «Strano, non trovi?».

«Cosa?».

«Quello che si trova bello e quello che invece ci lascia indifferenti. Scusa, stasera sono un po' troppo in giro con la testa».

«Mi servi fuori di qui».

«Cosa?».

«Qualcuno deve stare sotto casa di Monica Novailloz, la notte».

Caterina si allontanò dalla scrivania spingendo la sedia. «Sospetti di lei?».

«Nel modo più assoluto, no! Ma ho paura possa ricevere una visita».

«Capisco. Ci possiamo pensare noi. Cominciamo stasera».

«Mi sarebbe di grande aiuto». Le sorrise, poi rapido si voltò e sparì. Caterina inforcò di nuovo gli occhiali, riaprì il faldone e si rimise a leggere le carte che conteneva.

Baldi preferì incontrare Rocco al bar sotto il tribunale. L'aria stanca e provata, parlava tenendo i gomiti poggiati sul tavolino e la testa sulle mani. Stava con gli occhi chiusi. Il volume della voce così basso da costringere Rocco a sporgersi in avanti offrendo l'orecchio sinistro, quello che funzionava meglio, per percepire quel mormorio. «La società Bulleri eccetera eccetera è un striditrizi rttrssnetre», e si zittì.

«Dottore, non ho capito una mazza».

Il magistrato restò in silenzio ancora qualche secondo. Poi tirò il fiato e aprì gli occhi. Guardò il vicequestore. Sembrava sorpreso di ritrovarselo lì davanti. «Dicevo che la società Bulleri eccetera eccetera non è di questo tizio, ma la parte interessante è un'altra».

«Quale?».

«E ora gliela dico».

«Cos'ha, dottore?».

«Credo influenza. Mi gira tutto, vedo male i contorni e ho molto freddo. Lei è Schiavone, vero?».

«Annamo bene!».

«Scherzavo!».

«Permette?». Rocco avvicinò la mano alla fronte di Baldi. «Lei è bollente. Vada a casa».

«Non sia mai!».

«E che vuole restare in ufficio? Avrà minimo 38, se non 39».

«Non posso tornare a casa e per favore se lo faccia bastare». Fece un gesto al barista che rispose con un sorriso. «Mi porti un genepì?».

«Subito» rispose quello.

«Allora le dicevo... la parte interessante è a chi è intestata questa società. Gabriele Cutricola».

«Non mi dice niente».

«Neanche a me. Questo Gabriele Cutricola ha anche una barberia a Courmayeur e un negozio di alimentari a Pont-Saint-Martin».

«Ma non ho capito, fa il barbiere?».

«No. Possiede il negozio. Non è residente in Valle bensì a Milano e ha 80 anni, Bulleri è il presidente della società ma 'sto Cutricola è l'amministratore delegato. Gli affari non vanno malaccio perché dichiarano un utile di duecentomila euro annui. Dichiarano, appunto. Ma portano clienti in paesi dove fare un controllo è molto difficile. Quindi do per scontato che ai duecentomila dobbiamo aggiungere una bella fetta di nero. Questo Cutricola ha un rappresentante qui ad Aosta, l'avvocato Manlio Lavezzi».

Il barista poggiò il bicchiere di liquore sul tavolo. «Volete altro?».

«No» rispose il magistrato decidendo anche per Rocco.

«Puzza».

«Cosa, il genepì?» chiese Baldi portando il bicchiere alle labbra.

«No, tutta questa storia puzza».

«Certo che puzza, Schiavone, per questo l'ho voluta incontrare d'urgenza. Sarebbe da torchiare questo Bulleri». Si chinò ad afferrare la valigetta dalla quale estrasse un plico. «Intanto ho preso anche altre informazioni dei colleghi. Abbiamo innanzitutto Isabella Rocci. Single, 38 anni, lavora alla Bulleri da sempre, cioè tre anni e mezzo». Passò un foglio con le informazioni a Rocco. «Vive da sola, orfana di madre, ha una sorella ad Asti. Però c'è un dettaglio curioso, suo padre, Alessio Rocci, è il barbiere di Courmayeur».

«Cioè quel negozio di cui il proprietario è 'sto Cutricola?».

«Bravo. È stato attento e me ne compiaccio perché io sto tirando l'anima coi denti. Poi abbiamo Pietropaolo Sarti, lui lavora alla Bulleri da due anni, anche lui single, nato a Firenze ed è qui ad Aosta da dieci anni. Prima aveva una gioielleria ma l'ha chiusa. Ha il porto d'armi ed è in possesso di una Glock calibro 10 regolarmente denunciata». Rocco lesse anche quella scheda. «C'è poi il capo, Ruben Bulleri, vedovo di Matilde Scuffi in Bulleri, deceduta a Torino sei anni fa. Prima si occupava di ferramenta, ne aveva sei in Piemonte, poi ha aperto questa società. Anche lui ha il porto d'armi perché cacciatore. Possiede una carabina Franchi e una doppietta Bernardelli. Abbiamo poi... Dante Moretti. E qui, Schiavone, cominciano i guai».

«Ha il porto d'armi e possiede un carro armato?».

«No, non ha il porto d'armi. Sappiamo che è nato in provincia di Frosinone».

«A Sperlonga, per essere precisi. Ci ho parlato da poco».

«Il guaio è che di lui si sa poco o niente. Risulta disoccupato fino a un anno e mezzo fa. All'Inps è uno sconosciuto. Insomma, questo era un disgraziato senza né arte né parte».

«In più io credo non sia neanche di Sperlonga».

«No?».

«No, dottore. Gli ho nominato il lido Saporetti che lui dice di conoscere benissimo. Peccato che quel lido stia a Sabaudia, che si trova a parecchi chilometri da Sperlonga».

«Si sarà sbagliato?».

«Dottore, il lido Saporetti è conosciuto in tutto il Lazio. Non ti puoi sbagliare. Come se le dicessi che l'Arco di Augusto sta a Enna».

«Bene. Allora mente. E dobbiamo capire perché. Quando è entrato a lavorare con Bulleri, avrà presentato credenziali, e saranno state tutte finte, inventate».

«Bella squadra questi della Bulleri» disse Rocco con un mezzo sorriso.

«Già» convenne Baldi. «È così».

«Grazie per il lavoro». Rocco intascò le schede che Baldi gli aveva passato. «Ma tutta la nostra ricerca cambierà in maniera radicale non appena sapremo se il tizio è morto lassù, nel piazzale, o altrove. Perché c'è il mistero dell'auto che quello usava. Non si trova più. Volatilizzata». Baldi aveva chiuso gli occhi come se sentisse una voce interiore che gli ordinava di addormentarsi. «Dottore? Mi stia a sentire, vada a letto».

Baldi tirò su le palpebre, guardò il bicchiere che aveva rimesso sul tavolo. «Ha ragione, devo mettermi a letto. Andrò in albergo». Si alzò quasi di scatto trascinando la sedia. «Questa società ha falle da tutte le parti. Dobbiamo capire quale sia la loro vera attività. Magari sono solo sfortunati e la vittima gli ha rubato l'auto, però abbiamo trovato comunque un bel territorio da esplorare, con o senza cadavere. Io voglio parlare con l'avvocato Manlio Lavezzi».

«Non aveva detto che andava a letto?».

«Ma quale letto, Schiavone. Qui tempo non ce n'è!».

«Non lo finisce?». Rocco indicò il bicchiere.

«Io odio il genepì», e con passo malfermo Baldi guadagnò l'uscita.

Erano le undici di sera. Le strade della città deserte, ancora più deserta, se possibile, era via Lexert. Al secondo piano le luci erano accese, segno che Dante Moretti, o comunque si chiamasse, era in casa. Dopo un quarto d'ora l'appartamento divenne buio, cinque minuti dopo Dante Moretti uscì dal portone. «Lo seguiamo?» chiese Antonio.

«Stiamo qui apposta» rispose Rocco. Tenendosi su due marciapiedi diversi, i poliziotti non perdevano di vista l'impiegato della Bulleri che camminava a passo rapido e sigaretta in bocca, guardando fisso il marciapiede. Girò per via Colonnello Alessi poi ancora a destra, dopo cinque minuti erano a piazza della Repubblica. Antonio fingeva di parlare al cellulare, Rocco rimaneva un po' più indietro. Passarono Croix de Ville fino a che Moretti voltò per via Lostan e si infilò in un locale, sulle vetrine lampeggiavano luci rosse e verdi. Dalla strada si sentiva una musica attutita. Antonio entrò e si ritrovò in un pub pieno di gente, in sottofondo una voce di donna rasposa come carta vetrata cantava una vecchia canzone francese. «*Balayés les amours, Avec leurs trémolos, Balayés pour toujours, Je repars à zéro*».

Vide Dante seduto al banco parlottare con il barman. In quel momento entrò Rocco e approfittò della penombra per sedersi a un tavolino seminascosto da un paravento. Antonio andò alle spalle di Dante che intanto si era fatto servire una birra e aveva attaccato discorso con una donna sui 35 anni, in carne, dal viso simpatico e dalla risata equina. Si conoscevano, erano intimi, si davano di gomito e finirono in due minuti il boccale di birra. Poi la musica cessò all'improvviso e si accesero tre faretti che diedero il benvenuto al barman, trasformandolo in presentatore della serata. Il tizio, capelli lunghi e camicia a quadri, era salito su un piccolo palcoscenico schiacciato contro la parete. «Signore, signori, chiunque voi siate... do il benvenuto a Loretta Maggi!», e partì un applauso convinto di tutta la platea. La ragazza seduta accanto a Dante si alzò e raggiunse il piccolo palcoscenico. Poggiò il bicchiere di birra fra le risate dei trenta clienti e afferrò il microfono. «Grazie, grazie a tutti per gli applausi sulla fiducia. Mi chiamo Loretta ma questo già lo sapete. Quello che non sapete è che fino a due mesi fa vendevo assicurazioni. Poi mi sono detta: basta far ridere la gente, divento cabarettista e intristisco tutti». Qualche risata, la ragazza guardò la platea riparandosi gli occhi con la mano dalla luce. «Potete pure ridere, è gratis». Qualcun altro si unì. «I miei genitori vivono in Francia... Ah, la Francia! Parigi! Qui un po' il profumo di Francia si sente, ma Parigi, Parigi è ancora la capitale dell'amore, vero? Oggi ho incontrato mia sorella che non vedevo da tempo. Le ho detto: ma tu lo sapevi che papà aveva un'amante?, e lei: no, e mamma lo sapeva?, e io: no, mamma beveva perché aveva sete!». Partì un applauso convinto. «Parigi è anche questo! Ah, l'*amour*... L'unico problema? La cucina. Mettono il burro dappertutto, in qualsiasi pietanza c'è il burro. La Francia è una repubblica fondata sul burro! Infatti quando Bertolucci ci ha ambientato un film, pure lui ha usato il burro!». Dopo qualche secondo il pubblico scoppiò a ridere. «Vedo che sono passati anni ma quella scena se la ricordano tutti. Pensate un po'... Bertolucci è un grande regista, ma passa alla storia per l'uso che Marlon Brando fa del burro... triste, triste». Ancora risate. «Per fare quella roba lì devi essere un divo del cinema, una rockstar... oppure avere vent'anni. Io alla mia età, ormai... guardate... mio marito due mattine fa prende in mano il burro, mi guarda e mi dice: lo usiamo? Io lì per lì gli dico: amore? Ma che hai stamattina? E lui mi dice: ma sì amore, si campa una volta sola! Stamattina insieme alla marmellata ci metto il burro e vaffanculo al colesterolo!». Il pubblico scoppiò in una risata fragorosa. Moretti si alzò dal tavolo e si diresse verso il bagno. Rocco lo seguì lanciando uno sguardo ad Antonio. «Non so se con l'olio d'oliva funzionerebbe... non parlo della fetta biscottata, intendo Marlon Brando... stasera provo e vi faccio sapere... anzi no, c'è un volontario? A quest'ora mio marito dorme!».

Nel bagno c'era una porta del vano WC, tre conchiglie al muro e due lavandini sulla parete opposta. Rocco si piazzò davanti al lavabo fingendo di lavarsi le mani. Dante aveva chiuso la porta del water a chiave. Rocco restò in silenzio, la voce della comica rimbombava insieme alle risate dei clienti. Poco dopo sentì lo sciacquone e Moretti uscì dal bagno tirando su la zip dei pantaloni. Per fortuna di Rocco non si avvicinò ai lavandini e non lo degnò di uno sguardo, ma aprì la porta e tornò nella sala. Schiavone attese qualche secondo. Un'occhiata al water. Notò che Dante non aveva alzato la tavoletta. Qualche secondo ed entrò un ragazzone alto e robusto con le guance rosse. Portava un giubbotto di pelle e i capelli cortissimi. Entrò e anche lui si chiuse la porta del WC alle spalle. Rocco finse di asciugarsi le mani con l'aria calda. Qualche secondo e il ragazzo uscì di nuovo. Senza tirare l'acqua o aggiustarsi la zip. Il vicequestore si avvicinò e guardò la tazza. Anche il ragazzo aveva lasciato giù la tavoletta. Non aveva usato il bagno, l'acqua nel pozzetto era chiara e trasparente e aveva rimesso a posto male il coperchio dello sciacquone. Schiavone tornò in sala.

«No, ascoltate, la margarina la usano i poveracci. Sì, lo so, costa di meno ma, andiamo!, se dovete farlo, fatelo bene! Spendeteli questi quattro soldi e comprate il burro danese, quello salato. È chic e fai la tua porca figura con il partner. Io per esempio ho un amico vegano che usa il burro di soia. Dice che funziona pure meglio». Le risate accolsero Rocco che fece un gesto ad Antonio. Guardò i tavoli e vide che il ragazzone col giubbotto che era entrato in bagno stava uscendo insieme a un amico.

«Lei per esempio, signore? Col loden!». La comica aveva richiamato l'attenzione su Rocco. Tutta la sala si voltò a guardarlo, anche Moretti che solo in quel momento si accorse del poliziotto. «Lei ha l'aria di uno che il burro lo usa. Mi dica se mi sbaglio».

«No, non si sbaglia» rispose Rocco e la platea applaudì.

«E posso chiederle che tipo di burro usa?».

«Senza lattosio. So' allergico. Con permesso», e fra le risate e un applauso lasciò il locale.

In strada si accese una sigaretta e si incamminò lento verso la macchina. Antonio lo raggiunse.

«Quella stronza. Moretti t'ha visto».

«E allora? Ero al locale. Certo era meglio se la comica se faceva i cazzi sua».

«Che è successo lì dentro?».

«Dante Moretti ne ha di cose da nascondere... sempre se si chiama Dante Moretti, ma dubito. Non lo perdiamo di vista», e indicò il ragazzo che si incamminava verso il centro della città.

«Chi è?».

«Ha scambiato qualcosa con Moretti».

I due salirono sull'auto e partirono. A Rocco non restò che memorizzare la targa. «Domattina vediamo chi è 'sto bel fustacchione?».

Giovedì

Seduto al posto di guida, Casella lottava per restare sveglio, Deruta invece era uscito dall'auto a fare quattro passi, convinto che il freddo della notte l'avrebbe risvegliato. Il thermos col caffè preparato da Eugenia era finito, l'orologio segnava le due, erano rimasti un sacchetto di patatine, uno di Cipster e due Bounty. Con quelle derrate sarebbero forse arrivati alle quattro, non oltre. L'accordo comunque era che, nel caso, Deruta avrebbe raggiunto a piedi il panificio per prendere un paio di croissant, oppure uno strudel e due bignè e, mentre si accordavano sulle leccornie da prelevare al forno con la lingua che sapeva di sale, avevano finito l'ultima bottiglia di acqua. Deruta rientrò nell'abitacolo portando odore di legna bruciata. «Sì, però non è giusto che non ci danno il cambio» disse chiudendo lo sportello.

«E chi viene? Quello Antonio è viceispettore, a D'Intino Schiavone manco lo vuole sentire nominare, Italo ormai...», e con tre dita fece il segno della croce. «Rimaniamo io e te. Dobbiamo chiedere dei rinforzi al questore».

«Vero. Già prima quando c'era Italo eravamo comunque sempre pochi, figuriamoci mo».

Restarono in silenzio. Poi Casella guardò il collega. «Oh, ci mangiamo il Bounty?».

«Sì» disse eccitato Deruta e aprì il cassetto sul cruscotto. Lo finirono in tre bocconi.

«A me il cocco piace un sacco» disse Deruta masticando.

«Pure a me» concordò Casella. «Anche se una volta...». Venne interrotto dai fari di un'auto. Una Toyota Rav 4 si fermò proprio davanti al civico 85 dove abitava Pietropaolo Sarti. «Oh!» fece Casella e diede una gomitata a Deruta. «È lui».

Il collega aguzzò la vista. «Sì, è lui...». Lo videro scendere. Era piccolo e magro, senza capelli, un trench blu dal quale spuntavano un paio di jeans. Fischiettando come fossero le nove del mattino raggiunse il portone. Casella prese il cellulare. Fece un numero e attese.

«Che cazzo vuoi, Case'!» ruggì la voce di Schiavone impastata di sonno e fumo.

«Dotto', Sarti è arrivato ora, e sono le due e trenta...».

«Bene... Adesso andate a dormire».

«Guardi però che non guida la Mercedes».

«Ah no?».

«No. Mi pare una Toyota».

Ci fu un breve silenzio. «Va bene. Grazie. Tornate a casa», e Casella sorrise al collega. «Ce ne possiamo andare, Miche'... qui abbiamo finito».

Accese l'auto e lento lasciò il parcheggio.

Rocco gettò il cellulare sul divano. Era ancora vestito, sbracato davanti alla televisione accesa senza sono-

ro. Non sapeva dire se stesse dormendo o se era solo ipnotizzato dalle immagini demenziali che gli danzavano davanti agli occhi. Recuperò il telefono. Richiamò il numero di Antonio dalla rubrica e attese sei squilli.
«Pronto...».

«Non dormo io, non dormi manco tu... domattina mi porti Pietropaolo Sarti in ufficio alle sette e mezza...».

«Domattina?» chiese Antonio. «Stamattina! È fra cinque ore».

«Mi state sul cazzo quando avanzate pretese sugli orari di lavoro. Capirei fossimo a New York! Qui se andiamo a fare i conti lavorate neanche sei mesi, tipo lavoratori stagionali, gli altri ve ne state seduti in ufficio a non fare una mazza. Mo c'è lavoro e dunque niente storie. Che ti credi, domattina alle sette e mezza dove sarò?».

«In ufficio?».

«Peggio, all'obitorio. Felice? Comunque 'sta Mercedes sembra sparita», e chiuse la comunicazione. Provò a stendersi sul letto, a chiudere gli occhi, ma non c'era più niente da fare. Alle quattro si alzò e andò a prepararsi il caffè.

«Ma perché non provi qualche sonnifero? Ce ne sono tanti in commercio, pure buoni» mi dice Marina.

«Che ne sai?», lei non li ha mai presi. «Il sonnifero mi toglie i sogni. Che sono rimasti il momento più eccitante della giornata. Anche se durano poco».

«Sai da dove nascono i sogni? È colpa della vista, che di notte mentre dormiamo ha paura di scomparire. Troppe ore

senza immagini potrebbero indebolirla, quindi che fa? Manda i sogni, che infatti noi vediamo come se fossimo svegli ad occhi aperti. Invece è uno scherzo del cervello».

«Sono tipo proiezioni?».

«Esatto, inganni della mente. Devi pensare ai sensi come dei fratelli che però non si stanno troppo simpatici. Così appena uno si distrae, l'altro cerca di avere la meglio. E così stanno sempre sul chi va là, anche quando dormi».

«E quando parlo con te?».

Ride. «Quando parli con me è un'altra storia. Dovresti averlo capito ormai. Oggi c'è una luna stupenda, l'hai vista?».

«No, è nuvolo».

«Prova ora che s'è schiarito il cielo».

«Ma sono le quattro!»

«E tu guarda lo stesso».

Allora mi affaccio ed è vero. C'è la luna ed è chiara e luminosa. «Non devi cercare le cose dove pensi che siano, Rocco. Magari sono sul lato oscuro, quello che il sole non tocca mai».

«È vero, hai ragione. Può essere».

L'odore di caffè impregnava casa. Schiavone arrivò in tempo per spegnere il gas.

Come ogni giorno l'alba spuntò dietro le cime delle montagne annunciando una giornata serena. Camminava con il passo lento di chi è abituato alle montagne. Aveva i jeans strappati e un piccolo zaino semivuoto dal quale penzolava un paio di scarpe da ginnastica con la suola sporca di terra rossa, ferrosa. Portava solo una felpa rossa macchiata sul petto e su una manica, e teneva il cappuccio in testa per coprirsi dall'umidità del mattino. Non era passato nessuno su quella strada da quando, uscito dal bosco, aveva cominciato a risalirla. Solo ora sentì il rumore lontano di un'auto che affrontava i tornanti. Respirava l'aria a pieni polmoni e chiudeva gli occhi. La barba lunga e nera e una sciarpa nascondevano il viso, degli occhi si poteva scorgere solo un luccicore febbrile. Un furgone rosso gli sfrecciò accanto, dal finestrino lanciarono una bottiglietta di plastica vuota che rimbalzando rotolò accanto a una pietra sul bordo della carreggiata. La macchina sparì dopo la curva tra i tronchi degli abeti e le felci che si inchinavano al suo passaggio. La strada tornò deserta. Il ragazzo raccolse la bottiglietta dell'acqua e se la mise in tasca. Riprese a camminare col suo passo sicuro, fischiettava un motivetto, sembrava volesse imitare gli uccelli mattinieri.

Percorse solo due curve e raggiunse una trattoria che si affacciava sulla strada. Il fumo usciva dal comignolo e la luce a intermittenza con su scritto «APERTO» occhieggiava dalla vetrina. Il furgone rosso era parcheggiato proprio lì davanti. Il ragazzo attraversò il piccolo piazzale di ghiaia, poi aprì la porta di legno e vetro. Lo accolse un buon odore di brioche appena sfornate, di caffè, le luci di due slot machine, una radio che mandava una canzone degli anni Sessanta e il sorriso di una donna che se ne stava dietro il bancone. Sugli sgabelli c'erano due uomini, sulla quarantina, gli unici clienti.

Uno aveva la barba e un giubbotto di pelle, l'altro invece una giacca a vento su una tuta blu e i capelli lunghi pettinati all'indietro. Avevano due tazze fumanti di caffè davanti. Quello col giubbotto sorrise. Gli mancavano un paio di denti. «Lorella, ma sempre 'sta musica anni Sessanta? E cambia stazione!».

«Se non vi piace, quella è la porta» rispose la donna allegra. «Un bel caffè?» chiese poi al ragazzo che invece di rispondere fischiettava di nuovo la canzone. Si tolse lo zaino leggero e lo poggiò a terra, prese la bottiglia di plastica dalla tasca e si avvicinò ai due uomini che chiacchieravano. L'afrore della Sambuca usciva insieme al fumo dei caffè. «Scusate, è vostro il furgone qui fuori?» domandò. Aveva una voce cupa, da uomo maturo. Con il cappuccio e la barba lunga pareva un frate.

«E allora?» gli rispose quello con il giubbotto di pelle.

«Ho chiesto se quel furgone rosso parcheggiato qui fuori è vostro».

«È nostro, quindi?».

«Allora anche questa bottiglietta è vostra». La alzò e gliela mostrò.

Quello con la barba lo guardò senza capire. «Questo è scemo...» fece all'amico.

«Senti, se non hai niente da fare prenditi il caffè e levati di torno» disse quello con la giacca a vento e i capelli lunghi. Il ragazzo mise la bottiglietta in tasca al barbuto. «Che cazzo fai?». Con una manata quello la fece cadere a terra. Rotolò e si fermò ai piedi di un tavolino con la panca di legno.

«L'avete buttata dal finestrino. Nel bosco».

«E allora?».
«È sbagliato».

Quello coi capelli lunghi scoppiò a ridere. Invece la donna dietro al bancone aveva il viso preoccupato. Percepì la tensione, il ragazzo non sorrideva, non cambiava tono di voce. L'ultima cosa di cui aveva bisogno era una rissa nel suo bar trattoria. «Va bene, adesso calmatevi, pigliamoci un bel caffè, offre la ditta» provò a dire. Ma il ragazzo col cappuccio continuava a fissare i due uomini. Si chinò, raccolse la bottiglia e la schiacciò fra le mani. «Perché dovete essere così ignoranti? Non ve l'hanno insegnato le vostre madri?». Con tutta calma gettò la bottiglietta nel secchio. «O erano troppo impegnate a fare i pompini ai camionisti?». Il barbuto sgranò gli occhi. Si alzò di scatto per tirare un pugno al ragazzo, ma quello lo schivò e lo colpì tre volte al collo, rapidissimo, a mano piena. Mentre il barbuto si accasciava cercando di respirare, l'altro lasciò lo sgabello, ma veloce come una saetta il ragazzo con il cappuccio estrasse un coltello che piantò nella gamba dell'uomo. Quello cadde a terra urlando. Il ragazzo con calma si avvicinò al suo zaino, lo recuperò, guardò i due malcapitati. Alzò davanti al viso quattro dita della mano. «Acqua, aria, terra e fuoco...» sussurrò come in un saluto. Si inchinò alla donna come alla fine di una rappresentazione e uscì dal bar tranquillo, col passo lento e sicuro di chi sa dove andare e non ha alcuna fretta.

Alberto Fumagalli stava seduto sulla poltroncina dell'ufficio della morgue. I piedi poggiati sulla scrivania, leggeva un libro corposo con un lecca-lecca ficcato in bocca. «Ti aspettavo» disse a Rocco rispettando sempre la regola mai dichiarata che i due si erano dati fin dal loro primo incontro, quella di evitare i saluti. «Hai fatto colazione?».

«Sì, due Camel e un caffè».

«Ottimi principi nutrizionali». Fumagalli sbuffò, si tolse lo stecco dalla bocca e lo poggiò sulla pagina come fosse un segnalibro. «Vieni».

«Ti si incollano tutte» fece Rocco indicando il tomo.

«Non importa, mi sta annoiando, non so neanche se mai lo riprenderò in mano».

Rocco lesse il titolo. «*Storia dell'idea di tempo* di Bergson. Ma che è?» chiese uscendo dalla stanza.

«È un errore considerare il tempo una limitazione dell'eternità».

Rocco non rispose. Aspettò che quello seguitasse. Ma Fumagalli si zittì.

«E allora?».

«Non lo so, io per ora ho capito questo».

«Sì, ma perché lo leggi?».

«Pensavo fosse un manuale su come impiegare il tempo libero sul posto di lavoro, tipo io per esempio oggi non ho nulla da fare e mi annoierò. E allora...».

«E secondo te Bergson scrive manuali? Non eri l'uomo colto, letterato, genio di...».

«Grullo, stavo scherzando. Lo so chi è Bergson, anzi chi era, perché è morto. Mi andava di misurarmi con lui».

«E?».

«Ho perso».

«Ma leggiti *Guerra e pace* e non rompere i coglioni».

Entrarono nella morgue. Fumagalli condusse Rocco davanti alla credenza piena di sacchetti che contenevano oggetti molli e di dubbia provenienza. Ne afferrò uno. «Guarda un po'? La balistica conferma un calibro 22».

«Potranno risalire all'arma?».

«Boh. Io penso di no. Comunque tutta roba che ti potrà servire in sede processuale, queste sono operazioni lunghissime. Ora seguimi, mio giovane pollone, che ti porto a vedere un dettaglio molto interessante che l'altro giorno avevo dimenticato di comunicarti». Si fermarono davanti a due diaproiettori. L'anatomopatologo li accese. «Quello che vedi a destra è il sangue trovato a terra sul piazzale dalla splendida e audace Michela Gambino. Ora non solo il sangue non corrisponde a quello della vittima, ma la cosa più eccitante è che non si tratta di sangue umano».

«Non è sangue umano?».

«No. Ecco che allora il tuo solerte Fumagalli ha chiamato il miglior veterinario in circolazione che prima o poi dovrò presentarti perché, fra le altre cose, tu a Lupa neanche l'hai vaccinata».

«Che ne sai?».

«Me l'ha detto la cagnolona».

«Ma non dire puttanate. Va' avanti».

«Comunque, il veterinario in questione, meglio la veterinaria in questione, mi ha assicurato che quello che vedi proiettato qui sopra è sangue di stambecco».

«Stambecco?».

«Cos'ho detto? Stambecco».

Rocco si sgranchì il collo.

«Sì, è strano» proseguì Alberto.

«Che c'entra mo uno stambecco?».

«A mio modestissimo parere, Rocco? Una sega!».

«Mi dispiace averla fatta alzare così presto» disse Rocco a Pietropaolo Sarti che aveva la faccia insonnolita. Sembrava non avesse sopracciglia né capelli, le labbra quasi invisibili, era stato sistemato da Rocco nella grande famiglia degli anellidi, vermi, animali ermafroditi insufficienti, i cui primi fossili risalgono a più di 60 milioni di anni fa. Sarti di anni invece ne aveva 37. «Ma immagino lei conosca il motivo».

«Sì, ieri mi ha chiamato il boss... scusi, il dottor Bulleri, a proposito dell'auto. So che la cercavate».

«Caspita se la cercavamo», Rocco si accese una sigaretta, «ma sembra si sia volatilizzata e nessuno della società ne sa niente. Neanche lei, suppongo».

«No, io nemmeno».

«Lei, per esempio, dove cazzo è stato tutto ieri?».

«A Postumia, in Slovenia».

Rocco fischiò. «Me' cojoni... quante ore di macchina sono?».

«Sei e mezzo, da qui».

«Quindi lei ieri da Postumia è partito alle...?».

«Non ricordo, saranno state le otto di sera?».

«Calcolando che qui è arrivato alle due e trenta, togliamo sei e mezzo, quanto fa?».

«Eh sì, più o meno a quell'ora».

Rocco vide che le labbra sottili di Sarti stavano per pronunciare una domanda che rientrò all'ultimo momento. Avrebbe voluto sapere come faceva il vicequestore a conoscere l'ora del suo rientro a casa.

«Che faceva laggiù?».

«Dovevo incontrare due dentisti che lavorano per noi, a pranzo, è stata una giornataccia».

«Immagino. E io che neanche la faccio dormire!». Il viso del vicequestore si aprì in un sorriso solare. «Ma non mi ha detto quando è partito per la Slovenia. Mercoledì stesso? Oppure il giorno prima?».

«No, no, sono partito sempre ieri, all'alba».

Rocco sorrise. «Accidenti, mi faccia capire meglio. Lei è partito ieri alle sei?».

Pietropaolo fece sì con la testa.

«Bene, è arrivato quando? Verso le dodici e mezza laggiù?».

«Sì. Ho pranzato col cliente, ho visto un paio di nostri collaboratori e alle otto sono ripartito».

«Però. Dodici ore di auto in un solo giorno. Tosta, eh? E ha una ricevuta, che ne so?, del ristorante dove ha mangiato?».

«Mi dispiace, ma non ho pagato io» rispose pronto Sarti, «ha pagato il dottor Arčon, che lavora per noi laggiù, fa da collettore per tutti i nostri medici».

«Scommetto che se ora chiamo Arčon lui sottoscriverà tutto quello che m'ha raccontato».

«E certo, dottore. È la verità» fece Sarti alzando un poco le spalle.

«Quindi lei la macchina non l'ha toccata?».

«Dottore, io preferisco guidare la mia».

«Com'è che lunedì sera l'auto era a disposizione di Roberto Novailloz?».

«Mi scusi, ma io non so chi sia...».

«Ah, non lo conosce?».

Quello scosse la testa.

«Strano, non trova? Nessuno alla Bulleri conosce l'uomo che si serve di una vostra auto».

«Giuro, mai sentito».

«Le dico chi è, anzi chi era: il vostro carrozziere».

«Ma non si chiama Costantino?».

«È il cognato. Novailloz lavorava per lui. Ora mi illumini, la domanda è facilissima. Dove stava la notte fra lunedì e martedì?».

Pietropaolo ci pensò su qualche secondo. «A casa, una sera come un'altra. Ho visto la partita».

«Pure lei?».

«Come pure io?».

«Anche Dante Moretti, il suo collega, ha visto la partita. Tifa Manchester, invece lei?».

«Io Milan-Torino, e tifo Milan».

«E com'è finita?».

«Pari. Uno a uno».

«Dunque nessuno può confermare che lei quella notte era in casa».

«Però ho fatto delle telefonate».

«Ah, ha fatto delle telefonate! E con questo allora direi che siamo a posto! Sarti? Lei è deficiente o crede che lo sia io?».

L'uomo restò spiazzato. «Non... non capisco».

«Allora è lei», e Rocco si mise a scrivere dei ghirigori su un foglietto. Pietropaolo Sarti non sapeva come comportarsi. Restava lì in silenzio senza fiatare. Poi il vicequestore alzò lo sguardo. «Embè? Che fa lì impalato?».

«Non lo so...» rispose quello.

«Vada a lavorare, si tolga dai coglioni», e con un gesto della mano lo liquidò. Sarti uscì di corsa dall'ufficio. Schiavone si alzò dalla poltroncina e si stiracchiò. «Mado' che palle!» mormorò sbadigliando. Spense la sigaretta nel posacenere. Non fece in tempo ad uscire dalla stanza che Deruta quasi gli venne addosso. «Lei cercavo».

«Ma non mi dire. Che succede?».

«Ho dimenticato le paste che Federico aveva preparato...».

«Allora sparisci».

«Subito, dottore. Però prima c'è una denuncia strana. Una donna, ha un bar che è pure trattoria su a Epinel...».

«Ndo' cazzo sta?».

«Giù nella stanza delle denunce» rispose pronto l'agente.

«No, ndo' cazzo sta Epinel!».

«Verso Cogne».

«E allora?».

«Non la vuole sentire?».

«E fammela sentire. Almeno ricordati i panini per pranzo. Vieni, accompagnami da 'sta tizia». Scesero le scale fino al piano terra. D'Intino era sulla porta della stanza. Beveva da una bottiglietta d'acqua. «D'Inti', chi non muore... Si può sapere che è 'sta faccia?».

«Dotto', le cose si sono messe male».

«Quali?».

«Quando magari ha dieci minuti gliele racconto».

«D'Intino, per quanto lunga possa essere la nostra esistenza, io non avrò mai dieci minuti da dedicarti, ne va del mio equilibrio mentale». Poi lo superò aprendo la porta.

Seduta su una poltroncina di plastica c'era una donna sui sessant'anni. I capelli grigi, le labbra grandi e carnose, aveva gli occhi azzurri un po' slavati e la bocca piegata in giù, in una smorfia triste. Appena il vicequestore entrò insieme a Deruta, si alzò in piedi. «Stia pure... allora che succede?».

«Mi chiamo Lorella Guichardaz. Ho un bar trattoria sulla strada verso Cogne».

«Sì, il mio collega mi ha informato». Rocco si appoggiò al tavolo di formica.

«Stamane presto avevo appena aperto, c'erano Gianni e Raffaele».

«E chi sono?».

«Sono due tecnici dei telefoni. Ogni tanto, quando sono in zona, passano da me e si prendono la colazione. A un certo punto è entrato un ragazzo, o forse un uomo, non lo so perché aveva la barba lunga e nera, un foulard che gli copriva parte del viso e in testa un cappuccio. Ha attaccato la lite con loro. Se le sono date. Meglio, quel tipo gliel'ha date a tutti e due e alla fine ha accoltellato Gianni».

«Accoltellato?».

«Sì, alla gamba. Poi si è avvicinato a Gianni e Raffaele e ha fatto quella cosa che ora fanno i giovani. S'è messo quattro dita davanti alla faccia e gli ha detto: acqua, aria, terra e fuoco».

Rocco rimase in silenzio. Poi guardò Deruta. «Lei saprebbe riconoscerlo?».

«No. Non l'ho visto bene in viso, gliel'ho detto, con la barba e il cappuccio. E poi aveva un piccolo zaino, con legate un paio di scarpe da ginnastica».

«Molto bene. Perché hanno litigato?».

«Il ragazzo diceva che Gianni e Raffaele avevano buttato una bottiglietta di plastica nel bosco. E da lì si sono picchiati».

«Va bene, signora. Lasci le sue generalità al collega. Questo Gianni dov'è?».

«Raffaele l'ha portato all'ospedale».

«Abbiamo un numero, un recapito?».

La donna annuì. «Deruta, prendi anche le generalità del ferito».

«Oh, non si preoccupi. Mi ha detto che appena finiscono di mettergli i punti corre qui a fare la denuncia».

Antonio incrociò Rocco mentre tornava pensieroso in ufficio. «Allora, Rocco, ho notizie fresche sulla targa del ragazzotto al pub di ieri sera, quello che dici ha scambiato qualcosa con Dante Moretti».

«E dimmi».

«L'auto appartiene a Riccardo Senigallia. Appuntato della benemerita. Dante Moretti spaccia ai carabinieri?».

«Brutta ’sta cosa, no?».
«Orca se è brutta!».

Casella avanzava con passo deciso lungo il corridoio, sembrava un agente di scorta a qualche personalità. Arrivato all’ufficio di Schiavone bussò alla porta. Non ebbe risposta, bussò di nuovo. Non si era accorto che Schiavone era alle sue spalle. Stava scrivendo qualcosa sul cartellone delle rotture di coglioni. Aveva appena aggiunto all’ottavo livello: le password. «Che vuoi, Case’?».

«Le password?» chiese l’agente leggendo.

«Sì. Le segno e perdo il foglietto, le rifaccio, le scordo ancora, ormai qualunque cosa ha una password. Quando la metteranno pure per andare al cesso me la farò addosso».

«Proprio di quella ero venuto a parlarle, dottore. La sim trovata sul cadavere. Moriani su alla postale è risalito alla password ed è riuscito a farla funzionare».

«Che ha trovato?».

«Vuota, dottore. Solo un numero in entrata. Telefonata alle...», Casella consultò il taccuino che teneva sempre pronto in tasca, «... telefonata avvenuta martedì alle sei del mattino da un numero sconosciuto. Basta, tutto qui».

«Bene. Purtroppo non ci dice niente. Poteva essere già morto a quell’ora. Sorge la domanda: dov’è il cellulare? Perché abbiamo solo la sim? Ugo, hai fatto domande ai vicini di Novailloz?».

«Certo, nessuna novità. Ah, ho parlato pure con Magda Mercanti».

«Chi è?».

«Quella che telefonava in questura per denunciare le urla da casa Novailloz...».

«E che hai scoperto?».

«Secondo lei il marito la picchiava».

«Ma va'? Altro?». Rocco, seguito dall'agente, entrò in ufficio.

«No, però dice che secondo lei al marito l'ha ammazzato la moglie».

«Ottimo», Rocco si infilò il loden, «ringrazia Sherlock Holmes. Ah, pare che anche in Valle ci sia... come si chiama... l'ELP».

«Pure qui? Che hanno liberato? Asini?».

«No. Un tizio ha pugnalato un operaio sulla gamba. Diciamo che il nostro livello è molto superiore a quello del resto d'Italia».

«Dice, dotto'?».

«E dico sì, Ugo. Vuoi mettere una bella coltellata in confronto a un gruppo di maiali che blocca un Frecciarossa? Dai, vieni con me, c'è una macchina fantasma che dobbiamo rintracciare».

«Agli ordini, dottore».

Antonio li richiamò mentre stavano per scendere le scale. «Schiavone? Capo?».

Rocco e Casella si voltarono. «Ho una notizia interessante. La Mercedes ha passato la frontiera lunedì notte alle ventitré e trenta ed è rientrata in Italia alle sei e quarantacinque».

Rocco si poggiò alla ringhiera. «E questo ha ricevuto una chiamata alle sei, quarantacinque minuti prima di lasciare il territorio svizzero. Comincia a chiarirsi, almeno lo spostamento. Cosa sappiamo con certezza?».

«Chi l'ha ammazzato ha fatto sparire l'auto».

«E fino a qui, Anto', ci arrivava pure D'Intino». Gli mollò una pacca sulla spalla.

«Hanno fatto sparire pure il cellulare» aggiunse Casella.

«Bravo. E la sim che usava in Svizzera l'amico l'ha smontata per mettersela in tasca. Quindi chi ha portato via il telefonino era convinto di portare via il telefonino con quella sim, invece Bobo Novailloz l'aveva estratta prima di lasciarci la pelle. E perché uno si porta via un cellulare?».

«Per nascondere un'eventuale chiamata che ha fatto?» azzardò Antonio.

«Esatto. Questo numero sconosciuto, Casella, riusciamo a saperne di più?».

«Quello che ha chiamato Novailloz alle sei? Qualcosa sappiamo». Recuperò il taccuino dai pantaloni. «Un numero sloveno».

Si guardarono delusi. «E ti pareva» fece Antonio. «Mai una botta di culo!».

«Perché quelli della Bulleri non hanno ancora denunciato la scomparsa dell'auto? Il furto o che so io?» chiese Rocco.

«Forse perché l'hanno capito solo ora. Insomma, Isabella mi dice che le macchine restano in garage per giorni e nessuno se ne occupa, come nessuno s'è occupato di quest'auto. Sono sicuro che faranno la denuncia oggi o al massimo domani».

«Allora, è quasi mezzogiorno. Case', tu e Deruta andate al piazzale del ritrovamento... c'è un sentiero che porta in un posto chiamato Saint-Romain. Scoprite di più. Antonio, io e te ce ne andiamo a Torino».

«A Torino?».

«A Caselle».

A Torino la temperatura era più alta di almeno cinque gradi. Appoggiati al cofano dell'auto, fumando, Rocco e Antonio aspettarono fino a quando videro Brizio uscire dall'aeroporto. I due amici si abbracciarono senza una parola né un sorriso, come sempre. Caricarono le due valigie nel bagagliaio e poi entrarono in macchina. Brizio sul sedile di dietro, Antonio alla guida e Rocco accanto. «Ma l'altro? Come se chiamava? Italo?».

Rocco si voltò verso Brizio e si mise una mano in faccia.

«Ah, se lo so' bevuto!» fece sorridendo l'amico. «Brutto pe' 'na guardia fini' dentro, anche se prima o poi doveva succede» sentenziò Brizio. «Se po' fuma'?», e senza aspettare risposta accese la sigaretta. «Oh, è la prima volta che viaggio su una macchina delle guardie senza che me stanno a porta' dentro». Scoppiarono a ridere, Antonio rimase in silenzio, concentrato sulla strada. Solo le dita si muovevano allegre sul volante, come battessero il ritmo di una canzone che il viceispettore si cantava in testa. «Antonio? Te chiami Antonio, no?» chiese Brizio.

«Esatto».

«Non è che mi faresti una cortesia? Se vedi un autogrill, te poi ferma'?». Brizio era fissato con gli autogrill, era capace di spendere centinaia di euro per dei lecca-lecca giganti, o enormi scatole di pastelli colorati. «Non lo sta' a sentire, Anto', tiriamo dritti fino a Aosta. Ti devo fare una domanda. Hai mai sentito un tale Dante Moretti? Di Sperlonga?».

L'amico ci pensò un po' su. «No, mai sentito. Dante Moretti...» fece aprendo un filo di finestrino per buttare la sigaretta.

«Se te pijano quelli dell'ELP che butti le sigarette pe' strada...» disse Rocco e Antonio sorrise.

«Chi?».

«Lascia perde, Bri', storia lunga».

«Insomma chi è 'sto Dante Moretti?».

«Dopo ti spiego. Mi sa che mi devi dare una mano».

«Se arza qualche euro?».

«Non credo, Bri'. È una situazione forse pericolosa» lo avvertì Rocco. «Non so che troveremo».

L'auto scivolava sull'autostrada veloce e silenziosa. Sulle montagne s'erano addensate le nuvole.

Casella e Deruta avevano percorso diverse centinaia di metri sul sentiero che portava a Saint-Romain ma un po' l'umidità del bosco, un po' il sovrappeso e il dolore ai piedi, avevano deciso di soprassedere e tornare indietro. Il parcheggio sul piazzale era ancora vietato ai turisti che dovevano lasciare auto e pullman lungo la statale. Al centro lavoravano i due agenti e la sostituta Michela Gambino inguainati nelle tute bianche, gli occhialoni protettivi e le soprascarpe. Deruta e Casella osservandoli restarono ipnotizzati. Li vedevano infilare sassolini di ghiaia dentro a delle buste di plastica, prelevare piccolissime foglie dalle erbe cresciute spontanee sul piazzale. Poi sobbalzarono quando Michela gettò un grido. «Ah-ah! Qui!». I due agenti della scientifica accorsero dal loro superiore che se ne stava china sull'erba, vicino al ponticello, a metà discesa verso il torrente dove avevano ritrovato il cadavere. Li videro trafficare intorno a un cespuglio di felci, sotto due piccoli abeti poco distanti dal guardrail della strada. Parevano cani alla ricerca di un posto dove fare pipì. Silenziosi e precisi, i loro movimenti in quel rituale di raccolta, ripetuto chissà quante volte, sembravano automatici, robotici. Michela si alzò in piedi vittoriosa mostrando una bustina di plastica. Si accorse dei due agenti, spettatori chissà da quanto del suo lavoro. «Uelà, Casella e Deruta, quant'è che siete qui?». Infilò la bustina in una specie di frigo portatile. «Buonasera, dottoressa... è da un po'. Siamo andati a vedere dove porta quel sentiero laggiù».

Michela lo guardò. «Da nessuna parte» disse. «Cioè arriva in un posto che si chiama Saint-Romain, che è un sasso con sopra il dipinto di un santo. Ma poi c'è montagna, boschi per chilometri. Di là si finisce a Courmayeur, dall'altra parte in Valpelline... non andate che vi perdete».

«Ah... e lei come lo sa?».

«So leggere una cartina». Deruta si complimentò con un sorriso. Michela Gambino afferrò il frigorifero portatile e si avvicinò al furgone. «Se volete comunicare al vostro superiore, ho trovato il posto dove gli hanno sparato. Quasi dov'era il corpo. Ho appena repertato materia cerebrale e sangue che adesso andiamo a studiare. Ma quanti cervelli possono essere saltati qui nelle ultime, diciamo, 72 ore? Credo appartenga proprio a Roberto Novailloz», e gli fece l'occhiolino.

«Mi sa che ha ragione».

«Certo che ho ragione. Ah, dimenticavo», tornò sui suoi passi, «sempre al vostro superiore, dite che le impronte digitali sulla poltroncina dov'era seduto Dante Moretti non hanno nessun riscontro. Insomma, il tipo è pulito. Buon lavoro», e si allontanò dagli agenti.

«Bella donna» fece Casella. Deruta annuì in totale accordo. «Chiamiamo Schiavone?».

«E direi!».

D'Intino era stordito dalle luci, dalla gente, dai nomi illeggibili sui cartellini, pieni di lettere con segni diacritici, alternanze spericolate di consonanti, unioni di vocali impossibili da pronunciare; spesso si era ritrovato a osservare i mobili in uno stato semicatalettico. Alla fine della lunga gita in quell'inferno colorato aveva speso millenovecentottantacinque euro, svuotando quasi del tutto il suo conto in banca. Per comprare un letto, una poltrona letto, un tavolo con tre sedie, piatti bicchieri e posate, delle tazze colorate, un piumino matrimoniale, due cuscini, tre lenzuola a sacco e due estive, quattro candele profumate, tappetini, grucce, copriwater a stelline, torcia a forma di pappagallo, polpettine di carne, patatine e dolci alla cannella, spugne, ramazze e altri oggetti per la cucina dall'uso incomprensibile e per finire un copriletto a pois. Il letto e la poltrona l'avrebbero portati in settimana, le altre cianfrusaglie cozzavano e tintinnavano dal retro del furgone affittato. Guidava in silenzio, mentre Pupa accendeva una sigaretta dietro l'altra. Era eccitata e contenta degli acquisti che adesso, D'Intino ne era certo, si sarebbe incollato e portato da solo al piano. Era stanco e avvilito. Parcheggiato il mezzo sotto la nuova casa, Pupa lo guardò con tenerezza. «Ma non sei felice?» gli chiese.

«Sì» fece D'Intino poco convinto.

«Stiamo per cominciare una vita insieme! È l'inizio di una nuova avventura. Memè, devi essere felice!», e lo baciò sulle labbra. Tutta la stanchezza sparì come acqua nella sabbia, D'Intino si sentì vigoroso ed energico, abbracciò Pupa e le toccò il seno. Lei lo lasciò fare per un po', poi lo staccò con facilità dal suo corpo e gli sorrise. «Mammà può sta' alla finestra! Meglio di no...».

«Meglio di no» ripeté l'agente. Pupa aprì lo sportello e scese dal furgone. «Io vado su e intanto ti apro» gli disse.

D'Intino fece il giro e spalancò lo sportello posteriore. Cominciò a scaricare la roba. Dopo la prima rampa di scale ripeté a bassa voce le parole di Pupa: «Stiamo per cominciare una vita insieme!». Ma non doveva essere solo di passaggio lì ad Aosta per un viaggio di piacere in Italia? Aveva cambiato idea, allora! Scosse la testa e sorrise, era evidente, il suo fascino aveva di nuovo colpito il bersaglio.

Il negozio voleva somigliare a un'antica barberia. La carta da parati a righe, boiserie di legno in cui erano incastonati tre specchi. Le luci alla parete con i paralumi di vetro soffiato impreziositi da una cascata di perline che scendevano dai bordi erano finte come tutto l'arredamento. L'effetto era quello di un set televisivo. Un uomo sui sessant'anni, piccolo e rotondo, stava aggiustando la barba di un ragazzo e un ciuffo rigido e verticale come se un ventilatore gli soffiasse fisso nei capelli. Quando Rocco fece il suo ingresso, risuonò un campanello. L'uomo intento a rasare il cliente lo guardò attraverso lo specchio. «Buonasera» gli disse.

«Buonasera» rispose Rocco.

Antonio Scipioni era seduto a suo agio e sfogliava una rivista.

«Sono dopo di lei?» gli chiese Rocco. Antonio annuì. «Io solo una spuntatina».

«Prego, intanto si accomodi» disse il barbiere indicando il salottino.

Sulle mensole di tre armadietti troneggiavano prodotti che richiamavano gli anni Cinquanta. Il vicequestore osservava le boccette giallastre di lozioni e profumi con etichette che sembravano illustrazioni d'epoca. Tutto quel finto antico, perfino il cavalluccio di metallo rifatto da qualche cinese, gli dava la nausea. Solo il profumo che aleggiava nel negozio era azzeccato. Era lo stesso che regnava incontrastato dal barbiere di via del Moro quando suo padre lo portava a tagliarsi i capelli.

«Come glieli famo a Roccuccio?».

«A zero!» rispondeva suo padre che si andava a sedere nella poltrona accanto. Rocco veniva alzato da sor Luciano, un omone di un metro e novanta con un porro gigante sul naso e i denti neri per le cinquanta sigarette al giorno, e veniva incastrato in groppa al destriero d'acciaio. La carta da parati era gialla, Rocco la ricordava perché spesso si incantava a guardarla: sembrava attraversata da fili d'oro di ragnatele intrecciate. Seguendo un itinerario immaginario, lui era una formica che doveva dal pavimento raggiungere il soffitto seguendo quei fili senza però farsi sentire dal ragno, sennò era la fine, e col ditino tracciava il percorso nell'aria. «Allora, Rocco, mo statte fermo che sennò ti taglio un orecchio. Vuoi che ti taglio un orecchio?», e ridevano, sor Luciano e suo padre. «Tanto ce n'hai due, che ci fai?».

«No!» urlava Rocco. Sor Luciano era più vecchio di suo padre di almeno 15 anni. Aveva fatto la guerra ma non come soldato. «Quando serve, e me sa che serve, io torno a fa' i botti» diceva, perché sor Luciano era in grado di fabbricare una bomba con due sciocchezze comprate in un negozio di casalinghi. Alla fine gli spazzolava il collo con una specie di pennellone che sputava borotalco. Poi Rocco e suo padre andavano a prendere il gelato a piazza Mastai e il pomeriggio era concluso. Rocco sceglieva sempre stracciatella e cioccolato.

La campanella del registratore di cassa lo riportò a Courmayeur. Il barbiere aiutò il cliente a indossare la giacca a vento, poi quello col ciuffone impomatato, la barba curata e un paio di pantaloni a scacchi talmente stretti da sembrare una calzamaglia uscì soddisfatto dal negozio. Antonio si alzò.

«Eccomi qui, sono a sua disposizione».

Rocco guardò Alessio Rocci. Gli occhi vicini e a biglia, il naso grosso a patata, le orecchie piccole e staccate dal cranio lo immisero subito nella grande famiglia del coati rosso, o Nasua nasua, un procione che vive nel Sudamerica, nelle zone tropicali. Si nutre di piccoli insetti, di larve e di frutta. «Una spuntatina, allora?» chiese.

«Sì, sono in disordine» rispose Antonio.

«Prima dovrei bagnarli, sennò a tagliare è complicato».

«Faccia pure».

«E questa barba di tre giorni?».

«La lasci» rispose Antonio, «voglio farla crescere».

«Benissimo», e Alessio Rocci andò a prendere un piccolo vaporizzatore di vetro smerigliato. Rocco e Antonio si scambiarono un'occhiata. Alessio tornò e spruzzò i capelli del viceispettore. Rocco capì da dove veniva l'odore del locale.

«È tanto che ha questo negozio?» gli chiese Rocco.

Il barbiere si voltò e sorrise a Rocco. «Come? Ah sì, insomma, un anno e mezzo» rispose quello. «Qui prima c'era una macelleria».

Rocco osservava le mani di Alessio. «Anche lei non è di qua, mi sa».

«No, sono di Reggio, ma no Emilia, Calabria».

Rocco sfogliò una rivista. «Le piace qui?».

«Insomma, io sono più tipo da mare». Il barbiere gli parlava guardandolo dallo specchio mentre tagliava i capelli di Antonio.

«Certo, Courmayeur è bella. È una zona ricca. Chissà quanto paga di affitto...».

«Non poco».

«Mio fratello a Champex, mica a Courmayeur, per un buco milleottocento al mese!».

Il barbiere annuì. «Eh, lo capisco. Io pure di più», e proseguì a lavorare.

«È dura lasciare casa propria, no? Io pure sono di Roma, ma qui non è che mi sono mai ambientato. Mai fatto amicizie».

«La capisco» fece Alessio. «Io mi sto sforzando, però appena posso vado al mare. Qui il clima è troppo freddo».

«Ha la fede, come me. Sua moglie almeno l'ha seguita? Perché la mia è rimasta a Roma».

«Sì» fece Alessio, «mi ha seguito. Altrimenti chi ce la faceva?».

« Avete figli?».

«Una figlia. Lavora ad Aosta». Piccoli ciuffi di capelli cadevano lenti adagiandosi come foglie morte sul pavimento. Antonio stava ad occhi chiusi, sembrava si fosse addormentato.

«Io purtroppo figli niente» disse Rocco. «Quanti anni ha la sua?».

«Trentotto».

«E che lavoro fa?».

«La segretaria. Vende cure dentistiche all'estero. Si

risparmia un sacco di soldi. Se vuole e ha bisogno poi le do il numero della sua società».

«Grazie, molto gentile. Avevo un amico a Reggio Calabria. In polizia».

«Ah...», il barbiere continuava a tagliare e a controllare la capigliatura di Scipioni.

«Poi è morto in uno scontro a fuoco sei anni fa, vicino Milano».

«Brutta storia» fece Alessio.

«Direi di sì. Ma d'altra parte, se uno fa il poliziotto, quello di restare ucciso è un rischio che mette in conto, no?».

«Lo penso pure io».

«Lo sa? Mi sa che ci andrò da sua figlia. Avevo trovato un aggancio in Svizzera, ma anche lì i costi sono altucci. Lei conosce la Svizzera?».

«Poco».

«Uno dei pochi posti con la frontiera. Che seccatura». Rocco prese una seconda rivista. «Come se un trafficante passasse con la macchina così, proprio sotto gli occhi della dogana» disse fingendo di leggere. Alessio gli lanciò un'occhiata sempre attraverso lo specchio.

«C'è un bagno?».

«Guardi, la porta a destra, quella dietro il paravento a righe».

Rocco posò il giornale. «Grazie».

Antonio se ne stava sempre con gli occhi chiusi mentre Alessio continuava a tagliare i capelli. Posò le forbici e accese un rasoio elettrico col quale pareggiò i peli dietro la nuca. Riprese le forbici. Poco dopo Rocco uscì dal bagno. «Purtroppo ho ricevuto una telefonata, devo scappare in ufficio. Tornerò domani, se lei è aperto».

Alessio fermò il taglio. «Ma certo, non si preoccupi, qua mi trova».

Il vicequestore uscì, poi arrivato sulla porta si bloccò. «Le posso fare una domanda?».

«Dica» fece Alessio spazientito.

«Ma lei non ha paura della concorrenza?».

Si guardarono. Rocco aveva l'aria sorridente, Alessio invece s'era scurito in volto. «Che vuole dire?».

«Dico... io ho un negozio a La Thuile e la concorrenza mi stava facendo fuori. Lei non ha paura della concorrenza?».

«No» disse secco Alessio. «Non me la fanno la concorrenza».

«Non ci conti troppo. Piatto ricco... a domani», e uscì in strada. Alessio rimase interdetto qualche secondo. Poi riprese a tagliare i capelli del viceispettore che stava ancora con gli occhi chiusi. Il barbiere posò le forbici sul tavolino, poi andò alla cassa. Prese il cellulare e si allontanò dietro il paravento. Antonio riaprì appena gli occhi, sentiva il barbiere parlare al telefono. Si alzò, lento mosse due passi verso il séparé. L'uomo parlava a bassa voce. «'Nu tipu stranu, facìe domande... ma china 'u canusce? Nossignore!».

Antonio tornò alla poltrona, si rimise seduto e attese che Alessio tornasse. «Scusi, dovevo andare in bagno».

«Si figuri».

«Ecco, abbiamo quasi finito».

«Ma non c'era un altro cliente? Mi sa che mi sono addormentato».

«Ah sì, ma dice che è dovuto scappare in negozio».

«Lo sentivo parlare, parlare...».

«Sì, era un tipo curioso». Alessio posò le forbici e prese uno specchio. Lo mise dietro la nuca di Antonio. «Che mi dice?».

«Mi pare bene... anzi ottimo! La gente proprio non vuole imparare a farsi i fatti propri!» disse Scipioni.

«Lo dico sempre anche io» rispose Alessio Rocci senza l'ombra di un sorriso di complicità.

«Allora?» gli chiese Rocco quando Antonio salì in auto.

«Appena sei uscito è andato a fare una telefonata. Parlava in dialetto. Diceva che facevi troppe domande e che non ti aveva mai visto prima». Antonio accese il motore, poi partì lento. Rocco restava in silenzio a pensare. «Cosa sappiamo?» disse all'improvviso. «Novailloz è stato ammazzato proprio lassù. C'è arrivato con la Mercedes, su questo non ho dubbi. L'assassino poi s'è preso l'auto... a questo punto possiamo dire gli assassini, dovevano essere almeno in due, altrimenti la macchina con la quale gli stronzi sono arrivati al piazzale come la riportavano via? Dunque gli assassini si prendono l'auto e il cellulare. Perché? Perché su quel cellulare l'hanno chiamato ed è meglio non lasciare tracce. Ma Novailloz s'è premunito e ha tolto la sim che noi abbiamo ritrovato».

«Solo che sulla sim non c'è niente».

«Un niente che dice molto, però. Primo: è una sim di un vecchio cellulare, quelli da pochi soldi, non uno smartphone. La sera che ci siamo... scontrati, ti ricordi? al tipo gli è caduto un cellulare ultima generazione dalla tasca».

«Certo che me lo ricordo. Gliel'ho restituito io» fece Antonio.

«Quindi di telefonini ne aveva due. Lasciando la sim dell'altro in tasca in realtà ci informa che lui usava un telefono per...?».

«Comunicazioni di cui non voleva lasciare traccia?».

«Bravo, Anto'! Centro! E chi non vuole lasciare traccia, viceispettore Scipioni?».

«Pensi alla neve?».

Rocco scoppiò a ridere. «Chiamala coca che facciamo prima».

«Al barbiere gli hai fatto delle domande strane. Sulla Svizzera, la concorrenza... mica le ho capite, sembravi, senza offesa, un po' un deficiente».

«Per fare uscire i serpenti si batte il terreno con un bastone. Se vedi da lontano uno che mena piante e rocce con una mazza e questo fatto dei serpenti non lo sai, pensi che sia fuori di testa, no? Andiamo dalla Novailloz, tu aspettami in macchina. Quella sta rischiando la pelle».

«Quella chi?».

«La moglie, Monica! Anto', ma te devo di' tutto?».

Era calata la sera. Le luci dei negozi rallegravano le strade deserte. Qualche ritardatario affrettava acquisti e saluti per correre a casa. Antonio accostò e Rocco si avvicinò a una Giulietta bianca parcheggiata a cento metri dal civico di Novailloz. Bussò al finestrino. Caterina aprì. «Novità?» le chiese.

«Nessuna. Monica è rientrata alle cinque e mezza, la luce del salone è accesa».

«Te ne puoi tornare a casa a riposare».

«Stanotte non ti servo?».

«No, non ce n'è bisogno. Grazie, come sempre».

Caterina gli sorrise e accese il motore. Rocco invece attraversò la strada e raggiunse il civico.

Quando Monica gli aprì la porta era il ritratto della stanchezza e della resa. L'occhio almeno era in via di guarigione, riusciva a tenerlo aperto. Lo salutò abbozzando un sorriso e Rocco entrò nell'appartamento senza dire una sola parola. Si guardarono per qualche secondo. «Che posso...» azzardò Monica, ma Rocco la fermò con un gesto deciso della mano. «Dov'è?» disse solo.

Monica si morse le labbra e scosse la testa. «Dov'è cosa?».

«Non mi faccia perdere tempo, lo so che è qui. Si rende conto che lei sta rischiando la vita?».

Monica si ritrasse fino a toccare il tavolo con l'anca. «Davvero, dottore, io non capisco».

«E allora glielo dico io. Qui sotto c'è un'ispettrice che ha fatto la guardia per proteggerla e io non ho più intenzione di sprecare tempo e mettere a rischio la pelle degli agenti se lei non collabora». Monica restò in piedi, gli occhi puntati sul vicequestore. Sembrava le tremasse appena il mento. «Due sono le cose: o suo marito s'è fregato del contante o, come io invece penso, una parte del carico. Quindi torno a ripeterle: dov'è?». Schiavone si avvicinò di un passo. «Gli hanno sparato in mezzo agli occhi, Monica. Cosa le fa pensare che non lo ripeteranno anche con lei? E sa perché ancora non si sono presentati in questa casa? Perché gironzoliamo noi, la polizia, stanno solo aspettando. Vuole una spinta? Un incoraggiamento?». Rocco indicò il baule rosso coi cuscini multicolori. «Vogliamo vedere se sta lì dentro?».

Monica si voltò rapida verso il mobile. Poi tornò a guardare Rocco. Piangeva. «Roberto mi aveva detto che fra neanche due mesi saremmo diventati ricchi... io non gli credevo. Sa quante promesse m'ha fatto? Migliaia! Le uniche che manteneva? Quando mi giurava che me le avrebbe date. Allora sì, allora era di parola». Crollò su una sedia. «Io avrei ripreso a lavorare, gli dicevo. Facevo la segretaria in un mobilificio fuori Biella. Dopo il parto mi assicurarono che mi avrebbero riassunto. Bobo invece s'era messo in non so quali guai. Cioè, ora lo so». Si asciugò le guance con una mano. Aveva lo smalto rosa chiaro, screpolato. «Sì, ora lo so. Apra, apra pure» disse con un filo di voce.

Rocco tolse i cuscini e alzò il coperchio. Una vecchia borsa sportiva conteneva quattro panetti incellofanati. Il vicequestore cacciò il coltellino dalla tasca per bucarne uno. Sulla lama un pizzico di polvere bianca. La assaggiò con la punta della lingua. «Qua ci sono minimo... trecentomila euro di coca... li ha rubati tutti in una volta?».

«Non lo so, giuro che non lo so».

«Era lui che faceva i viaggi?».

Annuì. «Spesso spariva per un paio di giorni, ma io non so dove andava. Chiamavo Costantino al garage, ma lui rispondeva che era in giro per trovare pezzi di ricambio. Non ci ho mai creduto».

«Questa roba la prendo io». Il vicequestore si avvicinò alla porta e poggiò la mano sulla maniglia. «Metta quattro cazzate in valigia e mi segua». Monica non si mosse. «Ora!».

«Stanotte voglio che stia nella tua ex casa» disse Rocco a Casella mentre Deruta con gli occhi stanchi si era seduto sprofondando nel divanetto di pelle. «Non me schiaccia' er cane» lo ammonì il vicequestore. Casella allargò le braccia. «Dotto', ci sta un problema».

«Che problema?».

«Casa mia non è più casa mia. Mo c'è andato D'Intino».

«D'Intino?».

«Sì, dottore, pare che ha trovato l'anima gemella e sono andati a vivere sotto lo stesso tetto» disse Deruta sorridendo. «Lui, Pupa e mammà!».

«Non ci voglio manco pensare all'anima gemella de D'Intino. Allora Michele? La porti a casa tua?».

«E come faccio? C'è pure la cugina di Federico che è venuta per un concorso alla Regione».

«Antonio?».

Scipioni poggiato alla finestra a braccia conserte scosse la testa. «Sto in una stanza con il divano letto!».

«Ma che cazzo!». Rocco si guardò intorno.

«Ci penso io» disse Caterina entrando in ufficio. «La porto a casa mia, Rocco».

«Grazie, Caterina...». Guardò severo i suoi. «Passa dal garage, meno ti fai vedere con Monica e meglio è» suggerì Rocco.

«Va bene. Dov'è?».

«Nella nostra stanza che aspetta» rispose Antonio. Caterina chinò affermativa il capo. «Qualunque problema, sapete dove trovarmi». Uscì di scatto dalla porta.

«Grazie...» riuscì a dirle Rocco prima che i capelli biondi sparissero.

«Si sente la mancanza di Caterina nella squadra» fece Casella. «Quando c'era lei era meglio».

«Insomma» rispose Deruta che non aveva mai mandato giù la preferenza che Rocco accordava alla Rispoli. «E se dobbiamo dirla tutta, manca pure Italo» aggiunse.

«Abbiamo finito?». Rocco batté le mani. «Orecchie tese, per favore. Io voglio che stanotte e le notti a venire facciate dei turni per stare sotto casa di Caterina. Accordatevi pure con gli agenti che lavorano con lei. Non la voglio sola con Monica in casa. D'accordo? Antonio, organizzali tu».

«Sissignore».

«Io vado a parlare con la Gambino. Domattina mi servite tutti operativi tranne quello che ha fatto l'ultimo turno», e lasciò la stanza. I poliziotti si guardarono. «Va bene» fece Antonio. «Chi comincia?».

Deruta alzò timido la mano. «Se mi lasciate il primo turno poi ho tempo di andare al panificio».

Arrivato all'imbocco delle scale, Schiavone incrociò un gruppo di agenti davanti al televisore montato nell'angolo del corridoio, sintonizzato sulle notizie ventiquattr'ore al giorno. In onda immagini di un edificio che bruciava.

«Ma che succede?» chiese il vicequestore.

«Hanno fatto saltare in aria due jet privati Gulfstream» rispose un agente.

«Dove?».

«Voghera» fece Malipiero della narcotici. Le ombre dei vigili del fuoco passavano davanti alle fiamme, una giornalista parlava ma l'audio era talmente basso da non poter percepire le parole, il sottopancia però era più che esauriente. Poi l'immagine del cerchio con quattro bastoni inscritti apparve in primo piano. «Oh cazzo!» disse Malipiero e guardò gli altri poliziotti. «Sono quelli delle galline e dei maiali?».

«Pare di sì».

«Hanno alzato il tiro» commentò Rocco. «Vedrete che gran rottura di coglioni diventeranno questi!», e dopo il vaticinio mollò il gruppo e scese le scale seguito da Lupa che trotterellava felice.

Michela Gambino era nel piazzale della questura a parlare al telefono; sottovoce, sorrideva e scuoteva la testa. Per prima le si avvicinò Lupa che Michela carezzò subito sul muso. Poi alzando la testa e vedendo Rocco che veniva dalla sua parte, decise di interrompere la comunicazione. «Come va?».

«Rompi tanto i coglioni con le onde elettromagnetiche e che ci spiano sul cellulare e poi che fai? Una telefonata all'aperto? Dico, ma sei impazzita?».

Michela rise. «Io voglio che sappiano di che parlo con il mio compagno. Che intercettino pure, non mi interessa. Non sono segreti, è vita vera, una coppia, i suoi litigi, le sue tenerezze».

«E se vi sfuggono numeri? Pin segreti? Notizie?».

Michela scosse la testa. «Parli con me come se fossi una povera ignorante mentecatta. Io e Alberto siamo allenati e se dobbiamo dirci qualcosa di segreto usiamo un codice. Per esempio, se io ti dicessi: sono ferma, ma la mucca deve bere il latte che ha finito l'acqua, tu che capiresti?».

Rocco si pentì di essersi invischiato in una conversazione simile con la sostituta. «Direi che la mucca che beve latte è poco normale».

«Invece per me e Alberto ha tutt'altro significato. E sai quale? Vai in banca a prelevare contanti perché ho finito i liquidi, il pin del mio bancomat è 53265».

«Mo spiegami come fai a dare queste notizie con una frase sola e pure di merda».

«Prova a risolverlo tu. Mica è difficile. A parte quello che ti hanno riferito i tuoi uomini, non ho altro da dirti. Al tizio gli hanno sparato lassù».

«Quello l'ho già registrato. Stanotte mi servi».

Michela sorrise. «C'è modo e maniera per chiederlo a una signora».

«Miche', dobbiamo fare una cosa zozza ma non in quel senso. Portati un po' d'attrezzatura. Entriamo in un posto a cercare un dettaglio».

«Bene. E non possiamo fare una richiesta al magistrato?».

«No. Non voglio agitare le acque».

«A che ora hai detto?».

«Alle tre».

«Dovrò trovare una scusa per Alberto».

«E fai venire pure lui. Magari ci facciamo una risata».

Michela storse il labbro. «Io non ci vedo niente di comico».

Per la cena aveva riservato un tavolo al Grottino. Pochi clienti, nell'aria una musica che a Rocco sembrava Fausto Papetti. Dovette richiamare subito Ciro, il proprietario, e convincerlo con minacce poco velate a cambiare il disco. Quando Vivaldi ebbe la meglio, ordinò per lui e Brizio che sarebbe arrivato di lì a poco, e gli avanzi per Lupa che come sempre avrebbe mangiato sotto al tavolo. «Porto un bianco della casa?».

«Quello te lo bevi te» gli rispose Rocco seccato. «Voglio un Vermentino ligure, fai il favore».

«Ho solo un Colli di Luni».

«E m'hai detto cazzo!».

«Saliamo molto col prezzo».

«E che m'hai preso per un purciaro?». Rocco sbuffò davanti alla domanda silenziosa di Ciro di una traduzione. «Dicesi purciaro o pulciaro una persona tirchia, braccetto corto, spilorcia. Chiaro? Porta il vino, ora!». Ciro sorridendo si allontanò.

Al tavolo più riparato, accanto alla vetrina che dava sulla strada, una coppia era in attesa del dolce oppure del conto, a giudicare dalla tavola preda del disordine di fine pasto. Parlavano sottovoce. Da come erano seduti Rocco capì che fra loro c'era intimità. Hanno già trombato, pensò. Lei era rilassata con la schiena poggiata alla spalliera della sedia. Lui teneva le gambe accavallate di lato al tavolo. L'uomo era elegante, con i capelli bianchi e un vistoso anello all'anulare con una pietra nera. La donna, di spalle, portava un maglione a collo alto. I capelli appena fonati dal parrucchiere e sulla mano destra, l'unica che Rocco riusciva a vedere, non aveva anelli. Quella figura non gli era nuova.

Nora. La sua prima amante appena arrivato ad Aosta. Non la vedeva da tanto tempo. Chissà se aveva ancora il negozio di abiti da sposa, Rocco aveva cercato di non passarci più davanti. Si stupì di essere riuscito a non incontrarla neanche una volta in tutto quel tempo, poi capì che le cose non stavano proprio così. L'amore, come l'indifferenza, è un sentimento che può capitare si viva in due. Nora, era chiaro, aveva compiuto gli stessi sforzi nell'evitarlo, e ora, in quel ristorante, il caso li aveva portati di nuovo a pochi metri. Doveva parlare a bassa voce e nascondersi alla vista non appena Brizio lo avrebbe raggiunto.

«Ecco il vino...». Ciro lo stappò. «Freddo giusto», annusò il tappo, «un nettare. Che fa, assaggia?».

«Certo». Il vicequestore bevve. «Va bene».

«Allora lascio nel secchiello. Quando arriva il suo amico? Un vino simile merita una compagnia». Brizio entrò in quel momento, con l'aria riposata e un sorriso generoso. «Eccolo!» disse Rocco. «Allora vado a preparare», e Ciro sparì in cucina.

«Che me magno?» chiese Brizio a Rocco sedendosi al tavolo.

«Mettite un po' più a sinistra» gli disse. Brizio eseguì. «Così?» chiese aggiustando appena la sedia.

Rocco si riparò meglio, controllò. «Sì, perfetto».

«Chi c'è che non devi vede'?».

«Una storia vecchia».

«Vabbè, allora, che mangio?».

«Spaghetti con le vongole e un'orata arrosto. T'ho preso le patate come contorno».

«Buono! E che ci beviamo?».

«Non ti preoccupare. Beviamo bene», e gli versò un calice di vino. «Tieni. Alla salute». Riempì anche il suo bicchiere e brindarono.

«Buono è buono».

«E direi» disse Rocco assaporando e sbattendo le labbra. Posò il bicchiere e guardò l'amico.

«Ciao Lupe'». Brizio carezzò la cagnolona che guaì e si rimise in posizione di riposo. «Allora, che devo fare stanotte?».

«Mo che mangiamo ti spiego tutto. Bri', tu m'hai detto la verità?».

«Su che?».

«Perché devi stare lontano da Roma, allora?».

Brizio prese un respiro profondo. «Bucatino ci ha un fratello, non so se te ricordi Claudio, che però è più piccolo de noi, stava sempre co' quelli a Piramide».

«No, non mi ricordo».

«Vabbè. Claudio fa l'autista, NCC, noleggio con conducente. Ogni tanto giocamo insieme e 'na sera me fa: Brizio, io domani devo porta' una persona a Fiumicino, ma non posso perché mamma s'è sentita male e sta al Santo Spirito».

«La madre stava all'ospedale e lui invece a giocare con te?».

«Sì, Rocco, perché quella sera all'ospedale ce stava Bucatino, era il turno suo».

«E uno lascia la madre malata col figlio tossico?».

Brizio allargò le braccia. «Be', guarda il lato positivo. Se c'era da fa' 'na puntura o un'endovena e l'infermiere latitava, Bucatino sa er fatto suo».

«Questo è vero» ammise Rocco.

«Comunque mi dice: Portalo tu il cliente, famme 'sto favore, è importante e bla e bla e bla. E io gli ho detto de sì. Gratis!».

«Ammazza che amico».

«E no? Mo però c'è un problema, che è quello che me fa sta' lontano da Roma per un po'. 'Sto tizio lo vado a prende a Pinciano, traffico, ingorghi, insomma attacca a parlare al telefono».

«Ma chi era?».

«Lascia perde, il nome non te dice niente, ma parlava con gente che sta sui giornali. Soprattutto capisco che ci ha a che fa' co' una produzione di film a Roma che spesso lavora all'estero. E che lui garantisce e fa passa' i bagagli e le attrezzature come roba diplomatica».

«Va bene. E hai capito pure che portano questi bagagli?».

«No, durante la telefonata no. Dopo sì, però. Faccio fare una chiamata da Stella alla segretaria de 'sto tizio...».

«Di cui non mi dici il nome...».

Arrivò Ciro con i primi. «Spaghetti a vongole per due... e questo è per Lupa», e depositò un piatto sotto il tavolo.

«Che hai messo a Lupa?» gli chiese Rocco.

«Tutta roba buona, tranquillo. Spigola, orata e pure due pezzi di calamaro... buon appetito».

Attaccarono la pasta. «Vai avanti, Bri'».

«E sì, insomma, Stella si finge la segretaria della produzione... riesce a farsi dare l'indirizzo del tipo che portavo in macchina e ce so' annato. E ho scoperto un deposito alla Laurentina. E dentro a 'sto deposito ho trovato una sacca. E dentro 'sta sacca c'erano trecentottantamila euro che parevano nuovi de zecca».

Rocco masticava e ascoltava in silenzio.

«Il colpo è bello e tutto quello che te pare» seguitò Brizio. «Mo però sui giornali tutti a parla' de 'sto furto dove, chiaro, mica dicevano che cosa m'ero portato via. Solo che 'sto tizio che ho accompagnato spunta fuori che sta ammanicato col ministero degli Interni e co' la Farnesina. Insomma, io non lo so a chi ho portato via 'sti soldi, ma puzza de tangente. E allora, eccome qua. Sverno qui».

«Non sverni, l'inverno è quasi finito».

«Come la pasta. Bona». Brizio si tolse il tovagliolo dal collo e lo posò sul tavolo.

«Dove stanno i soldi?».

«In stanza d'albergo. Li porto in Svizzera».

Rocco bevve un altro sorso di vino.

«Mo me dici che devo fa'?».

Dal tavolo accanto alla finestra, l'uomo elegante e la donna si alzarono. Rocco con uno scatto si nascose meglio dietro l'amico. Ci aveva visto giusto, era Nora. Bella come la ricordava, notò che indossava un paio di scarpe che le aveva regalato lui. Vide la coppia aprire la porta del ristorante, l'uomo con gesto galante diede la precedenza alla compagna che uscì in strada e per un attimo, una frazione di secondo, incrociò lo sguardo con quello di Rocco. Lei abbassò subito gli occhi con la scusa di cercare il pacchetto di sigarette nella borsa, ma Schiavone era certo che stesse sorridendo.

«Ciro?» chiamò alzando un braccio.

Il padrone del ristorante gli si avvicinò. «Dica, dotto'».

«Dimmi un po', quei due che sono usciti, li conosci?».

«Certo. Lei è...».

«Lei lo so. Lui?».

«Lui è Romano Galbiati. Sfondato di soldi. Mai sentita la società Ideal s.p.a.?».

«No».

«Costruzioni. Sta a Saint-Marcel. È ricco da fare invidia».

«Allora sono contento per lei» disse Rocco e Ciro, senza capire, si allontanò.

«Te la scopavi?» chiese Brizio assaporando il Vermentino.

«Una volta. Appena arrivato».

«Ah sì, me ricordo. Si chiama Paola?».

«Nora».

«Nora. Sì. Prima del fattaccio...». Brizio si riferiva all'omicidio di Adele, la moglie di Sebastiano.

«Sì, più o meno all'epoca».

Brizio guardò l'amico negli occhi. «Ma stai a rosica'?».

«Io? Ma de che! No, era semplice curiosità. Le minestre riscaldate, frate', non funzionano mai».

«Mai!» concordò Brizio. «Però tu una volta con Marina t'eri lasciato e poi vi siete rimessi insieme».

«Che c'entra! Quella non è minestra riscaldata».

«Ah no?».

«No, Brizio. Quelli sono spaghetti del pranzo ripassati in padella, crocchiano e so' più buoni».

Dalla camera da letto giungeva come il rumore di un motore diesel in affanno che tentava di partire. Erano colpi profondi alternati a singhiozzi. D'Intino, sveglio, sperava che a russare fosse donna Natalina. Se invece era Pupa a barrire in quel modo, per lui si preparava un futuro complicato fatto di tappi nelle orecchie e sonniferi. C'erano momenti in cui temeva che il tramezzo fra la camera da letto occupata dalle donne e il saloncino della ex casa di Casella, ora locata a lui, potesse cedere sotto le vibrazioni. Ma il peggio era che nel pieno della notte ancora non riusciva a prendere sonno. Alla consegna del divano letto mancavano tre giorni. D'Intino dunque aveva arrangiato un giaciglio con la vecchia poltrona di Casella e una sedia per le gambe. I muscoli lombari doloranti, alla base del collo sentiva una lama penetrargli le ossa. Lui sognava Pupa, a pochi centimetri di parete da lui, ma per il momento questo gli toccava: un giaciglio scomodo e solitario e una sega da boscaiolo come compagnia. Almeno il letto della sua mansarda era confortevole e Nenè neanche russava. Pensò con invidia all'amico che si godeva gratis la mansarda, visto che fino alla fine del mese la pigione D'Intino l'aveva versata puntuale. Nel cambio, per il momento, ci aveva rimesso. A parte i soldi spesi, ma tre notti in quelle condizioni non avrebbe resistito. Doveva chiamare il mobilificio e tentare di farsi mandare il divano con un po' di anticipo. Però, se era il prezzo da pagare per godersi poi in santa pace Pupa, allora valeva la pena affrontare quel sacrificio. Anzi, pensava con gli occhi aperti e fissi sul soffitto, quando sarebbe stato il momento, avrebbe goduto il triplo dei baci e del corpo della sua compagna. Mentre rifletteva su come arrangiare un letto più comodo, il russare dall'altra stanza smise di colpo. «Meno male» sussurrò D'Intino. Sentì poi rumori di coperte cui seguirono quelli di passi lenti, strascinati, sinistri e un po' inquietanti.

Sssht, bum. Sssht, bum.

Dalla porta della camera da letto si affacciò un'ombra. Un po' piegata in avanti, cercava con la mano l'interruttore. La luce fredda del lampadario centrale illuminò la stanza. Donna Natalina, senza considerare la presenza di D'Intino, era alla ricerca del bagno. Infilò la porta e si chiuse dentro. Domenico rimase sotto le coperte in silenzio con gli occhi sbarrati sotto la luce potente a osservare la stanza e tutti i pacchi dell'Ikea ancora da scartare. Lo sciacquone del water concluse come un finale in crescendo la sinfonia di orrendi rumori corporali che per due minuti aveva riempito il silenzio della notte sostituendo il ruggito. La porta si aprì e donna Natalina uscì dal bagno, accompagnata dalle acque scroscianti come fossero un applauso per l'ottimo lavoro appena concluso. Non guardò D'Intino e sempre strascicando i piedi se ne tornò in camera da letto salutando con un ultimo rumore di interiora la stanza, il bagno e il maschio di casa ancora sveglio. Spenta la luce, le ombre ripresero possesso dell'appartamento. C'era una domanda impellente che D'Intino doveva ricordarsi di porre a Pupa. Quanto sarebbe rimasta donna Natalina a casa con loro? Un giorno, due, una settimana? Perché, decise, quella convivenza non poteva andare troppo per le lunghe. O alla peggio, era lui a dover prendere il letto e donna Natalina il divano quando l'avrebbero portato. Sarebbe diventato o non sarebbe diventato il compagno di Pupa Iezzi? E cacchio, si disse, ancora qualche giorno e poi... Con quel pensiero che somigliava molto a una speranza, scivolò nel sonno.

Venerdì

L'umidità della notte copriva con un tappeto il marciapiede e nell'aria un fumo leggero avvolgeva case, alberi e lampioni. Michela Gambino arrivò con la sua valigetta. Rocco e Brizio la attendevano davanti al garage della Bulleri s.r.l. a corso Battaglione Aosta. «Brizio questa è Michela, Michela Brizio». Si strinsero la mano.

«Alberto?».

«Dorme da almeno quattro ore».

«Michela, la saracinesca è allarmata» disse Rocco.

«E allora come entriamo?». Michela Gambino sembrava a suo agio, come se nella vita non avesse fatto altro che operazioni notturne illegali. «Ci sono apposta io» disse Brizio e fece un cenno ai due poliziotti.

«Ah, non è un collega» disse Michela.

«No, un amico».

«Mi pareva».

Girarono intorno al palazzo. «Da cosa?» chiese Brizio.

«Lombroso era uno stronzo, però a guardarti la faccia da poliziotto non ce l'hai».

«Perché Rocco sì?» le chiese.

«Sì, anche su Rocco potremmo discuterne».

Brizio scavalcò agile un cancelletto di ferro battuto che immetteva in una rampa. «Minchia, cominciamo con le cose difficili. Tieni...». Michela passò la valigetta a Brizio e superò anche lei l'ostacolo. Rocco si unì al gruppo. Scesero la rampa per una decina di metri, poi Brizio si avvicinò a una porticina di ferro. Si mise quasi ad ascoltarla. Michela guardò Rocco senza capire. Pochi gesti rapidi e la porta si aprì. Brizio entrò per primo. Si ritrovarono in uno stanzone che veniva usato come deposito da qualche negozio di alimentari. Pile e pile di acqua minerale addossate alle pareti. Un'altra porta, anche questa fu aperta con estrema facilità da Brizio. «Comincio a capire che lavoro fa il tuo amico» disse Michela.

«È uno dei migliori». Rocco sorrise. «Dovresti vederlo con una cassaforte. Spettacolare».

Lasciato lo stanzone si ritrovarono in un cortile circondato da tre palazzine. Le luci delle case erano tutte spente. Solo quelle delle scale dei tre condomini sbavavano la notte di giallo. «Dove minchia siamo?».

«Nel condominio accanto al garage che ci interessa» rispose Brizio. Si avvicinò ad una finestra col vetro smerigliato. «Dovrebbe essere questa» mormorò. Fece cenno a Rocco che gli preparò la scaletta incrociando le mani. Guardò con attenzione l'infisso, sorrise. «Datemi un bancomat».

«Va bene della San Paolo?» chiese Michela. Neanche le risposero. «Oh, non me lo rompere che di andare in banca proprio...». Uno scatto veloce e la finestrella si aprì. Brizio restituì il tesserino alla sostituta.

Poi con uno scatto di reni sparì inghiottito dalla finestra. «E noi?».

«E noi aspettiamo». Rocco si accese una sigaretta.

Michela guardò in alto i palazzi. «E se ci scoprono?».

«Chi?».

«Magari un insonne? Uno che fra poco va a lavorare». Rocco alzò le spalle. «È una sigaretta quella?» chiese Michela.

«Sì. Vuoi un po' di maria?».

«No, grazie. Semmai quando abbiamo finito».

«Com'è che Alberto non è venuto?».

«Ha detto: Preferisco dormire che farmi beccare in flagranza di reato, parole sue».

«Ma che è 'sta storia che vi sposate?».

«Dice che sua madre ci tiene». Si appoggiò al muro. «A me a dire il vero non mi interessa. Però per lui è importante. Dice che non l'ha mai fatto».

«E tu? Tu l'hai mai fatto?».

«Ho già provato il brivido, sì».

«E dov'è ora?».

«Chi? Il primo?».

«Esatto».

«È una cosa che ci accomuna, Rocco». Lo guardò con dolcezza e gli carezzò la guancia. In quel momento una doppia porta si aprì e spuntò Brizio. «Se volete accomodarvi».

«Era difficile?».

«L'impianto è molto buono, ma mi fa una ricca pippa».

Entrarono nel garage della società Bulleri. Parcheggiate accanto all'entrata c'erano la Panda e la Golf. La

Mini invece stava quasi in mezzo alla rampa di accesso. Dall'altra parte dello stanzone le tre auto d'epoca. Appena le vide, Brizio fischiò d'ammirazione. «Porca puttana. Guarda un po'? Questa è una Porsche Ölklappe del 1972. Quest'altra una Maserati Merak del 1974 e in fondo, pensa un po'... La FIAT 501 cabriolet. Questa ha quasi cent'anni».

«Michela a noi ci interessa quella», e Rocco indicò il pick-up Land Rover verde, aveva schizzi di fango sugli sportelli e sui coprimozzi. Il cassone era protetto da una plastica grigia che Rocco tolse. Michela si avvicinò e aprì la borsa. «Spegnete le torce» ordinò la sostituta, Rocco e Brizio eseguirono. Il locale piombò nel buio. Si sentivano i tubi stridere e una goccia cadere ritmica da qualche parte del grande stanzone. Poco dopo Michela apparve con una piccola torcia in bocca. Aveva due flaconi in mano. Sparse il primo sul pianale dell'auto. Lo rimise nella borsa. «E ora serve il perossido di idrogeno, sennò che stiamo babbiando?». Spruzzò dell'altro liquido e attese. «Mo speriamo bene, fratelli».

Spense la torcia che teneva in bocca e ne accese una che emetteva una luce blu. Guardò nel cassone. «Ecco!» disse, «venite a guardare?».

C'erano macchie bianche sparse sul pianale. «Quello che vedete grazie a 'sta lampada sono macchie di sangue. Ora io ne raccolgo un po' di campioni e abbiamo finito».

Brizio osservava entusiasta. «Ma prima con la torcia mica le avevamo viste».

«Per questo si usa il Luminol. Perché per quanto tu possa lavare il sangue, ne resta sempre un po'. Quello che vedi reagire è il ferro presente nell'emoglobina».

Le macchie sparirono. Michela sorrise. «Dura poco l'effetto. Ma lo rifacciamo e ci prendiamo i campioni!».

«Io intanto me posso leva' una curiosità?».

«Per me basta che non accendi la luce, sennò non ho la luminescenza».

Rocco fece un gesto a Brizio. «Cercamo un cartone» gli disse.

Trovarono una scatola vuota in un angolo. La appiattirono. «Vieni, per favore». Brizio seguì l'amico. Si avvicinarono alla Golf. Rocco gettò il cartone per terra, si tolse il loden e si stese. Poi con la spinta dei piedi riuscì a infilare la testa sotto l'auto. Brizio sentiva il vicequestore che percuoteva la scocca. «Miche', posso accende la torcia del cellulare da qui sotto?».

«Sì!» rispose la sostituta con un urlo strozzato. Rocco eseguì. Poi spinse di nuovo coi piedi il cartone e uscì da sotto l'auto. «Damo un'occhiata pure a questa» disse

«Che cerchi?».

«Doppi fondi» rispose il poliziotto. Ripeté l'operazione e si infilò sotto la Panda. «No, questa niente. Andiamo a vede' la Mini...».

Finita l'operazione Rocco si rimise il loden. «La Golf e la Mini hanno la predisposizione per mettere un coperchio sul fondo».

«Cioè?» chiese Brizio, «hanno i buchi per i bulloni?».

«Esatto. La Mini addirittura ha proprio il doppio fondo montato. È pronta, insomma».

«La prendono in Svizzera?».

«Eh, mi sa di sì» rispose Rocco. «Miche', hai fatto?».

«Quasi» rispose la sostituta.

Avevano rimesso a posto il cartone, la plastica di copertura sul cassone del Land Rover, reinserito l'allarme, chiuso la finestrella, riattraversato il cortile, serrato le porte del magazzino del negozio di alimentari, scavalcato di nuovo il cancelletto di ferro battuto e si erano ritrovati alle quattro e mezza del mattino nel luogo dell'appuntamento di quasi due ore prima.

«Io vado in laboratorio, tanto di dormire a 'st'ora non se ne parla. Fra massimo un paio di ore ti so già dire, Rocco. Comunque bell'avventura, se ricapita chiamami ancora che mi sono divertita».

«Ma non vogliamo andare a fare una bella colazione?» chiese Brizio.

«A quest'ora che trovi?» obiettò Michela.

«Il forno del marito di Deruta» rispose Rocco.

C'era anche l'agente Deruta che li accolse a braccia aperte. «Che piacere, dottore!».

«Miche', ma non dovevi essere a fare i turni sotto casa di Caterina?».

«Dotto', quella appena ci ha visti ci ha cacciati. E ha detto che mica ha bisogno di noi, se la sa cavare da sola. A dire tutta la verità? Era anche un po' offesa».

«Ha ragione lei» disse Michela. «Che è una minorata che ha bisogno di assistenza? O è perché è una donna?». Michela guardò Rocco che non rispose. «Mo ci concentriamo sulle paste».

«Quali volete?».

Scelsero due brioche a testa. Federico fece il caffè con la moka e le mani ancora infarinate. Il profumo del negozio, i dolci caldi riconciliarono i tre con la notte appena passata in bianco. «Federico, fai il caffè ancora meglio delle paste» disse Brizio. Finita la colazione ci fu una lotta fra Federico che non voleva i soldi e Rocco che minacciava di far trasferire Michele Deruta a Pietrafitta. Alla fine la spuntò il vicequestore. Mentre pagava un conto ridicolo, sirene spiegate straziarono il silenzio della strada. «Che succede?» chiese Federico.

«Pompieri» fece Rocco rimettendosi il portafogli in tasca.

«Almeno due mezzi» aggiunse Deruta.

«Sì». Rocco strizzò gli occhi. «E pure la municipale, mi pare. Vabbè, Federico, noi andiamo a lavorare. Buona giornata».

«Voi, io vado a dormi'» disse Brizio sorridendo. Rocco gli diede una pacca. «Grazie, frate'».

«E di che? Vuoi mette quanto è più divertente che stassene sotto le coperte al caldo stretto stretto a una donna?», e si incamminò per la strada. Appena fuori, Rocco si accese una sigaretta. «Andiamo in ufficio, Michela?».

Camminarono in silenzio, una folata di vento freddo gli accarezzava i visi, ognuno era immerso nei propri pensieri. Poi Michela ai pensieri diede una voce. «Che sangue pensi sia quello che abbiamo trovato?».

«Non ti voglio levare il gusto della sorpresa, Michela. Ma non è umano».

«No?».

«No. Mettiti subito in contatto con la veterinaria amica di tuo marito».

«Non lo è ancora...».

«Del tuo futuro marito, allora. Perché mi gioco la tua pensione che è sangue di stambecco».

«Capito» disse Michela.

Passò prima da casa a dare la colazione a Lupa, poi insieme uscirono per raggiungere la questura. La giornata volgeva al bello, anche se l'aria profumava ancora d'inverno. Entrò in ufficio, aprì la finestra e si accese una canna aspirando lento e profondo per poi rigettare il fumo verso il soffitto e osservare come ghermisse la luce al neon coprendola per metà. Gettò la cicca dalla finestra e rimase a guardare il piazzale della questura, le auto che passavano sul corso, Deruta che arrivava balzellando dal negozio e che portava una guantiera coi panini per il pranzo e D'Intino, pallido, stremato, che si trascinava verso il portone. Bussarono alla porta, Rocco riconobbe i tre colpi distanziati. «Entra, Antonio!». Il viceispettore si affacciò.

«Che succede?».

«Un brutto affare a via Prés-Fossés».

«Ndo' sta?».

«In centro. Vengo con te?».
«Non serve».

«Come va?» chiese Michele Deruta all'agente D'Intino togliendosi la giacca e sistemando la guantiera coi panini sul tavolo.
«Dormo poco».
Deruta gli fece l'occhiolino. D'Intino scosse la testa. «No, che hai capito, Miche'? Mica dormo 'nghe Pupa. Dormo mezzo sulla poltrona e mezzo su una seggia».
«Ah».
«Sì. Sul letto matrimoniale ci dorme Pupa 'nghe la madre».
«Ah».
«Eh». D'Intino crollò di schianto sulla sedia. Antonio e Casella erano alla loro postazione davanti ai computer. Avevano ascoltato tutto. Si scambiarono uno sguardo d'intesa. «Scusa, Mimmo... ma la vecchia quanto sta?» chiese Scipioni andando dritto al punto.
«E ne le sacce. Spero poco».
«Eh no, Mimmo, tu lo devi sapere. Devi chiedere alla signora... si chiama Pupa?».
«Sine».
«Ecco, le dici: scusa Pupa, mamma quanto resta? No, perché se io e te stiamo insieme, stiamo insieme io e te, mica io mámmeta e tu!». Casella canticchiò a bassa voce: «Passiammo pe Tuledo, nuje annanze e mámmeta arreto».
«Ha ragione» si aggiunse Deruta. «Hai preso in affitto la casa di Ugo, la ex casa di Ugo, ma mo dovete viverci voi due!».

«Sì, sì, tenete ragione. Ma è qui di passaggio. Stavano facendo 'nu viaggie e Pupa s'è voluta ferma' ad Aosta. Mo vedrete che donna Natalina se ne torna a lu paese».

«Sì, ma tu fa' pressione, senti a me» gli suggerì Casella. «Sennò sai come va a finire? Che ti ritrovi a mantenere mammà in casa tutta la vita e Pupa non te la puoi godere come vorresti. Mimmo! Tu ti sposi a Pupa, mica a donna Natalina!».

«Ha ragione» concordò Deruta.

«Tu stasera vai lì e chiarisci tutto» concluse Antonio.

Rocco andò a piedi fino a via Prés-Fossés, una piccola stradina non lontano dalla Porta Pretoria. C'era il camion dei vigili del fuoco a chiudere il passaggio. L'asfalto era bagnato fradicio, due pompieri stavano riavvolgendo le manichette. La figura imponente di Mastronardi, agente della polizia locale, apparve dall'angolo del palazzo. Appena scorse Rocco sorrise e si avvicinò. «Cominciano a rompere questi» disse.

«Che succede?».

Mastronardi fece cenno e Rocco lo seguì. Il piccolo negozio aveva la vetrina frantumata, accanto alla porta sul muro del palazzo il simbolo dipinto con la vernice rossa: quattro bastoni inscritti nel cerchio. «Vuoi dare un'occhiata?» lo invitò l'agente della municipale. Rocco si affacciò. La puzza era insostenibile. A terra era tutto allagato. Le pareti nere sbranate dalle fiamme, i mobili bruciati. Da un mucchio di plastica contorta sporgeva il muso di una volpe con un solo occhio di vetro. Corna di cervidi affioravano dai venti centimetri d'acqua sul pavimento. «Dov'è il proprietario?».

«È qui fuori a fumare».

Rocco tornò in strada. Appoggiato al cofano dell'auto della municipale c'era Silvio Ney che guardava il cielo. Si sforzava di trattenere le lacrime e ogni tanto prendeva una boccata di fumo. «Buongiorno» fece Rocco. L'uomo si voltò, chinò appena la testa, l'aveva riconosciuto.

«Vede che avevo ragione?» disse.

«Sì, non me lo sarei aspettato neanche io».

«L'hanno bruciato poco prima dell'alba. E oggi sapevano che era il mio giorno di riposo. Le posso dire la verità?».

«Certo».

«Sono contento perché non ce la facevo più. Era un lavoro schifoso il mio. E non importa che l'ho imparato da mio padre, che l'aveva imparato dal suo e via salendo. No. Era schifoso lo stesso. Non sono riuscito a pagare l'università a mio figlio, né le cure a mia moglie». Gettò la cicca. «Mi hanno tolto un peso dallo stomaco».

Rocco guardò per un momento Mastronardi che capì e tornò dai suoi colleghi. «Senta, signor Ney, io ho bisogno di un'informazione. Lo so che il momento non è il migliore, ma il mio mestiere non può aspettare i momenti migliori».

«I momenti migliori sono rari» disse Silvio. «Io sono anni che non ne vedo uno».

«Già. Conosce Ruben Bulleri?».

«Se lo conosco? Mi deve ancora i soldi per tre animali. L'ultimo l'ha portato martedì mattina».

«Uno stambecco?».

«Come fa a saperlo? Sì, uno stambecco. È ancora nel frigorifero del retro, quello non è andato a fuoco. Perché me lo chiede?».

«Questo purtroppo non posso dirglielo, signor Ney. Posso vederlo?».

«Certo, venga con me».

Lasciarono la stradina attraverso un piccolo cancello di ferro, due civici più giù del negozio. Una volta arrivati nel cortile, Silvio Ney tirò fuori un grosso mazzo di chiavi dalla tasca. Girò la serratura di una serranda avvolgibile e con uno sforzo di spalle, braccia e gambe tirò su la saracinesca. C'era una stanza, un garage, quattro metri per quattro. Dentro, un grosso frigorifero di quelli da macelleria alto quanto un cristiano. Sulla porta due lucette, una verde e una gialla. «Allora io apro, mi segua che devo richiudere sennò esce il freddo».

«Non è che rimaniamo chiusi dentro?».

«No, dottore, c'è la maniglia». Silvio Ney spalancò la porta e accese la luce, Rocco lo seguì a ruota.

La temperatura all'interno era insostenibile, soprattutto indossando un loden. A un bastone fissato fra due pareti c'era appeso il corpo dello stambecco. Aveva gli occhi sbarrati e la lingua di fuori. Silvio aveva già cominciato a lavorare perché aveva inciso la pancia e le zampe della bestia. Su un tavolino dall'altra parte del frigo c'erano oggetti disparati. Coltelli, forbici, aghi. Le interiora sanguinolente dell'animale riposavano in tre secchi di plastica. Dentro quella specie di capanna bianca e livida la puzza di carne morta era ormai incrostata alle pareti, ai bulloni, al pavimento. «Questo è l'animale».

«Com'è morto?».

Silvio andò al tavolino. Prese una bustina. All'interno c'erano due oggetti di metallo. «Ecco qui. Un colpo allo stomaco e uno sull'anca sinistra. Il povero stambecco ha sofferto perché non è morto subito. Direi che Bulleri non ha dato il meglio di sé. Io la caccia a chi non la sa praticare la vieterei d'ufficio».

«Ha sparato due colpi?».

«No, dottore, i proiettili non sono della stessa arma, ci può scommettere tutti i soldi che ha».

Rocco annuì guardando la bustina trasparente. «Posso prenderli?».

«Tutti suoi», e Silvio glieli consegnò.

«Vorrei uscire» fece il vicequestore.

«Sì. Speriamo che qualche macelleria mi ricompri almeno questo frigo. Che ci faccio sennò?».

«Lascia l'attività?».

«Secondo lei?».

Passò davanti al negozio bruciato salutando con un gesto i vigili del fuoco. Presto avrebbe avuto la loro comunicazione che si trattava di un incendio doloso, ma sapeva anche che se ad agire era il fantomatico Esercito di Liberazione del Pianeta, la patata andava diretta nelle mani della Digos, vicequestore Valerio Dudovich, secondo piano della palazzina della questura, stanze 23 e 24. «Hai qualcosa da raccontarmi?». Sandra Buccellato era proprio in mezzo alla stradina, le mani infilate nelle tasche del cappotto, la grossa borsa nera dall'aria pesante su una spalla.

«Ci rivolgiamo ancora la parola?» le chiese Rocco.

«Io non ho litigato con te, Rocco. E a quanto mi risulta neanche tu con me».

«Hai ragione» ammise il poliziotto.

«Non ci sentiamo più, non ci vediamo più, ma questo non significa che io ti odi».

«No, neanche io». Si voltò verso il negozio. «Sono quelli dell'ELP, c'è il loro simbolo sul muro», e indicò col dito la colonna di cemento armato sfregiata dalla vernice.

«Sì, ho visto. E attendiamo rivendicazioni. Questo poveraccio faceva l'imbalsamatore. Non è un po' troppo?».

«Sandra, che ne so? Non è roba mia. Ti devi rivolgere a Dudovich, Digos, è lui che indaga su 'ste faccende».

Sandra si avvicinò. «Stai bene?».

«Discreto. Tu?».

«Bene». Si guardarono per qualche secondo, poi Sandra si allontanò avvicinandosi al comandante dei vigili del fuoco. Rocco si accese una sigaretta e si incamminò verso la questura.

Michela Gambino era nel suo laboratorio, gli occhi incollati a un microscopio. Alberto Fumagalli invece cincischiava con un vetrino. Intenti nel lavoro, non lo degnarono di uno sguardo, Rocco si sedette su una poltroncina e attese. Alberto si spostò verso un evaporatore rotante, Michela restava concentrata negli oculari. «Ce volemo passa' er Natale?» chiese Rocco. Michela gli fece cenno di aspettare. E Rocco obbedì. Trascorse un altro minuto, il vicequestore ne aveva ormai le palle piene. Si alzò dalla sedia. «Vabbè, quando ve decidete io sto in ufficio».

«Eccomi!» gridò Michela. «Allora avevi ragione. È sangue di stambecco. Identico a quello trovato sul piazzale».

Rocco gettò i due proiettili sul tavolo. «Ora che ho la vostra attenzione, mi sapete dire a quali armi appartengono? Potrei suggerirvi una carabina Franchi e una doppietta Bernardelli».

«Bisogna mandarli a quelli della balistica a Torino. Chi li aveva in corpo?» chiese Michela

«Lo stambecco abbattuto da Bulleri».

«Gli hanno sparato in due».

«Esatto, Albe', dal che si evince che...?».

«Non lo so. Che si evince?».

«Buon lavoro» rispose Rocco e lasciò il laboratorio.

Stava salendo le scale quando incrociò Antonio. «Ti sta cercando il questore».

«E che cazzo vuole?».

«Se lo sapessi sarei io il vicequestore e tu l'ispettore» gli sorrise e continuò a scendere le scale. «State a diventa' tutti spiritosi qui dentro?» gli gridò dietro.

Dal questore trovò Valerio Dudovich, alto e allampanato, capelli radi e biondi, sguardo vivo dietro degli occhiali con la montatura nera che a Rocco ricordavano quelli portati dagli ingegneri della Nasa negli anni Sessanta. Privo di labbra, aveva l'espressione di uno che trattiene il fiato perché sta per gettarsi in acqua. Aveva poco più di quarant'anni e la fede lo inchiodava alle sue responsabilità di marito. «Ciao Valerio» bofonchiò Rocco. Costa era come sempre dietro la sua scrivania. «Ci risiamo. È il secondo colpo che questi dell'ELP sferrano in Valle, venga a vedere, Schiavone», e gli fece cenno di avvicinarsi. Poi gli indicò il monitor del computer che teneva sulla scrivania, premette un tasto e partì un video. Si vedeva una figura con il cappuccio della felpa tirato su e il passamontagna, alle sue spalle un telo con il simbolo dell'ELP. La voce era distorta. «Rivendichiamo l'incendio al negozio di via Prés-Fossés. Basta con la caccia sportiva, basta con la selvaggia mattanza di esseri innocenti. Basta con gli ignobili trofei. Diciamo basta alle aggressioni di qualunque genere alla flora e alla fauna. Basta alla depauperazione del territorio, alle colture dissennate e ai veleni sulle piante e sulla terra, basta al massacro di questo pianeta, allo spreco di acqua che tutte queste attività comportano, all'inquinamento dei cieli, vogliamo indietro la nostra terra perché non esiste un pianeta B». Come negli altri video la figura alzò il pugno, poi tirò su un dito alla volta. «Acqua, aria, terra, fuoco» disse rimanendo con le quattro dita davanti al viso. «Siamo l'Esercito di Liberazione del Pianeta». Il video terminò con una scarica bianca. Le visualizzazioni erano mezzo milione, migliaia i commenti. Costa spense il monitor e fece un cenno a Dudovich che attaccò: «Finora abbiamo il sospetto di essere di fronte a sei centrali operative. Una in Piemonte, una in Veneto, due in Lombardia, una nel centro Italia e la sesta sarebbe la nostra. Non sappiamo da quanti esponenti sia composta ogni cellula, non sappiamo se hanno contatti fra loro ma presumiamo di sì».

«Noi abbiamo le immagini delle proteste dell'altra settimana davanti alla Regione» continuò Costa. «Sarebbe opportuno osservare tutti i partecipanti e risalire alle loro identità».

«Stai scherzando, Dudovich?» disse Rocco. «Cioè voi presumete che fra pacifici manifestanti si nascondano quelli dell'ELP?».

«È una strada che dobbiamo percorrere» ammise il questore.

«E percorretela senza di me» disse Rocco. «Io non sono all'antiterrorismo, risolvo altri tipi di questioni e, mi creda, in questo momento non ho uomini, sono a corto di personale... anzi, a proposito, la sensibilizzerei sul problema, avendo appena perso Pierron, un valido membro».

«Sì, in attesa di processo per associazione a delinquere».

«Quelli sono dettagli, dottor Costa» rispose spazientito Rocco. «E a parte tutte le suddette motivazioni di personale, vorrei aggiungere che moralmente 'sta cosa mi pare una cacata enorme».

«Si tratta di una verifica superficiale» si intromise Dudovich.

«Volete schedare la gente?».

«Ma che dice, Schiavone? È poco più di un controllo documenti!» protestò Costa.

«No, è un processo alle intenzioni. C'è altro? Io avrei da fare».

«Quando arriveranno ad uccidere? Perché è solo questione di tempo...».

Rocco prese un respiro profondo. «Quando e se succederà, allora farò il mio lavoro. Per me sono poco più che dei ragazzi che giocano a fare la guerra».

Costa alzò un foglio. «Questa è degli Interni. E sa cosa dice?».

«No».

«Di non abbassare la guardia e non considerarli più degli scarcera-polli, perché così li avevano battezzati, o dei burloni goliardi. Mettono bombe, bruciano negozi e aeroplani. Ora è chiaro qual è l'indirizzo che dobbiamo prendere?».

«Limpido. Posso andare?».

Con un gesto Costa lo congedò. «Testa di cazzo» disse fra i denti appena Rocco chiuse la porta, «ma chi me l'ha mandato questo?».

«Gli Interni» rispose Dudovich sorridendo.

Mangiavano i panini in silenzio ognuno immerso nei suoi pensieri: D'Intino a come affrontare il discorso di donna Natalina con Pupa, Casella a convincere Eugenia ad andare alle terme il weekend successivo, Antonio a trovare al più presto una trombata a portata di mano perché non ce la faceva più, Deruta a scegliere se nel panino avrebbe preferito un tocco di maionese o di burro, Rocco a Roberto Novailloz, se agiva da solo o con qualcuno, chi era insieme a Bulleri sul luogo del delitto martedì all'alba, cosa c'entrasse il carrozziere Costantino Crampi e soprattutto chi aveva sparato con un piccolo calibro in fronte alla vittima. C'era una busta sulla sua scrivania, non l'aveva notata perché Deruta ci aveva poggiato sopra la guantiera con i panini per il pranzo. L'aprì. Raccomandata dalla polizia scientifica – sezione balistica – questura di Torino. Lesse il contenuto.

«Che dice?» chiese Antonio e deglutì il boccone. Rocco continuò a leggere, poi ripiegò il foglio. «Da Torino ci informano che il calibro usato per uccidere Roberto Novailloz è un 22 esploso da una decina di metri di distanza, la pistola dovrebbe essere un revolver Ruger».

Si guardarono tutti aspettando le conclusioni del vicequestore. «Cosa vi viene in mente, baldi giovanotti?».

Casella alzò la mano «È un piccolo calibro».

«E anche...?».

«Che insomma a sparare un colpo da dieci metri e centrare uno in mezzo alla fronte ci vuole una certa praticaccia».

«Bravo, Ugo. E cos'altro ci suggerisce? Ve lo dico io? Qualcuno, due persone, hanno sparato a un povero stambecco qualche ora prima. E non lo hanno centrato, anzi. Tutto può essere, ma può uno dei due a distanza di pochi minuti fare un tiro preciso su un bersaglio assai più difficile e con un'arma meno affidabile di una carabina da caccia? Può essere, oppure può essere che nel piazzale ad uccidere Roberto Novailloz oltre ai due individui che sparano agli ungulati ci sia una terza persona. Anzi, la volete sapere tutta?».

«Magari, perché sto capendo poco» fece Deruta che aveva finito il panino e osservava avido i tre superstiti che lo guardavano invitanti dalla guantiera.

«Io la vedo così. L'assassino e la vittima sono soli. Gli spara. Dopo, il figlio di puttana chiama gli amichetti impegnati in una battuta di caccia. Perché c'è da far sparire la Mercedes. Se le cose sono andate così c'è un capo, che sarebbe quello che ha premuto il grilletto, e Bulleri è solo un gregario. Altrimenti, ma la vedo contorta, avremmo uno che ha poca pratica con la carabina da caccia ma col revolver è una spada».

«Pietropaolo Sarti ha il porto d'armi perché era un gioielliere».

«Esatto, Antonio. Dante Moretti? Sappiamo poco o niente di lui. E può essere Isabella. Perché non includere anche lei? Insomma sappiamo poco, una cosa però è certa. Questi spacciano, e spacciano a chili. Qualche cosa deve averla intercettata Novailloz e gliel'hanno fatta pagare».

«Sì, e qualche briciola pure Dante Moretti. Ti ricordi la sera al pub?» disse Antonio.

«Esatto. Quindi adesso dove va il vostro vicequestore insieme al viceispettore Scipioni?».

Nessuno rispose e Rocco si alzò di scatto. «'Nnamo, Anto'. D'Intino, sei responsabile di Lupa. Gli altri se ne stanno buoni, se servite chiamo io. Deruta? Ancora devo decidere se Federico fa più buone le brioche o i panini».

«Io voterei i panini» si espresse Casella.

«Qualcuno ne vuole un altro o posso prenderne uno?». Michele Deruta non aspettò la risposta, aveva già afferrato quello con il prosciutto crudo.

«Tu aspettami in auto. Comincio ad averne le palle piene de 'sto gruppetto» disse Rocco e scese dalla macchina. Antonio si accese una sigaretta mentre il vicequestore a passo rapido percorreva la rampa dell'officina di Costantino Crampi. C'era un ragazzo alle prese col faro di un'Alfa, neanche alzò gli occhi dal lavoro. «Dica?».

«Costantino?».

«Nel suo ufficio», e con un gesto indolente del viso indicò l'angolo opposto della rimessa.

Era una stanza ricavata con delle pareti mobili. Rocco si avvicinò alla porta. Attraverso il vetro scorse Costantino Crampi che parlava al telefono sorridendo e carezzandosi il barbone rosso. Entrò senza bussare ricevendo prima lo sguardo irato del padrone di casa che però si tramutò subito in un'occhiata preoccupata e disorientata. «Sì?».

«Mi riconosci?».

Costantino mise giù il telefono e non rispose.

«Ho detto, mi riconosci oppure no?».

«Non...».

«Sono passato a chiedere di Roberto Novailloz la notte che l'hanno ammazzato. Ora ti ricordi?».

Crampi fece sì con la testa e deglutì. Rocco prese posto su una sedia imbottita. «Mi avevi detto che non sapevi dove fosse, io invece penso che lo sapevi eccome!».

Costantino alzò appena le spalle. «Oh! Lo sapevi o no?» gridò Rocco.

«Giuro di no, giuro di no. Lei... lei chi è?».

«Sono uno molto arrabbiato che adesso ti dà un consiglio, e tu lo segui sennò torno. Vuoi che torni?».

«No... direi di no».

Rocco si alzò dalla sedia e raggiunse il carrozziere. Si sedette sulla scrivania. «Bene. Tu non lavori più per Bulleri e company. Ricevuto?».

«Non so chi...». Velocissimo Schiavone partì col destro, a piena mano, e colpì la guancia di Costantino che quasi cadde dalla poltroncina. Rocco ricominciò calmo. «Allora ripeto: tu con Bulleri e company non ci lavori più».

L'uomo si toccava il viso. «Io... era Bobo che ci lavorava, io aiutavo solo».

«Non me ne frega un cazzo chi era chi. Tu!», e gli perforò il petto con l'indice, «con quelli non ci lavori mai più».

«E se mi chiedono?».

«Digli che vai dritto alla polizia e racconti quello che facevi nel garage insieme a Bobo».

«Me lo dicevano loro! Quali macchine lavorare e quando». Rocco restò in silenzio. «A me non me ne fregava niente. Io il lavoro ce l'ho, l'officina va bene. Diletta...».

«Tua moglie?».

«Sì. Lei mi ha detto: dai una mano a Bobo, se la passa male. E io l'ho preso qui. Poi lui se ne viene con quella storia. Oh, mi diceva, c'è da guadagnare diecimila per ogni preparazione». Schiavone si accese un'altra sigaretta. Nell'ufficio c'era scritto vietato fumare ma Costantino si guardò bene dal redarguirlo. «Chi altro fa 'sti allestimenti ad Aosta?».

«Non lo so. Una volta preparata la macchina bastava avvitare il fondo con i bulloni. Ed era pronta».

«Chiamali ora, appena vado via, e digli che non lavori più con loro. Noi per ogni preparazione ti diamo trentamila. Sono stato chiaro?».

Costantino sgranò gli occhi. «Trenta?».

«Che ho detto? Quanto ci metti?».

«Due ore e mezza!».

«Avremo bisogno di tre lavorazioni al mese. Chiaro?».

L'avidità aveva preso il sopravvento negli occhi del carrozziere che si stava già facendo i conti. «Va bene... va bene...».

«E se ti chiedono perché, tu rispondi semplice semplice che c'è chi ti paga prima, di più e meglio. E se minacciano o protestano, li mandi da me».

«Va... va bene. Quando cominciamo?».

«Dopodomani. Una Jeep Wrangler. Te la porta un nostro uomo. Stammi bene, Costanti'».

Si alzò dalla scrivania e arrivò alla porta del box. «Telefonagli. Ora!». Uscì sentendo le dita frenetiche di Costantino sui tasti del cellulare.

Appena in auto chiamò l'ufficio. «Case'? Allora, tu vai sotto casa di Pietropaolo Sarti. Deruta lo mandi da Bulleri e D'Intino invece da Dante Moretti. Compreso? Qualsiasi movimento fotografate, seguite, insomma cercate di capire, chiaro? Dateve 'na mossa!».

«E noi dove andiamo?» chiese Antonio.

«Tu vai all'ufficio della Bulleri s.r.l., ma prima lasciami alla mia macchina. Io vado a casa di Isabella, tu sai dov'è?».

«Ce l'ho segnato sul cellulare. Cosa ti aspetti, Rocco?».

«Vespe incazzate».

Si sarebbe visto un bel panorama dalla collina se le nuvole non avessero deciso di scendere come lupi affamati a coprire la visuale. Era probabile che fossero tutti al lavoro alla Bulleri, e che Isabella non fosse in casa, ma Rocco appoggiato a uno steccato di legno teneva d'occhio la palazzina con l'appartamento della segretaria. Vide la BMW nuova di zecca sbucare dal fondo della strada. Un minuto dopo il viso sorridente di Brizio gli cambiò l'umore. Salì a bordo. «Parcheggia lì che bisogna aspetta'».

Brizio eseguì. «Ma famme capi' una cosa. So' venuto a lavora' con te?».

«Anche». Rocco gettò la cicca. «Come ci siamo ridotti Bri'... io a inseguire quattro spacciatori de merda, tu a dare una mano a una guardia. L'avresti mai detto?». Poi cominciò a ridere, prima piano, quasi dei colpi di tosse. Poi non si tenne più. Trascinò anche Brizio e risero per qualche minuto, con i muscoli della pancia indolenziti, le lacrime agli occhi e le guance rosse. Poi si scatenò una tosse cavernosa che accoltellò i polmoni e li fece smettere. «Intanto, a dirti la verità, se a vent'anni m'avessero detto che a quasi cinquanta ero ancora vivo, ci avrei messo la firma» disse Brizio. «Sai quante volte abbiamo sfiorato la comare secca, Rocco? Manco le conto più. E allora io so' arrivato a 'sta conclusione: io più de tanto non posso fare».

«Manco io, Brizio. Manco io».

Presero un bel respiro e tornarono a guardare le nuvole che coprivano la valle. «Mo spiegami che ci facciamo qua fuori, Rocco».

«Allora, questi spacciano e spacciano pesante. E hanno ammazzato un tizio su in montagna. Quindi io e te...». L'inno alla gioia suonò, Rocco rispose. «Dimmi, Antonio».

«Rocco? Qui stanno uscendo dall'ufficio. E sono le tre e mezza».

«Seguili, Antonio. Ci sono tutti?».

«Isabella, Bulleri e Pietropaolo. Non vedo coso, là... Dante Moretti».

«Tu non li perdere di vista. Avviso gli altri».

«Signorsì».

Rocco chiamò Casella. «Case', stai alleprato che sono tutti usciti dall'ufficio. Avverti Deruta che avverta D'Intino».

«Comandi», e Casella chiuse la comunicazione.

«Che è?» chiese Brizio.

«Qualcosa si muove... stiamo pronti».

«Ma chi ti dice che verranno qui?».

«Il fatto che faccio il poliziotto da più di vent'anni?».

Attesero un quarto d'ora. Poi il cellulare di Rocco suonò ancora straziando il silenzio. «Dimmi, Antonio».

«Stiamo voltando per la frazione Montan... io dico che saremo da te fra neanche cinque minuti».

«Benissimo. Chiamo gli altri».

Rocco avvertì Casella. «Ugo, frazione La Remise, ti mando la mia posizione. Ma stammi a sentire. C'è un incrocio prima di arrivare a 'sta casa, voi proseguite dritto. Dopo un po' trovate un parcheggio, sotto un campanile. Lasciate le auto lì e raggiungetemi a piedi. Pensate di farcela?».

«Certo, dotto', ora arriviamo. Ma ho fatto una pensata».

«E dimmi, Case'».

«Li raccolgo io e veniamo con una sola auto».

«Senti, Ugo, fai come cazzo te pare. Anzi, raccogli solo Deruta e vieni con lui. D'Intino lascialo dov'è che sta bene».

«Comandi», e Casella agganciò.

La prima a spuntare fu la Smart di Isabella, seguiva la Toyota di Pietropaolo, chiudeva il corteo un'Audi con dentro Bulleri. Le tre macchine parcheggiarono davanti alla palazzina di Isabella e i tre salirono in casa. «Manca Dante Moretti...».

«Co' 'sto Moretti la banda sarebbe al completo?» chiese Brizio.

«No. Secondo me manca il pezzo forte». Aprì lo sportello dell'auto e scese per raggiungere la sua auto. Brizio lo seguì. Rocco spalancò il portellone posteriore della Volvo, scoperchiò il vano e tirò fuori una borsa di plastica di quelle dei supermercati. La consegnò a Brizio che ci guardò dentro. «E 'sti tre panetti?».

Rocco richiuse il portellone. «Questi fanno scena».

Brizio li soppesò. «È coca? Oh, qui ci stanno un pacco di soldi».

«Lo so».

Dall'incrocio sbucò una Jaguar nera, veloce, urlava scalando le marce. «Ecco, arriva il pezzo grosso, e con questo stiamo a posto». Dal potente mezzo sportivo scese Alessio Rocci, il barbiere. Portava un giubbino di pelle marrone, jeans e un paio di mocassini dall'aria costosa. Gli occhiali neri, sembrava avere molta fretta. «Mi sa che fare i barbieri a Courmayeur conviene» disse Rocco. Brizio sorrise. «Quello sarebbe un barbiere?».

«Non si direbbe, eh?».

«Direi di no. Allora? Annamo pure noi?».

«Falli parla' dieci minuti!» rispose Rocco prendendo la borsa coi tre panetti di cocaina e chiudendo lo sportello del bagagliaio. Brizio si accese una sigaretta. «Io so' vestito, tu?». Aprì un lembo del giubbotto e mostrò la pistola nel fodero.

«Io mai» gli rispose Rocco.

«Scusame, annamo a minaccia' 'sti quattro stronzi che un cristiano l'hanno già ucciso, e non ti porti niente?».

«Ho te!», e silenziando il cellulare si incamminò verso la palazzina. Brizio lo seguì. Appena arrivati al portone Rocco provò ad aprirlo, ma era chiuso. «Senza de me ndo' vai?» gli disse Brizio.

«Guarda che questo lo so apri' da solo».

«Famme vede'. Diciamo che una serratura così se ci metti più di due minuti sei scarso. Pronti... via!». Brizio si mise a controllare l'orologio. Rocco prese il suo coltello mille usi, scelse la lametta a raspa e cominciò a forzare la serratura. «Sono passati trenta secondi!».

«Eh no, Brizio, te devi sta' zitto». Rocco concentrato nel lavoro muoveva appena il polso e con l'orecchio teso e un occhio strizzato era attento a ogni piccolo rumore che potesse provenire dalla serratura.

«Un minuto è andato!».

«E pure il portone!», e Rocco aprì l'anta con un sorriso. Brizio gli diede una pacca soddisfatto. «Ammazza, Rocco, un minuto è bono proprio. Perché non vieni a lavora' con me?».

«Se me radiano, sicuro». Rimise in tasca il coltellino. «Secondo piano, andiamo».

Attaccavano i primi gradini quando il cellulare di Rocco vibrò. Il vicequestore alzò gli occhi al cielo. Lo stava chiamando il magistrato. «Devo rispondere, è Baldi» bisbigliò a Brizio. «Dica, dottor Baldi».

«Interrompa quello che sta facendo».

«Può ripetere?».

«Ha capito benissimo. Ci vediamo fra due ore al Forte di Bard. Venga solo», e chiuse la comunicazione. Rocco guardò l'amico. «Pare che dobbiamo interrompere la missione».

«Motivo?».

«Non lo so».

La squadra era radunata nella stanza di Rocco. Schiavone fumava e rifletteva, Antonio in piedi a braccia conserte guardava Casella che beveva il caffè. Deruta seduto sul divanetto di pelle carezzava l'orecchio di Lupa, D'Intino sulla soglia dell'ufficio sembrava pronto a una fuga improvvisa. Antonio ruppe il silenzio. «Quando ci spiegheranno cos'è successo?».

Rocco guardò l'ora. «Fra un'oretta, più o meno».

«Qualche sospetto?».

Rocco annuì silenzioso. I poliziotti si guardarono. «Abbiamo sbagliato qualcosa?» chiese Casella.

«No, Ugo, noi non abbiamo sbagliato niente. Vi chiedo di restare in ufficio fino a dopo l'incontro che avrò col magistrato al Forte. Ci siete mai stati?».

«Io sì» disse Deruta. «Con Federico a vedere una mostra di pittura. È un posto bellissimo».

«Perché al Forte di Bard?».

«Anto', t'ho detto che non so ancora un cazzo!».

Il Forte di Bard dominava la valle e il fiume Dora da secoli. Severo e respingente, con la sua pietra grigia e inaccessibile, i contrafforti, le feritoie e le cinte murarie, per raggiungerne l'ingresso in cima a uno spuntone di roccia bisognava avere fiato e gambe oppure prendere una comoda e moderna cremagliera. Alla biglietteria un cartello avvertiva il turista che quel giorno c'era una celebrazione dell'arma dei carabinieri. Rocco entrò nel piccolo vagone e cominciò a salire verso i fortilizi dell'antico bastione, che era stato prima un presidio di soldati che tanto infastidirono l'uom fatale, poi un carcere militare, una polveriera e ora ospitava eventi, mostre e un museo permanente. Il panorama che si godeva dai finestrini della cabinovia avrebbe lasciato a bocca aperta qualsiasi turista, e questo era nelle intenzioni degli architetti che però non avevano fatto i conti con Schiavone che da quei monti, da quel cielo dove l'azzurro e le nuvole si rincorrevano, da quegli scorci alpini, si sentiva ormai addirittura offeso. Scese dall'abitacolo e salì verso la piazza d'armi. Incrociò molte divise, anche di rappresentanza con tanto di spada al fianco. Baldi, seduto ai tavolini del caffè proprio davanti al museo, lo richiamò con un cenno. «Ma non è un po' freddo per stare all'aperto?».

«Dentro è una bolgia. Prende qualcosa?».

«No. Fumo».

Baldi continuò a sorseggiare un liquido colorato. «Fumi pure, non vedo ancora i nostri amici».

«Che sarebbero...?».

«Ora capirà. Mi dispiace averla interrotta sul più bello».

«Dispiace anche a me».

Baldi sorrise a un colonnello che passava lì accanto accompagnato da una donna elegante. «Questo che bevo è un cocktail analcolico. Si chiama come una bambina attrice di Hollywood... mica mi ricordo».

«Nikka Costa?».

«Nikka Costa? No, quella era una cantante. Mi faceva impressione Nikka Costa. Si ricorda? Vestita e truccata come una donna adulta».

«Vero, non pareva una bambina».

«Ha ragione, Schiavone. Mi hanno fatto sempre una certa impressione i bambini sfruttati, perché sono usati, in quel modo. Quelli che cantano e ballano come fossero adulti, addirittura lo sa che negli Stati Uniti d'America ci sono i concorsi di bellezza dove partecipano bambine vestite e truccate come fossero delle vecchie bagasce? Rossetti, capelli cotonati, fondotinta, ombretti, vestiti attillati, tacchi alti, una roba da vomito».

«Spesso quel paese ci regala cose da vomito, ci ha fatto caso?».

«Sì. E dire che c'è gente che lo vorrebbe imitare. Comunque Nikka Costa cantava una canzone, se la ricorda?».

«A dire la verità non era il tipo di musica che ascoltavo».

«Che c'entra, Schiavone! Nemmeno io, ma la davano sempre alla radio».

Rocco mollò un pugno sul tavolino facendo sobbalzare Baldi e gli altri pochi clienti. «*On My Own*!» disse quasi gridando.

«Bravo! *On My Own*. Come ha fatto a ricordarlo?», e il magistrato finì la bibita rossastra.

«A volte capita, come quando qualcuno accende una torcia nel pozzo e illumina un dettaglio. Ora è successo così».

«Sarà dura fra qualche anno, quando brancoleremo nel buio perenne e la torcia avrà finito le batterie».

«Metafora eccezionale, dottor Baldi».

«Seguivo la sua».

«E che comunque svela il suo atteggiamento positivo verso l'esistenza».

«Disse l'uomo dall'allegria contagiosa». Il magistrato posò il bicchiere, poi si alzò dalla sedia. «Venga Schiavone, mi segua».

Il vicequestore si accodò. Attraversarono una galleria superando un gruppetto di carabinieri che chiacchieravano e ridevano. Scesero delle scale. «Di qua si va per le carceri».

«E detto da lei non fa un bell'effetto, dottor Baldi».

«Vero?».

«Shirley Temple!» disse all'improvviso Schiavone.

«Cosa?».

«Il nome della bambina attrice e del cocktail. Forse è Shirley Temple?».

«Esatto! Schiavone, lei oggi non ha acceso una torcia, ma una luminaria! Occhio alle batterie».

Continuarono a scendere un'altra rampa, poi, seduto su una panchina di pietra in una piccola sala con la volta di mattoni conficcati fra travi di legno, trovarono l'ufficiale dei carabinieri che poco prima si era salutato col magistrato. «Colonnello» fece Baldi e si strinsero la mano. «Schiavone» si presentò il vicequestore.

«Garbini» rispose il militare. «Allora spiega lei dottore o ci penso io?».

«Vada, vada pure».

«Dunque, dottor Schiavone, se aveste fatto irruzione nell'appartamento di Isabella Rocci avreste mandato a gambe all'aria un anno di lavoro. Posso presentarle, ma credo che lei già lo conosca, il tenente Fausto Bevilacqua». Da un corridoio laterale spuntò il viso di Dante Moretti. «Salve. Dottore...», e strinse la mano prima a Rocco poi a Baldi.

«C'era qualcosa che puzzava, ma non avevo capito che eri un cugino».

«E no».

«E ti chiami Fausto Bevilacqua?».

«Esatto».

Rocco scosse la testa. «Io dovevo prendere un assassino» disse Rocco.

«Lo so, ma chi abbia materialmente sparato a Novailloz è l'ultimo dei problemi» si intromise il colonnello. «Questi sono i pesci piccoli. Noi stiamo dietro all'organizzazione».

Rocco si portò le mani ai fianchi. Sembrava volesse stiracchiarsi la schiena. «Io credo sia il barbiere l'assassino». I militari e il magistrato seguivano attenti le parole del vicequestore. «La presenza di Bulleri sul luogo del delitto è provata» continuò Rocco, «ed era in compagnia di qualcuno col quale era andato a caccia».

«Ci andava sempre con Pietropaolo Sarti, l'altro che lavora alla Bulleri» intervenne il tenente.

«L'auto, la Mercedes, è scomparsa» riprese Schiavone, «la stava usando la vittima, Novailloz, per il traffico dalla Svizzera in Italia. Ora, chi abbia dato l'appuntamento a Novailloz in quel piazzale all'alba di martedì non lo sappiamo, ma il barbiere puzza come un pesce morto». Rocco mise una mano in tasca. «Magari Fausto mi puoi togliere una curiosità».

«Dimmi».

«Questo è un numero che i miei non hanno saputo intercettare, ha chiamato Novailloz la mattina del suo omicidio su un cellulare prepagato ormai perduto, ma la vittima aveva conservato la sim in tasca. Mi dicono che il numero che lo ha chiamato all'alba di martedì sia un numero sloveno». Consegnò l'appunto al colonnello che lo passò a Fausto il quale prese il suo cellulare e cominciò a verificare. «Usano molti prepagati italiani, croati, francesi... questo qui... sì!» disse Fausto. «Trovato. Lo hanno usato spesso». Fausto riconsegnò il bigliettino a Rocco. «E credo che ci hai azzeccato. Il numero lo usava Alessio, il barbiere».

«Insomma Bobo, o Bebo o come si chiamava ha lasciato in tasca la prova del suo omicida?» chiese Baldi.

«Sembrerebbe» gli rispose Rocco.

«Ma noi sappiamo tutto dell'organizzazione», il colonnello aveva la voce adenoidea, gli occhi piccoli e intelligenti guardavano gli interlocutori in un misto di curiosità e diffidenza, «ci manca capire chi siano i mandanti di questo traffico, perché i tre della Bulleri più il barbiere sono solo una banda. Prendono la cocaina a Milano dai cinesi, a Roma da due bande di Ostia. Loro diciamo fanno i grossisti. Chiaro che Alessio sia il capo, ma noi dobbiamo arrivare a chi sta sopra Alessio e a chi la vendono in Svizzera. Cominciano a fidarsi del tenente Bevilacqua, a dargli qualche compito, poca roba, ma quanto basta perché qualche informazione in più iniziamo ad averla». Il quartetto si azzittì all'ingresso di due ufficiali. Si salutarono cordialmente con i colleghi, si presentarono ai due uomini in borghese e poi ripresero la visita. «L'ufficio della Bulleri è pieno di allarmi e telecamere, quando voi siete arrivati giorni fa a interrogarli noi abbiamo assistito a tutta la scena» confessò il colonnello.

«Sì, ci siamo infilati nel loro sistema» disse Fausto.

«E non vi è venuto in mente di avvertirci?» chiese Schiavone.

«No. Stavate facendo le vostre indagini, un nostro intervento poteva insospettire il gruppo. È l'ufficio il collettore di denaro. Lo tengono in cassaforte per... per quanto, tenente?».

«Lo tengono tre giorni, poi il denaro sparisce, di quello credo se ne occupi Alessio».

«Di che giro parliamo?».

«Un paio di milioni al mese minimo» rispose il colonnello.

«Chi è il magistrato dietro all'indagine?» chiese Rocco.

«Messina».

Baldi annuì un paio di volte, poi si rivolse a Rocco: «È lui che mi ha chiamato per fermarla. Allora, dottor Schiavone, sembra che i giochi siano fatti».

«Sembra di sì. Io so chi è l'omicida, e non vedo l'ora di leggere sul giornale che gli avete messo le mani addosso. Detto questo comincerei ad uscire da 'sta cantina».

«Sono d'accordo» fece Baldi. «Comunque non è una cantina ma le segrete di un luogo storico che in molti ci invidiano».

«Preferisco l'aria aperta» rispose Rocco.

«Io ti saluto qui» fece Fausto, e gli allungò la mano.

«In bocca al lupo, Fausto».

«Anche a te».

«Ma la Mercedes Classe A?».

«L'ha fatta sparire Pietropaolo» rispose il tenente.

«L'unica cosa, sta' con gli occhi aperti. Questi sparano» gli disse Rocco dandogli una pacca amichevole sulla spalla. «Ah, e per il futuro, Saporetti è un lido famoso che sta a Sabaudia, non a Sperlonga. Un errore simile ti può costare la vita».

«Me n'ero reso conto appena tornato a casa che avevo sbagliato» rispose il militare.

«E quell'altro carabiniere, quello del pub?».

«È un collega, un maresciallo. Gli passo i pizzini».

«Se l'ho scoperto io, ci arrivano pure loro» gli disse Rocco. «Sta' in campana Fausto. Sul giornale fatemi leggere che l'avete presi, non mi ci far trovare il nome tuo».

Fausto tornò nel corridoio dal quale era sbucato.

«Devo farle i complimenti» disse il colonnello, «perché avete scoperto in pochissimo tempo tutto il giro che questi hanno messo su».

«È stata una botta di fortuna, mi creda, che qualcuno abbia visto la vittima guidare quella Mercedes» disse Rocco. Il colonnello sorrise. «Ogni tanto un po' di culo non guasta. Non è così?».

Nel piccolo vagone della cremagliera i due inquirenti stavano in silenzio a guardare le luci della strada accanto alla Dora che si ingrandiva man mano che scendevano. Il sole era tramontato e il buio aveva già avvolto il paesaggio. Solo dietro le cime delle montagne resisteva ancora un tenue riverbero azzurrino.

«A cosa pensa, Schiavone?».

«Che adesso il carrozziere è convinto che io faccia parte di un cartello avversario».

«Cioè?».

«Preparavo la trappola» rispose Rocco. «Dovrò convincerlo a tornare a lavorare per Bulleri».

«Sono sicuro che lei ha mezzi ed energie per riuscirci. E volevo toglierle un'incombenza, non mi ringrazi».

«Dica pure».

«Col questore ci parlo io e gli spiego tutto».

«Lo apprezzo molto».

«E quindi?» chiese Antonio.

«E quindi ci fermiamo. Siamo arrivati alla verità ma non possiamo agire. Dunque sciolti, gli ultimi giorni sono stati pesanti, ora andatevene dove preferite».

D'Intino, Casella e Deruta sembravano sollevati. Antonio un po' meno. «Che hai, Anto'?».

«E no, insomma, tanto lavoro per poi non terminare...».

«Sì, ma le cose stanno così», e Rocco stirò un sorriso.

«Li arresteranno i carabinieri» disse ovvio Casella.

«Chi se ne importa del merito, l'importante è fermarli» aggiunse Deruta.

«Sono d'accordo. Tanto poi o noi o i carabinieri, quelli sempre in galera vanno a fini', no?».

«Giusto, D'Intino» disse Rocco. «Resta aperta solo una questione. Non possiamo farne parola con nessuno, ma abbiamo Monica Novailloz in custodia. Finché la banda non è al gabbio, io non mi fido a farla tornare a casa».

La squadra di poliziotti restò in silenzio. «Né posso pretendere che se ne faccia carico Caterina. O uno di voi. Ed è un problema che sottoporrò al questore».

Guardò gli uomini. «Sappiate che non aspetto una risposta, sto solo pensando ad alta voce».

Si sentirono rinfrancati. «In realtà forse dovrebbe anche cambiare città» suggerì Antonio, «possibilmente non da parenti o affini, la troverebbero».

«Insomma un regime di protezione vero e proprio», e il vicequestore si alzò dalla sua poltrona. «Qui interviene la procura. Ma è una gatta che lascio volentieri a Costa. Se volete festeggiare con me il fallimento dell'inchiesta, vi aspetto stasera a cena al Grottino. Offro io».

«Volentieri» disse Deruta.

«Ah, portate mogli, mariti, insomma a parte Antonio che mi pare in astinenza, gli altri vengano pure accoppiati», poi guardò D'Intino. «E vale soprattutto per te!». Indossò il loden.

«Dottore, io e Eugenia veniamo» disse Casella.

«Lo stesso io e Federico» si unì Deruta.

«Io eviterei» fece Antonio.

«E perché?».

«Perché sono solo, voi tutti in coppia».

«Te pare che io sono in coppia, Anto'? Invece stasera devi venire perché io e te dobbiamo parlare».

«Allora, dotto', ne approfitterei e verrei pure io 'nghe Pupa. Così gliela presento».

«Ottimo, D'Intino. Siamo tutti curiosi di conoscere chi è riuscito a metterti il guinzaglio!».

«Eh, ce n'ha volute, dotto', però anche io lascio il mondo dei farfalloni e mi arrendo all'amore!».

Deruta fece partire un applauso. «Bravo, Mimmo, bravo!» gridavano ridendo i colleghi.

«Allora, otto e mezza al Grottino. Statemi bene», e il vicequestore uscì dall'ufficio.

«Una cosa...» fece Deruta. «Ma perché festeggiamo? Mica abbiamo chiuso il caso».

«Dice sempre che se impari a festeggiare gli insuccessi, diventi una persona migliore» spiegò Antonio e seguì il superiore.

«Sono d'accordo» fece Casella.

«Io non lo so. Nen so' capite» concluse D'Intino.

«Nen so' capite» gli disse Pupa guardandolo dritto negli occhi. «Puoi ripetere?». Mimmo la prese per mano e la portò fuori dall'appartamento, donna Natalina era nell'altra stanza. Appena sul pianerottolo, socchiuse la porta. «Je volevo sape' quando io e te potemi durmi' 'nsieme» le disse. Poi cercò subito di alleggerire. «Insomma, dormi' su una poltrona e 'na seggia fa male», e si indicò la schiena.

«Ma fra qualche giorno arriva il divano letto, no? Si tratta di pazientare».

«Sì, vabbuò, so' capite ma, Pupa?, quanto devo pazientare prima di...».

«Prima di...?».

Qualcuno stava salendo le scale. Si zittirono immediatamente. Era Eugenia con una busta del supermercato e un bel sorriso. «Salve... Eugenia Artaz, abito al piano di sopra».

«Certo, ci conosciamo. Sono D'Intino, il collega di Ugo», le strinse la mano.

«Iezzi Pupa».

«Come vi trovate in casa di Ugo? Male se state sul pianerottolo!».

«No, bene, molto bene!» disse Pupa e il sorriso era tornato sul suo volto.

«Stasera venite alla cena? Il vicequestore ha invitato tutti».

«Certo, Memè me l'ha appena detto. Sarà un piacere conoscere i compagni di lavoro della questura».

«Bene... allora con permesso». Eugenia riprese a salire le scale. Appena sentirono che dal piano di sopra la donna aveva richiuso la porta di casa, D'Intino riprese la discussione. «Allora? Quanta pazienza ce vo'?».

«Ma per cosa, Memè?». Come era apparso, così il sorriso se ne andò dalle labbra della donna.

«Pupa, je voglio a te, voglio sta' cu te, no 'nghe te e 'nghe mámmeta!» trovò il coraggio di dire. La donna sbatté le ciglia come a scacciare un moscerino incastrato, poi alzò i vertici delle sopracciglia, si strinse le labbra riempiendo il mento di rughe. Infine scoppiò a piangere. Il cuore di D'Intino esplose. «Pupa? Pupa! No, che so' dette!».

Ma Pupa si nascondeva il viso con le mani, appoggiata alla parete delle scale piegata su se stessa, singhiozzava in silenzio il suo dolore. «Mannaggia a me, Pupa, nen te vuleve fa' chiagne».

«Io... non... ci posso... pensa'» smoccolò.

«Cosa, Pupa? A che 'n ce pu' pensa'?».

«Che mi dici una brutta frase così. È solo poco che siamo qui, e già ci vuoi cacciare?».

«Ma quando mai! Je non vi voglio cacciare!».

«Mo si' dette che mamma...», e ricominciò a piangere. D'Intino si imbarazzò, forse Eugenia e Casella dal piano di sopra stavano ascoltando tutto il dialogo. «Senti, pe' piacere, mo basta. Je te voglio bene, anzi ti amo, però je e te e basta... pure mamma non è la stessa cosa».

Pupa sembrò calmarsi. Prese un fazzoletto che nascondeva nella manica del maglione e si asciugò prima gli occhi, poi si soffiò il naso. «Ti avevo chiesto 'nu poco di pazienza, ma sembra che tu non ce l'hai. Ne li ti'! Domani facciamo i bagagli e ce ne jamme, tranquillo! Magari chiamo a Peppino De Ritis se mi viene a prendere alla stazione».

«Ma Peppino guida ancora? Non gli avevano tagliato una cossa?».

«Ah già, vero. C'è sempre Gino Tenisci. Tiene ancora una bella Mercedes... sì, mi faccio venire a prendere da lui».

D'Intino si sentì perduto. «Ma allora lo senti ancora a Gino?».

«Certo, lui è un amico». Il sangue salì rapido alla testa di D'Intino e gli arrossì le guance. «Ma quale Gino, quale stazione, quale Mercedes! Tu stai qui da me. Perché mo che ti ho ritrovata, je nen te facce cchiù scappa'! Mo sono stato chiaro?».

«Sì, Memè» disse dolce e sottomessa Pupa.

«E mo jamme a prepararci che stasera stiamo a cena al ristorante col superiore!» disse con tono autoritario.

«Sissignore», e la donna entrò in casa seguita da D'Intino che orgoglioso chiuse la porta.

Dal piano di sopra, anche Ugo Casella e Eugenia Artaz richiusero la loro scuotendo la testa per quello che avevano appena sentito.

Rocco rientrò in casa alle due di notte. Aveva bevuto e mangiato più dell'umano consentito e ora la bocca amara gli annunciava una lunga notte in bianco. Anche Lupa era provata per tutti gli avanzi ingurgitati, e raggiunta la cuccia ci crollò sopra precipitando nel sonno come un sasso in un pozzo. Schiavone guardava i tre panetti di cocaina che aveva prelevato a casa di Monica Novailloz e che ancora non aveva portato al macero, come avrebbe dovuto. *Coitus interruptus*, si disse allungandosi sul divano. Ma forse era meglio così. Almeno si era risparmiato di guardare negli occhi quell'uomo di merda che aveva sparato a Roberto Novailloz, e anche di doversi ripulire di tutta la sozzura e lo sterco che si sentiva addosso ogni volta che chiudeva un caso, o come diceva sempre ai colleghi, una storia.

Ognuno poi se la racconta come vuole, «ma a me questo mestiere fa schifo, la gente che incontro mi fa schifo, mi chiedo solo dove trovare il coraggio di mandare tutto affanculo».

«Quando dici tutto intendi proprio tutto?».

«Certo Mari'. Ma non ho il coraggio». Ma che cazzo sta facendo? «Ma che stai facendo?».

«Asciugo i bicchieri!».

Sta passando un panno su una flûte che ha appena tolto dalla credenza. «Ma manco sapevo di avercela. Chi l'ha mai usata».

«Una volta ho partecipato a un restauro, forse non ti ricordi. Alla chiesa di Sant'Ignazio di Loyola, vicino al Corso. Un affresco di Andrea Pozzo».

«No...».

«Fa niente. È splendido, duemila metri quadrati, immenso, ed è un'illusione ottica nella quale ti perdi. Tipica del barocco, l'illusione ottica. Con la prospettiva ti fregavano. Credevi di essere altrove, in una chiesa più grande, in un portico più profondo, in un teatro infinito, e invece...».

«E invece è un'illusione. Recepito. Allora?».

«Allora l'illusione quando è oggettiva la scopriamo, ci giochiamo anche e ci divertiamo. Non ci sentiamo presi in giro, perché le diamo un sacco di significati», poggia il bicchiere. «Insomma l'illusione costruita per diletto o significato. È quando l'illusione ci colpisce in prima persona che le cose cambiano».

«Che vuoi dire?».

Si va a sedere accanto a Lupa e comincia a carezzarla. Quella sbatte la coda. «Che l'illusione nella quale viviamo non è più un'illusione, fa parte della nostra vita e se qualcuno ce lo fa notare il più delle volte lo mandiamo a quel paese e lo rifiutiamo».

«Questa è la realtà, Mari', mica me la sto inventando io».

Scoppia a ridere. «Disse quello che parlava con una donna morta otto anni prima».

«Che c'entra, qui so come funziona, mica penserai davvero...». Odio quando fa così.

«Io non penso, Rocco. Da tempo non penso più. Ma a parte me, l'illusione ce l'hai dappertutto. Dici che non sai dove trovare il coraggio. Non è che non lo sai, non esiste

proprio. Il coraggio di fare quella cosa lì, non c'è. È un'illusione. Quello che non puoi stringere, toccare, annusare, è un'illusione. Tu stai dentro una scatola, Rocco, ma pensi di vivere, andare in giro, respirare... sono anni che non respiri».

«Ma che vuoi da me? Che hai?».

«Io vorrei che tu ti alzassi dalla sedia, ti guardassi allo specchio e ti facessi un discorso chiaro, reale, vivo. Sai che vuol dire essere vivo? Che puoi stringere, toccare, annusare, mangiare, fare l'amore, sentire il freddo e il caldo, chiudere o aprire gli occhi. Vomitare per il troppo alcol come farai stasera, oppure sentire i peli del cane sotto la mano, tiepidi e accoglienti».

«Tu non li senti? Però Lupa sì. E com'è?».

«Lascia perdere quello che fanno i cani, parliamo di te, degli esseri umani. L'illusione è il contrario della vita, amore mio. Perché tu non tocchi, non annusi, non mangi, non fai l'amore. Tu credi che lo stai facendo, ma è come l'affresco che ti illude che la cupola della chiesa esista davvero, invece no, la cupola in realtà è solo dipinta, e quando sali lassù per restaurarla ci sbatti il naso contro. Devi liberarti dalle illusioni, Rocco. Ti ricordi quando non finivamo di fare l'amore per paura che io rimanessi incinta e non era mai il momento?».

Rido. Sarà successo forse due volte. «È successo sì e no un paio di volte».

«Di più. Continui a farlo con la tua vita. Con la differenza che l'orgasmo non lo raggiungi più. Che intenzioni hai con quella roba?», e indica la cocaina sul tavolino.

«Dovrei portarla al macero».

«Direi di sì, Rocco. Non ti far venire in mente altre soluzioni, perché io non le vedo».

Chiudo gli occhi. Mi girano un sacco di immagini dietro le palpebre. Casa mia a Trastevere col settimino di nonna buonanima che era stata la culla e il lettino di papà, la tipografia, un mazzabecco abbandonato da un serciarolo che abbiamo trasformato in albero di natale, la mamma di Sebastiano, sora Agnese, che un bel giorno decise di non parlare più manco a gesti. Questi sono ricordi, queste cose sono vere, non sono un'illusione, Marina, come me che sono vero, steso su questo divano ad aspettare il sonno che non viene, in una città che mi fa schifo in mezzo a gente che non amo. Dove sta l'illusione? Ma se n'è andata. Lupa mi guarda. «Che vuoi? Non ti stavo carezzando io. Dormi, va'...».

I giorni ripresero a scivolare come macchie d'olio sull'acqua. I giornali ancora non riportavano la notizia dell'arresto della banda da parte dei carabinieri, Caterina continuava ad ospitare Monica Novailloz in casa, Rocco raddoppiava la canna mattutina e quella serale, il questore sembrava aver accettato lo scorno di lasciare la precedenza ai militari e non farsi bello con la stampa con un caso di omicidio risolto e la scoperta di un traffico di cocaina. Il weekend veleggiò con la leggerezza del tempo perduto, ma in fondo senza amarezza o troppo rammarico da parte di nessuno. Poi se ne andò come un conoscente poco frequentato per tornare nella grande giostra dei pianeti, delle galassie, riassorbito dai buchi neri e dall'universo.

Lunedì

Il cielo era pulito, un inizio settimana limpido portava il buon umore, lo si poteva vedere nei sorrisi e sentire nei toni delle chiacchiere futili scambiate all'uscita di un bar o della farmacia. Rocco invece non alzava lo sguardo. Camminava con l'occhio fisso sulla strada o sul marciapiede, mentre con le mani in tasca e la sigaretta in bocca attraversava la piazza centrale. Non aveva voglia di incontrare occhi conosciuti o anche solo sfiorati, voci che lo richiamassero al dovere dello scambio delle parole inutili come i regali di Natale per dei lontani cugini. Ma poi qualcosa, un prurito, una punta di spillo, gli fece tirare su la testa. Davanti alla porta del caffè centrale, insieme a Brizio che lo attendeva per la colazione, c'era Furio nel suo trench blu tre quarti. Accelerò il passo guardando dritto l'amico che non sorrideva, si limitava ad annuire come se stessero parlando a distanza, ma era un'illusione perché tutti e due tenevano la bocca chiusa. Rocco si fermò a un metro da Furio che allargò le braccia. Si strinsero in silenzio, e sempre in silenzio si avvicinarono ai tavolini che Ettore aveva piazzato sotto il portico, protetti dal riscaldamento dei funghi d'acciaio. «Quando sei arrivato?» gli chiese Rocco.

«Ieri sera. Ho sentito Brizio e l'ho raggiunto».

«Dove sei stato, Furio?».

Quello sorrise. «Che te ne frega? Importante è che sto qui».

Furio si lasciò andare sulla sedia e accese una sigaretta.

«Che prendete?» disse Ettore che era sopraggiunto in silenzio come un sicario.

«Tre caffè lunghi e portace sei sette brioche o cornetti o lieviti o chiamali come cazzo li chiami tu» fece Rocco.

«E buona giornata anche a lei». Ettore si allontanò.

«Non è che ce sputa dentro i caffè?» chiese Brizio preoccupato.

«No, c'è un patto. Lui può prendermi per il culo e io lo posso offendere a piacere».

«È un patto strano» osservò Furio.

«Com'è che sei qui pure tu?».

«Io e Furio abbiamo da fare» disse Brizio.

«Qui?».

«Nun te preoccupa', niente de strano. Poi te volevo di' che l'altro ieri dar carrozziere, quello che prepara le macchine per gli impicci con la coca, ce so' stato come mi hai chiesto e gli ho detto di riprende tranquillo a lavora' per Bulleri. S'è stranito, poi ha visto il ferro e s'è calmato. E co' questo so' tre favori che te faccio da quando sto qui. Mo te ne chiedo uno io».

«E dimme».

«Me dai qualche numero per un po' di figa?».

«Ancora? Ma te l'ho già dati almeno cinque volte!» rispose il vicequestore.

«Sì, ma non ce l'ho più perché quando torno a Roma li cancello, non sia mai Stella se ne dovesse accorge».

«Ma scusa, memorizzali con dei nomi inventati» suggerì Furio.

«Eh no, perché poi nun me ricordo e se leggo, che ne so?, Simone Somaini, mi dico: chi cazzo è? E lo cancello uguale».

«E sei un cojone».

«Vabbè, Rocco, me li dai 'sti numeri oppure no?».

«No, non lo so, non ce li ho. Ma se salite spesso, perché non ti trovi una fissa qui ad Aosta?».

«Se, bravo», scettico Brizio si accese una sigaretta, «e poi magari vuole andare a vivere insieme, a fa' una famiglia...!».

«Ce mancherebbe sparpaglia' i figli per il mondo» si intromise Furio. «Oh, a proposito, guardamose negli occhi. Nessuno de noi tre ha un'altra famiglia, figli, da qualche parte?».

«Ah Furio, ma vaffanculo» disse Rocco.

«No così, per saperlo prima. Tu, Brizio?».

«Come no? Ho tre figli in Madagascar».

«Non sei mai stato in Madagascar» obiettò Furio.

«No, è lei che è venuta a Roma».

«E come hai fatto a facce tre fiji?» chiese Rocco.

«Be', lo sai come funziona. Daje e daje... poi l'ho rimandati a Antananarivo».

«Caro te deve esse costato de bijetti d'aereo» disse Furio.

Restarono ancora in silenzio. La quarta sedia del tavolino, vuota, pesava più delle parole. Furio le mollò un calcio. «Stronzo...» ringhiò convinto che quell'offesa potesse arrivare alle orecchie di Sebastiano.

«A me la cosa che me stupisce sapete qual è?».

«No, Rocco, dicce un po'».

«Che questo conosce la capitale del Madagascar!».

Quando Ettore venne per portare l'ordinazione, li trovò piegati in due sul tavolino come vittime di un attacco improvviso di diarrea. Le lacrime agli occhi, rossi in faccia, Brizio menava pugni sulla sedia, Rocco si teneva i muscoli dell'addome, Furio era stato sopraffatto da un accesso di tosse cavallina. Il barman storse la bocca, lasciò la guantiera sul tavolino e si dedicò ad altri clienti più seri e certo più civili.

Spesso la distrazione, se per certi versi può sembrare un difetto amabile in un sognatore dal temperamento artistico, votato più alla contemplazione che alla vita materiale, in un chirurgo o in un poliziotto produce l'effetto opposto, e quel lunedì a Rocco stava per costare molto cara. Concentrato sui tre panetti di cocaina che si portava dietro in una vecchia sacca di tela, aveva dimenticato la conferenza stampa che il questore avrebbe tenuto alle nove e trenta in punto e fu trascinato in sala dal superiore che quel giorno non ammetteva repliche. «Dobbiamo essere lì a fare muro, così che non si capisca la nostra immobilità nelle indagini».

«Dottore» gli rispose Rocco, «non ammetta per favore telecamere o fotografie se mi vuole lì dentro».

«E perché?» chiese Costa.

«Perché nell'indagine ho finto di essere qualcun altro. Se adesso mi vedono schierato e capiscono che sono un poliziotto, facciamo la frittata. E soprattutto mettiamo a rischio il tenente Bevilacqua».

Costa ci pensò scartando a priori la possibilità di escludere foto o video da una sua performance, e Rocco lo sapeva; veniva a cadere il motivo stesso dell'esibizione. «Mi faccia capire meglio».

«Per stanarli ho finto di essere anche io un trafficante. Le è chiaro ora?».

Costa si convinse. «Va bene, Schiavone. Ma resti a disposizione, per favore. Poi vorrei che si facesse una riunione con Dudovich».

«Ancora?».

«Ancora, sì. Una curiosità. Cosa porta lì dentro?». Indicò la sacca di tela che Rocco teneva su una spalla.

«Ah, qui? Tre panetti di cocaina che ho sequestrato a casa di Novailloz ma che ancora non mi decido a distruggere».

«Ma vada a fare in culo, Schiavone!», e, carico come un attore prima di entrare in scena, il questore si diresse verso la sala stampa.

Lupa sul divanetto di pelle, Rocco sulla poltrona coi braccioli, Antonio sulla sedia, sopra la scrivania più di duecentottantamila euro in cocaina. «Dimmi tu quello che ci devo fare» cominciò Rocco. «Se la do a Brizio nel giro di un paio di giorni hai i soldi per tuo fratello. Altrimenti la distruggo e chi s'è visto s'è visto».

Antonio si leccò il labbro. Sudava. Si mise le mani

davanti alla bocca. «Immagino che se uno cede la prima volta, poi cederà sempre».

Rocco si accese una sigaretta. «Io ho sempre ceduto, da che ho memoria. Per strada, a scuola, all'università, in polizia, cazzate ne ho fatte così tante che ho perso il conto. I motivi e le scuse non mi interessano, sono nato e cresciuto così. Però io co' 'sta merda», e indicò la cocaina, «non ho mai avuto a che fare. Per questo ti sto chiedendo se la vuoi tu».

Antonio ci ragionò ancora. «Questa risolverebbe i problemi di mio fratello, no?».

«Direi di sì, o almeno lo aiuterebbe parecchio».

Il viceispettore sbuffò. «Però è merda».

«È merda». Scipioni si grattò la testa, e imitando Rocco si accese una sigaretta. «Anche se in giro ce n'è a tonnellate, tre chili in più o in meno...».

«Non cambiano la sostanza» disse Rocco che osservava il fumo salire verso il controsoffitto bianco.

«Ma se la vendo mi abbasso allo stesso livello della gente che mi fa schifo».

«Se la vuoi mettere così...».

«Divento uno schifo pure io».

«Ripeto» disse Rocco, «è una tua scelta, ma la devi prendere adesso, perché ormai l'ho portata in questura».

Antonio si alzò di scatto. «Bruciala!» disse. «Bruciala, non la voglio più vedere».

«Faremo di meglio, perché nessuno ne conosce l'esistenza» disse Rocco e prese i tre panetti. «Seguimi».

Entrarono nella toilette. Nei quattro water Rocco buttò i panetti e tirò l'acqua. Sembrava un ragazzino che si era appena inventato un gioco: butta-e-premi-il-pulsante, fino a che tutto il carico sparì nella fognatura. Poi appallottolò e schiacciò il cellophane che rivestiva la cocaina fino a ridurlo a una piccola sfera e anche quella finì nelle fogne. Lo stesso fece con lo scotch e il rivestimento di plastica dura. Al termine dell'operazione si lavò le mani. «Fatto!» disse. «Puoi raccontare ai tuoi nipoti che una volta hai buttato trecentomila euro nel cesso, ma non in senso figurato, per davvero!». Mollò una pacca al viceispettore e uscì dai bagni. Antonio gettò ancora un'occhiata alle quattro gole che si erano ingurgitate tutti quei soldi e con una smorfia amara sulle labbra raggiunse il superiore.

«Non lo so se è sbagliato quello che abbiamo fatto, Rocco, ma io non ci avrei dormito per anni».

Rientrati in ufficio Rocco notò con disappunto che le cialde della macchinetta erano terminate. Questo significava l'orrore del distributore. Passando davanti al cartello delle rotture di coglioni al livello sette scrisse: i caffè di merda.

Scesero le scale. L'odore dolciastro del distributore li avvolse. Rocco infilò le monetine. Gliene caddero alcune, altre venivano rifiutate dalla gettoniera, alla fine, dopo una bestemmia e un cazzotto preciso sui pulsanti, il meccanismo si mise in moto. Ognuno prese il suo caffè nel bicchierino. Rocco ne sputò la metà nel secchio per la plastica, Antonio, con la testa che rimbalzava fra l'orgoglio della decisione appena presa e il rammarico per la stessa, sorseggiava il liquido nerastro come fosse un liquore prezioso senza sentirne il sapore. «Anto', io devo andare al bar, 'sta ciofeca m'ha ucciso».

«Ti dispiace se non ti accompagno?».

«Figurati». Rocco si avviò per le scale. «Tranquillo, il problema a tuo fratello lo risolviamo».

«Non con quella roba» disse il poliziotto.

«Non con quella roba. Però alla prossima devi esse un po' elastico, sennò non ne usciamo. Perché per avere quei soldi e subito c'è solo un modo: incula' qualcuno. D'accordo?».

«Basta che non mi proponi di eliminare un tizio o mettere una bomba, per il resto sono pronto».

«E io che volevo proporti proprio di eliminare un tizio con una bomba... vabbè, penso a qualcos'altro».

La incontrò fuori dalla questura. Parlava al telefono. Quando lo vide, Sandra Buccellato lo salutò con un gesto della mano. Rocco ricambiò con un mezzo sorriso e aspettò il passaggio di un pulmino per poter attraversare la strada. «Vengo con te», sentì la voce della giornalista alle spalle. La attese. «Conferenza stampa inutile e noiosa» esordì Sandra avvicinandosi. «Il mio ex si è invecchiato, ha perso la verve di un tempo».

«Succede a tutti».

«Cosa?».

«Invecchiare».

«Sì, ma c'è modo e modo». Attraversarono insieme. Lei si agganciò al braccio del vicequestore. Pensava di provare un senso di rifiuto, invece quel contatto gli fece piacere. «Dove te ne vai a quest'ora?».

«Al bar».

«Posso farti compagnia?».

«Certo. Però non andiamo a questo vicino alla questura che fa schifo ai cani morti. Allunghiamo e arriviamo almeno a piazza della Libertà».

«Tanto non ho niente da fare» disse Sandra.

Il sole splendeva e asciugava i tetti fumanti. Anche i muri sembravano godere di quel tepore, come le ossa delle persone e degli animali e la terra, stanca di settimane di umidità. Le nuvole in alto erano poche e bianche, innocenti batuffoli ciccioni di panna che veniva voglia di mordere. «Che sta succedendo?» gli chiese all'improvviso.

«A che ti riferisci?».

«All'omicidio Novailloz. Sembra che stiate subendo una battuta d'arresto».

«Esatto».

Rocco rallentò il passo per accordarlo a quello di Sandra che continuava a stringergli il braccio. «Perché non ti credo, Rocco?».

«Perché sei malfidata, è come ti dico».

Davanti al cancello dell'ex caserma degli alpini, Sandra si bloccò. «Ho incontrato una persona» disse guardando Rocco negli occhi come a saggiarne la reazione.

«Simpatico?» chiese il vicequestore.

«È un collega. Lavora un po' qui, un po' a Torino».

«Bene. Sei felice?».

Sandra scoppiò a ridere. «Bum!» disse.

«Ci stai bene?».

«Vedila così», e strinse un poco le labbra, poi con un gesto rapido scansò dalla fronte un ciuffo di capelli. «Mi vuole bene, è un uomo colto, a modo suo è simpatico».

«Che vuol dire a modo suo?».

«Come te. Anche tu, a modo tuo, sei simpatico».

«Bene, no?».

«Sì». Si guardarono.

«Ma almeno a letto riuscite?» chiese Rocco che con Sandra aveva realizzato solo sedute fallimentari.

La giornalista strinse un poco gli occhi, sorrise. «Sì».

«E allora, co' 'sti tempi, basta e avanza. Ora andiamo? Il caffè qui non ce lo portano».

Ripresero a camminare. «Ecco, lì va benissimo», e indicò le vetrine di un locale.

«Ti dispiace?» chiese Sandra prima di spingere la porta.

«Per niente, questa è pure pasticceria» rispose Rocco convinto.

«Deficiente, non mi riferivo al caffè».

«Qualche mese fa sarei stato male. Oggi sono un uomo molto più maturo, accetto le sconfitte e mi sono rassegnato a perdere le persone».

Sandra aggrottò le sopracciglia. «Ma non mi hai persa».

«Ah no?», e fu Rocco a spingere la porta.

Annoiato a morte attendeva solo l'ora di pranzo e i panini che Deruta avrebbe portato dal forno di Federico. Leggeva, senza capire, una circolare degli Interni su orari di lavoro e ferie non retribuite. Antonio bussò con i soliti tre colpi. «Avanti» disse incerto a bassa voce, sempre intento nella lettura del documento. Percepì la presenza del viceispettore con la coda dell'occhio. «Stai ancora a pensare a quella storia lì?».

«No. Senti...».

Fu il tono di voce che gli fece alzare lo sguardo. Antonio era serio, quasi pallido. Poi lento alzò le mani per mostrare tutte e dieci le dita. «No...» mormorò Rocco.

«Decimo livello pieno».

Il vicequestore si mise le mani fra i capelli. «Dove? Chi? Quando? Perché?».

«Dove, a Pont-Saint-Martin. Chi, ancora non lo so. Quando, un'ora fa. Perché? Mi sembra prematuro anche solo chiederlo».

Rocco mollò un cazzotto sul tavolo e caddero nell'ordine: il calendario, due accendini, il mouse del computer, il telefono, un mucchio di fogli e dispacci compresa la circolare del ministero. «Non si fa ironia quando si porta una notizia del cazzo simile!» gridò. «Non ho voglia di scherzare, non posso scherzare, mi rendete la vita un inferno mannaggia alla troia che vi fa respirare a tutti!». Si alzò scaraventando la sedia contro la parete. Lupa era rimasta sonnacchiosa e indifferente allo sfogo del padrone, Rocco afferrato il loden era uscito ad ampie falcate dall'ufficio, Antonio lo seguì. Deruta si era affacciato preoccupato in corridoio. «Michele, che cazzo te guardi? Forza, muoversi! Chi c'è sul luogo?».

«Ha telefonato un agente della polstrada che passava per caso da quelle parti» rispose Antonio.

«Convocate D'Intino e Casella. Deruta, avverti il magistrato!».

L'agente raggiunse il viceispettore tenendo con grande difficoltà grazie ai suoi cento chili il ritmo del passo e la falcata. «Che... gli devo... dire, Anto'? Io niente so».

«Tranquillo, Miche', ci penso io», e afferrò il cellulare.

«Ma è un dieci?» chiese Michele Deruta frenando la corsa.

«Pieno!» gli rispose gridando Antonio.

Quaranta minuti è il tempo che ci vorrebbe dalla questura a via San Giorgio Dora a Pont-Saint-Martin. Antonio sull'autostrada tenne i 170 chilometri orari, e durante i ventotto minuti di viaggio Rocco non disse una parola. Fumò due sigarette guardando le montagne alla sua destra che chiudevano il panorama. Presero la strada senza uscita, superarono dei binari e si fermarono una cinquantina di metri dopo, davanti a una costruzione di cemento. Il cartello «CDC PELLAMI» era attaccato sopra il cancello aperto. Nel cortile del tozzo edificio grigiastro c'era il camion dei vigili del fuoco con i girofari accesi. I pompieri stavano arrotolando una pompa. Una decina di impiegati fra uomini e donne con il viso sconvolto fumavano e parlavano. L'auto della polizia municipale era parcheggiata di traverso davanti ai tre scalini che accompagnavano i visitatori all'interno dell'azienda. «Dove cazzo siamo?» chiese Rocco come risvegliandosi da un sogno mentre Antonio parcheggiava accanto ai colleghi.

«In una fabbrica di pellami» rispose ovvio il viceispettore. Gli sguardi delle dieci persone si erano concentrati sull'auto. «Pont-Saint-Martin?» fece Rocco.

«Già. Pensa, dopo il parcheggio laggiù è Piemonte».

Rocco si voltò di scatto. «Non ci credo».

«Dico sul serio. Centocinquanta metri e questi non erano cazzi nostri. Perché ci sono i pompieri?».

Rocco masticò una bestemmia, poi aprì lo sportello. Stavano tutti in silenzio a guardarlo. Gettò la sigaretta a terra. «Che cazzo è? Mai visto un poliziotto?». Incrociò lo sguardo coi due vigili del fuoco. «Salve, noi qui abbiamo fatto...» disse uno che portava due estintori a schiuma.

Rocco salì le scale e, seguito da Antonio, entrò nell'edificio.

L'ingresso era elegante, quadri discreti con paesaggi montani, poltroncine simil Frau e due divani formavano una sala d'attesa. A terra, il cemento era grigio chiaro, tappeti afghani definivano gli spazi. Due donne e un uomo stavano seduti in silenzio con gli occhi spaventati. L'uomo si era sciolto la cravatta, le due osservavano i poliziotti con l'aria di chi si è appena svegliato ma non nel suo letto. Dalla sala d'attesa partiva un corridoio, la targhetta sulla porta spalancata avvertiva che da lì si raggiungevano gli uffici. Rocco e Antonio si ritrovarono in un'altra sala, molto più grande, esagonale, dove su ogni lato si apriva una porta. Su una delle poltrone poste lungo il perimetro c'erano una donna e i due poliziotti della municipale. «Marotta, polizia locale» disse quello più alto andando incontro a Rocco e Antonio. Aveva una quarantina d'anni, l'altro più giovane non si mosse, sosteneva il capo della signora che ad occhi chiusi respirava lenta. Pallida con le labbra esangui, teneva le ginocchia strette. Portava la gonna, una calza marrone scuro era smagliata sopra il ginocchio destro. Fra i fili rotti spuntavano macchioline di sangue. In mano un bicchiere di plastica mezzo vuoto. «Dove?» chiese Rocco.

«Lì dentro» fece Marotta indicando la porta con la dicitura «DIREZIONE» dall'altra parte della sala.

«Appena arrivano i miei uomini ve ne potete andare» disse Rocco.

«Un'esplosione» aggiunse il vigile mentre Rocco si avvicinava alla porta. «È brutta lì dentro» e guardò il vicequestore con gli occhi spaventati, come per avvertirlo. Rocco si infilò i guanti di pelle e aprì la porta dell'ufficio.

Era brutta.

La scrivania era dilaniata, squarciata al centro, il legno bruciato, ricoperta in parte dallo schiumogeno immacolato; pezzi di metallo e carte dappertutto, una poltrona Bergère di pelle sforacchiata, come anche la parete all'entrata. L'aria penetrava dalle finestre ormai prive di vetri sparsi su tutto il pavimento. Alcuni fogli rotolavano e si fermavano accanto alle gambe di un uomo. Rocco scorgeva solo i pantaloni di velluto verdi e un paio di scarpe inglesi coi lacci dal tacco un po' consunto. Il vicequestore si avvicinò cauto, attento a non calpestare uno dei cento oggetti sparpagliati sul pavimento e sul tappeto. L'uomo aveva il petto squarciato intriso di sangue, metà volto era sparito, la pelle sulla guancia bruciata mostrava la chiostra dei denti in un sorriso orrendo, l'occhio ancora attaccato al nervo ottico penzolava fuori dal cranio. La mano destra era un carciofo sanguinante, la sinistra non c'era più. L'orologio sopra la scrivania segnava le 10 e 35. C'era odore di bruciato e polvere da sparo, lo stesso che si sente dopo i fuochi d'artificio di una festa per un santo patrono, solo più acido e compresso. Rocco decise che per il momento aveva visto abbastanza e raggiunse Antonio nella sala esagonale. In quel momento entrarono Deruta e Casella. «Dotto', sta arrivando la sostituta e abbiamo chiamato Fumagalli».

«Ottimo. Prendete per favore i nomi di tutte le persone in cortile e nella sala qui accanto». La donna, sempre appoggiata alla giovane guardia municipale, sollevò le palpebre. «Signora, se la sente di dirci qualcosa?» le chiese Rocco. Quella alzò lo sguardo. Aveva gli occhi di un verde acceso, spaventati. Fece sì con la testa. «Andate pure». Rocco congedò Marotta e il suo collega. «Antonio, rimedia un caffè», e il viceispettore scattò.

«Venga con me, mettiamoci in un ufficio». Rocco la aiutò ad alzarsi, poi aprì la prima porta. Nella stanza i computer erano accesi e aleggiava un odore di caramelle. Due scrivanie occupavano lo spazio, una ricoperta da fotografie di bimbi, panorami montani e marini, un alce di plastica con la lingua di fuori che imbracciava un fucile e due cactus finti. Sull'altra invece c'era un gioco da tavolo, una pista da bowling in miniatura. Rocco fece sedere la donna sulla poltrona più vicina e si appoggiò alla scrivania scansando le cianfrusaglie. «Sono il vicequestore Rocco Schiavone, mi può dire che è successo?».

«Mi chiamo Orietta Perelli, sono la segretaria del dottor Ferrazzi».

«Che sarebbe?».

La donna indicò la stanza accanto.

«Racconti, prego».

«Gli ho portato la posta che metto sempre sulla scrivania. Poi mi sono messa a lavorare, perché dopodomani il dottore doveva partire per la Spagna e quindi avevo da organizzare aerei, alberghi, transfer... insomma tutto».

Antonio entrò portando un bicchierino di caffè alla donna che ringraziò con un gesto del capo. Aveva le labbra strette e lunghe un po' all'ingiù, il naso invece schiacciato, tozzo, dava al profilo un aspetto adolescenziale. «Poi saranno state...».

«Le dieci e mezza?» disse Schiavone. «È l'ora che segna l'orologio a parete nell'ufficio del dottor Ferrazzi. Immagino si sia fermato».

«Sì... esatto. C'è stato questo boato e siamo saltati tutti sulle sedie. Pensavamo a un tubo del gas, qualcosa che era successo di là nello stabilimento. Io sono uscita dal mio ufficio e ho visto la porta del dottor Ferrazzi mezza aperta. Ho gridato: dottore! E sono entrata e...». Scoppiò a piangere.

Rocco guardò Antonio che trovò dei tovagliolini di carta accanto all'alce di plastica. Ne passò uno a Orietta Perelli.

«E che ha visto? Ci pensi, magari è importante».

«Ho visto il dottore per terra. Una gamba che tremava come avesse le convulsioni. Dietro di me è entrato il dottor Giancarlo che aveva un coso...».

«Un estintore?».

«Esatto, c'era un po' di fuoco sulla scrivania. Poi io sono uscita e mi girava la testa. Mi sono appoggiata alla poltrona. Intanto tutti si affacciavano nella sala dagli uffici, qualcuno dal laboratorio e urlavano, io non sentivo, girava tutto. Poi mi sono svegliata e c'erano quei due vigili...».

«Signora Perelli, grazie per ora. Vada a prendere una boccata d'aria, non stia qui. L'accompagna il viceispettore».

«Venga» disse Antonio offrendo aiuto.

«Non me lo scorderò più» mormorò la segretaria e sottobraccio a Scipioni uscì dalla stanza.

I primi a giungere furono Michela Gambino e tre agenti della scientifica. La sostituta congedò i pompieri, ormai rischi d'incendio non ce n'erano, prese da parte il comandante e cominciarono a chiacchierare fitto e a bassa voce. Rocco girò intorno alla costruzione del reparto amministrativo, alle spalle sorgeva il laboratorio dove le macchine per la produzione si erano fermate e gli operai, discutendo ansiosi, si erano riuniti nel piccolo piazzale. Chi fumava, chi beveva un caffè da un bicchierino di plastica, chi telefonava a casa o a un amico per avvertire del disastro appena avvenuto. Schiavone provò a contarli e si fermò a undici uomini e otto donne. Indossavano tutti un grembiule verde, qualcuno portava guanti da lavoro. Quando lo videro sbucare dall'angolo dell'edificio interruppero il chiacchiericcio e lo fissarono apprensivi in attesa di qualche notizia a loro taciuta e tenuta nascosta per motivi insondabili. Ma Rocco non disse niente, avanzò verso le tre porte dello stabilimento con le mani sprofondate nelle tasche del loden fino a fermarsi al centro di quel cortile squallido, in totale contrasto con l'eleganza degli uffici. «Che avete sentito?» disse all'improvviso ad alta voce. Rispose un uomo che aveva passato i cinquant'anni, il viso stanco, pallido. «Che è morto il padrone, questo abbiamo sentito».

«Mi riferivo al rumore».

«Da lì dentro non si sente niente» fece una donna sui quaranta, bruna e piccolina, indicando lo stabilimento. «C'è il rumore delle macchine. L'unica che ha sentito qualcosa è la Grazia», e indicò una collega che fumava appoggiata al corrimano dei tre scalini che portavano dentro la fabbrica. Alzò la mano come farebbe una studentessa. «Sono io» gridò. Rocco le si avvicinò. Era alta e magra, capelli neri, lunghi, sorridente, la carnagione suggeriva natali mediterranei. «Sì, io ero sul retro, portavo un carrello con gli scarti».

«E che ha sentito?».

«Pensavo a un tubo del gas oppure un botto di quelli forti, a Napoli li chiamano la Palla di Maradona o qualcosa del genere. Magari a Pont c'era qualche santo da festeggiare, che ne so?», e fece un tiro alla sigaretta. Rocco notò che lasciava l'alone del rossetto sul filtro. «Non si è preoccupata?» fece ovvio il vicequestore.

«No, per niente. Qualche squiapeun...».

«Che sta per...?».

«Qualche monello che non ha di meglio da fare, ho pensato. Allora ho continuato con il mio lavoro. Poi qualcuno è venuto dall'amministrazione e ha raccontato il fatto».

«Chi mi accompagna a fare un giro?».

«Dentro?» chiese la donna.

«No, del perimetro».

«Vengo io» disse Grazia. «Di qua» e fece strada. Sotto gli occhi degli operai, Rocco e la ragazza superarono il cortile e attraverso un piccolo arco di pietra si ritrovarono sul lato destro della fabbrica. Pareti di cemento muffite, in alto le finestre dalle quali non doveva passare molta luce a guardare la sporcizia sui vetri. «Da quanto esiste questa fabbrica?».

«Ormai almeno una decina d'anni» rispose l'operaia. Un piccolo marciapiede divideva l'edificio dall'erba secca che arrancava fino alla recinzione che qualche giardiniere aveva cercato di abbellire con delle piante rampicanti ridotte ormai a legna da ardere. «Che producete qui dentro?» chiese Rocco.

«Lavoriamo la pelle, per lo più rivestimenti per divani e interni di automobili. Lavoriamo soprattutto per un grande marchio tedesco».

Proseguirono in silenzio fino a raggiungere il retro. «Ecco, vede quelle vasche di ferro? Io stavo portando laggiù gli scarti». Indicò dei parallelepipedi arrugginiti alti un metro e mezzo e larghi sei. Una puzza di immondizia rancida prendeva alla gola. Rocco sputò. «Sì, noi ormai ci abbiamo fatto l'abitudine. Non le conviene entrare nello stabilimento, c'è questo odore moltiplicato per sei», e Grazia sorrise. «E mi lamento io del lavoro che faccio» disse Rocco. Girarono intorno alle vasche. La recinzione divideva il perimetro dello stabilimento da un prato giallo che a sua volta finiva su una strada. Al centro della vecchia rete di ferro sostenuta da piloni di cemento c'era un cancello arrugginito. «E questo?».

«Il cancello? Mai usato. È chiuso da tempo. Forse una volta era un ingresso posteriore. Ora si fa il giro dall'entrata principale». Era a due ante, anche quelle di ferro e rete metallica. Intorno alla recinzione c'erano rovi e piante che Rocco non conosceva, solo sui cardini del cancello era cresciuto un arbusto che invece riconobbe subito: il glicine. Marina l'aveva voluto a tutti i costi sul terrazzo di Roma, e per farlo crescere si era ammazzata di fatica. I fiori erano bellissimi, profumati, ma duravano poco, come lei, aveva pensato Rocco quando, ormai solo sulla terrazza, fumava e ricordava sua moglie spettinata e sorridente in mezzo alle foglie.

«Fiorisce fra un po'» disse Grazia mentre Rocco toccava la pianta.

«Come?».

«Il glicine, fiorisce fra un po'».

«Sì, è bellissimo» disse Rocco.

«Ormai non lo cura nessuno da quando non si usa più il cancello. Guardi lì! S'è pure rotto», e indicò il cardine dell'anta sinistra. Molti rami si erano spezzati, un liquido trasparente disegnava i monconi. «Ma ricresce» disse Grazia, «il glicine è infestante».

Rocco annuì. «L'esperta di piante era mia moglie».

«Era? È divorziato?».

«No. Peggio». La donna capì e abbassò lo sguardo. «Anche io. Roberto se ne è andato in un incidente d'auto». Prese un respiro. «Che brutta cosa abbiamo in comune, dottore».

Rocco le carezzò appena la spalla e ripresero a camminare. Sull'altro lato della costruzione c'erano due camioncini, tre muletti e una piccola scavatrice. Il prato era sparito, c'era ghiaia e un nano superstite scolorito nascosto in un cespuglio di piracanta. «Dove saranno gli altri sei?» chiese Rocco indicando il pupazzetto di gesso.

«Mai visti».

«Chi le sembra?».

«Così a occhio mi pare Brontolo. È tutto ingrugnato».

«Vero, Grazia, è Brontolo».

Ancora vasche che spuntavano dal terreno di pochi centimetri. Rocco non volle sapere a cosa servissero. Poi lo vide. Poco prima di tornare sul cortile, sulla parete del muro a ovest, il cerchio con quattro bastoni disegnati all'interno e le tre lettere: ELP.

«E questa?» fece Grazia.

«Sa chi sono?».

«L'ho visto su internet».

Rocco tirò un sospiro. «Questi stanno esagerando» disse a mezza voce mentre Grazia scattava una foto al graffito col cellulare. Rocco chiamò il viceispettore. «Anto'? Vieni qua, sto dietro al cortile della fabbrica...».

Michela Gambino aveva disposto gli impiegati in fila indiana e insieme a un agente controllava le suole delle scarpe, una per una. Tutti si sottomettevano a quell'operazione senza capirne il motivo e spaesati guardavano gli agenti infagottati nelle tute bianche. Rocco tornò alla sala esagonale. Davanti a un ufficio tre uomini parlavano a bassa voce, Casella e Deruta montavano la guardia alla stanza del dottor Ferrazzi. «Chi è Giancarlo?» chiese Rocco ad alta voce.

«Io» rispose uno dei tre impiegati. Era alto, piazzato, in giacca e cravatta e i capelli biondi e densi come una moquette. Gli occhi distanti, lo sguardo fiero, il naso schiacciato. «Lei è accorso con l'estintore?».

«Sissignore» rispose l'uomo.

«Rocco Schiavone, vicequestore».

«Giancarlo Testori, sono il vicedirettore della CDC». Si strinsero la mano. «Ho sentito un boato, come tutti mi sono affacciato sulla porta del mio ufficio quando ho visto Orietta aprire quella del presidente. Un bagliore rosso m'ha fatto capire che dentro era scoppiato un incendio e sono accorso con l'estintore. Che stava lì», e indicò una parete con due ganci di ferro rossi vacanti.

«Chi porta la posta negli uffici?».

«Orietta. La distribuisce di prima mattina. Tutti noi all'arrivo la troviamo sulle nostre scrivanie».

Un agente della scientifica uscì dalla stanza dell'esplosione. Salutò Rocco con un gesto del capo. «Per ora la ringrazio...» fece Schiavone al dottor Testori. «Io vado in questura» disse a Casella e Deruta, «appena arriva Fumagalli fatemi chiamare».

«È dentro» rispose Deruta e Rocco si avvicinò.

L'odore di polvere da sparo e fogna nella stanza non era ancora svanito. L'anatomopatologo chino sul cadavere scuoteva la testa. «Morto sul colpo secondo me. Te guarda qui», e indicò quello che restava della testa di Simone Ferrazzi. «Secondo me ha aperto il pacco con la destra mentre la sinistra non è più da queste parti, il che mi fa pensare che con quella reggesse la busta e il suo contenuto micidiale. Cosa ti devo dire, Rocco? Sai l'ora della dipartita...», e indicò l'orologio, «sai come è accaduto, se vuoi poi posso essere più preciso, ma solo per raccontarti i danni dell'esplosivo su un corpo. Però non credo ti serva conoscere cosa combina 'sta roba sul cranio, o sulla spina dorsale, o sugli organi interni».

«No, non mi serve».

Fumagalli si alzò. «È tutto materiale per i burocrati, e noi non lo siamo. Poveretto». Guardando a dove metteva i piedi si allontanò dal cadavere. «Ci pigliamo un caffè? Ne avrei bisogno».

«Sarebbe tipo il terzo della mattinata ma volentieri».

La macchinetta distributrice era nell'ingresso e sorprese Schiavone per la bontà del caffè. «Quindi è quello che abbiamo in questura che fa schifo» concluse.

«Vuoi venire ad assaggiare la preziosa miscela che beviamo in ospedale?» replicò Fumagalli.

«Toglimi una curiosità. Ma che sta facendo la tua futura moglie? Controlla le scarpe a tutti...».

«Io non chiedo e lei non chiede. Sappiamo solo quello che l'altro vuole farci sapere. È sempre stato il diktat di mio padre per un rapporto lungo e duraturo. Ti fo' un esempio», e lanciò la paletta per girare lo zucchero nel cestino centrandolo. «Fatti conto, la tua donna ti mette le corna e continua ad amare te. Perché saperlo?».

«Mi trovi d'accordo».

«Se me lo dice, vuol dire che s'è innamorata di un altro, e allora sono guai. Ma se tace la trombata, che trombata resti. Se lo vieni a sapere, le carte in tavola cambiano. E così sul lavoro. Se le servo mi coinvolge, altrimenti cazzi suoi».

«Chiaro e diretto. Lo sai cosa ho visto nel muro dietro agli uffici?».

«No. Che?».

«Il simbolo dell'ELP». Rocco accartocciò il bicchierino per gettarlo nel bidone.

«Quelli dei polli sull'autostrada?» chiese Fumagalli con una punta di apprensione. «Ma scusa, non facevano solo atti dimostrativi? Che c'è di dimostrativo nell'ammazzare un cristiano? E che ripiombiamo negli anni Settanta?».

«Il dibattito sarebbe lungo. Peccato però, a me 'sti tizi stavano simpatici».

«A me piacevano proprio. Ma tu lo sai, in Toscana siamo sempre stati poco rispettosi dell'autorità in generale. Un giorno ti racconto che successe a un garibaldino che si perse in mezzo alla Maremma».

«Però spedire una bomba in una busta non mi piace per niente, Alberto».

«Idem». Restarono in silenzio. «Questo che comporta per te, Rocco?».

«Comporta una serie di rotture di coglioni che supera il decimo livello, prende la lode, il bacio accademico, la stretta di mano del rettore, una scopata con sua moglie e una laurea *honoris causa* al dipartimento degli studi approfonditi sulle rotture di coglioni».

«Chiaro ed esaustivo».

«E pensare che cento metri più in là eravamo in Piemonte e non erano cazzi miei!».

«Neanche miei, Rocco. Non mi garba stendere la relazione su un corpo dilaniato. Non c'è niente di creativo o di partecipativo».

«Creativo?» gli chiese Rocco.

«Sì. Vai, portami un po' a vedere 'sto simbolo...».

Stampa e televisioni regionali e nazionali avevano già diramato la notizia. Si era in attesa del solito video sulla rete dove l'ELP avrebbe rivendicato l'atto, il secondo in Valle dopo il negozio del tassidermista. Appena entrato nella sua stanza non fece in tempo a togliersi il loden che il telefono sulla scrivania si mise a strillare. Sapeva che era il questore, preferì non rispondere e salire al suo ufficio mollando solo una carezza sul muso di Lupa che aprì gli occhi, si stiracchiò, sbadigliò per poi riaccucciarsi e riprendere a rincorrere conigli e gatti per i prati e i boschi dei suoi sogni. Chissà, si chiese Rocco, se almeno lì acchiappava le prede. Era convinto che quelle si rintanavano in un buco nero sbeffeggiando l'inseguitore. I cani inseguono conigli, le volpi rincorrono galline, i gatti cacciano topi, ma poteva succedere nel sogno che si invertissero le parti?

E che i cani sognassero di essere inseguiti dai gatti e quelli dai topi? Perché Rocco in quel momento così si sentiva. Non era più il predatore, ma la preda. E questa sensazione non lo mollava dall'incontro al Forte di Bard coi carabinieri. E di solito, quando aveva una sensazione, un motivo alla fine c'era sempre.

L'ufficio del questore era affollato. C'erano Dudovich della Digos, Moriani della postale, Baldi seduto davanti alla scrivania, poi Caterina Rispoli, l'unica che abbozzò un sorriso per salutarlo. Costa invece lo guardò storto. «Ha il cellulare spento, Schiavone?» chiese con voce stentorea.

«Non credo» fece Rocco e controllò.

Era spento.

Guardò il superiore e allargò le braccia. Costa si alzò dalla scrivania. «Allora. Valerio Dudovich, Digos, coordina la ricerca su questo gruppo che agisce in Valle. Schiavone, mi segua l'omicidio e desidero, voglio, esigo un contatto continuo con Dudovich».

«Sissignore» rispose Rocco.

«Moriani, della postale, lavorerà sull'intercettazione dei messaggi. Voglio che la vice Rispoli e il collega Bruschi abbandonino il protocollo Eva e si mettano a disposizione di Dudovich o Schiavone a seconda delle necessità».

Baldi si alzò dalla poltrona. «Siamo tutti in attesa del solito messaggio in rete. Pare siano molto abili a far perdere le tracce. Quello che stiamo cercando di capire è come comunichino fra di loro», e fece un gesto verso Moriani, il giovane ispettore che Rocco ben conosceva, e che prese la parola. «Puntiamo su due modi difficili da rintracciare: il deep web e la semplice comunicazione con cellulari di prima generazione. Sul web stiamo già lavorando, per ora non siamo arrivati ancora a niente. Abbiamo anche aperto degli honeypot...».

«Che significa?» chiese il questore.

«Dei finti, chiamiamoli così, negozi, o luoghi di incontro, ma non hanno abboccato. È lunga da spiegare, ma ovvio, sono bravi. Usano Tor su virtual machine, non lasciano aperto lo JavaScript, non...».

«Non stiamo capendo un belino. Provi a parlare come se stesse davanti a un gruppo di gorilla, per favore».

Moriani represse un sorriso. «Va bene. Allora, ognuno per navigare ha un indirizzo IP che è pubblico. Seguendolo si potrebbe risalire all'utilizzatore. Solo che con il router e l'IP arriviamo a gente che non esiste».

«Non esiste?».

«Questa è l'esperienza delle altre questure. Noi stiamo rintracciando adesso l'indirizzo del primo video, quello del tassidermista per intenderci, e...», cedette la parola a Dudovich.

«Abbiamo geolocalizzato il luogo da dove hanno mandato il video. L'ospedale» rispose. «L'hanno mandato da lì».

Rocco guardava Caterina, anche lei sembrava comprendere la metà delle cose che Moriani raccontava.

«Insomma per ora niente» concluse Costa.

«Esatto» fece Moriani. «Ma abbiamo possibilità e metodi per entrare dentro il web, anche nelle comunicazioni end-to-end e crediamo che...».

Il questore fermò Moriani. «Dia il meglio» gli disse, «e ci porti risultati, l'avrà capito che voi della postale siete l'asse principale delle indagini. Ora vorrei...» fu interrotto da un agente che, trovata la porta dell'ufficio aperta, si era catapultato dentro. «Dottore, è in rete!» disse. Costa guardò Moriani che scattò alla scrivania e accese il computer. «Dove sta?» chiese all'agente che s'era affacciato.

«YouTube» rispose.

«Eccolo. Ha già sessantamila visualizzazioni».

Girò il monitor in modo che tutti nella sala potessero vedere. Apparve la solita figura con il cappuccio della felpa tirata su, il passamontagna e alle spalle il simbolo dell'ELP. La voce era distorta. «Rivendichiamo l'attentato contro la CDC e il suo presidente, da anni colpevoli di sversamenti nelle acque di sostanze perfluoroalchiliche. Ci avete preso in giro, non state ascoltando le nostre richieste, e siamo costretti a passare ad azioni drastiche e violente. E questa è solo la prima», poi il solito saluto con le quattro dita davanti al viso. Qualche secondo di silenzio, poi Costa rigirò il monitor per recuperare l'attenzione. «Faccio avere a ogni ufficio una copia di questo video e del precedente». Rocco alzò una mano. «Ma nel resto del paese questo fantomatico esercito si è fermato?».

«No, Schiavone» disse Dudovich. «Proprio ieri vicino Piacenza è stata colpita una fabbrica di vernici abbastanza conosciuta in Italia. Hanno devastato i macchinari».

«Insomma...» disse Rocco, «abbiamo un gruppo in Emilia che prosegue la sua protesta con i soliti metodi e uno in Valle che invece è passato all'omicidio. Ora sarebbe bene controllare cosa ne dicono le persone. Perché una cosa è liberare polli, altra è uccidere un cristiano».

«Io credo che fra i vari gruppi si possa accendere anche una lotta intestina» azzardò il questore. «Solo che non sappiamo dove si incontrano».

«E se si incontrano» precisò Caterina.

«Già» proseguì Costa. «Sono almeno sei, distribuiti in altrettante regioni. Ma fra di loro comunicano di certo, magari di persona, avranno un posto dove si vedono, ma comunicano, ne sono sicuro».

«Esatto». Dudovich si appoggiò alla parete accanto alla finestra. «Le polizie postali sono tutte concentrate su questo. Basta che uno solo dei gruppi commetta un errore e li troviamo».

Moriani scosse la testa. «È gente molto in gamba. Non faranno errori stupidi, sarà una guerra a colpi di cannone fra noi e loro. Speriamo di avere la meglio. Noi possiamo andare in posti che loro pensano segreti e lì li beccheremo».

«Speriamo, Moriani, speriamo» disse Costa, poi batté le mani. «Tutti al lavoro!».

Avevano mangiato i panini del forno di Federico attendendo il ritorno del viceispettore Scipioni che portò dalla segreteria tre fogli spillati. «Antonio, illuminaci» disse Rocco ingoiando l'ultimo morso. Antonio si schiarì la voce e cominciò la lettura. Casella, Deruta e D'Intino ascoltavano. «Simone Ferrazzi era nato a Ferrara nel giugno del 1957».

«E fin qui» commentò Rocco.

«La CDC è un'azienda florida con un fatturato di 21 milioni di euro all'anno, nove impiegati e diciannove operai in busta paga».

«Dicci un po', la famiglia di 'sto Ferrazzi?».

«Qui l'affare si complica un po'. Allora, prime nozze contratte con Milena Signorelli, con lei ha avuto due figli, Paolo e Nicola, oggi hanno rispettivamente 35 e 32 anni, uno fa il dentista a Novara l'altro lo chef a Courmayeur».

«Il cuoco» lo corresse Rocco.

«Sì, il cuoco. Ora però 'sto Ferrazzi si è sposato una seconda volta».

«Contro chi?».

«Annabella Lessert, nata nel 1973 a Verrès. Con lei non ha procreato».

«Bene. Pensa un po' con quanta gente bisogna parlare» disse Rocco sconfitto.

«Eh sì, dotto'. Fra l'altro la Lessert già s'è fatta viva per sapere quando può organizzare il funerale. Cioè non s'è fatta viva lei, ma il suo avvocato, tale Willi De Silvestri».

«Sì, conosco. Uno scassacazzi peggio di tutti voi messi insieme. Bene, Antonio, altro? Che mi dici delle accuse che lanciano all'azienda questi dell'ELP?».

«Allora, l'azienda esiste da undici anni. In passato c'erano state delle problematiche legate a questi sversamenti di sostanze chimiche. Che sarebbero, ho letto, composti chimici che si usano per rendere impermeabili i tessuti. In questo caso la pelle, visto che alla CDC lavorano quella».

«A proposito, dotto', lì intorno c'è una puzza terribile» intervenne Deruta.

«È la lavorazione, Miche'» gli rispose Casella. «La pelle deve macerare, e puzza».

«Vabbè, ma 'sta CDC davvero fa danni all'ambiente, Antonio? Che risulta?» chiese Rocco.

«È controllata dall'agenzia ambientale, dovremmo parlare con loro».

«Chi ci va?». Rocco guardò Casella, D'Intino e Deruta. Scosse la testa. «Ci mandiamo la Rispoli che è aggregata. Io devo parlare con Annabella Lessert».

«La trova alla fabbrica, l'avvocato e lei hanno chiamato da lì per il funerale».

«E pure la prima moglie... come se chiama?».

«Milena Signorelli» lo aiutò Antonio. «Che però non è residente in Valle, e quello è un problema».

«È un problema? Oh, Anto'! Sveglia! Siamo la polizia, mica un circolo del tennis! Un nostro invito non si può declinare. E li voglio vedere al più presto, lei e i figli. Intanto io e te, Case', annamo da 'sta Annabella. Chiamala, Antonio, dille di restare e di aspettarci alla CDC. Ah!», si bloccò sulla porta, «ho un compito anche per voi, Deruta e D'Intino».

«Eccoci!» rispose Deruta scattando in piedi.

«Girate per tutta la città e cercate sui muri il simbolo dell'ELP. Se lo trovate lo fotografate. Intanto un aiuto: ce ne sta uno vicino al negozio del tassidermista andato a fuoco, un altro in piazza Chanoux. Ascoltate bene: spalle al bar, camminate verso l'edicola. A sinistra, su una colonna di pietra fra il bar e il negozio di scarpe. Sta lì».

«Scritto» fece Deruta che si era segnato tutto.

«E gli altri addo' stanno?» chiese D'Intino.

«Gli altri li dovete trovare voi» rispose Rocco. L'agente abruzzese divenne serio. «Bene. Tiene qualche sospetto, dotto'?».

Rocco guardò i due poliziotti. «Che sospetti, D'Inti'? Di che parli?».

«Di dove le pozzono ave' scritte?».

«Dove possono averle scritte? Dove possono averle scritte? In città, idiota, sui muri, sulle porte, sui distributori di preservativi, nel cesso di casa tua!» rispose Rocco. «Andiamo, Anto', sennò gli metto le mani addosso».

Il cancello della fabbrica era presidiato da un agente che Schiavone non aveva mai visto. «Ciao, Ruggero» fece Casella entrando nel cortile con la macchina.

«Uè, Ugo... Dottore!».

Parcheggiarono vicino al furgone della scientifica, accanto a un pick-up della polizia di Stato con la scritta «ARTIFICIERI». Due auto nere, lucide come pesci, stanziavano nei parcheggi riservati alla direzione. L'ufficio del direttore era sbarrato dai nastri gialli. Rocco si affacciò. Due agenti e Michela Gambino insaccati nella tuta in polipropilene lavoravano concentrati, sguardo sul pavimento, piccole torce LED in mano. Altri due agenti sempre infagottati nella tuta spennellavano la scrivania. «Michela...» fece Rocco. La sostituta alzò appena lo sguardo. «Ciao, Rocco. Ne abbiamo per molto».

«Sì? Poi mi racconti?».

«E certo. Non è facile ma contiamo di chiudere al più presto, a costo di fare straordinari. Con noi ci sono gli artificieri».

Due tute alzarono il braccio col pennello e salutarono Rocco.

«Gli artificieri lo so cosa stanno facendo, ma tu che cerchi?».

Michela scosse la testa. «Che cerco? C'è stata un'esplosione e tu mi chiedi cosa cerco? Tutto cerco!».

Rocco sentì che proseguire la discussione non avrebbe portato da nessuna parte, sparì dall'uscio dell'ufficio e raggiunse Casella. «La signora è qui», e indicò una porta. Rocco entrò senza bussare. Annabella Lessert era seduta e parlava con il vicedirettore Giancarlo Testori. Aveva i capelli talmente neri che parevano avere dei riflessi blu, come quelli di Wonder Woman nei fumetti. Poco più di quarant'anni, nel pieno della forza fisica e mentale, il naso pronunciato, gli occhi scuri. Sul mento sfuggente una bocca piccola, a cuore. Aveva le sopracciglia disegnate. A Rocco venne il dubbio che la chioma fosse una parrucca.

«Signora Lessert? Vicequestore Schiavone».

La donna si alzò. Aveva un corpo tonico, almeno da quanto il maglione e la gonna attillati mostravano. «Piacere» disse con mezza voce.

«Se la sente di fare due chiacchiere?».

Fece sì con la testa. Testori si mosse. «Io vado», e nessuno lo fermò. Una volta uscito il vicedirettore, Schiavone chiuse la porta e si ritrovò solo nella stanza con la moglie della vittima. «Mi dispiace, sono momenti brutti, ma sono costretto».

«Guardi, le dico subito. Andavamo d'accordo, non aveva nemici, che io sappia, e ci volevamo bene», trovò un fazzoletto di carta nella borsa e si asciugò gli occhi. «E sì, io ho... avevo anzi... quindici anni meno di lui. Lavoravo qui come segretaria. Che cliché, eh?» e forzò una risata. «Ma ci siamo innamorati, e siamo andati a vivere insieme, lui ha divorziato da sua moglie, ed eravamo felici. Felici» ripeté e scoppiò in lacrime. Rocco la lasciò piangere. «Perché? Perché a lui?» gli chiese senza guardarlo. «La fabbrica era a posto, ho visto quello che gli assassini dicono in rete, ma non è vero! Non è vero! Abbiamo superato i controlli, ci accusano di qualcosa di schifoso...». Chinò il capo. Il fazzoletto era fradicio. Ne prese un altro. Rocco le guardava la cute sulla sommità del capo. Non era una parrucca, i capelli erano suoi. Allora le sopracciglia le aveva ridipinte solo per una discutibile scelta estetica. Non provava pena per quella donna, ma non si chiese perché. Le osservava le dita delle mani lunghe, curate, gli anelli importanti, i polsi magri che denunciavano forse caviglie altrettanto magre, invisibili al momento visto che la donna indossava degli stivali alti al ginocchio. Capì che si stava arrapando. Ma come fai davanti a una vedova in lacrime?, si chiese. Eppure Annabella lo eccitava. Il seno che tirava il golfino rosso, il naso imperfetto ma soprattutto gli occhi neri che si erano inzuppati senza diventare rossi come succede alla maggior parte degli esseri umani. Comprese Ferrazzi, anzi ne sposò la causa. «Quando l'ha visto l'ultima volta?».

«Stamattina. Esce sempre presto per venire al lavoro». Mise di nuovo le mani nella borsa e tirò fuori un bigliettino. «Ogni mattina me ne scriveva uno...». Lo aprì e lo lesse. «*Buona giornata, luce degli occhi miei*». Lo ripiegò, poi guardò il vicequestore. «Mi hanno tolto tutto» disse. «Tutto».

«Il dottor Ferrazzi aveva mantenuto dei buoni rapporti con Milena, la prima moglie?».

«Si sentivano spesso, si facevano gli auguri e le dava sempre un generoso assegno. Simone ama... amava molto i figli. Nicola e Paolo. E loro amavano il padre. Volevano bene anche a me».

«Insomma una bella situazione» fece Rocco.

«C'erano i normali problemi quotidiani, ma tutto andava per il meglio».

Rocco andò alla finestra a guardare il panorama. Non c'era. Vedeva solo la costruzione della fabbrica e un pezzo di cielo. «Lei è a conoscenza dell'ammontare dell'assegno che suo marito dava alla ex moglie?».

«No. Le giuro di no. Ma perché lo vuole sapere?».

«Perché sono della polizia e faccio domande. Su tutto. Per esempio lei qui alla CDC veniva spesso?».

«Io? No. Dopo che io e Simone ci eravamo messi insieme...».

«Quando?».

«Tre anni fa, poi ha voluto che lasciassi il mio lavoro. Che tanto non amavo».

«Capisco. Come riempie le sue giornate?».

«Dipingo» rispose. Eccone un'altra, pensò Rocco. Non hanno un cazzo da fare e si mettono a imbrattare tele. «Cosa dipinge?».

«Sono un'astrattista».

«Lavora a casa?».

«Sì, ho attrezzato un piccolo studio. Dovevo fare una mostra a Courmayeur, nel ristorante di Nicola Ferrazzi, il figlio, ma non credo se ne farà più niente».

«Comprendo. Ora resta tutto a lei» disse Rocco, ma non era una domanda, era più una constatazione.

«Dovremmo parlare con il notaio. Sì, a me e ai figli di Simone. Ma io vorrei che Milena mantenesse il suo assegno».

«Questo le fa onore».

«Gliel'ho detto, abbiamo un buonissimo rapporto. Adesso posso farle una domanda io?».

«Mi dica».

«Quando possiamo organizzare i funerali?».

«Appena abbiamo il nulla osta dall'anatomopatologo e dal tribunale. Ma non credo ci vorrà molto, non ci sono dubbi sulle cause della dipartita».

«Che vuoi che ti dica, Rocco? Come si è ridotto il corpo del Ferrazzi? L'ordigno l'ha dilaniato. Era abbastanza potente...». Alberto Fumagalli neanche lo fece entrare nella morgue. Preferì restare nel suo studio mentre cercava di mettere in una cornice una vecchia stampa di una tavola medica, un disegno che rappresentava i muscoli del corpo umano. «Credo non abbia neanche fatto in tempo a capire cosa stesse succedendo» aggiunse. «L'orario ce l'hai, la causa pure. Io il corpo lo riterrei pronto per le esequie». Cominciò a chiudere le clip che assicuravano il cartone al legno.

«Il corpo... quello che ne resta. Un po' ho ricucito, ma della mano sinistra abbiamo ritrovato solo tre falangi e la destra è maciullata. Anche il viso, ho tentato di ricostruirlo, ma con pochi apprezzabili risultati. Un occhio non c'è più, insomma suggerisco un funerale con la bara chiusa...». Guardò con soddisfazione la tavola incorniciata. «Vedi che meraviglia di equilibri, di tessuti in armonia? Guarda come il pettorale si fissa al deltoide che sul retro confluisce sul sottospinato e poi sul grande dorsale. Bene, tutto questo equilibrio, questa proporzione noi riusciamo a distruggerla con un pugno di polvere pirica e tanta, tanta stupidità». Appese la stampa proprio sopra la scrivania. «Ora ti dico un pensiero, Rocco, è un fatto che la vita sia meravigliosa. La natura è meravigliosa, l'amore, gli animali, il mare, l'aria, i fiori, i colori, il cibo, tutto! Stare insieme agli altri, godere con gli altri, tutto questo è bellissimo. Allora sai cosa ha fatto Dio? Nella sua perfezione è solo, non ha nessuno, e allora, per invidia, la vita ce l'ha tolta».

Lo sguardo di Fumagalli era sereno, quasi rassegnato.

«Può essere. Se uno crede in Dio».

«Certo, se uno ci crede...».

«Albe', sai già che tipo di esplosivo è stato usato?».

«No, tiravo a indovinare. Stasera mangio solo, Michela dice che per cena non ce la fa».

«L'ho incontrata alla CDC».

«Ti va di cenare assieme?».

«Alle nove?».

«Andata».

Tornò in auto insieme a Lupa che l'aveva aspettato fuori dall'ospedale ispezionando l'aiuola e i tre alberelli stitici. Casella poggiato sul cofano mangiava un Bounty.
«Case', se te metti un po' a dieta mica ti fa male».
«Eh lo so, dottore, ma non so resistere alle tentazioni».
«Stanno lì apposta. Senti un po', Carlo è a casa?».
«Penso di sì, perché?».
«Perché ci serve».

Lasciata Lupa in auto, salirono le scale della palazzina. «Adesso nel mio appartamento ci sta D'Intino» disse Ugo Casella passando davanti alla porta. «Cioè, nel mio ex appartamento. Questo», e sfiorò il legno. «Io e Eugenia ormai viviamo insieme al piano di sopra».
«Ma non è un rischio avere un vicino come D'Intino?» gli chiese.
«Ci avevo pensato, ma non sta solo», e si voltò per fare l'occhiolino al vicequestore.
«Come va la convivenza con... Pupa si chiama? L'altra sera ha detto sì e no tre parole al ristorante».
«Mah, secondo me non bene. Eccoci, dottore...». Ugo tirò fuori le chiavi e aprì. «Prego si accomodi, tanto conosce la strada». Rocco superò Casella e andò a bussare alla porta di Carlo. «Avanti» sentì rispondere il ragazzo. La stanza era come sempre nella penombra, l'aria fredda, quattro monitor circondavano la scrivania. Sulla destra Carlo aveva montato un rack di un metro e novanta, vero e proprio totem lampeggiante. Una matassa di fili correva fra la scrivania e quella specie di termosifone pulsante. Il condizionatore che porta-

va la temperatura della camera sui dieci gradi serviva a non surriscaldare quelle macchine. «Io mi chiedo quanto spendete di corrente» fece Rocco. Carlo sorrise seguitando a battere sulla tastiera. «Abbastanza, ma il lavoro ripaga. Buona giornata, dottore».

«Carlo, mi devi dare una mano».

«È per la storia della CDC, immagino».

«Esatto». Il vicequestore si accomodò sulla sedia accanto a quella del ragazzo. Su due monitor passavano strisce di simboli e numeri incomprensibili, sugli altri due immagini di boschi, animali, città del mondo. «Pare, ho parlato con Moriani della postale, se non ricordo male era un tuo vecchio amico...».

«Collega» lo corresse Carlo.

«Vabbè Carlo, quello che era, che insomma è difficile risalire a 'sti tizi. Ha parlato di IP, di router, di connessioni che non ho capito, insomma...».

«Fa il suo lavoro, è chiaro. Rintracciare da dove il video è stato postato è importante. Solo che questi dell'ELP scemi non sono».

«No, usano...». Carlo bloccò Rocco con un gesto della mano. «Le dico subito una prima sciocchezza: basta avere un indirizzo preso da un router sotto falso nome e mica ci arrivi al proprietario. Se poi ti muovi bene, magari con un Tor che è criptato, non ha un gestore di controllo, non ti traccia i dati perché sono volatili, cioè spariscono quasi subito, in pratica è molto ma molto tosto risalire all'user. Ci si maschera in molti modi, e magari ti rimbalzano in altri paesi, in altri server».

«E come si fa a trovarli?».

«Dottore, si fanno tentativi, si lavora, si decodificano password, si creano stanze trabocchetto...».

«Guardami negli occhi, Carlo». Il ragazzo smise di pestare sulla tastiera, si voltò e senza esitare disse: «No».

«Perché?».

«Glielo spiego, dottore. A parte l'omicidio che mi vede contrario, io sono d'accordo con l'ELP. Faccio parte di due movimenti ecologisti, e mai aiuterò lei o chiunque altro a rintracciarli».

«L'hai detto ora, però, questi hanno ammazzato una persona».

«Questi chi? Chi sono? Finora l'ELP ha portato avanti una politica violenta, forse, illegale sicuro, ma non ha mai ucciso né fatto rischiare la vita a nessuno. Ecco perché questi che hanno colpito in Valle non mi convincono e non mi piacciono. Ma non vi aiuterò a stanarli. Nonostante ci sia di mezzo un omicidio».

«È la tua ultima parola?».

Carlo annuì. «Mi dispiace, dottor Schiavone. Sono sempre stato disponibile, e lei lo sa. Ma qui io mi fermo».

Rocco gli strinse la mano, si alzò dalla sedia e uscì dalla stanza. Casella, che era restato sull'uscio e aveva seguito tutto il dialogo, indugiò qualche secondo per guardare con disprezzo il figlio di Eugenia che intanto aveva ripreso a ticchettare sulla tastiera, poi se ne andò senza richiudere la porta.

«Mi dispiace, dottore, non me l'aspettavo» disse l'agente una volta in strada.

«Ha fatto una scelta e la porta fino in fondo. E non me la sento di dire che abbia tutti i torti» disse Rocco salendo in macchina. «Abbiamo la postale e ci rivolgeremo a loro».

«In questura?».

«Sì. Ho avuto un'idea. Ce l'abbiamo un grafologo?».

«Un...?».

«Grafologo, Case', uno che studia la scrittura, la grafia. Vallo a cerca' in tribunale».

«Signorsì. Adesso?».

«Portarsi sempre avanti col lavoro, Ugo. Magari per domani ce l'abbiamo. Sempre che i fratelli De Rege abbiano assolto al loro, di lavoro. Tu ce credi, Ugo?».

«Diciamo che qualche dubbio ce l'ho».

Erano dalle parti del Ponte Romano e stava calando la sera. D'Intino aveva l'aria afflitta, continuava a massaggiarsi il collo accompagnando il gesto con delle smorfie di dolore. Deruta lo osservava da un po'. «Che hai?» gli chiese.

«Stenghe a dormi' su una poltrona incastrata a 'na seggia. Per fortuna oggi arriva lu divano letto che 'nge la facce cchiù!».

«Ma donna Natalina ancora a casa sta?».

«E no?».

«Ma tu ci hai parlato con Pupa?».

«E no?».

«E che t'ha detto?».

«S'è offesa che le volevo cacciare. Ma io mica volevo cacciare a Pupa, volevo caccia' solo donna Natalina. Insomma che se ne tornasse a lu paese, no?».

Deruta sollevò il lembo di un manifesto di un circo che nascondeva una scritta fatta con la vernice nera. Non era un simbolo dell'ELP. «Senti, Mimmo, io ho fatto un pensiero».

«E dimmi».

«Ti confesso che ne ho pure parlato a Ugo...».

«Sine. Dimmi».

«Ma Pupa a te al telefono la prima volta che vi siete risentiti, che t'ha detto? Che veniva a fare ad Aosta?».

«'Nu giro. Voleva fare un viaggio per l'Italia e cominciava da qui».

«Bello», e Deruta si azzittì. Fecero tre passi, poi D'Intino gli diede una manata sulla spalla. «Oh. Quale pensata si' fatte?».

«Non è una pensata. È che... a me mi fa strano che uno per fare un giro per l'Italia si porta nove valigie».

D'Intino rimase colpito dall'affermazione del collega. Si fermò davanti a un negozio di ferramenta a riflettere. Deruta proseguì: «Sì, Mimmo, insomma, che ne so? Te ne porti una, due, va'... sono donne e si sa, hanno più cose da mettere via. Ma nove? Nove sono tante».

«Eh sì» concordò l'agente abruzzese. «Non ci avevo pensato».

«Per mettere via tutta quella roba ci vogliono tre armadi!». Ripresero a camminare. Svoltarono per corso Ivrea.

«Eh sì. Uno lo teneva già Casella, l'altro le so' accattate a Ikea. E l'hanno riempiti».

Deruta sospirò. «Non lo so, Mimmo. Però è strano, e il secondo fatto è: quando sono arrivate?».

«Martedì scorso... mi pare».

«Ecco. È strano no?».

«Che?».

«In tutti questi giorni Aosta ormai l'hanno visitata per bene. Non è che stiamo a Roma o a Venezia, no? Insomma la città è piccola».

«Sì, ma magari sono andate a vedere pure Courmayeur, lu Monte Bianco, alle terme, lu Gran Paradiso...».

«Mmmh» mugugnò dubbioso Deruta seguitando la passeggiata. «Troppo in alto non sono potute andare. Donna Natalina ha un'età, no? Deve stare attenta alla pressione».

«Sine, è lu vero».

«E poi, Mimmo, hanno mai affittato un'auto? O te l'hanno chiesta in prestito?».

«None».

«E allora in tutti questi posti come ci sarebbero andate? A piedi?».

D'Intino restò di nuovo colpito dal ragionamento del collega. Sulla strada passò un camion sferragliante. Portava decine di tronchi legati. L'odore di resina si mischiò alla puzza del tubo di scappamento. «Tieni ragione proprio. E allora?».

«E allora? Ancu ti carpas che canna!» gridò Deruta. «Ma è chiaro, Mimmo! Non l'hai capito?».

«None!».

«Sta aspettando che le chiedi di sposarla, no? Ha portato la mamma come testimone, dentro le nove valigie ha il corredo e pure l'abito da sposa, ci scommetto. E tu? Tu stai facendo lo scemo! Non puoi cacciare a donna Natalina, quella deve accompagnarla all'altare visto che il padre non c'è».

Gli occhi di D'Intino si riempirono di lacrime e di stelline. «Dici che è così?».

«Mimmo, lasciami fare, io queste cose le capisco. Vai dall'amico nostro gioielliere, prendi un anello semplice e fai la dichiarazione. Vedrai!».

«Vedrò?».

«E certo».

«E tu mi fai da testimone? Tu e Federico?».

«E certo compare! Securu!», e si abbracciarono. Fu allora che Deruta vide il quarto segno dell'ELP, sul muro di una casa disabitata. «Millas! Guarda lì! Un altro! Prendi il cellulare, Mimmo, che gli scattiamo una bella fotografia!».

«Sì, ma perché?» chiese Rocco restando con la forchetta a mezz'aria. Nel ristorante c'era poca gente, solo quattro tavoli occupati, loro avevano preso quello vicino alla finestra, la luce dell'odiosa candela sul tavolo scavava solchi nei volti del vicequestore e di Fumagalli, incavava le orbite degli occhi, avvallava le rughe della fronte, regalando ai due un'aria grave, funerea, preoccupata, mentre invece fino a quella domanda avevano parlato solo di donne.

«Perché sì, Rocco, te l'ho anche detto prima! La bellezza della vita è viverla con qualcun altro. E poi ho un'età, e mi piace pensarmi sposato, perché se mi accade qualcosa lei può venire in ospedale o in galera senza troppe storie».

«È un bel modo di vedere il matrimonio. Non ci avevo mai pensato», e portò la forchetta alla bocca.

«E fai male. Te per esempio con tutte quelle cazzo di sigarette che fumi, con l'alimentazione che definirla tale è un azzardo, con la vita che conduci, all'ospedale ci finisci presto. Anzi, mi pare è già successo mica troppo tempo fa».

«E te credo, m'avevano sparato a un rene».

«Ecco. E chi t'è venuto a trovare?».

«Per fortuna nessuno».

«Cazzata!». Alberto scolò il vino. «A parte che venne cosa lì... la giornalista, come diavolo si chiama?».

«Sandra».

«Ecco... e non ti aveva fatto piacere qualcuno che ti portasse una bottiglia d'acqua, una carezza?».

Rocco sbottò a ridere. «E da quando mi vai sul romantico?».

«Ho detto carezza ma intendevo qualcosa di più forte».

«In ospedale? Dopo un'operazione? Ma dai!».

«Io sì. Mi feci l'appendicite e poi nel bagno io e la mia fidanzata d'allora... Oh, sia chiaro, pochi movimenti e scelti con molta cura, però...».

«Quanti anni avevi?».

«Ventitré».

«Appunto. A quell'età trombi anche mentre precipiti da un grattacielo. Comunque, sia come sia, scelta per scelta, ti faccio, anzi vi faccio tanti auguri, ma non mi invitate al matrimonio perché la riterrei un'offesa e la fine della nostra, chiamiamola così, amicizia».

«Ricevuto. Ma i soldi per il regalo li devi cacciare».

«Mai detto il contrario. Dimmi che vi serve».

«Un quadro della Dumas».

«Ma vai a cagare, vai!». Ripresero a mangiare.

«Allora una fotografia di Crewdson?».

«Torna a cagare. Potete scegliere fra piccoli elettrodomestici, lenzuola, accappatoi, robe così».

«Ci penseremo... pensa che ridere se ti fossi sposato anche te e l'avessimo fatto tutti e quattro insieme».

«Dov'è il divertimento?».

«Boh, s'incasinava un pochino il sindaco, gli invitati, nessuno faceva il regalo all'altro. Te con la cosa là, la Sandra, e io con la Michela. Forte, no?».

«No».

Arrivò il cameriere. «Volete un dolce?» chiese sparecchiando.

«Io no. Un caffè» rispose Alberto.

«Copia conforme» si aggiunse Rocco.

«Amaro? Rum? Niente?».

«Amaro».

«Io pure».

Il ragazzo sorrise e sparì insieme ai piatti.

«È la prima tecnica che ti insegnano quando fai il cameriere. Devi far ordinare liquidi. Su quelli il ristorante guadagna bene» disse Alberto. «Io quando studiavo lavoravo a un ristorante vicino piazza della Signoria. Oh, facevo ubriacare tutti e il capo mi lasciava sempre un po' di soldi in più».

«Sì. Vero. Si fa venire voglia al cliente elencando liquori e vini. Perché il cliente, magari non ci pensa. Come hai fatto tu per tutta la serata».

«Io?».

«Sì. Per cinque volte hai nominato Sandra fingendo di non ricordarne il nome. E la conosci benissimo, è stata a mangiare a casa tua. Perché?».

Alberto scosse il capo. «Perché che?».

«Perché me la nomini?».

«Rocco, è un caso», e Alberto provò a versarsi l'acqua, ma la bottiglia era vuota. Si girò per cercare il cameriere, che però non era in sala. «Appena viene con gli amari e i caffè gli chiediamo un'altra bottiglia di acqua?».

«Non cambiare discorso». Rocco lo fissava.

«La tua è deformazione professionale. Vedi sempre il complotto, non ti fidi, cerchi l'evidenza, la prova, l'alibi, ma credimi, qui non è così».

«Piantala!».

«Va bene, me l'ha chiesto lei» crollò subito l'anatomopatologo. «L'ho incontrata, abbiamo parlato, mi ha detto se potevo... sondare il terreno».

Rocco prese un respiro profondo e si lasciò andare sullo schienale della sedia. «Io credo che lei provi ancora qualcosa per te» disse Alberto giocherellando con una mollica. «Io poi 'ste cose mica le so fare! Non sono in grado di capire, di parlare. Insomma l'amore non vuole mica discorsi, no? Se si parla troppo d'amore, significa che l'amore non c'è. Questo l'ho sempre pensato e creduto».

«Sono d'accordo».

Alberto con una schicchera lanciò la pallina di pane verso un tavolo occupato da quattro amici senza colpirne nessuno. «Va bene, mi faccio i cazzi miei. Ma tu proprio niente?».

«Per Sandra?».

«Esatto».

Rocco alzò le spalle. «Le voglio bene, penso a lei, ma alla domanda: posso immaginare una vita senza di lei? La risposta è sì».

Martedì

La pioggia arrivò a notte fonda, come un ladro si portò via la luna e la brezza per lasciare un vento freddo e umido e il cielo coperto. Rocco era riuscito a dormire, cullato quasi dallo scroscio dell'acqua sui tetti e il picchiettare delle gocce sulla strada e sui marciapiedi. Si svegliò riposato con la voglia di non andare in ufficio e di partire per una decina di giorni per qualsiasi posto sul mare. Persino Rimini sarebbe andata bene. Fuori stagione, con gli alberghi che dormono, la sabbia sui marciapiedi e le vetrine dei negozi chiusi sporche di salsedine. Lupa finì la cena della ciotola, s'era abbuffata al Grottino la sera prima e tornata a casa schifò quelle crocchette dure e puzzolenti. La doccia sembrava imitare il rumore della tempesta notturna, Rocco indugiò sotto l'acqua calda fino a quando, come sempre, il bagno divenne un hammam invaso dal vapore. Spannò lo specchio e si guardò per qualche secondo e notò che il tempo era un'enorme mano che strizzava pelle, ossa e cartilagini, le appallottolava, le raggrinziva fino a ridurle come la buccia di un frutto marcio, molle e rugoso.

«A me continui a piacere» mi dice e ride.

«Mari', qua non si tratta di piacere o non piacere. Qua si tratta di mera sopravvivenza».

«Sei il ritratto smemorato di te a trent'anni».

«Mi sa che non è tua, Mari'».

«No, l'ho rubata. Ma che t'importa? Le poesie una volta scritte sono di tutti, no?».

«Non lo so». Poi ride e non parla. «Che vuoi, Mari'?», quando fa quella faccia sta per dire qualcosa di pesante.

«Una volta avevi la smania di vivere. Bruciavi i giorni. Ora sono loro che bruciano te. Per quello il viso è pieno di rughe, lo stai bruciando. Guarda una carta buttata fra le fiamme. Si accartoccia su se stessa, si raggrinza, poi diventa nera e infine cenere, e vola via. Bruciare i giorni è giusto, è sacrosanto quando hai vent'anni. Poi i giorni vanno centellinati, hai presente il Barolo? Ecco, fa' conto che stai bevendo un Barolo, buono e costoso, però non è eterno, finisce».

«L'esempio è chiarissimo».

«Fra l'altro, Rocco, da qui le terre del Barolo neanche sono troppo lontane».

«Anzi, sono vicinissime».

«Più di quanto pensi, direi a portata di mano». Sento freddo. Il calore se n'è andato da sotto l'accappatoio. Cerco di sfregarmi la pelle con un asciugamano. Nel piatto della doccia ci sono capelli, e ci saranno cellule morte, invisibili. Apro l'acqua, sciacquo e con un mulinello allegro gli scarti se ne vanno nella fogna. Ripenso alle parole di Alberto sulla vita che è meravigliosa, troppo bella per trascorrerla da soli. Forse poi la differenza

sta tutta lì. Chi è riuscito a lasciarsi andare e chi invece no, è rimasto fermo, al palo, e la vita s'è limitato a guardarla.

Seduto alla scrivania, Rocco fumava la canna mattutina, quella che aveva il compito di aprire i condotti del pensiero e mettere in circolo il sangue, e osservava la foto di Simone Ferrazzi, la vittima. Sorrideva all'obiettivo. Era stata scattata di recente, l'uomo dimostrava i suoi 57 anni. Il primo dettaglio che saltava agli occhi era la bellissima chiostra di denti. I capelli grigi e biondi s'erano diradati sul cranio ma ancora reggevano. Gli occhi chiari, dalla foto sembravano azzurri come il mare che faceva da sfondo nell'inquadratura. Abbracciava Annabella Lessert. Un industriale ricco, un uomo di successo che non avrebbe dovuto aprire la posta. Rocco pensava all'unica pista percorribile: quella dell'aggressione ai due tecnici del telefono avvenuta a Epinel qualche giorno prima. Bussarono con *ammazza la vecchia col flit*, era dunque Casella.

«Vieni, Ugo», e il vicequestore spense la canna nel posacenere, ormai non apriva più la finestra come i primi tempi, se ne fregava che l'odore della cannabis aleggiasse nell'ufficio. Odore che Ugo colse subito storcendo il naso. «Ho fatto i suffumigi» si giustificò Rocco, «allora, dimmi».

«C'è qui la signora Ferrazzi, Milena, la prima moglie, insomma. È accompagnata dai figli».

«Non la far salire» disse categorico Rocco.

«No? E dove vi incontrate? Nella stanza dei passaporti no che è troppo piccola» obiettò Casella.

«Allora caccia tutti dalla vostra stanza, ci mettiamo lì».

«C'è solo Antonio. Deruta e D'Intino sono andati a stampare le foto che hanno fatto ieri in giro per la città».

«Bene. Antonio può rimanere. Anzi fai una cosa, tu hai rimediato il grafologo?».

«A momenti avremo notizie».

«Bravo. E allora resta pure tu nella stanza. Mettiti a scrivere al computer».

«Cosa?».

«Fingi, ma stai con le orecchie tese. Sei orecchie funzionano meglio ».

«Cinque» disse con rammarico Casella.

«Com'è?».

«La destra un giorno funziona e l'altro no. Oggi per esempio, no».

Milena Ferrazzi entrò nella stanza con lo sguardo schifato di chi è costretto ad accedere in una stalla piena di sterco. Era bionda e aveva gli occhi a mandorla neri, cattivi. Il mento prominente, le labbra tagliate in giù come se fosse sempre indignata. Portava bene i suoi 53 anni, esercizio fisico, chirurgo e parrucchiere avevano aiutato. Indossava braccialetti d'oro su entrambi i polsi, per l'occasione aveva scelto un tailleur color crema con piccoli scacchi rosa che non le donava, reggeva il cappotto sul braccio insieme alla borsa di pelle chiara. Al collo un foulard di seta decorato con ferri di cavallo. «Buongiorno» disse con una voce chioccia e fastidiosa, da bambina petulante. «Buongiorno, signora».

La seguivano i due figli. Uno era alto e biondo con gli stessi occhi del padre. Anche il naso, l'ovale del viso e lo sguardo erano identici a quelli di Simone. L'altro era più basso, bruno, e aveva invece gli occhi cattivi della madre, che in quel momento cercava con lo sguardo un trono dove sedersi. Quando Schiavone le indicò la poltroncina coi braccioli alzò appena un sopracciglio. Poi prese posto, i figli la imitarono. «Sono Milena Ferrazzi, lui è Nicola, mio figlio», e indicò quello più alto, «lui è Paolo», quello bruno chinò appena il capo. Restarono in attesa. Rocco si alzò e si stropicciò le mani. «Suo marito, vostro padre, è stato ucciso per mezzo di una lettera esplosiva» esordì, «un atto per ora rivendicato da un movimento ecologista, terroristico direi, l'ELP, ne avrete sentito parlare».

«Quelli che sguinzagliano i polli» disse Nicola, il figlio alto e biondo.

«Lei è il cuoco?» chiese Rocco.

«Chef» corresse la madre.

«Sì, ma quei polli lì non li cucino» concluse il figlio. «Sono in sintonia con l'ELP su molte cose. Ma su quella di aver ammazzato mio papà... direi che li vorrei vedere in galera per una ventina d'anni». Paolo concordò annuendo. La madre restava fredda e altera, dritta sulla poltroncina, le mani in grembo stringevano la borsetta.

«Siamo all'inizio delle indagini, e per ora è molto presto dare notizie».

«No, guardi, noi siamo venuti per concludere la storia del funerale che sarà officiato qui, ad Aosta» intervenne Milena, «e per mettere a posto poi tutta la situazione della successione, non pretendiamo certo che voi scopriate il colpevole in meno di 24 ore».

«O nei prossimi quattro anni» si accodò l'altro figlio, Paolo, il dentista.

«E allora magari, per non far passare quattro anni, potreste darmi una mano voi?».

I tre familiari della vittima si guardarono. «Se possiamo» fece Nicola.

«Quanto ne sapete dei trascorsi della fabbrica con gli organi di controllo del territorio?».

«Poco o niente» disse Milena. «In passato sì, c'erano dei contenziosi, parlo di quando io e Simone eravamo sposati, poi, come credo lei immaginerà, non ho saputo più niente, non mi sono più interessata dei fatti del mio ex marito».

«Che però andavano benone, no?» chiese Rocco. Nessuno dei familiari rispose. Il vicequestore schioccò le dita verso Antonio che portò subito una carta a Rocco. «Insomma il fatturato della CDC era notevole, mi pare».

«Sì, mio marito era un uomo molto ricco. Avete visto le sue case a Courmayeur? A Grasse? A Milano? Oppure a Hydra? Sono certo che Annabella potrà mostrarvi quelle meraviglie».

«No, non le abbiamo viste e non ci interessano più di tanto. Ma mi risulta che anche a lei non facesse mancare niente».

«Vorrei ben vedere», e Milena guardò i figli.

«Cosa intende? Lei come moglie divorziata...».

«Andiamo per ordine», la donna scavallò le caviglie e trovò una nuova posizione. «Mio marito aprì la prima fabbrica grazie ai soldi di mio padre che aveva tre alberghi in Valle. Simone era pieno di idee e energie, ma un po' spiantato». Si voltò verso Nicola e gli carezzò la mano. «Tu me lo ricordi tanto, Nicola».

Il figlio alzò gli occhi al cielo, non era la prima volta che sentiva quella frase. Rocco ne approfittò per richiamare Casella che cercava di ascoltare con l'orecchio migliore, lo sforzo gli aveva disegnato un'orrenda smorfia sul viso. Allo sguardo del superiore, l'agente rilassò i lineamenti e proseguì a fingere di scrivere al computer. «Insomma la CDC la fondò con i finanziamenti di mio padre insieme al cavalier Albanesi, un uomo che era in affari con papà».

«Cavalier Albanesi. È vivo?».

«No, è morto tanti anni fa, suo figlio, Bruno, aveva preso il posto del padre, questo fino al 2009 quando lasciò la CDC interamente nelle mani di Simone. Allora la società aveva debiti, ma il mio ex marito la risollevò e la riportò in auge. L'anno prossimo avrebbe voluto quotarla in borsa».

«Avete divorziato nel...?».

«2010, inizi del 2011. Si era innamorato di Annabella. E come dargli torto? L'ha incontrata?».

«Sì, l'ho incontrata».

«Bella, eh? Intelligente e bella. Ha colto la palla al balzo e se l'è preso. *C'est la vie!*» disse con un sorriso amaro. Rocco non sopportava più il suono della voce di quella donna. Gli toccava i nervi, avrebbe avuto ancora molti dettagli da chiarire, ma non aveva più voglia di intrattenersi con quei tre. Si alzò di scatto dalla sedia. «Spero di non dovervi disturbare più, ma ci credo poco». Anche la donna e i figli lasciarono le poltroncine. «Non ci disturba, è il suo lavoro» rispose Milena e sorrise. Aveva una sbavatura di rossetto sugli incisivi superiori. Si strinsero le mani. «Fino al funerale vi trovo ad Aosta?».

«Sì, io ho chiuso lo studio per lutto» disse Paolo e lasciò la stanza. «Staremo in un appartamento che Simone aveva regalato ai miei figli, via Croix de Ville. La casa che avevamo quando ci siamo conosciuti», e accompagnata dal figlio cuoco, anche lei uscì dall'ufficio.

«È ancora amareggiata» disse Casella sottovoce dondolando il capo appena il terzetto s'era chiuso la porta alle spalle. «Si sente, non le è ancora passata».

«Anche secondo me» e Antonio si accese una sigaretta. «Invece ai figli mi pare che gliene freghi molto poco».

«Poco o niente. Avevano il segno dell'euro sulle pupille, non ve ne siete accorti?». Rocco rubò la sigaretta ad Antonio e si avvicinò alla finestra. «Diventano i proprietari per più di un terzo della baracca, ma il notaio ci dirà meglio». Sputò il fumo sul vetro.

Antonio guardò prima Casella poi Rocco. «Pensi che...».

«Era solo una constatazione. I due tecnici aggrediti a Epinel?».

«Sì» disse Scipioni scartabellando in mezzo ai fogli. «Allora, Gianni Corte, così si chiama il ferito dalla coltellata, ha esposto denuncia qui da noi».

«Chiamalo. Ci voglio parlare».

«Già fatto. È al lavoro col compare vicino Verrogne».

«Tu sai dov'è?».

«C'è il navigatore per questo».

«Casella?».

«Dica».

«Il grafologo!».

Dopo una serie infinita di tornanti, videro il furgoncino rosso degli operai fermo a bordo strada. Uno, arrampicato su una scala poggiata ad un palo, con un cacciavite testava qualcosa all'interno di una scatola di plastica. L'altro, poggiato con un braccio indolente a un piolo, parlava al cellulare. Antonio fermò l'auto proprio dietro al Fiorino. I due poliziotti scesero dall'auto. «Salve» gridò Antonio. «Gianni Corte e Raffaele Combaz?».

«Io sono Gianni» disse quello al cellulare, portava la barba lunga e bruna.

«Quindi lei lassù è Combaz!» fece Antonio sorridendo.

«Si vede che siete della polizia, non vi si può nascondere niente!», e rise insieme all'amico.

«Ma quante risate!» disse Rocco allegro. «Senti un po', Combaz, vieni giù da solo o ti piglio a calci nel culo piolo dopo piolo?». L'atmosfera si era fatta tesa. Combaz scese senza dire una parola e raggiunse il collega. Si sentivano solo i pioli scricchiolare sotto gli scarponi. «Mi dicono che qualche giorno fa siete stati aggrediti da un tizio su a Epinel».

«Esatto» fece Combaz. «Lui ci ha rimediato una coltellata».

«Qui», e Gianni si indicò il ginocchio destro. «È entrato 'sto tizio come un pazzo e...».

«Sì, abbiamo letto la denuncia, non me la racconti un'altra volta che mi sono già rotto il cazzo. Noi vogliamo sapere se vi ricordate qualcosa di questo aggressore».

Prese la parola Raffaele. «Portava un cappuccio e aveva la barba lunga, più lunga della sua», e indicò l'amico. «Aveva pure un foulard che copriva un po' la bocca. Era una furia, menava come un ossesso... solo perché avevamo buttato una bottiglia di plastica nel bosco».

«Gli occhi com'erano? Scuri? Verdi?».

«Non... ci ho fatto caso».

«Neanche io» si unì Gianni. «Aveva una felpa rossa e jeans. Portava uno zaino».

«Sì, leggero...» fece Raffaele.

«E io ho notato che ci aveva legato un paio di scarpe da ginnastica. Adidas Stan Smith, la suola era sporca di terra rossa, però la racchetta non ce l'aveva».

«Magari faceva il raccattapalle» suggerì Antonio.

«Magari, sì...».

«La voce? Quella com'era?» chiese Antonio.

«Boh... non saprei dire. Normale, un po' roca».

«Sì» fece Raffaele, «di uno che fuma».

«Aveva qualche cadenza? Qualche accento?».

«Non mi pare. Non ci ho fatto caso. Ma sa cosa, dottore?» disse Combaz. «Si capiva che stavamo per litigare e in quei momenti l'adrenalina ti fa pensare ad altro, come difenderti, o attaccarlo».

«Sì, è vero. Neanche io saprei dire se aveva un accento. L'unica cosa certa è che mi sono beccato una coltellata, ho fatto denuncia e scommetto che non scoprirete mai chi è» disse in tono di sfida.

«È molto probabile, signor Corte» disse Rocco gentile. «Ma pensi a tutta la fortuna che ha avuto. Poteva finire come Simone Ferrazzi».

«E chi è?».

«Un tizio che ieri è saltato in aria insieme a una raccomandata».

«Con o senza ricevuta di ritorno?» fece Raffaele. Rocco lo guardò serio. «Voleva essere una battuta?».

Raffaele ammise con un leggero movimento del capo.

«Esilarante, non trovi, Anto'?».

«Sì, me la voglio ricordare per fare bella figura coi miei amici».

«Combaz, dovresti provare a fare il comico nelle crociere» suggerì Rocco. «Ti apprezzerebbero. E anche noi, perché ti leveresti dal cazzo per parecchi mesi all'anno».

Epinel era dall'altra parte della Valle. Impiegarono quasi un'ora per raggiungere la trattoria dove era avvenuta l'aggressione. Stava su uno slargo della strada. C'era silenzio, la pioggia della notte aveva lasciato pozzanghere, rivoli d'acqua e tronchi neri. Quando Rocco e Antonio seguiti da Lupa entrarono, furono avvolti da un buon odore di crema e caffè. Lorella Guichardaz era dietro il bancone. Riconobbe subito Rocco. «Bentrovato, signor commissario».

«Vicequestore...» la corresse.

«Sì, certo, vicequestore. Ma con questi sceneggiati in televisione ci si confonde. Commissari, ispettori, magistrati, detective... boh».

«È avvenuto qui?».

«Proprio dove siete adesso voi due».

La porta si aprì. «Adolphe!» gridò la donna. Era appena entrato un ometto barbuto, in testa un curioso cappello a punta. La barba talmente folta copriva le labbra e sembrava entrargli direttamente nella bocca. Non doveva avere i denti. «Vai di là, *j'arrive*». Lo gnomo dagli occhi allegri sorrise e sparì dietro una porta di legno che dava nelle cucine. «È il padre di mio marito. Pensi un po' vicequestore, ha 96 anni! Lavora nei boschi e viene a mangiare qui».

«A quest'ora?».

«Lui si alza alle quattro. Anzi, è già tardi».

Rocco abbracciò il bar con uno sguardo. «Quando l'aggressore è andato via, lei ha notato la direzione?».

«Certo. Saliva verso Cogne».

«E nessuno su al paese l'ha visto?».

«Le dico la verità? Non ho chiesto».

Rocco sospirò. «Grazie. Aveva uno zaino. Era nuovo? Vecchio?».

«Zaino leggero, piccolino, ci aveva legato un paio di scarpe».

«Aveva una felpa» insisté il vicequestore. «Un po' leggero andarsene in giro così con questo clima, no?».

«Non ci avevo pensato».

«Era sporco? Pulito? Puzzava?».

«Non ci ho fatto caso. Quando ha scatenato la rissa mi sono spaventata».

«Lei l'ha visto da vicino. Colore degli occhi?».

Lorella fece no con la testa. «Ricordo solo la barba lunga. Nera».

«Qualche pelo bianco?».

«Non lo so».

«Bene. Grazie, signora». Rocco concluse la chiacchierata.

«Lo volete un caffè, un liquore, qualcosa?».

«Come accettato...», e i due poliziotti insieme a Lupa lasciarono il locale. Fuori si fissarono a guardare le punte degli abeti e le cime dei monti. «E come cazzo lo troviamo, Rocco? Magari era solo di passaggio».

«Non credo Anto', non era di passaggio. Non si va in giro per la Valle senza manco una giacca a vento. Saliamo fino al paese a dare un'occhiata. Male non fa».

Si voltarono verso la trattoria. Era isolata, le tegole di pietra rilucevano umide, dal comignolo spuntava un filo di fumo. Al piano di sopra c'erano delle stanze, probabilmente la signora abitava sopra l'esercizio.

Ripresero l'auto e continuarono fino a Cogne, un paese turistico, elegante, ville dall'aspetto costoso s'affacciavano sulla Valle, pascoli a perdita d'occhio; era deserto, nessuno per strada. Decisero di fermarsi all'Hotel La Baita, che tutto era tranne una baita. Quattro stelle, si affacciava su un prato chiuso da un folto bosco di abeti fitti che si arrampicavano su per la montagna. Laggiù era parco nazionale. Nel parcheggio sostavano due auto con la targa tedesca e olandese. L'albergo era rivestito di legno, dentro e fuori, una luce soffusa si spalmava sulla reception, a destra il bancone del bar presieduto da un ragazzo con il pizzo, a sinistra la sala ristorante. L'odore di cibo cotto diede la nausea al vicequestore. «Posso aiutarvi? Avete prenotato per il pranzo?» chiese una donna sbucata dalla sala ristorante. Il viso aperto e gentile, portava un bel maglione nordico con fiori stilizzati, teneva i capelli lisci e castani legati con una coda di cavallo. «No... polizia... vicequestore Schiavone».

«Oh!» disse la donna come si fosse punta con un ago.

«Non si preoccupi, nessun guaio. Stiamo facendo un giro di ricognizione nel paese. Forse inutile, forse ci piacerebbe parlare con qualcuno che ci racconti un po' di storie. Una guida, per esempio?».

«Io e mio marito. Dirigiamo il centro turistico, qualsiasi cosa vogliate sapere su Cogne, siete nel posto giusto».

Rocco guardò Antonio. «È difficile perché abbiamo poco o niente in mano. Lei ha sentito dell'aggressione giù a Epinel alla trattoria?».

«Di Lorella? Certo. Un tizio, solo, ha accoltellato un operaio dei telefoni, mi pare».

«Giusto. Nessuno è riuscito a vedere questo tipo in viso; meglio, nessuno se lo ricorda. Dopo l'aggressione ha proseguito verso Cogne».

«Sì, abbiamo saputo anche la descrizione. Sulla trentina. Vede, però, qui ci conosciamo un po' tutti, anche se ci sono delle case stagionali, cioè non abitate tutto l'anno. Ragazzi di quell'età ce ne sono tanti, con la barba, senza barba, spesso se ne vanno su in montagna a fare escursioni nel parco nazionale. È molto difficile così».

«Lo sappiamo, signora. Quassù le case costano?».

«Direi che non è per tutti».

«Avete mai trovato il simbolo di questo Esercito di Liberazione del Pianeta, l'ELP, su qualche muro in paese?» chiese Antonio. «Si tratta di un cerchio con quattro bastoni dentro», e mostrò la foto del simbolo dal suo cellulare.

«L'ELP?» fece la donna osservando lo scatto.

«Sa quelli che hanno liberato i polli in autostrada? I maiali?».

«Ah sì, certo, ora ricordo. No, che io sappia no. Tu ne hai mai sentito parlare?» chiese al ragazzo dietro il bancone del bar, sulla ventina, aveva i capelli biondi pettinati a ciuffi come fossero aculei di un porcospino.

«Su internet» rispose quello con un sorriso.

«Anche io!». Un uomo gioviale e barbuto con la camicia a scacchi raggiunse il gruppo. «Pierre, mio marito. A proposito, io sono Gianna. Pierre, i signori sono della polizia». L'uomo annuì grave. «Possiamo aiutare in qualche modo?».

«Stanno cercando qualche traccia dell'aggressore giù a Epinel, da Lorella...».

«Ah, quella storia. Volete sapere che ne penso?».

«Magari, Pierre» disse Rocco.

«Io qui ci sono nato, conosco tutti, vecchi, grandi, piccini, tutti. Quelli che hanno la casa e sono di Genova, di Torino, di Milano. Ma uno così, sui trent'anni, fuori di testa non lo conosco. A meno che non sia impazzito qualche mese fa. Qui c'è gente tranquilla... sì, lo so a cosa pensate, ma è una storia vecchia e sepolta quella lì».

«Quindi secondo lei il tizio non era diretto in paese».

«O forse sì. Ma non ha certo dormito in albergo o in un bed and breakfast. Non è ancora stagione di turismo, aperti ce ne sono solo due, l'avrei saputo. Oppure ha raggiunto Cogne, si sarà riparato, che so?, in una tenda, dentro un bivacco, qui ce n'è a decine, oppure al Village, sono palazzine abbandonate da quando la miniera non funziona più. Qui a Cogne, se guardate in alto si vedono, ci sono le miniere di magnetite. Si possono visitare, se volete. Io e mia moglie possiamo organizzarvi una gita».

«Sì, siamo i responsabili» si aggiunse Gianna. «Non ci si può salire senza accompagnamento».

«Ah no» precisò Pierre.

«Grazie. Che lei sappia, però, nessuno ha notato il tizio?» chiese Rocco.

«Magari non è neanche salito in paese».

«Già...». Rocco si voltò verso il bar, il ragazzo dietro il bancone gli sorrise mentre asciugava i bicchieri. «Già» ripeté. «Andiamo, Antonio... grazie per la bella chiacchierata».

«Mi dispiace non poter fare di più» disse Gianna, «chiederemo anche ai nostri figli, magari fra ragazzi...».

«Fra ragazzi, che?» chiese il vicequestore.

«Forse ne sapranno di più».

«Signora Gianna, i ragazzi, se sanno, non apriranno bocca. Perché a loro l'ELP piace e lo sostengono. Vero?» chiese al barman che sorrise e alzò il pollice della mano. «Visto?».

Fecero un giro. Le case erano ben tenute, di pietra e legno, ordinate, a volte sfarzose, esibivano fiori sui poggioli e nelle aiuole, i giardini erano curatissimi; qualche comignolo sputava fumo. Il villaggio abbandonato era in una strada a ferro di cavallo. Una serie di palazzine e case semidistrutte nascoste dagli abeti che stonavano in quel paese così ordinato. Lasciarono l'auto in mezzo alla strada e superarono la recinzione. Vetri rotti a terra, uno stato di abbandono da metropoli li accolse anche con l'odore. «Se le case costano un fottio, quanto varrà questo terreno?» chiese Antonio. Rocco alzò le spalle. «Strano lasciarlo così». Si avvicinarono a una palazzina che aveva quasi tutti i vetri rotti. Le porte erano fermate con le assi. «È un posto buono per nascondersi». Scipioni aprì il battente di una finestra, scavalcò ed entrò nella costruzione. Rocco lo seguì.

Dentro, lo stato d'abbandono era anche peggiore. Dai soffitti cadevano cavi, monconi di tubo. Macchie nere e arrugginite chiazzavano le volte e le colonne portanti, a terra pozzanghere di acqua e fanghiglia. Le pareti erano piene di scritte. Parecchi cazzi, Margherita pare la desse a tutti, Dio era tutto tranne che Dio, poi aquile, occhi spaventati, Topolino e Pippo, tag e scritte incomprensibili con colori sgargianti. Si soffermarono a guardare quei graffiti sperando di scovare il simbolo ormai famoso, ma nelle stanze vuote che esplorarono non ebbero fortuna. Le scale portavano ad un secondo piano ma mancavano diversi gradini e minacciavano il crollo. «Andiamocene, qui non serve a niente».

Sbirciarono anche nelle altre costruzioni lì accanto, ma la scena si ripeteva. Abbandono e vandalismo, nessuna traccia di un bivacco, bottiglie vuote o scatolette di cibo.

«Almeno ci siamo resi conto di dove siamo, no?» disse Rocco tornando all'auto.

«Io dico che questo al paese è salito, anche perché la strada finisce qui. Dove era diretto sennò?».

«Certo, Anto', è così. Se non è di qui, conosce qualcuno».

Prima di accendere il motore il viceispettore guardò il superiore. «Però, Rocco, nessuno ci dice che faccia parte di questo ELP. Tu l'hai visto quanti ragazzi si salutano a quel modo? Per strada, nei negozi?».

«Sì, l'ho visto. Ma la rissa è partita perché quei due hanno lanciato una bottiglietta di plastica nel bosco».

«Ha esagerato».

«Che sia un sociopatico è ovvio. Ma lo sono anche quelli che hanno mandato la lettera a Ferrazzi, no?». Schiavone guardava qualcosa nello specchietto del parasole.

«E cazzo, sì».

«Poi magari il ragazzetto del bar della Baita, il biondino coi capelli da porcospino, ci spiegherà perché ci segue» disse Rocco chiudendo l'aletta.

«Ci segue?».

«Sì, da quando siamo usciti. Fai finta di niente e togliamoci di torno».

Antonio caricò lo sterzo. «Oh, io non lo vedo».

«Ora sta dietro a quella casetta giallastra, quella coi fiori, vedi?».

Antonio strizzò gli occhi. «Sì, mi pare di vedere un'ombra».

«È lui. Andiamocene, va'».

Caterina aspettava Rocco nell'ufficio del vicequestore. Casella le aveva offerto un caffè. Avevano parlato di Monica Novailloz che era ancora ospite in casa della viceispettrice e che non vedeva l'ora che il caso si chiudesse per poter tornare nella sua. Quando Antonio e Rocco entrarono, odoravano di fumo. «Aspettavi me?».

«Certo» rispose Caterina. «Sono stata all'Arpa e mi hanno mostrato tutto il curriculum della CDC. Ormai da anni era in regola con i valori e lo smaltimento dei rifiuti pericolosi. Hanno agito con i trattamenti chimico-biologici necessari investendo un sacco di soldi. Diciamo che le accuse che l'ELP rivolge alla società le trovano molto pretestuose».

«Ricevuto. Ci fidiamo?».

«E cacchio, sì! Ho parlato con due dirigenti, mica con mia nonna».

Casella scoppiò a ridere.

«Che te ridi, Case'?».

«Dotto', m'è sembrata una bella battuta».

«Quella della nonna?» chiese stupito Rocco.

«Eh, sì».

Rocco allargò le braccia. «Va bene, Cateri', come sta Monica?».

«Bene. Vorrebbe mandare il bambino dalla mamma, ma io credo sia ancora pericoloso. E guarda che sono ancora offesa per avermi mandato la scorta sotto casa».

«Hai ragione, Caterina».

«Solo una domanda», e l'ispettrice alzò l'indice, «fosse stato un uomo, lo avresti fatto lo stesso?».

«No, non credo, e ti chiedo scusa».

Soddisfatta Caterina si alzò. «Ma ancora niente dai cugini?».

«Ancora niente» rispose Antonio.

«Ah, Caterina», la donna si voltò. «Senti un po', conosci un'attrice?».

«Un'attrice?».

«Sì, oppure una doppiatrice, oppure una speaker del giornale radio, ancora meglio sarebbe un'insegnante di dizione».

«Oddio, così su due piedi no... ma a che ti serve?».

«Mi serve...».

«Posso chiedere però. Ho un amico che lavora in teatro. Ora sta a Torino».

«Mi serve una consulenza. Trecento euro».

Caterina guardò Antonio. «Per trecento euro ci penso io».

«No, Cateri', tu non hai la dizione italiana, fai strage di vocali e ti mangi le parole. No, a me serve un o una professionista».

«Va bene. Per quando?».

«Al più presto».

«Provvedo. Grazie del caffè, Ugo!», e la viceispettrice lasciò la stanza.

«Si era arrabbiata per quella storia della scorta» disse Antonio.

«E aveva ragione. Non è mai troppo tardi per correggersi, no?».

«Ah, dotto', il grafologo l'aspetta dal dottor Baldi in procura, ha telefonato poco fa» intervenne Casella.

«Bene. Molto bene, Case', bravo! Vogliamo sentire Moriani se ha novità con la rete? Dal momento che noi non abbiamo possibilità di sfruttare il nostro uomo all'Avana?», e guardò storto Casella.

«Dottore, io che c'entro? Quello Carlo l'ha deciso da solo di non aiutarci».

Entrò Deruta con l'affanno. «Due cose importanti. La prima, non avete mangiato il panino che sta di là. Due, c'è una manifestazione non autorizzata davanti alla Regione. Come un coso là, come si dice quando si organizzano tutti sulla rete senza avvertire nessuno di fretta e di nascosto?».

«Flash mob?» azzardò Scipioni.

«Esatto. Allora in tal caso io e D'Intino siamo mob... ilitati». Rise e guardò i colleghi.

«Deruta ha fatto una battuta?» chiese Rocco incredulo.

«Mi sa di sì» rispose Antonio.

«Ottimo, andiamo sempre meglio, sono orgoglioso di voi. Andando al tribunale passo in piazza. Bravo, Michele!».

«Grazie, dottore!».

«Io non l'ho capita» mormorò Casella mentre Rocco lasciava la stanza.

Schiavone masticando lento il panino camminava verso il palazzo della Regione seguito da Lupa. Il vociare aumentava man mano che si avvicinava alla piazza. Il sole stava tramontando e l'aria si raffreddava ogni minuto di più. Cominciò a vedere i manifestanti già nelle vie accanto al palazzo. Scandivano slogan e tutti tenevano le mani in alto. Ma il loro non era un segno di resa, bastava leggere i cartelli e i tazebao fissati alle colonne dell'edificio. «Non siamo assassini!» gridavano. «Vogliamo un mondo pulito come le nostre mani!». Qualche poliziotto assisteva pigro alla manifestazione. Ragazze e ragazzi per lo più, pochi sopra i 35 anni. Molti cani al seguito, tanto che Lupa aveva già fatto amicizia con un pastorello bianco e riccio. «Mondo pulito! Mondo pulito!». «Gli assassini siete voi!».

Scorse anche Dudovich, poi un improvviso sbrilluccichio sulla destra attrasse la sua attenzione. Era un flash. Qualcuno scattava fotografie. Ai manifestanti? Un fotoreporter? Un agente di Dudovich? Rocco tornò sui suoi passi e lasciò la piazza.

Appena il vicequestore entrò nella stanza di Baldi, Lupa si scaraventò sul tappeto e cominciò a morderlo come da tempo aveva smesso di fare. Baldi accolse quell'attacco al bene statale con un sorriso. «Pensavo stesse male, invece ha ripreso» disse indicandola. Il grafologo in realtà era una grafologa, alta e magra come una canna di bambù, aveva i capelli lunghi sulle spalle, lisci e castani. Somigliava a una vecchia compagna di liceo di Rocco, Isabella Verrengia. Invece si chiamava Loredana Panzini e non veniva da Roma come Isabella, bensì da Busto Arsizio. Si sedette dopo le presentazioni, poggiò una cartellina di pelle lucida sulle ginocchia e inforcò un paio di occhiali con la montatura nera. «Dottor Schiavone, ho esaminato le scritte sui muri, quelle che i suoi agenti hanno fotografato, e le ho messe a confronto con le due apparse dopo l'attentato al negozio di tassidermia e alla fabbrica CDC».

Rocco fischiò a Lupa che smise di mordere il tappeto. «Basta Lupa, stai rompendo i coglioni! Mi scusi, dottoressa, la prego, prosegua».

La donna rise, si schiarì la voce e ricominciò sotto lo sguardo attento di Baldi. «Le mani sono diverse. Mi spiego meglio. I simboli ritrovati in città, e sono cinque, sono stati disegnati da tre persone differenti. Lo si evince dalle lettere... la prego di controllare le fotografie», passò le stampe a Rocco. «Vede? Le prime due sono la stessa mano, le altre invece due individui diversi. Altro modo di scrivere le lettere, chi le fa in stampatello, chi imita i caratteri di stampa, i bastoni e, diciamo, l'attacco, cioè da dove l'autore è partito con la vernice per disegnare i quattro bastoni. Chi dall'alto, chi dal basso. Quattro di questi disegni sono stati fatti di fretta, basta osservare come la vernice non è precisa nella scansione dei bastoni e dei cerchi. Anche quelli, come può osservare, non sono regolari, spesso chiudono con una coda quasi a spirale. Ma di una cosa sono certa: i due simboli degli attentati, cioè il negozio e la CDC, sono della stessa mano. Le lettere sono identiche, l'attaccatura anche, i cerchi sono stati fatti da sinistra verso destra. Se osserva bene in alto, nella circonferenza, c'è un piccolo puntino. Quello indica il luogo preciso dove l'autore ha iniziato a spruzzare la vernice. Questa cosa non accade negli altri cinque, chiamiamoli i simboli della città. Poi ripeto, sempre considerando la tracciatura del cerchio, questa è stata spruzzata da sinistra verso destra. Però non possiamo dedurre se lo scrivente sia mancino o destrorso». La dottoressa Panzini aveva concluso. Rocco restituì le stampe alla proprietaria. «E mi dica, domanda forse inutile: la mano che ha fatto i due simboli al negozio e alla CDC, è la stessa che ha disegnato il cerchio alle spalle dell'attentatore nei due video della rivendicazione?».

«Sicuro al cento per cento» rispose la Panzini. Poi salutò i due uomini e con passo deciso uscì dalla stanza. Rocco allora si rivolse al magistrato: «Mi pare una buonissima notizia».

«Anche a me. Chi ha scritto in città non è quello che appare in video, almeno di questo siamo certi. La mano del colpevole, mi viene in mente, quando l'ha fatto il cerchio alla fabbrica?».

«Ci sto pensando anche io, dottore» disse Rocco. «Il cerchio era già stato disegnato quando è arrivata la lettera. Per lasciarlo su quella parete però l'autore deve poter entrare nella fabbrica quando meglio crede, oppure...».

«Oppure?».

«Oppure l'ha fatto per far cadere i sospetti su qualcuno interno alla CDC, mentre invece il figlio di puttana non ha niente a che vedere con operai o impiegati».

«Sì, anche questo è plausibile. Perché?». Baldi si alzò dalla sedia. «Farci pensare che l'attentatore sia uno della CDC dandoci una falsa pista ci farebbe sprecare tempo, e questo sarebbe già un buon motivo».

«Certo, dottore, indirizzerebbe le indagini. Anche se io non me la sento di rischiare e ignorare il fatto. Dovrò farmi un mazzo quadrato e cercare di capire se lì in mezzo c'è qualcuno che può essere legato a questo Esercito di Liberazione del Pianeta. Mi farò dare una mano da Dudovich e dalla questura perché coi miei quattro uomini in croce e l'appoggio della Rispoli posso fare poco».

«Immagino. E dove altro indirizza l'attenzione?». Baldi tornò alla poltrona.

«Per ora su un tizio che ha accoltellato un operaio della linea telefonica. Uno scocciato che...».

«Scocciato sta per...?».

«È la prima volta che lo sente, dottor Baldi?».

«Prima volta» rispose il magistrato.

«Perché lo uso spesso...» dubitò Rocco.

«E allora? Che vuol dire? Non perdiamoci in chiacchiere inutili!».

«Scocciato sarebbe uno fuori di testa che per una bottiglia di plastica ha reciso un paio di tendini a un tizio».

«E poi?».

«E poi c'è la postale che è a caccia in rete».

Baldi giunse le mani e se le mise davanti alla bocca. «Non abbiamo un cazzo!» ammise sincero. «Mi piace sentire il profumo delle dita dopo che ho fumato. A lei?».

«Non ci ho mai pensato».

«A lei dovrebbe piacere. Insiste sempre su quando non sente un buon odore, o perde la pista con l'olfatto, insomma tipo un segugio».

«È vero. Ma di odorarmi le mani, non m'era mai venuto in mente».

Baldi annusò ancora. «Sa cosa mi suggeriscono le mie mani che odorano, o puzzano a seconda dei gusti, di tabacco? Un uomo in fase calante. Che ha perso un sacco di battaglie, e soprattutto sa che perderà la guerra. E che nella vita ha costruito poco».

Rocco si grattò la nuca. «E che doveva costruire, dottor Baldi?».

«Una famiglia? Dei figli? Un futuro per qualcuno?».

«Benvenuto a bordo», e gli allungò la mano che il magistrato strinse.

«Alla fine della fiera, dottor Schiavone, forse nessuna esistenza ha un valore. Perché quando moriamo, gli altri vanno avanti lo stesso, anche senza di noi. Non siamo indispensabili. Sì, ci possono piangere per un po' di tempo, ma poi la vita ha un richiamo più forte del ricordo. Ne conviene?».

«Dipende se per vita intende respirare, parlare e mangiare, allora sì».

Baldi dondolò il capo pensoso. «Che altro sarebbe?».

«Non lo so, me lo dica lei».

«Stiamo scivolando verso il romantico-esistenzialista?».

«Forse. Torniamo a noi, dottor Baldi. La morte di qualcuno può essere dimenticata ma spesso può servire a qualcun altro. Me l'hanno insegnato vent'anni e rotti di servizio».

«E a quali conclusioni giungiamo, Schiavone?».

«Che la morte di Ferrazzi non mi è ancora chiaro a quale causa possa giovare».

«Lo stesso pensavo io».

Erano tutti al lavoro tranne Rocco, sbracato sulla poltrona a osservare gli anelli di fumo. Michela Gambino aveva bisogno ancora di tempo, lo stesso gli artificieri per i risultati sull'esplosivo, Moriani dalla postale non dava notizie, a lui non restava che aspettare un dettaglio, anche minimo, per proseguire nella ricostruzione dei fatti. Forse, in questa pausa forzata, poteva mettere la testa alla faccenda di Antonio che gli aveva chiesto aiuto per il fratello. Non gli veniva niente in mente. Non pensava più a furti, raggiri e truffe da troppo tempo, il cervello si era ossidato per mancanza d'iniziativa. È l'abitudine che determina e solidifica la specializzazione. Il numero di curve fa la differenza fra un bravo sciatore e uno scarso, le ore passate davanti alla scacchiera fra Fischer e un principiante di Washington Square, il numero delle casseforti violate fra Brizio e un vicequestore. Avevano gettato la cocaina nel cesso, e di questo non era affatto pentito. Però sapeva che sempre da quelle parti avrebbe trovato la soluzione, una quantità di soldi simile non la si rimedia forzando la cassetta delle offerte in chiesa. Prese il telefono e chiamò Furio. «Aò? Dove state?».

«Stiamo tornando in città, Brizio stava per chiamarti. Che famo? Ci vediamo?».

«Sì, andiamo a mangiare una cosa insieme» propose Rocco.

«Sempre a cena... ma che cazzo semo diventati? Tre pensionati? No, a Brizio gli è venuta un'idea migliore».

«E di' un po'».

«Te la diciamo quando ci vediamo. Sotto casa tua alle otto. E non venire mangiato». Furio chiuse la comunicazione.

Non restava altro che tornare a casa, farsi una doccia e aspettare gli amici. Si affacciò nella stanza degli agenti. D'Intino era davanti al computer, Deruta leggeva «Diabolik». «Com'è andata la manifestazione?».

«Nessun tafferuglio, dottore. Tutto tranquillo».

«Casella e Scipioni?».

«Allora, Casella è tornato a casa che era già in straordinario. Antonio non lo sappiamo, non lo abbiamo visto».

«Fatemi chiamare se lo incontrate».

«Dotto', so' andate bbone le foto che avemo fatte de li circoli?».

Schiavone guardò severo Domenico D'Intino. «Parla italiano» gli suggerì.

«Sì, 'nzomma, le fotografie de li cerchi, no? Con quattro mazze dentro, sono andate bene?».

«So' andate bene, D'Inti', bel lavoro. Buona serata», e sparì.

I due agenti si guardarono. «Oh, allora pure io e te a qualcosa serviamo, no?» disse eccitato Deruta.

«Chiscimbise!», e D'Intino gli mollò una pacca sulla spalla. «Senti, m'accompagni a lu gioielliere?».

«Vai a comprare l'anello?».

«Sine. Però mi serve un consiglio, se vieni tu è meglio».

«E sbrighiamoci, che sennò chiude». Rapidi afferrarono i giubbotti e lasciarono la stanza.

Quando Rocco entrò nell'auto di Brizio, una nuvola di fumo da cannabis avvolgeva gli amici e l'abitacolo. «Cazzo, manco se vede la strada» disse. Scesero tutti e tre e preferirono far circolare l'aria per cinque minuti. A guardarla da lontano sembrava che l'interno della BMW stesse prendendo fuoco. «Bene. Pronta, direi», e Brizio si mise alla guida, accanto a lui Furio, Rocco sul sedile di dietro. «Dove andiamo?».

«Facciamo un'ora e un quarto scarsa di automobile».

«E va bene, ripeto: dove andiamo?».

«In terra svizzera, e precisamente in una ridente cittadina che se chiama... come se chiama, Furio?».

Furio ci pensò qualche secondo. «Martigny».

«Esatto, Martigny». Brizio accese la radio tenendo basso il volume.

«E che ci sta di così attraente a Martigny?». I due sorrisero e non risposero. «Sembrate er gatto e er gatto» fece Rocco lasciandosi andare sul sedile.

«Tu rilassate e lascia fa' agli amici tuoi. Questa me piace!», e Furio alzò il volume. La radio mandava *London Calling* dei Clash.

Brizio mantenne alta la velocità, e a Martigny ci arrivarono dopo neanche un'ora. Si fermarono fuori dal paese. «Quasi arrivati. Prima vuoi anda' a vede' l'anfiteatro romano?».

«Ah Brizio, io de serci romani ne ho i coglioni pieni».

«Pure noi» fece Furio. Un'insegna luminosa ma non troppo vistosa, elegante, avvertiva che lì c'era il locale Le Salon.

«Saremmo arrivati?» chiese Rocco, Furio si limitò a indicargli la palazzina che ospitava il club.

«Si mangia?».

«Pure».

Si avviarono. Nel silenzio le montagne dominavano il paesaggio, era spuntata qualche stella, la costruzione a un piano aveva il tetto di pietra e i mattoni a vista, finestre monofore con i battenti di legno rosso e adornate ognuna da un vaso di fiori. Nel portone di legno solido tempestato di borchie nere si apriva una finestrella, uno spioncino, proprio ad altezza d'uomo. Brizio suonò il campanello. Dal piccolo rettangolo sbucò il viso di un africano. «*Oui?*» disse.

«Amici di David Rettore».

Quello sorrise e aprì la porta.

«Chi cazzo è David Rettore?».

«Niente, Rocco, uno che ci ho chiuso un affare» gli rispose Brizio, ed entrarono. L'uomo che li accolse aveva il doppiopetto nero e la camicia senza cravatta. Portava un orecchino di diamante per orecchio. Aprì loro una seconda porta che immetteva in un enorme salone con la moquette rossa a terra. Furono presi in consegna da un cameriere asiatico. «Mangè!» disse Brizio, e quello sorrise. Sedie, boiserie, bar erano di mogano scuro. Saltava alla vista la differenza di età fra uomini e donne. Le donne tutte sotto i trentacinque anni, gli uomini tutti sopra i quarantacinque. «M'avete portato in un bordello svizzero?».

«Non proprio, Rocco. Rilassate e goditelo» gli disse Furio che sorrideva a tutti neanche fosse un habitué. Seguendo l'uomo attraversarono la grande sala. «Ci sta portando a un tavolo, perché a me m'è venuta fame» disse Brizio. La musica soffusa riusciva a soffocare il chiacchiericcio dei clienti. Si percepiva il francese, il tedesco, l'inglese e anche l'italiano e qualche risata. Gli uomini facevano capannello tra di loro sui divani, o al bancone, le ragazze erano api che gironzolavano da un cespuglio all'altro armate solo di un bicchiere e tacchi da dodici centimetri. Dopo una doppia porta passarono in un'altra sala, questa ancora più buia, la moquette verde, i tavoli apparecchiati erano divisi da un séparé. Quella sorta di maggiordomo li fece accomodare e tornò nella sala principale. Rocco guardava gli altri commensali, uomini soli che mangiavano con due, tre ragazze, loro al contrario erano tre uomini sprovvisti di compagnia femminile. «Qua fanno bene la carne» disse Brizio.

«Ma ce sei già venuto?» gli chiese Rocco.

«Eh sì, certo. Terza volta. Il cuoco è di Milano e si chiama Tony».

«Milanese proprio di Porta Venezia?» fece Rocco.

«E la pasta nun la sa fa'?» domandò Furio.

«Pure. Ma je viene meglio la carne. L'ossobuco coi piselli».

«In Svizzera?» fece Rocco. Poi allargò le braccia. Brizio alzò una mano e un solerte cameriere in giacca bianca si avvicinò. «Volete ordinare?».

«E certo. Tre ossibuchi e portace un rosso, sciato' quello che te pare, ma restame sotto i cinquanta euro».

«Sissignore». Il cameriere rinculando sparì nella sala.

«Qua parlano tutti italiano, camerieri, deejay, le ragazze. Niente sforzi, insomma».

Rocco sorrise. Aprì il tovagliolo e se lo mise sulle gambe. «Però 'na cena e 'na mignotta la trovavamo pure a Aosta, Brizio».

«Sì, po' esse. Ma qui c'è qualcosa di più».

«E sarebbe?».

«Rilassati. Fa' come Furio. Vedi che nun gliene frega un cazzo di niente?».

«Ma proprio de niente» disse Furio che s'era fissato a guardare le cosce di una slava seduta due séparé più in là. Bionda con gli zigomi alti, beveva da un bicchiere colorato e buttava un'occhiata a Furio prima di poggiare le labbra sulla cannuccia. «Ma quanto costano?» chiese a Brizio.

«Centocinquanta. Sopra ci stanno le camere, però se volete nel seminterrato c'è la spa. Uno si può fare i messaggi, il bagno turco, poi sale e chiude con una bella trombata».

«Ce fosse un posto così a Roma...».

«E chi se sposava!». Scoppiarono a ridere. Rocco scuoteva la testa. «Ah Rocco! I sordi mejo spesi, per quanto me riguarda».

«Ma quando ariva 'sto sciato'?» chiese Furio ad alta voce. Evocato, il cameriere apparve con la bottiglia in mano. «Versa, fratello». Quello obbedì. Rocco guardò Brizio che gli sorrise e gli fece l'occhiolino. «Mica te sto a capi'» gli disse. L'amico arricciò il naso. «Lo capirai da te. Pazienza e divertiamoci».

«E divertiamoci».

Aveva ragione Brizio, la cena era stata ottima. Poi Brizio e Furio se n'erano andati con due ragazze al piano di sopra, Rocco aveva preferito la sauna e il bagno turco con piccola piscina dove aveva sguazzato per una mezz'ora. Sulla sdraio, avvolta in un accappatoio di spugna bianco, una donna coi capelli rosso scuro sui trent'anni lo osservava mentre nuotava in su e in giù nella vasca illuminata da faretti subacquei. Rocco salì la scaletta e si avvolse dentro un enorme asciugamano bianco. Andò a stendersi su un lettino, chiuse gli occhi e provò un brivido sulla pelle lungo e piacevole. Sentiva che poteva crollare in un sonno restauratore. Dietro le palpebre chiuse vedeva le decorazioni della sauna, foglie e piante dipinte su un fondo giallastro, poi la strada di notte, il cerchio dell'ELP, i denti di Furio che rideva, Lupa che mordeva il tappeto e Alberto seduto al ristorante davanti a lui. «Com'è, se ne sta da solo?».

Aprì un solo occhio. Era la rossa che aveva guadagnato due lettini per stargli vicino. Rocco richiuse la palpebra. «Preferisco» rispose, era la prima stronzata che gli era venuta in mente.

«Non ha trovato nulla di suo gusto?».

«Guardi, pensavo che m'avrebbero portato in un ristorante. Un posto così non me l'aspettavo».

«Le piace?».

«Si mangia bene» rispose.

«Non merito un'altra occhiata?» sentì dire alla donna. Schiavone riaprì l'occhio. La donna aveva spalancato l'accappatoio. Il corpo nudo era a mezzo metro da Rocco. Aveva un seno perfetto, come solo la fortuna o un ottimo chirurgo sa creare, la pancia piatta, ed era rossa naturale. Sorrideva coi denti bianchissimi. «Lei è molto bella...». Richiuse l'occhio.

«Non è interessato?».

«Stasera no. Preferisco così».

Sentì la donna alzarsi dal lettino e i suoi passi che si allontanavano. Meglio, pensò, non gli andava di scopare. Non era certo un giudizio morale il suo, c'era andato tante di quelle volte con una prostituta da perdere il conto, ma in quel momento la sua testa viaggiava da tutt'altra parte. Era distratto ma non dal caso. Il fatto che Sandra Buccellato avesse trovato un altro era stata una notizia assai peggiore di quanto avesse creduto all'inizio, quando gliel'aveva confessato; un tarlo perché era la quarta volta che gli tornava alla mente il viso della giornalista mentre glielo comunicava. Aveva goduto nel dargli quell'annuncio? Era imbarazzata? Aveva un altro? Lì per lì una piccola scossa quella frase gliel'aveva procurata. Non se l'aspettava, non così.

Ma perché confessarglielo? Che bisogno c'era? Ma ovvio, si disse, e ripensò alla cena con Fumagalli, stava tastando il terreno. Voleva studiare la sua reazione. E io come ho reagito quando me l'ha detto?, si chiese. Non poteva saperlo, mica era un attore che padroneggiava l'espressione facciale. Sperava di non aver battuto ciglio, come se gli avesse annunciato: domani vado a giocare a tennis. Però la scossa c'era stata, inutile negarlo, e forse, chissà, in fondo all'iride un lampo era passato e quella, Sandra, se n'era accorta.

«Che palle» disse in un sospiro. Poi aprì gli occhi. La donna era ancora sul lettino a guardare la piscina deserta. «Come si chiama?» le chiese e la voce rimbombò sulle pareti della sauna.

«Isabelle».

«Dico all'anagrafe, non qui dentro».

«Sempre Isabelle».

«Saliamo?».

«Saliamo».

Mercoledì

Mezzanotte e mezza. Rocco e Brizio in auto aspettavano Furio che era ancora dentro il locale. La luce dell'insegna aveva un alone umido e trasparente tutt'intorno e i lampioni segnavano coi fasci bianchi di luce la notte e la strada. «Com'è andata?».

«Benone» rispose Rocco e si accese una sigaretta.

«Anche io. Furio ha esagerato».

«Ah sì?».

«Eh sì... secondo me mo dorme per tre giorni».

La porta del Salon si spalancò e uscì Furio, stretto nel cappotto tre quarti, si guardava a destra e a sinistra come se fosse spiato, ma Rocco sapeva che era un riflesso condizionato di chi è abituato a vivere controllandosi le spalle. Aprì la portiera dell'auto e sprofondò sul sedile. «Eccolo, scusate il ritardo!» disse soddisfatto.

«Il ritardo per che?» chiese Rocco, ma Furio non rispose. Brizio guardò l'orologio del cruscotto. «Mezzanotte e trentasette. Ci siamo. Annamo», e partì, non tornò in direzione della strada principale, percorse un centinaio di metri salendo verso le montagne fino a quando raggiunsero un garage che sembrava chiuso. Accostò dietro un gruppo di alberi e spense i fari.

«Si può sapere che cazzo stamo a fa'?».

«Pazienza, Rocco, fra qualche minuto lo capisci da te» gli rispose Furio.

Si accesero una sigaretta lasciando un po' di finestrino aperto e fumarono in silenzio.

«Brizio...» fece Rocco.

«Dimme tutto».

«Tu sei da 'ste parti per la storia che m'hai raccontato o c'è altro? No, perché io me sarei rotto i coglioni delle bugie e delle storie poco chiare».

Brizio si appoggiò al sedile per voltarsi. «Rocco, io t'ho detto tutta la verità, perché le storie poco chiare hanno rotto il cazzo pure a me».

«E pure a me» si unì Furio.

«E allora io voglio capi' che stamo a fa' all'una de notte, in Svizzera, dietro a 'n albero in mezzo al nulla dopo una serata de ossibuchi e mignotte».

«L'amico tuo, che poi sarei io», e Brizio si indicò col pollice, «lavora, come lavori tu e qualche altro mijardo de persone. Ed è bravo, molto bravo».

«Mai dubitato».

«Mo se tu...».

«Eccolo!» gridò Furio, e tutti guardarono il garage. Due fari di un'auto si avvicinavano lenti, poi la macchina passò sotto il lampione. Era una Mini nera. Suonò tre volte il clacson e il garage che sembrava spento e abbandonato si risvegliò. Un faro esterno si accese e sporcò la strada di uno scialbo azzurrino mentre la porta basculante si aprì. La Mini entrò a fari spenti, con lentezza la porta si richiuse alle sue spalle.

«Bene, andiamo a dare un'occhiata?».

Scesero dall'auto. La luce esterna del garage s'era spenta. Furio e Rocco seguirono Brizio che sembrava conoscere la strada. Girarono intorno alla palazzina per arrivare sul retro. Lì si apriva una finestra in alto. Brizio fece rotolare sull'erba un bidone di olio esausto e i tre amici ci salirono sopra fino ad affacciarsi come fossero spettatori a scrocco di un qualche evento. Il vetro era sporco ma la visuale era sufficiente per vedere la Mini ferma in mezzo al garage. Un uomo con la barba e il maglione nero seguito da un nero gigantesco parlava con un terzo tipo di spalle. Magro, senza capelli, indossava un giubbotto blu scuro.

«Chi sono?» chiese Rocco.

«Aspetta e guarda» gli rispose Brizio. «Concentrati sul tizio col giubbotto scuro». Proprio allora quello si girò per aprire lo sportello della Mini e Rocco lo riconobbe.

Era Pietropaolo Sarti, quello che in un solo giorno era andato e venuto dalla Slovenia.

«Capito adesso?» fece Furio.

«La vendono a questi?».

«La vendono a questi. Hai visto abbastanza. Ce ne possiamo tornare in macchina» fece Brizio. Scesero dal bidone che Furio rimise a posto con cautela e tornarono all'auto.

«Fammi capire» disse Rocco.

«È semplice. Due volte a settimana fanno un trasporto. Ma il giorno prima vengono a prendere gli accordi per quantità e prezzo. Significa che il trasporto lo fanno domani».

«E tu come l'hai scoperto?».

«Te l'ho detto, lavoro pure io».

Brizio accese il motore e partì, stavolta puntando verso l'autostrada.

«E che vuoi fare?».

«Fermare lo stronzo qui in Svizzera e levargli i soldi, semplice» disse Furio.

«Lo sapete, no? Ci stanno i carabinieri su questi».

«Per questo lo fermiamo in Svizzera».

«Non capisco» disse Rocco.

«Se è l'ultimo carico prima che i tuoi cugini fanno la retata, in Italia rischieremmo. Se nessuno lo segue qui in Svizzera invece andiamo tranquilli» spiegò Brizio.

«E nessuno lo seguirà perché non ce n'è motivo. Le guardie sanno tutti i loro movimenti. Stanno tranquille. E sanno anche chi cazzo so' 'sti svizzeri».

Rocco ascoltava in silenzio.

«Dobbiamo solo sperare che il prossimo scarico non sia l'ultimo, quello dell'arresto, in tal caso ce ne dobbiamo stare zitti e tranquilli e rinunciare» concluse Furio.

Rocco si accese un'altra sigaretta. «Voi siete matti».

«No, credimi, è una passeggiata» disse Brizio. «È tutto pronto».

«Sì, ma perché io?».

«No, tu te ne puoi stare pure a casa. È l'amico tuo che volevi aiuta', no?». Brizio si fece dare una sigaretta da Furio. «L'ispettore. Digli che un terzo uomo ce serve e che per lui ce stanno duecento».

Rocco si mise a ridere. «Non lo farà mai. Si caca sotto. Non l'ha mai neanche immaginate 'ste cose. No, grazie per averci pensato, ma rispondo io per lui».

«Calcoliamo che dentro porterà due capocce».
«Sono tante, Brizio» disse Rocco.
«Sì. E noi non ci rinunciamo. Tu diglielo, prova. Se se la sente, il posto è suo».
Viaggiarono per una mezz'ora nel silenzio più assoluto. «Rega', appena arriviamo andiamo a quel pub aperto, m'è venuta sete» propose Furio. Gli altri due acconsentirono.

D'Intino raggiante fece il suo ingresso in questura. Lo sguardo sembrava dire: Chiedetemi perché sono felice, ma nessun collega si sognava di chiederglielo. Neanche Antonio che uscendo dalla stanza lo salutò appena. Sconfitto, si sedette alla scrivania e riprese a giocare la partita del giorno prima a campo minato sul computer, ma ormai saltare su una mina o risolvere il rebus non lo interessava più. Moriva dalla voglia di raccontare la sua serata. L'unico orecchio pronto a ricevere le notizie era quello di Deruta, che sembrava tardare. Ripensava alla faccia che aveva Pupa quando lui s'era inginocchiato al tavolo della pizzeria Jerry 4 e aveva aperto la scatolina del gioielliere. Aveva riflettuto parecchio sulla formula migliore da utilizzare, alla fine lui e Deruta, aiutati da Federico, avevano preferito: *Mi vuoi sposare?*, semplice, diretto e senza fronzoli. *Vuoi diventare mia moglie?* non piaceva a nessuno dei tre, c'era quel pronome possessivo che suonava aggressivo e un po' cafone, così aveva detto Federico mentre metteva il lievito madre nella sua scatola. *Mi sposi?* era l'esatto contrario, sempre a detta di Federico, perché lo avrebbe messo in una posizione di sudditanza. Mi sposi per favore? Perché io alternative non ne ho? *Mi vuoi sposare?* invece trovò tutti d'accordo. E, a quelle parole, a Pupa erano venuti i lacrimoni.

Deruta entrò trafelato, si tolse la giacca e si sedette accanto al collega. «Oh! Allora?».

«Allora je le so' detto!».

«Bravo, Mimmo. Come le hai detto? Mi vuoi sposare?».

«Preciso. Maro', Miche', gli occhi umidi teneva, pallida pallida, insomma s'è emozionata assai».

«Sì, ma che ha risposto?».

«Come che ha risposto?».

«Mimmo, tu le hai chiesto: mi vuoi sposare?».

«Eh, proprio, in ginocchio vicino al tavolo».

«E lei?».

«Come e lei?».

Deruta si alzò sbuffando. «Mimmo! Tu le hai chiesto mi vuoi sposare, e lei che ti ha detto? Avrà pure detto qualcosa, no? O è stata zitta a guardare l'anello?».

D'Intino era diventato serio. «No, non ha detto niente. Ha sorriso, però, e s'ha messo l'anello al dito... questo qua», e mostrò l'anulare a Michele.

«Strano» fece l'agente camminando per la stanza, «strano perché, insomma, è una domanda importante che vuole una risposta altrettanto importante e molto, ma molto semplice: sì o no. Due sono le cose. E lei niente disse».

«Niente». Ci pensò su un attimo. «Ha riso. Poi è arrivata la pizza, margherita io e lei capricciosa, aveme magnate e ce ne semo ite a la casa».

«Tutto qua?».

«Eh, tutto qua. Però scusa, eh? Se s'ha messo l'anello, significa sì, no?».

«Sì, direi così pure io, Mimmo. Però lo vuoi un altro consiglio?».

«Dici».

«Quando la vedi stasera, richiediglielo. Dille: Pupa, mi vuoi sposare sì o mi vuoi sposare no?».

«Proprio così?».

«Come t'ho detto».

«Sì o no? Non sembro 'nu cretine che 'n'ha capite 'nu cazzo?».

«No, sembri invece uno che vuole chiarezza e trasparenza».

«Uno e due!» gridò Antonio affacciato sull'uscio. «Dal capo. Forza!».

«Trinitrotoluene» disse Fornasier, l'artificiere coi baffoni da tricheco e tre dita mancanti alla mano sinistra. «Sta a dire tritolo. L'hanno usato con un detonatore semplice, T4. La vittima ha aperto la busta tirando una linguetta che ha attivato la nitromannite che a sua volta ha attivato il tritolo».

Rocco si passò la mano sulla bocca. Antonio, D'Intino, Deruta, Casella e Rispoli stavano in silenzio in piedi o seduti sul divanetto di pelle. Michela Gambino accanto all'artificiere guardava per terra e slittava avanti e indietro sulla poltrona girevole. Moriani della postale era vicino alla macchina del caffè e giocherellava col beccuccio per scaldare il latte. «Secondo lei, Fornasier, voleva uccidere?».

«Al cento per cento, dottor Schiavone. Con quella quantità lì? Bene è andata che non è venuto giù l'ufficio».

«Che idea s'è fatta? Chi ha potuto costruire un esplosivo simile?».

«Allora, le dico subito che chiunque l'abbia messo su, anche se in modo rozzo, diciamo, ci capisce abbastanza. Fare una lettera bomba non è semplice. Vede, ci sono tanti tipi di esplosivo. L'esanitrobenzene, il fulminato d'argento, che te lo puoi fare a casa. Ma molti sono instabili, possono innescarsi col calore o col movimento. Il tritolo no. È semplice, affidabile, ha solo bisogno di un innesco che lo metta in moto. Ma bisogna saperla costruire, questo è certo».

«Lo trovi anche su internet» disse Michela Gambino.

«Come?».

«Sul deep web trovi dei veri e propri vademecum del terrorista. Ti spiegano tutto».

«Quello che dice Michela è vero» fece l'artificiere, «ma devi sempre fare delle prove. E soprattutto devi trovare l'esplosivo».

Michela alzò le spalle. «Anche quello sul web».

«Sì, ma non è così facile come pensi» intervenne Moriani della postale. «Cioè, non è che il deep web è un supermercato dove puoi comprare gli Uzi, i mortai, i carri armati. Per penetrare in quei negozi lì ci sono da passare un sacco di controlli, devi essere presentato, si devono poter fidare di te insomma».

«Oppure lavori in una cava di pietra» disse Antonio Scipioni. «Mio zio da giovane quello faceva in Sicilia. E avevano il tritolo. Lui era addetto alla conservazione, allo stoccaggio, lo controllava, consegnava il rapporto dell'esatta quantità di esplosivo presente nella cava alle forze dell'ordine. Lo conservavano in una cassaforte».

«Allora abbiamo un sospetto» fece Casella ridendo.

«No» rispose Antonio. «Mio zio è morto. È saltato in aria».

Tutti rimasero in silenzio. La notizia era triste, ma dovettero mordersi le labbra per trattenersi. Antonio fu il primo a scoppiare a ridere. «Sì, lo so... non dovrei, però...».

Gli altri lo seguirono. L'unico a restare serio era Fornasier. Si limitava a un sorriso beffardo sotto i baffi. «*Semel errare licet*» disse quando tutti nella stanza si calmarono. «Si può sbagliare una volta sola, è il nostro motto».

«Lo capisco. Le chiedo scusa a nome di tutta la squadra» disse Rocco. L'artificiere alzò la mano. «*Semel errare licet*, ma con me non ha funzionato. Mi hanno dato una seconda chance».

«Spero che tu non debba mai affrontarla, Mario», e Michela gli mollò una pacca sulla spalla.

«Lo spero anche io. La pensione è vicina. Che ci pensino i giovani a fare i comandanti. Tornando a noi, chiunque sia, è familiare con gli esplosivi».

«Sta pensando a qualcuno che fabbrica fuochi d'artificio?».

«E perché no? O che magari ci ha lavorato, dottor Schiavone. Io chiamerei anche la SEI, la Società Esplosivi Industriali. Stanno a Brescia e a Cagliari. Possono sempre aiutare. Parli pure con il caporeparto a Brescia. È mio fratello».

«Bene, grazie Fornasier, ci ha dato un sacco di cose a cui pensare». Gli strinse la mano e l'artificiere uscì accompagnato da Michela e Moriani. «Che figura di merda» disse Antonio.

«Bella rotonda» fece Rocco, «ma ci sarà abituato».

«Chissà quanti amici ha perso così» disse pensoso Casella, «e noi gli abbiamo riso in faccia».

«Case', non ci mettere il carico, per favore. Bene, avete sentito. Ci sono altre idee?».

D'Intino buttò lo sguardo fuori dalla finestra. «D'Inti', non è come a scuola, mica sto interrogando. Dico, vi vengono altre idee?».

«La cava... la miniera...», Deruta riassumeva a mezza voce. «Può essere pure la mafia. Quelli il tritolo ce l'hanno».

«Guardiamo se ci sono denunce fra cave e miniere di qualche furto di tritolo. Ed è un compito che si possono accollare Deruta e D'Intino».

«Certo» rispose Michele. «Ah, e volevo dire, i panini per il pranzo li porta Federico a mezzogiorno».

«Grazie, questa è una bella notizia. Controlliamo anche 'sta SEI, Casella occupatene tu. Se non riesci a contattarli mettiamo in mezzo Baldi. Per il web ci penserà Moriani».

«Noi?» chiese Caterina.

«Caterina, io vorrei che tu cercassi di capire a che punto siamo col funerale. Ricordate sempre, il funerale è un momento importante, si capisce più lì che con cento pensate».

«Ma perché, credi che quelli dell'ELP verranno a godersi lo spettacolo?».

«Anto', non si sa mai. Tutti, e dico tutti, dovremo essere lì, è chiaro?».

«Come sempre, dottore» fece Deruta.

«Sì, li funerali! Sapete come si dice a Mozzagrogna?».

«No, D'Inti', e non ce ne strafrega una mazza! Poi, Caterina, raggiungi me e Antonio in sala agenti. Tu, Scipioni, hai preso i video mandati online dall'Esercito di Liberazione del Pianeta, sì?».

«Sono pronti, parecchio materiale».

«E noi tempo ne abbiamo». Si avviò verso la porta.

«Ah, Rocco». Il vicequestore, che aveva raggiunto la porta, si voltò verso la collega.

«Dimmi, Caterina».

«Sta arrivando l'insegnante di dizione e fonetica. Me l'avevi chiesta, no?».

«Esatto. E viene qui?».

«Dovrebbe già essere arrivata».

«Ottimo. Allora la mandi per favore in sala agenti da me e Antonio».

Scelsero il monitor più grande, un caffè a testa, sigarette accendino e posacenere sulla scrivania. «Questo è il primo video, quello dei polli per intenderci» disse Antonio.

«Aspetta!». Rocco si alzò, andò a chiudere la porta e tornò accanto al viceispettore. «C'è una proposta. Riguarda il guaio di tuo fratello. Arriva da Brizio».

Antonio ascoltava con gli occhi spalancati.

«Si tratta sempre della Bulleri. Sappiamo quando portano l'incasso ad Aosta. Brizio e Furio vogliono intercettarlo e prendere i soldi. Se vuoi essere del gruppo per te ci sono duecentomila almeno».

Antonio si morse le labbra. «Fammi capire, abbiamo buttato la coca nel cesso perché ci faceva schifo e adesso rubiamo i soldi che sono proventi della coca?».

«Sì, diciamo che la morale è un po' elastica quando uno deve fare operazioni simili».

«Io non lo so se me la sento». Con la mano tremante prese il pacchetto di sigarette, ne estrasse una e la accese. Poi si alzò in piedi e andò alla finestra. «Quanto ho per pensarci?».

«Poco, il trasporto è per stasera».

«Stasera...».

«Esatto».

Scipioni tornò alla sedia. «Non si torna più indietro, vero?».

«Che vuoi che ti dica? Dipende da te. Prendi quel coglione di Italo che ha continuato a giocare e a mettere in mezzo la gente per avidità. Se lo sono bevuto. Vita rovinata perché non ha saputo frenare. Io invece ho saputo frenare».

«Queste cose le facevi, Rocco?».

«Anche peggiori» rispose il vicequestore. «Poi sarà l'età, la pigrizia, sarà che uno cambia, però ho frenato e non le faccio più. E credimi, se sono qui è perché sono stato molto fortunato».

«Io dovrei essere bravo e frenare subito?».

«Allora, ci sono due modi di vederla, mica tanti. Il primo è: faccio questo, prendo i soldi e torno alla mia vita di ogni giorno. Il secondo è: mi è piaciuto, ho guadagnato in due ore quello che non guadagno in dieci anni, se ricapita l'occasione mi ci ributto. Queste sono le alternative se dici di sì». Anche Rocco si accese una sigaretta. «E sappi che se non freni, il rischio di finire dentro aumenta esponenzialmente».

«Non lo so. Il dubbio è che, insomma, io che rubo dei soldi?».

«Anche lì hai sempre due alternative: non lo faccio perché sono una persona onesta e i soldi non li rubo. Lo faccio perché sto fregando soldi a un figlio di mignotta. Certo, rubare è sempre rubare. Al bambino come al mafioso. E allora quello diventa il bivio: rubare o non rubare? E se andiamo indietro arriviamo fino ad Amleto, Anto', quindi per prima cosa: tu vuoi rubare?». Fece un lungo tiro alla sigaretta.

«Io devo» rispose Antonio con un filo di voce. «Per mio fratello che...».

«E già ti stai dando una mezza assoluzione» lo interruppe Rocco. «Frega un cazzo perché lo fai. Rubare è rubare. Sempre. Lo puoi fare per la mamma malata, per il fratello in cattive acque, per ricomprarti la macchina. Non stare a sentire le cazzate dei film, dove giustificano sempre l'atto. O rubi o non rubi, chiaro? Il perché lo fai non interessa a nessuno, affonda nel mare magnum dello esticazzi! Allora? Vuoi rubare o no?».

«Sì» gridò Antonio.

«E allora conviene rubare facile, senza lasciarci la pelle, a chi ha un sacco di soldi oppure 'sti soldi li guadagna in maniera sporca».

Restarono in silenzio. «Ora tranquillo, hai qualche ora per decidere».

«Tu... tu verresti?».

«Io? No, Anto', te l'ho detto, io ho frenato. Te la faresti con Brizio e Furio. Con loro è come se ci fossi io». Spense la sigaretta nel posacenere. «Dai, manda il primo video».

«Allora, questo è quello dei polli, per capirci...».

Sul monitor apparve la silhouette del militante dell'Esercito di Liberazione del Pianeta, poi la sua voce camuffata. «Rivendichiamo l'atto dell'autostrada. Sarà solo il primo contro una società cieca e corrotta. Diciamo basta agli allevamenti intensivi...».

«Blocca qui!».

Scipioni fermò il video.

«Abbiamo una stoffa verde alle spalle del tizio con il simbolo dell'ELP in nero. Che altro noti?».

«È seduto su uno sgabello perché non vedo lo schienale della sedia».

«Giusto. Porta i guanti di... di che saranno? Sono attillati».

«Sono guanti termici».

«Va bene, qui non si vede altro. Ha un mefisto nero dal quale spuntano solo gli occhi».

«Che sono scuri, Rocco. La giacca a vento è della Patagonia».

Bussarono alla porta. «Avanti!» gridò Rocco. Entrò

Caterina seguita da una donna sui trentacinque anni, tonda, le guance rosse, i capelli ricci e biondi, riempiva di luce la stanza col suo cappotto rosso e la borsa gialla. «Dottore, le presento Ornella Orsini, la nostra esperta di dizione e fonetica».

«Molto lieto» disse Rocco.

«Il piacere è tutto mio». Ornella aveva una voce che stonava con il suo aspetto. Era grave e ruvida, da contralto, quasi da maschio. «Non mi era mai successo di essere d'aiuto in un'inchiesta», una dizione perfetta, ascoltarla era un piacere.

«La ringrazio, signora Orsini».

«Ornella, per favore».

«Bene, allora io sono Rocco. Quello di cui ho bisogno... prego, si accomodi. Anche tu, Caterina».

Le due donne presero posto vicino ad Antonio. «Dicevo, quello di cui avrei bisogno è che lei ascolti i video delle rivendicazioni e ci dica se sente delle inflessioni dialettali, di qualsiasi genere. L'avverto che le voci sono distorte».

«Spero di essere all'altezza. Di che si tratta?».

«L'ELP. Ne avrà sentito parlare».

«Sì, i terroristi ecologici?».

«Chiamiamoli così» fece Caterina.

«Mi pare evidente che qualsiasi informazione dovesse sentire in quest'ufficio...».

«Muore insieme a me. Stia tranquillo, dottor Schiavone, mio padre è un magistrato».

«Qui, ad Aosta?».

«No, a Milano».

A un gesto di Rocco, Antonio fece ripartire il video della prima rivendicazione. La donna ascoltò con attenzione, poi fece cenno di volerlo risentire. Segnava su un foglio alcune parole. «Bene. Allora, ma io posso andare a spanne, non posso essere più precisa, dunque l'area direi Emilia Romagna. Le parole che ha usato, *depauperazione*, *mattanza* e *liberazione* hanno l'assibilazione della zeta. In più qui e lì ci sono rafforzamenti delle consonanti e qualche apertura e chiusura sbagliata delle *e* e anche delle *o*».

I tre poliziotti si guardarono soddisfatti.

«Non vi posso dire però di quale città. La erre è solida, dalle parti di Parma la erre subisce il rotacismo».

«Cioè diventa moscia?» chiese Rocco.

«Esatto. Ma ovvio non in tutta la popolazione».

«Bene. Passiamo al prossimo? Che abbiamo, Antonio?».

«Abbiamo il video delle mucche, quelle liberate dalle parti di Vicenza».

«Prego...».

Ornella Orsini ascoltò con attenzione i video dell'Esercito di Liberazione del Pianeta, per ognuno ebbe una risposta collocando le inflessioni dei terroristi in Toscana, in Lombardia e anche in Piemonte. Rocco aveva notato che i componenti si presentavano con un mefisto nero in testa e dei guanti termici. Qualcuno aveva lo sgabello, altri una sedia, ma tutti si mettevano alle spalle un telo verde chiaro con il simbolo dipinto in nero. «Anche se io credo che le stoffe non siano le stesse» aveva osservato Caterina. «Per esempio, quella usata dall'emiliano è raso, invece mi scommetto una cena che quella dietro al chiacchierone toscano è un panno da gioco».

Erano arrivati ai due video della Valle d'Aosta. «Ornella, Caterina, Antonio, qui vi chiedo uno sforzo massimo di attenzione» disse Rocco. «Ora guarderemo e ascolteremo i due video degli attentati in Valle».

«Quello del negozio e la CDC» disse Caterina. Ornella annuì, preparò il quaderno e la matita e Antonio fece partire il primo.

L'uomo indossava il mefisto nero, dal quale si intravedevano gli occhi scuri, e i guanti termici. Il panno verde alle sue spalle aveva il simbolo dipinto di nero, sedeva su uno sgabello.

«Rivendichiamo l'incendio al negozio di via Prés-Fossés...».

Ornella nel pieno della concentrazione strizzava gli occhi. Alla fine del comunicato chiese di rimandare il video una seconda volta. Lo ascoltò ancora guardando un punto fisso sulla scrivania.

«Allora, due cose. La prima che salta subito alle orecchie anche se la voce è camuffata, è che il tizio finge di avere la erre rotata. Moscia, insomma».

«Sicuro?».

«Certo! Quando ha pronunciato la parola *indietro*, la erre era solida e piena. Se volete riascoltare».

Antonio mandò il video per la terza volta. Ornella aveva indovinato. «Sulla dizione delle vocali vi posso dire che è del nord. Lombardo o piemontese. Tutte le *e* toniche le ha pronunciate chiuse, *spréco*, *indiétro*, mentre invece sul pronome *questa* fa il contrario, cioè pronuncia la *e* aperta, e invece dovrebbe essere chiusa. Comunque settentrionale al cento per cento, voterei più per Lombardia che per Piemonte, perché tende ad allungare le vocali toniche».

Rocco la guardò con ammirazione. «Sei davvero preziosa, Ornella. Pronta a sentire l'ultimo comunicato? Vuoi un caffè?».

«No, dopo, grazie. Sì, sono pronta!».

La scenografia non era cambiata dal video precedente e l'uomo era vestito alla stessa maniera. Ornella annuiva mentre ascoltava. «Siamo sempre lì. La lettera erre. L'ha di nuovo sbagliata quando ha pronunciato *perfluoro*, parola abbastanza complessa. Ma vedete, non è che proprio non arrota la erre, lo fa un po' ma non abbastanza. Ad un orecchio allenato non sfugge».

«Ora, sarebbe bene capire qualche dettaglio tecnico su questi video. Per esempio in che formato sono girati, se si può ingrandire l'immagine...».

«Moriani alla postale. Credo ci stiano già lavorando» affermò Scipioni.

«Ci andiamo a prendere questo caffè?» propose Caterina.

«Sì!» gridò Ornella col suo sorriso contagioso. «Al distributore?».

«Che abbiamo fatto di male? No, andiamo nella mia stanza» fece Rocco. «Ho la macchinetta. Anzi no, ho detto una cazzata, ho finito le cialde. Niente, andiamo a cercarci un bar».

Rocco nella sua stanza, palpebre serrate e seduto alla scrivania, pensava ma non riusciva a tenere la concentrazione. Le riflessioni sulla morte di Ferrazzi si mischiavano alle immagini di un tg che a loro volta si perdevano nei ricordi di un Capodanno o di un esame all'università. Ragionamenti, memorie e fantasie, come una muta di cani liberata in aperta campagna, correvano dappertutto, si infilavano nei fossi, nei tronchi vuoti, nei ruscelli, ognuno abbaiando, attirando la sua attenzione, sparpagliati in ettari di verde e di alberi, impossibili da raggiungere e da seguire, selvaggi e veloci come solo i cani affamati sanno essere. Dovette stropicciarsi gli occhi per cancellare tutti i colori e le parole che gli riempivano il cranio, tornare in un luogo dove riusciva a tenere i pensieri al guinzaglio e guardare alla fine di tutta quella giostra se sul fondo del setaccio fosse rimasto qualcosa di buono. «Perché Michela controllava le scarpe di tutti gli impiegati?» disse ad alta voce aprendo gli occhi. Ma in stanza c'era solo Lupa che sbadigliò, strusciò le zampe sui cuscini del divanetto e cambiò posizione per proseguire il sonno.

Il laboratorio di Michela Gambino, al secondo livello sotto terra della questura di Aosta, era buio. La porta di cristallo chiusa, una luce viola, notturna, illuminava appena le attrezzature: microscopi, agitatori termici, magnetici, termoblocchi, provette. Rocco bussò con le nocche sul vetro, attese ma non ebbe risposta. Tornò sui suoi passi quando sentì una voce provenire da altoparlanti nascosti. «Rocco, sono nella sala adiacente alle toilette. A destra delle scale». Era la sostituta commissaria. Rocco si affacciò nel pianerottolo e per la prima volta notò una porticina di ferro mimetizzata con lo stesso giallino della parete. Uno schiocco meccanico e quella si aprì offrendo uno spiraglio. Rocco spinse l'anta. Si ritrovò in una piccola stanza, che immetteva in un locale di una sessantina di metri quadrati. Al centro, un enorme tavolo retroilluminato sul quale, concentrate, c'erano Michela Gambino e una vecchia conoscenza di Rocco, Sara Archibugi, l'archeologa che aveva già aiutato la questura in un'indagine.

«Ciao, Rocco. Ti ricordi Sara?».

«E come dimenticarla? Buongiorno».

«Ciao, Rocco». La donna sorrise. Indossavano entrambe un camice bianco.

«Ti piace? Questa stanza l'ho fatta apposta per questo tipo di ricerche. Non avevo spazio nel laboratorio». La luce azzurrognola colorava la pelle delle due donne di un grigio livido e le labbra parevano ripassate con un rossetto all'amarena. «Ma che state cercando?» chiese il vicequestore.

«Avvicinati» gli disse. «Questo tavolo in realtà è un'enorme lente d'ingrandimento. Vieni...».

Rocco raggiunse Michela e quello che vide lo lasciò a bocca aperta. Sotto la lente c'erano centinaia di frammenti di carta, come un enorme puzzle. Michela e Sara cercavano di ricostruire la busta che conteneva l'esplosivo. Rocco non aveva mai assistito a un lavoro simile, certosino, da far impazzire qualsiasi essere umano. Ci volevano una pazienza e un'abnegazione medioevali, o forse, più semplicemente, solo la follia della Gambino poteva immaginare una simile opera di ricostruzione. «Ma come... v'è venuto in mente?».

«Io ho ricostruito frammenti anche più complessi» disse Sara passandosi una mano sui capelli bianchi e grigi. «Ci sono delle pietre funerarie che sono costate mesi di lavoro. Iscrizioni ridotte in mille pezzi sulle quali s'è lavorato per stagioni!».

Grazie alla lente i brandelli alla vista erano ingranditi di almeno cinque volte. Si notavano gli strappi, i pilucchi della carta. Avevano ricostruito un bel pezzo di busta perché si riusciva a leggere metà indirizzo scritto con una penna blu. Le volute delle lettere, l'inchiostro, tutto era ingigantito e attirava l'attenzione come un enorme acquario pieno di pesci. «Questo tavolo è un progetto di Sara. Lo usano loro negli scavi» disse Michela. «Abbiamo parecchi pezzi da assemblare recuperati in tutto l'ufficio... quello a cui vogliamo arrivare è il timbro. Vedi? Qui in alto», e indicò la porzione a destra della busta. «Ne abbiamo tre quarti, speriamo di poterti rivelare al più presto l'ufficio postale dal quale la lettera è stata spedita».

Rocco continuava a osservare quei frantumi di carta, la busta che conteneva l'arma dell'omicidio. «Se ci riesci passi alla storia» commentò il vicequestore.

«Mica vero. L'hanno già usata questa tecnica in Inghilterra, negli Stati Uniti e anche i Ris di Parma. Qualcuno è andato a buon fine, altri meno. Ma loro non avevano Sara». L'archeologa sorrise.

«Sara, tu cominci a pentirti dell'amicizia con Michela?».

«No, Rocco, mai nella vita! In questi tempi di magra gli scavi sono pochi o niente. Non c'è voglia di guardare al futuro, figuriamoci al passato».

«Allora... buon lavoro. Ci rivediamo?».

«Certo» fece Michela. «Organizziamo una cena stasera. Puoi portare anche Baldi?». Rocco guardò prima Michela, poi Sara che abbassò un po' gli occhi. «Ci provo» rispose. «Quindi niente da fumare?».

«Lascerei perdere» suggerì Sara. «Magari porta da bere che l'enologo stasera non c'è».

Tornò a guardare i video degli attentati in Valle. Non sapeva neanche lui cosa cercasse, sperava in un colpo di fortuna, un dettaglio che non aveva notato. Si convinse che la voce camuffata lo distraesse. Tolse l'audio e riprese a contemplare quel mezzo busto che muoveva la bocca e alla fine del messaggio si portava la mano davanti al viso per il solito saluto. Qualcosa attrasse la sua attenzione alla fine del primo video, quello dell'incendio al tassidermista. Alzando la mano per il saluto, un centimetro di giubbotto era scivolato mostrando il polso nudo. Bloccò l'immagine. Guardò attentamente, ma non riuscì a scorgere niente più che una leggera macchia rosa scuro a forma di ogiva. «Antonio?» gridò. Si accese una sigaretta. Chiamò ancora. «Scipioni!». Sentì i passi affrettati nel corridoio. «Eccolo! Ma perché non usi il telefono interno».

«Vieni a vedere che ho beccato!».

Antonio si avvicinò a guardare il monitor. «Embè?».

«Guarda il polso della mano. S'è scoperto un lembo di pelle».

Antonio strizzò gli occhi. «Vero...».

«Chiama Moriani. Digli di fare ingrandimenti, trucchi, qualsiasi cosa, magari è arrivata la botta di culo che non ci viene mai a trovare».

«Non ci credi tu, non ci credo io» disse Antonio alzando la cornetta del telefono sulla scrivania. «Dammi Moriani, sono Scipioni...». Si mise in attesa. «Che hai deciso per stasera, Antonio?» gli chiese Rocco. Antonio gli fece cenno di attendere.

«Moriani? C'è un dettaglio sul video dell'ELP della Valle... il primo, quello del tassidermista, scendi che te lo facciamo vedere... Minchia, Robe', che dobbiamo salire noi? Chissene sbatte se l'ascensore è rotto!». Abbassò la cornetta. «Roba da matti! Arriva».

«Bene. Insomma? Hai preso una decisione o no?».

«Ho alternative?».

«Dico a Brizio che ci stai?».

«Di' a Brizio che ci sto».

«Allora alle sette al bar centrale».

Antonio deglutì a fatica. «Se ci beccano, ti ringrazio lo stesso».

«Non vi beccano. Lavori coi migliori».

«È semplice» disse Furio guardando Antonio negli occhi. «Lo scambio lo fanno in Svizzera, a Martigny, vicino a un locale che si chiama Le Salon, e 'sti dettagli ficcateli in testa, meglio che non li scrivi».

«Ricevuto» disse Antonio.

«Funziona così. Brizio va per primo con la sua auto».

«Con la sua? Non è pericoloso?».

«Targa tedesca di un'auto sfasciata tre anni fa» disse Brizio, poi scolò la birra.

«Brizio arriva al garage dello scambio e aspetta» riprese Furio. «Io parto per secondo e mi piazzo a cinque chilometri fuori Martigny, sulla strada principale. Il posto lo riconosci perché c'è 'na segheria».

«E tu con che macchina vai?».

«L'ho appena affittata coi documenti falsi. Ma cambiamo la targa pure a quella, tranquillo. Ora invece tu. Aspetti Pietropaolo con la macchina che sarà imbottita de coca. Può essere la Mini, no Brizio?».

«Oppure una Golf, quelle erano le macchine preparate che abbiamo trovato al garage».

«Ti piazzi a cinquecento metri dall'auto» proseguì Furio nella spiegazione, «mi raccomando. Devi controllare che non è seguito».

«Chi lo potrebbe seguire?».

«I tuoi cugini» gli rispose Brizio. «Li stanno per arrestare. Se stasera ci dice bene e gli fanno fare lo scarico allora guadagniamo, sennò tocca rinuncia'...». Ettore si avvicinò al tavolino. «Porto qualcos'altro?».

«No, grazie» rispose freddo Furio. Quello capì e con un mezzo sorriso rinculò. «Ora la tua macchina, Antonio».

«Cioè, devo passare la frontiera con la mia macchina?».

«No, prendi proprio una macchina de servizio. Della questura. Alla frontiera non te dicono un cazzo, tranquillo».

«Mica tanto tranquillo. E se si scopre, cosa racconto? Perché sono andato in Svizzera?».

«Perché te l'ha ordinato il tuo vicequestore, no?».

«Ah...».

«Calmati». Brizio gli mise una mano sul braccio. «Non te succede niente, se va tutto a puttane, rinunciamo».

Il muso e la fronte di Antonio erano imperlati di sudore. «Allora cosa succede?».

«Succede che se tutto va bene e tu sei tranquillo che non è seguito dai cugini, aspettiamo che Pietropaolo incamera i soldi e riparte per Aosta. Brizio gli si attacca dietro, io sto alla segheria dove te intanto m'hai raggiunto. Quando arriva Pietropaolo, io piazzo la mia macchina in mezzo alla strada, te accanto in modo che occupiamo tutta la carreggiata. Lui deve fermarsi. A quel punto Brizio lo chiude da dietro, lo famo scende, lo corcamo, e poi ce ne andiamo: Brizio con la macchina sua, io lascio la mia e me ne vado con la macchina imbottita, te con la tua de servizio. Poi aspetti una mezz'ora e te ne torni ad Aosta bello tranquillo».

«Va bene. E poi?».

«E poi io e Furio riattraversiamo la frontiera ma non dal San Bernardo. Facciamo un bel giro lungo, passiamo il confine con la Francia, poi Chamonix e da lì tornamo a casa. Sono due ore e qualcosa de viaggio, manco tanto, no?».

Antonio rifletteva. «Quanto c'è dal luogo dove facciamo la rapina al confine francese?».

«Un'oretta» rispose Brizio.

«Allora dobbiamo legarlo. Sennò dà l'allarme».

«Questo sicuro. Anche se l'allarme mica lo può tanto dare. Che je racconta ai gendarmi? Perché ha due milioni e rotti in macchina?».

«Già» ammise Antonio.

«Comunque facciamo in modo che fino all'alba se ne sta bono e zitto. Lo caricamo incosciente sull'auto che abbandoniamo qui. È tutto chiaro?».

«Sì, tutto chiaro» rispose Antonio. «Me la sto facendo sotto».

«Io pure» disse Brizio, «ma dalle risate perché stamo a organizza' 'sto colpo co' 'na guardia», e gli mollò una pacca sulla spalla. «Mai me sarebbe venuto in mente!».

«Vabbè, perché con Rocco?» disse Antonio e lo sguardo di Furio e Brizio divenne serio e aggressivo. «Rocco è un'altra storia. E qui stasera non viene mai nominato. Chiaro?».

«Chiaro».

«Annamo. Qui fai tu, Anto'?», e Furio indicò il tavolo con la consumazione. «Che da stasera sei ricco», e ridendo lasciò il bar. Antonio guardò Brizio. «Se comporta così, ma po' esse pure peggio. Oh, ce l'hai cappello, occhiali e sciarpa?».

«Sì, sì, ce l'ho».

«E faccia coperta quando pijamo Pietropaolo. Nessun nome, meno se parla e meglio è. Anzi muti. Ultima cosa». Gli consegnò un cellulare usa e getta. «Sopra ce stanno due numeri memorizzati, il mio e quello de Furio. Finita 'sta storia li famo spari'. Il tuo cellulare lascialo a casa. Chiaro?».

«Chiarissimo».

«Partiamo fra due ore. Vatte a fa' 'na doccia, rilassati e tranquillizzati. Pare difficile, ma non è così. Io e Furio avemo fatto de peggio. Se vedemo all'Arco de Augusto».

Antonio pagò il conto, poi dovette sedersi di nuovo al tavolino perché le ginocchia erano di pastafrolla.

Quando Rocco entrò in casa di Fumagalli non percepì odore di cucinato. Sperò che non avessero comprato il sushi, che Rocco detestava forse più della pizza surgelata. Gli aveva aperto la porta Michela. «Benvenuto!» disse e afferrò le quattro bottiglie di vino. «Due rossi e due bianchi, nell'incertezza».

«Hai fatto bene, Rocco», e scappò verso il corridoio. Rocco entrò nel salone, caldo e accogliente come la club house di un circolo ippico inglese. Gli piaceva stare in case coi libri che grattavano il soffitto e mobili e tappeti vecchi, l'aria vissuta di chi il posto lo abita, lo ama e mai lo cambierebbe. Sul divano erano seduti Baldi e Sara che parlottavano sottovoce, fra i due c'era più che una solida stima. Anzi, a guardare Baldi e la confidenza che le dava, Rocco decise che erano già stati a letto. C'era anche Cleo Di Capua, la botanica preparatissima coi suoi capelli a caschetto e il viso gioviale. «Uelà, Rocco!» gridò appena lo vide entrare. Si alzò dalla poltrona e gli schioccò due baci, uno per guancia.

«Come va, Cleo?».

«Lavoro troppo, mi diverto niente. Per una che ha 36 anni non va bene».

«Direi di no». Poi si rivolse a Baldi. «Dottore».

«Qui io sono Maurizio» disse il magistrato.

«Ciao, Sara».

«Ciao, Rocco».

«C'è un grosso problema» fece il vicequestore. «Non sento odori. Ditemi che non mangiamo il sushi, sennò scendo in rosticceria e prendo la pizza».

«Non senti odore perché il sottoscritto ha cambiato le ventole di aerazione e tenuto chiusa la doppia porta della cucina» gridò Alberto entrando con una bottiglia di vino che depositò sul tavolo. «E sappi che il sushi sta sul culo anche a me, e che stasera si mangia il sartù di riso e poi...», e guardò Cleo che subito gli rispose: «... la genovese!».

«E fatemi capire, 'ste meraviglie chi l'avrebbe cucinate? Tu?». Rocco puntò il dito contro Alberto.

«Sei matto? No. Le ha fatte Cleo e le ha offerte con generosità alla compagnia».

«A dire il vero le ha fatte mamma».

«Ora si spiega» disse Rocco.

«Ti piace la cucina napoletana?» gli chiese la botanica.

«Di cucina ci capisco poco, ma una cosa la so: la cucina napoletana è la migliore, no?».

«Lo dici perché ho portato la cena?».

«Sicuro. Se eri toscana, era quella la cucina migliore».

«Che poi lontano dal vero non siamo» intervenne Fumagalli, «intendo della cucina toscana!».

«E te pareva? Albe', il campanilismo è insopportabile quasi quanto parlare di cucina».

«Com'è che non è venuta la tua amica? La giornalista, Sandra?».

«Non lo so, Cleo, dovevo invitarla?».

La donna alzò le spalle. «Boh, se non lo sai tu».

«Non lo so infatti».

Cleo storse un poco la testa. «Certo che sei strano».

«Puoi trovare un aggettivo migliore» la punzecchiò Rocco.

«Bislacco? Disconnesso? Sociopatico?».

«Va già meglio».

C'era vento. Antonio non sapeva se fosse una sua sensazione, ma era convinto che da quando era di servizio in Valle, a quell'ora di notte il vento si alzasse sempre. Aspettava, seduto nell'auto nascosta dietro un gruppo di abeti, non lontano dalla casupola che vendeva prodotti locali ai turisti che si fermavano sulla piazzola del parcheggio e che due giorni prima aveva avuto il permesso di tornare in attività. Laggiù, vicino al ponte, nel ruscello, avevano trovato il corpo di Novailloz. Le nuvole avevano coperto la luna, solo un'unghia illuminava le creste del massiccio che stava proprio di fronte a lui. Le braccia degli abeti carezzate dal vento sembravano stiracchiarsi e il legno scricchiolava come vecchie ossa. Fischiavano gli aghi e le pigne che ancora non erano cadute, e i tronchi del bosco attraversati dalle raffiche ululavano invece con voce profonda e gutturale. Antonio non era un uomo impressionabile, ma quell'attesa in quel posto lugubre cominciava a pesare. Aveva già chiamato due volte Brizio per avvertirlo che la macchina con Pietropaolo non era passata. Quando si sta in attesa il cervello non è fermo come il corpo. Cammina. E fa migliaia di chilometri. Non è stasera, pensava. Oppure ha fatto un altro giro, forse attraversa la frontiera dalla Francia. È sfrecciato e non me ne sono accorto. Conosceva le targhe e i modelli dell'eventuale auto che Pietropaolo avrebbe utilizzato, ma da quando era in posizione aveva visto passare solo un furgone svizzero e una moto di grossa cilindrata che aveva rintronato la valle col pernacchio della marmitta. Si accese la terza sigaretta e aprì il finestrino. Entrò aria fredda ma era un bene perché lo teneva sveglio. Ci manca solo mi caschino le palpebre, pensò. Poi udì un rumore lontano, un motore, veniva dalla valle. Guardò la strada e gli parve che qui e lì, a seconda dei tornanti e delle curve, le cime degli abeti venissero sbaffate da una luce chiara. Stava salendo un'auto. Gettò la sigaretta e chiuse il finestrino. Attese. Vide i fari penetrare il buio. Si ingrandivano sempre di più. Teneva una velocità bassa, a occhio calcolò non più di 70 chilometri all'ora. Poi l'automobile transitò davanti al suo parabrezza. Era una Mini, targa e colore corrispondevano. Intravide il profilo di Pietropaolo illuminato dai LED del cruscotto. Attese due minuti. Non vide nessuna macchina al seguito. Era solo? Non poteva esserne certo. Ancora un minuto, poi chiamò Brizio. «Passato adesso» disse.

«È solo?».

«Sì. Da due minuti la strada è deserta».

«Allora vai».

Antonio chiuse la telefonata e mise in moto. Partì e decise di tenere una media di 70 chilometri all'ora. Voleva arrivare alla frontiera dopo Pietropaolo, che non lo vedesse in viso perché l'avrebbe riconosciuto.

Mangiarono in silenzio. In bocca c'era solo spazio per godersi quella meraviglia, così aveva detto Michela finito il piatto. «Come ogni cosa bella, anche questa è destinata a finire, a cadere nell'oblio del mondo materiale e restare, per poco tempo, solo nella percezione extrasensoriale del ricordo» declamò apodittico Baldi.

«No, resta fino all'arrivo della genovese» lo corresse Sara. Furono tutti d'accordo e brindarono alla cazzata più grossa della serata finendo la quarta bottiglia di vino. «E stamo solo al primo» annotò Rocco.

«Però è così» riprese Baldi, «la sfortuna di essere donne e uomini è avere la coscienza della finitezza delle cose. Pensate agli animali. Secondo voi, la cagna di Rocco, per dire, mentre mangia la pappa sa che quella finirà? Certo che lo sa, ma il suo pensiero è: devo finirla perché mi consente di sopravvivere. E non: mi mancherà, ne sentirò nostalgia, era un bel momento, peccato che è passato. È proprio quello che ci frega: la coscienza del tempo che passa».

«Se non passasse il tempo, io non avrei un lavoro» fece Sara, «un archeologo senza passato a che serve?».

«Ma forse è questo il senso» intervenne Cleo, «sappiamo che il tempo passa e su questo concetto basiamo la nostra vita, le nostre esperienze, cerchiamo di organizzarci».

«Se parlate per la vita di tutti i giorni, sono con voi», Michela finì il suo bicchiere di vino, «se parliamo in generale il concetto del tempo è tutto umano. Siamo noi che l'abbiamo deciso, che sappiamo che tutto finisce perché non riusciamo a pensare al di fuori di questi schemi. Chi di noi può capire, e quando dico capire intendo avere chiara la situazione, il concetto della relatività? O delle dimensioni spaziali dove il tempo non è quello che consideriamo ora, su questa terra? Nessuno».

«Perché siamo abituati alle cose che finiscono». Alberto posò un'altra bottiglia di vino sul tavolo e riprese posto. «Siamo abituati perché fin da piccoli abbiamo contatto con oggetti e con un panorama che ha una fine. Le scatole, il letto, i fiumi, hanno lati, angoli, sono definiti e il nostro pensiero stesso si adegua al nostro mondo della percezione. Io invece da ragazzino ero convinto che se si prendesse un bimbo appena nato e lo si facesse crescere e vivere in una stanza tonda, senza angoli, senza esperienza dell'esterno ma solo dello spazio curvo, quello qualche risposta ce la saprebbe dare».

Lo osservarono per qualche momento. «Ma sei sicuro di quello che dici?» gli chiese Michela.

«Certissimo. Ci feci anche un tema a scuola».

«E come andò?».

«Chiamarono i miei genitori».

Antonio superò la segheria quasi invisibile a quell'ora di notte e nascosta fra gli alberi, poi capì l'errore e tornò indietro. Parcheggiò l'auto accanto a quella di Furio. «Tutto bene?» gli chiese.

«Alla frontiera ero solo, manco mi hanno controllato».

«Bene. Un po' de tempo ce l'abbiamo. Fame?».

«Furio, ho lo stomaco chiuso».

«Io ho preso du' panini, nel caso...», si avvicinò alla sua auto. «Oh, l'hai portato il ferro, sì? Tanto nun devi spara'».

«No, ce l'ho, ho tolto il caricatore e scarrellato. Se un poliziotto spara parte una trafila di processi e indagini interne che diventi vecchio».

«Tanto a spara', se è il caso, ce penso io», e mostrò una Glock argentata. «Bella, eh?». Se la infilò nei pantaloni. Prese una busta dal sedile posteriore e lanciò un panino ad Antonio «Tie', pure se nun ci hai fame è mejo se mangi qualcosa. Formaggio, te va bene?».

«Grazie», e il viceispettore lo scartò. «Come pensi di... insomma, renderlo innocuo?».

«A chi? Ar corriere? Vuoi vede'?».

«Magari».

Furio aprì il bagagliaio e prelevò una borsetta di pelle nera. Aprì la zip e tirò fuori una siringa. «Qui dentro c'è il Propofol. Lo sai che è?».

«No».

«Un anestetico potente. Bellissimo. Io me lo so' fatto tre giorni fa e ho dormito come un cucciolo tipo sette ore. Questo me l'ha preparato un mio amico che fa il veterinario. Dovrebbe allunga' l'amico pe' almeno quattro ore».

«Sì, ma come fai l'iniezione? Intramuscolo?».

«Ma de che? Questa devi farla endovena».

«E come...».

«Lo blocchi e gliela fai. Beccamo la giugulare, non è difficile. Funziona da dio 'st'affare». Rimise a posto la siringa nella pochette e richiuse la zip. «Com'è il panino?».

«Buono».

«Te credo, li mortacci loro. Dieci euro, 'sti cazzo de svizzeri».

Restarono in silenzio per qualche secondo.

«Che ore sono?».

Antonio guardò l'orologio al polso. «Mezzanotte e un quarto».

Giovedì

«Che facciamo, chiamiamo?».

«Anto', stai tranquillo. Se Brizio non telefona, significa che dobbiamo aspettare». Il viceispettore spense la sigaretta. «Oh, se vede che sei incensurato. È la terza che fumi e che butti per terra».

«E allora?».

«Io me le metto in tasca» confessò Furio. «Vedi?», e gli mostrò il pacchetto pieno di mozziconi. «Meno lascio segni in giro e meglio è. Abitudine», e alzò le spalle. «Vuoi entrare in macchina?».

«No, non ci resisto. Sto nervoso come una scimmia». Si appoggiò al cofano dell'auto.

«E lo vedo. Ma non...». Il cellulare di Furio suonò interrompendolo. «Dimme, Bri'».

Brizio con la macchina parcheggiata a poca distanza dal garage osservava la porta basculante dalla quale uscì la Mini. La luce della rimessa illuminava la strada e la notte. Alla guida c'era Pietropaolo, dall'interno uscì un uomo magro, capelli lunghi, l'aria di chi non si lava da un po'.

«Furio? Sta uscendo ora dal garage. Senti» disse osservando con attenzione la scena.

«Che c'è?».

«Non è da solo».

In quel momento il tizio coi capelli lunghi ed emaciato salutò qualcuno che restava dentro al garage.

«Ah no?».

«No, Furio, c'è uno coi capelli lunghi con lui. Sta salendo in macchina. Chi cazzo è?».

Antonio percepì l'allarme negli occhi e nel corpo di Furio e si avvicinò. «Che c'è, Furio? Che succede?».

Furio mise in vivavoce la comunicazione. «Brizio dice che con lui c'è uno coi capelli lunghi».

Antonio si sporse per raggiungere il telefonino che Furio teneva in mano. «È alto e magro con l'aria del tossico?».

«Sì, è come l'hai descritto. Zoppica un po' a destra».

«È un carabiniere!» gridò Antonio. «È un infiltrato. Si fa chiamare Dante Moretti».

«Bri', hai sentito?».

«Ho sentito, sì».

«Che facciamo?».

Proprio allora dalla curva alle spalle di Furio e Antonio spuntarono due macchine della polizia cantonale e due dei carabinieri a velocità sostenuta e a sirene spente. Furio si abbracciò ad Antonio. «Ma che cazzo...».

«Perché, non ce so' froci in Svizzera?». Appena le macchine passarono oltre, Furio recuperò il cellulare. «Bri', ce sei ancora?».

«Sì, stanno partendo».

«Abortisci tutto, Bri', stattene fermo. È pieno de guardie!».

«Stanno venendo qui secondo te?».

«Sì. Quattro auto, fra un po' stanno lì. Vattene subito. Ci rivediamo in città». Furio si mise il cellulare in tasca, poi guardò Antonio. «La macchina mia l'accannamo qua. Torniamo con la tua».

Antonio e Furio salirono veloci sull'auto. «Ma come è successo?».

«La retata era per stasera» disse Furio, «l'hanno fatta insieme per prendere sia gli italiani che gli svizzeri. Non avevano bisogno di seguire Pietropaolo perché lo sapevano già dove andava a vende la roba. E infatti là ce stava l'infiltrato, no?».

«Già».

«Oh, Anto', ci abbiamo provato».

Antonio accelerò. «Che sfiga» disse il viceispettore.

«Che sfiga? Frate', che culo! Facevamo tanto così e ci si bevevano con tutti gli altri».

Antonio mollò un cazzotto sul volante mentre riprendeva la strada verso il confine. Furio si accese una sigaretta e si mise a osservare la notte che fuggiva dietro il finestrino.

«Io però ho un'idea» disse Antonio.

«E spara un po'».

«Se stanno facendo la retata, a quest'ora stanno arrestando pure Bulleri, la segretaria e il barbiere. Rocco t'ha raccontato tutto, no?».

«E allora?».

«Allora significa che all'ufficio dove sta la cassaforte non c'è nessuno».

Furio fece un tiro e riempì l'abitacolo di fumo. «Ma

non avevi detto che i carabinieri avevano piazzato le telecamere?».

«Sì, ma se li stanno arrestando le telecamere non saranno più sotto sorveglianza, non avrebbe senso».

Furio rifletté qualche secondo. «Cioè tu te la rischieresti ad andare nell'ufficio e aprire la cassaforte?».

«Be'... sì».

«Ma faranno irruzione pure dentro l'ufficio, Anto', per sequestrare i documenti e il resto. E poi non sappiamo se soldi ce ne sono davvero oppure no. E se sta sempre sotto controllo? Per aprire una cassaforte a Brizio qualche minuto glielo devi dare».

Antonio scalò di marcia per affrontare il tornante. «Ma se non lo facciamo stasera non lo facciamo più».

Furio buttò la cicca fuori dal finestrino. «Non lo so. Ce la rischiamo. E comunque bisogna farlo subito, prima che arrivano i carabinieri... dobbiamo esse certi che li stanno arrestando tutti. Tu sai l'indirizzo de 'sto Bulleri?».

«Certo».

«E annamo a vede'».

«In linea di massima io sono perfettamente d'accordo» disse Baldi, «voglio dire, non è che stanno lottando per qualcosa di privato, di incomprensibile. Diciamo che negli anni Settanta i gruppi erano politici. Quindi le teorie e gli ideali opinabili. Questi difendono la terra. Cioè noi, è qui che sta il cortocircuito. E noi dovremmo biasimarli? Non lo so che ho detto, la testa gira come una trottola».

«Hai fatto un discorso sensato, invece, e sono d'accordo con te» intervenne Cleo provando a versarsi un bicchiere di vino, ma oramai anche quella bottiglia era finita. «Che ci sia gente che non lo capisce è ridicolo».

«C'è chi non lo capisce, chi ci fa i quattrini» obiettò Alberto. «Siamo sempre lì: se il profitto è l'unico dio, niente al di là degli euro ha più valore. L'etica, l'educazione, l'estetica, la politica, nulla. Pensate un po' alla sanità. Vi pare normale che curare la gente debba diventare un affare di quattrini? Ma è così! La sanità pubblica, prova a farti operare, dopo due giorni devi restituire il letto, anche se hai diciotto cateteri e la maschera dell'ossigeno in faccia. Perché il letto serve, numeri, conti, soldi. Sanità e soldi non dovrebbero essere nominati nella stessa frase!».

Gli fecero un applauso ebbro e sincero. «Certo» proseguì Fumagalli, «detto questo, non è che vo' a metter le bombe in giro».

«Perché?» gli chiese sfacciata Michela.

«Dio bono, perché sono un uomo democratico!».

«E la tua protesta finora a cosa è servita?».

«A un cazzo, Michela. Però protesto».

«E forse questi si saranno rotti i coglioni di orecchie sorde e lingue mute» disse Sara. «E mettono le bombe, liberano gli animali, danneggiano gli allevamenti...».

«Fanno saltare uno con un pacco bomba?» intervenne Cleo. «Mi sembra un po' troppo».

«È troppo» si unì Baldi. «Non è più dimostrazione, è tentata strage, omicidio, atto terroristico. In realtà lo sono anche gli altri, sia chiaro. Non è che uno può andarsene in giro a distruggere le proprietà e pensare di passarla liscia».

«Anche se...» intervenne Rocco. Tutti si zittirono a guardarlo. «Qui dentro in questa casa c'è un magistrato, una sostituta commissaria, un vicequestore, che sarei io, no magari ve l'eravate scordato, un anatomopatologo che lavora per noi, e due professoresse universitarie che già ci hanno aiutato nelle indagini. Ubriachi e cotti, d'accordo, ma questo siamo».

«E allora? Che vieni a dire?». Michela posò il bicchiere.

«Vengo a dire, Miche', che io non so' mica tanto convinto che la bomba l'hanno messa quelli dell'ELP».

Si guardarono tutti negli occhi. «Stai scherzando?».

«No, me ne sto convincendo. Vedete? Questi dell'ELP sono vari gruppi sparpagliati in diverse regioni d'Italia». Baldi lo guardò storto ma Rocco lo tranquillizzò con un sorriso. «Maurizio, stiamo tutti dalla stessa parte, non sto rivelando nessun segreto». Quello annuì come a dargli il permesso di continuare. «Dicevo gruppi sparpagliati», e spense la sigaretta nel posacenere, «e ancora non abbiamo capito se fra loro comunicano o meno. È la teoria di Maurizio, che io appoggio, del subcomandante Marcos. Per ora in rete nessuna polizia postale li ha stanati. Non sappiamo allora se si conoscono o se si tratta di un primo gruppo emulato poi da altri».

«Può essere» disse Michela. «Vanno di moda soprattutto fra i giovani. Si salutano con le quattro dita davanti alla faccia».

«I diti» la corresse Alberto.

«No bellino, le dita. I diti al plurale si dice quando specifichi il dito, tipo i diti indici, i diti anulari. L'insieme è le dita. Ne sai di più della Crusca?».

«Son toscano, forse sì».

«Albe', non mi contraddire. Ho i mezzi per fartela pagare molto cara» lo minacciò Michela. Alberto alzò le mani per abbracciarla e stringerla un po'.

«Quindi sì, anche questa è una teoria».

«Gruppi spontanei, Rocco?».

«È un'ipotesi, Cleo. Ma quello che stona è la violenza del gruppo della Valle».

«C'è sempre quello che esagera», e Sara si versò un altro bicchiere di rosso.

«Sicuro, ma quello che io penso è questo». Si concentrò, chiuse gli occhi, poi una volta pronto cominciò: «Se io faccio parte del gruppo principale che libera i polli e poi vedo altri che fanno lo stesso con maiali, furetti, mucche, sono felice, soddisfatto, il messaggio è stato recepito e portato avanti».

«Un po' un apostolato?».

«Chiamalo come te pare, Albe', ma sono soddisfatto. Poi c'è qualcuno che uccide. E questo, secondo la mia teoria che faccio sì azioni, ma pacifiche, che colpisco cioè oggetti e materiali, mai una vita umana, non va bene. Cozza. Rischia di farmi passare dalla parte del torto».

«E allora farai i conti con quella scheggia impazzita e la togli di mezzo». Alberto portò altre due bottiglie aperte. «Oh, amici, son l'ultime, eh?». Subito si servirono. «Per fortuna domani passano a prendere il vetro che di là in cucina sembra d'essere a Murano».

L'ultimo a versarsi il vino fu Rocco. «In fondo ho anche pensato che un attentato un po' peggiore c'era già stato, no? Non avevano bruciato due aerei, Mauri'?».

«Sì, vicino Voghera» confermò il magistrato.

«Però di notte e, leggendo i giornali, pare che la guardia notturna sia stata sedata e portata a trecento metri dall'aeroporto. Non mi sembra un agire a disprezzo della vita umana», e chiuse il concetto con un singhiozzo etilico.

«Va bene, Rocco, ma con questo?».

«Con questo perché non far saltare in aria l'intera CDC? Perché eliminare il proprietario e basta?».

«La vecchia storia punirne uno per educarne cento?».

«No, perché la CDC esiste ancora e continua il suo lavoro. In più abbiamo indagato e se c'è una cosa innegabile è che la CDC era corsa da tempo ai ripari per sversamenti e rischio di inquinamento, investendo pure un sacco di soldi».

«Quindi tu credi che il motivo sia un altro?» chiese Fumagalli.

Rocco spalancò le braccia. «Ipotesi. Vivo di ipotesi, ogni tanto ce prendo, ogni tanto no».

Davanti casa di Ruben Bulleri c'erano due macchine dei carabinieri. Antonio e Furio rallentarono appena, come fossero due curiosi di passaggio, poi proseguirono per tornare verso il centro. Furio prese il cellulare. «Brizio? Se li stanno a beve tutti. Che facciamo? Tu dove sei?».

«Io sto passando la frontiera. Comunque hanno fermato Pietropaolo e sequestrato l'auto». Il rumore del motore disturbava la comunicazione. «Non ho capito, Bri', che hai detto?».

Dopo qualche scarica la voce dell'amico tornò intellegibile. «A me 'sta cosa che propone Antonio non lo so... se rischia parecchio».

«Io dico di fare così. Andiamo all'ufficio di Bulleri. E decidiamo. Ce l'hai l'indirizzo, Bri'?».

«Mannamelo un po'?».

Furio guardò Antonio che scandì: «Frazione Etabloz... sulla piazzetta il primo edificio. C'è scritto fuori».

«Hai sentito?» disse Furio.

«Sì, tutto a posto. Ci vediamo lì». Brizio chiuse la comunicazione.

«Anto', per essere tranquilli, tanto stiamo in anticipo su Brizio, andiamo a vedere a casa della segretaria, come se chiama?».

«Isabella». Antonio dopo un'inversione a U si diresse verso la frazione La Remise, dov'era l'abitazione della donna. «Senza conta', Anto', che se andavano a prende i soldi stasera, è molto probabile che in cassa non c'è una lira». Il nervosismo costrinse Furio ad accendersi un'altra sigaretta.

«Questo è vero... ma secondo te non vale la pena tentare?».

«Non lo so, tu ci avrai pure il culo del principiante, a me se me beccano sai quanto me faccio, sì?».

«Tanto?».

«Conta che da lì passo direttamente a Prima Porta perché prima non esco».

«Prima Porta sarebbe?».

«Er cimitero» rispose lugubre Furio.

Antonio sorrise. «Ma se rischi così tanto, perché insisti?».

«Perché che altro so fare io? Me ce so' abituato, e poi mi' padre faceva er serciarolo, e io quella vita lì non l'ho voluta mai. Ma non è che me sto a piagne addosso, Anto'. Dico davero. So fare solo questo».

«Ma soldi da parte ne hai?».

«E ce li ho sì».

«E allora?».

«E allora nun me so frenare. Come invece dovresti fa' te, che c'è lo stop!».

Antonio inchiodò. Prese poi a salire la strada, curva dopo curva, dopo cinque minuti ritrovò la casa di Isabella. Una macchina dei carabinieri era lì davanti, tutte le luci della palazzina erano accese a quell'ora di notte, segno che i vicini s'erano svegliati e allarmati. «Pare che li hanno presi proprio tutti. Rocco lo stava aspettando 'sto momento» fece Antonio.

«Je voi fa' 'na telefonata?».

«E perché no?». Il viceispettore prese il cellulare e chiamò Schiavone. Dopo parecchi squilli Rocco rispose. «Chi è?». «So' Antonio». «Che succede, Anto'?».

«Li stanno arrestando tutti».

«Bulleri e compagnia bella?».

«Esatto».

«Sta succedendo proprio ora?».

«Davanti ai miei occhi. Per poco non ci cascavamo pure noi».

«Bene. Grazie, Anto'. Furio e Brizio?».

«Furio è accanto a me. Brizio sta rientrando».

«Passamelo un attimo».

Antonio consegnò il telefonino a Furio. «Ti vuole parlare».

«Dimme, Rocco».

«C'è mancato poco?».

«Poco davero. Avevamo scelto la serata sbagliata. Che voi fa'? Quando a tordi e quando a grilli».

«Ci vediamo domani».

«A domani».

È al liceo, seduta al banco accanto a Rossella che scrive sul diario. Guarda fuori dalla finestra. Stranita di trovare il mare e le barche al posto delle montagne e delle strade bianche di neve. La prof di matematica spiega, spiega, spiega. Solo che è alta più di tre metri e ha una bacchetta lunga, di canna, con la quale tocca la testa degli studenti. Ogni testa produce un suono diverso, come fossero tasti di uno xilofono. Quando finisce l'ora? Quando finisce l'ora? Oh, ma quando finisce? Ecco il suono della campanella, che libera tutti! Tutti tranne lei che non si riesce ad alzare, gli altri scappano dalla classe, Rossella, Federico, Marta, lei invece no, come se l'avessero legata al banco. Si dimena, ma neanche le braccia riesce a tirare fuori. E la campanella insiste, sempre più forte, più forte, ora è in casa.

Non era la campanella, era un suono potente che rimbalzava fra le pareti e i mobili della stanza da letto. Riuscì a liberare dalle coperte prima un braccio, poi l'altro, strappò via il piumino come fosse un anaconda attorcigliato. Le due e mezza, diceva l'orologio sul comodino. Ancora il suono, finalmente lo riconobbe, era il citofono. Si alzò poggiando i piedi nudi sul pavimento di pietra gelido. Cercò le ciabatte ma non le trovò. Barcollando arrivò all'interruttore della luce, lo accese, passò per il corridoio, raggiunse la porta di casa. «Pronto? Ma chi è?» disse.

«Avevi il telefono staccato». Riconobbe la voce di Rocco.

«Rocco, ma che vuoi a quest'ora? Sei ubriaco?».

«Un po', ma non è quello. Vestiti e preparati perché ho una notizia per te».

«Ma hai visto che ore sono? A quest'ora il giornale lo stanno consegnando nelle edicole».

«Ma puoi andare in rete, no?, e anticipi le televisioni. Però ti devi sbrigare».

«Va bene. Arrivo» bofonchiò maledicendo il suo mestiere e anche quello squilibrato di Rocco Schiavone che però non riusciva a togliersi dalla testa.

Si sciacquò appena, abbondò col deodorante, poi indossò i primi vestiti che le capitarono a tiro, un cappotto e uscì di casa.

Rocco l'attendeva poggiato al muro accanto al citofono. Aveva lo sguardo etilico ma sembrava nel pieno delle sue facoltà mentali. «Allora?».

«Allora chiama un tuo assistente. Stanno arrestando tutti della Bulleri s.r.l. perché legata a un traffico di stupefacenti fra l'Italia e la Svizzera. È la stessa banda che ha ucciso giorni fa Novailloz, ricordi? La mano armata apparteneva ad Alessio Rocci, al secolo barbiere di Courmayeur, in realtà il capo del gruppo».

«Ma tu sei sicuro?».

«Su Rocci al novanta per cento. Tu dai la notizia come molto probabile. Ora questa banda ha ramificazioni fino a Milano e lì c'è il capo dell'organizzazione che però, a quest'ora, lo sa già».

«Chi lo sa già? Mica ti capisco? E perché non sei al lavoro per arrestare 'sta gente e perdi tempo con me?».

«Perché è un'operazione dei cugini, loro indagavano sul traffico. Io mi ci sono imbattuto per caso, anzi, mi ci sono imbattuto quando sono inciampato nel cadavere di Novailloz. Ora tu fai il tuo lavoro, corri in caserma, chiami l'assistente e pubblicate online la notizia».

«Ecco perché alla conferenza stampa giorni fa Andrea stava abbottonato. Era già in mano ai carabinieri!».

«Brava, Costa non poteva parlare, e neanche io».

Sandra lo guardò. «Grazie», e gli sorrise appena. «Tutto questo lo hai fatto per me...?» disse quasi a se stessa. «Vorrei...».

Rocco la zittì afferrandole il braccio. «Hai un lavoro da fare, io un po' di sonno da recuperare. In bocca al lupo, Sandra».

«Cos'è? Una specie di regalo di commiato?».

«Muoviti! Ogni minuto che passa rischi che qualche collega ti superi», e si allontanò senza aggiungere altro. Sandra prese il cellulare. «Domenico? Lo so che stavi dormendo. Prendi la tua attrezzatura e corri al comando dei carabinieri, ci vediamo lì. La storia è grossa!».

S'era calmato il vento, la notte avanzava a grandi passi verso l'alba e il paesaggio sembrava paralizzato. Le nuvole ferme nel cielo nero, gli alberi avevano smesso di agitare i rami, anche le macchine s'erano fermate, solo lontano si sentiva il motore di un mezzo pesante che correva sull'autostrada. Brizio, Furio e Antonio erano a cento metri dall'edificio di vetro, legno e cemento della Bulleri s.r.l. La piazzetta era deserta, le luci delle poche case vicine spente. Tutto era sonno e silenzio.

«Ancora non sono arrivati» disse Antonio guardando l'ora sul cellulare.

«O arriveranno con comodo stamattina». Brizio si voltò verso Furio che fumava appoggiato all'auto. «Io non so se il rischio vale la pena. Le possibilità che è vuota so' parecchie».

«Eh sì» disse Brizio. «Che famo?».

«Secondo me più aspettiamo più rischiamo. Io dico di entrare rapidi, controllare la cassaforte così, Bri', capisci che razza di bestia è, e poi agire».

«Ma famo le cose come se deve però» disse Brizio. «Io e Furio entramo, tu, Anto', resti fuori. Se vedi le guardie sei un poliziotto, no? Hai il tesserino?».

«E certo».

«Se dovessero arrivare gli dici che eri passato davanti casa di Bulleri e avevi visto le macchine. Hai lavorato sul caso, quindi t'è venuto in mente di veni' a da' 'na controllata all'ufficio».

«E perché starei dando una controllata?».

«Semplice, perché hai pensato: se li state a arresta', magari qualcuno po' anna' in ufficio per fare sparire delle prove. Infatti la prima cosa che dirai se arrivano i carabinieri è: non è venuto nessuno!».

Antonio annuì appena. «Insomma, sei un bravo poliziotto e te sei messo al servizio loro».

«E ci credono?».

«Perché no?» disse Furio. «Ce dai il tempo a me e Brizio di sparire e ci rivediamo domani a mezzogiorno in piazza».

«Io ci sto. Sono quello che se la rischia di meno» concluse Antonio. Brizio guardò Furio che abbassò il capo e si staccò dall'auto, poi aprì il bagagliaio e prese un vecchio marsupio. «Qualche attrezzuccio, sennò è complicato» si giustificò scherzoso con il viceispettore mentre richiudeva il portellone. Furio intanto si era avviato verso la palazzina coprendosi il volto con il passamontagna. Brizio lo imitò e lo raggiunse affrettando il passo. Antonio li vide confabulare, poi lavorare qualche secondo alla serratura del portone, infine entrare. Il viceispettore restò solo. Non voleva avvicinarsi all'edificio, potevano benissimo esserci telecamere esterne. Cominciò a ripetersi la frase nella testa: «Qui non è venuto nessuno. Non c'è nessuno! Tranquilli, sono stato io di guardia e qui non è venuto nessuno.

Viceispettore Antonio Scipioni, polizia di Stato. Siccome ho assistito per coincidenza all'arresto di Bulleri, passavo di lì, sappiate che ho lavorato al caso col vicequestore Rocco Schiavone, ho pensato che qualcuno potesse fare una visita all'ufficio per far sparire le prove. Che so? Pietropaolo Sarti o Isabella Rocci...». Poteva reggere, doveva essere convincente. Guardò verso il piano terra e gli parve di intravvedere una saetta di luce tagliare il buio per qualche centesimo di secondo. Erano già dentro.

«Questo è l'ufficio» disse Furio. Brizio stava salutando la telecamera. «Saluta gli amici, nel caso ci stanno guardando». Furio lo imitò. La cassaforte era in vista con tanto di lume sopra, appoggiata alla parete opposta alla scrivania. «L'impianto d'allarme l'avranno comprato su internet, l'avemo eliminato in due minuti, la cassaforte in vista. Questi non hanno paura di essere rapinati».

«No, si sentono al sicuro» rispose Brizio.

«Com'è la cassaforte?».

Brizio la controllò. «Capirai, è 'na Hart-Sefron, manco i regazzini. Te la apro in due minuti. Butta un occhio a Antonio, vedi se fuori va tutto bene».

Furio si affacciò alla finestra che dava sui monti. «Devo anda' di là. Da qui non vedo un cazzo, 'ste finestre danno sul retro».

Uscì dalla stanza, salutò di nuovo la telecamera mentre Brizio s'era messo al lavoro. Dalla sacchetta prelevò un piccolo martello. Con due colpi frantumò la tastiera ed estrasse il circuito elettrico. Lo osservò con attenzione. Prese un piccolo tronchese e cominciò a recidere tutti i fili che trovava. Fischiettava una vecchia canzone che non ricordava più chi l'avesse scritta. Appena finito il lavoro l'avrebbe chiesto a Furio.

Dalla finestra dietro al tavolo della segreteria scorgeva Antonio fare su e giù fra l'auto di servizio e una palazzina abbandonata. Troppo nervoso, si vedeva a occhio nudo. Furio era certo che se fossero arrivati i carabinieri quello non li avrebbe convinti, aveva scritto *colpevole!* su tutto il corpo. D'altra parte il viceispettore Scipioni non era abituato a stare da quella parte della barricata. Per Furio era semplice. Domande non se ne era mai poste, l'abitudine comandava e lui agiva e basta. La piazzetta era sempre deserta. Guardò dall'altra parte della strada verso uno sfasciacarrozze, anche lì tutto tranquillo. Decise di tornare da Brizio. Poi qualcosa attirò la coda dell'occhio. Un movimento, o forse una luce in direzione dell'autostrada. Guardò meglio, poi li vide. Erano i girofari blu dei carabinieri che passavano in mezzo alle fronde degli alberi. Bussò forte sul vetro, Antonio, teso come una corda, non s'accorse del richiamo, ma dei fari blu invece sì. Si voltò verso la finestra. Furio si accese la luce sotto il viso. «Vattene!» gridò. Antonio lesse il labiale o comunque capì, salì sull'auto e sgommò mentre Furio urlava: «Stanno qui, Brizio!». Corse verso l'amico che quasi gli finì addosso. «E allora? Annamo va', io ho fatto», e indicò una busta di plastica piena.

«Che c'era dentro?».

«Poi vediamo» gli disse. Aprirono la finestra sul retro, scavalcarono e sparirono nel buio degli alberi lì intorno.

Se ne andarono a piedi attraversando i campi seguendo l'autostrada che correva lì sotto. Il cielo dietro i picchi stava schiarendo, Brizio aveva freddo ai piedi. «Come fa quel deficiente de Rocco a anna' in giro con le Clarks? Io me sto a puzza' con queste!».

«Che ne so, Brizio. Avrà i piedi de marmo».

«Pe' come giocava a calcio, direi de sì».

«Chiama Antonio e dagli un appuntamento, mica te ne vorrai anda' a piedi fino ad Aosta».

Brizio prese il telefono.

«Mi dici che c'era dentro?».

«Antonio? Ci vediamo alla seconda curva dopo l'autostrada, c'è una cappella, te ricordi... Non ci ha visto nessuno... poi ti dico». Brizio chiuse la comunicazione, prese il cellulare, lo aprì e tirò fuori la scheda. Il telefonino invece lo frantumò sotto il tacco. Furio fece lo stesso. «Allora, che c'è dentro?».

«Un po' di soldi, qualche foglio che non ho letto e un quaderno nero».

«Quanti soldi?».

«Così a occhio non te lo so dire. Le mazzette sono da duecento e da cento euro».

«Vabbè, meglio di un calcio in culo, no?».

«Sicuro. Senti un po', dimme se te ricordi che è 'sta canzoncina», e fischiettò il motivetto che gli stava dando il tormento. Furio ascoltò per qualche secondo. «*Friends*».

«E che è?».

«Era una canzone de quando eravamo pischelli de uno che se chiamava Mike Francis».

«Se chiamava? Perché? È morto?».

«Sì. Era forte. *Camon mai frend, ghet a stoppe tu de muun*».

«So' queste le parole?».

«Ah Bri', a malapena parlo italiano, te pare che so l'inglese?».

Rocco arrivò in ufficio a mattina inoltrata. Televisione e radio, riprendendo pari pari il servizio online di Sandra, avevano dato la notizia dell'arresto e i quotidiani maledicevano il loro essere in ritardo di ore sul mondo. Se non succedeva di giorno, per la stampa non succedeva. Trovò il questore nell'ingresso, nervoso come un'ape privata dell'alveare, sapeva che tutti i giornalisti o giornalai, come li chiamava lui, adesso erano alla corte dei carabinieri, proni e assetati di notizie, mentre lì in questura neanche un cane a chiedere dettagli che lui conosceva grazie alle indagini di Rocco, ma che aveva dovuto tenere per sé. «Questi dell'ELP io li voglio in tribunale» fu la prima frase che riferì al vicequestore sputando veleno e risentimento. «Nessuno, carabinieri, finanza, vigili del fuoco, aeronautica, municipale, ci deve passare avanti. Quindi voglio sapere adesso a che punto siamo! Salga da me tra esattamente sette minuti», e l'ascensore lo portò via. Rocco, seguito da Lupa, si diresse verso l'ufficio con tutta la tranquillità del mondo, passando davanti alla porta degli agenti si affacciò grugnendo un saluto, poi, arrivato nella sua stanza, si chiuse a chiave e si accese un cannone che aspirò con lentezza e concentrazione. La testa gli doleva dalla sera prima, troppo vino, troppa alternanza rosso bianco, il rum e la grappa gli avevano dato la mazzata finale. Aveva ancora la bocca amara che né il caffè né la prima sigaretta della giornata erano riusciti a cancellare. Spense la cicca, si alzò e andò ad aprire la finestra, poi la porta e si ritrovò faccia a faccia con Antonio. «Sto andando dal questore. Ieri?».

«È stata un'avventura, Rocco».

«Immagino. Te la sei vista brutta?».

«I tuoi amici sono per davvero i numeri uno. Siamo... entrati nell'ufficio di Bulleri» mormorò.

Rocco diede un'occhiata alle spalle di Antonio nel caso ci fosse qualche agente di passaggio. «Cazzo, ve la siete rischiata».

«Non ci hanno visto per un pelo».

«E...?».

«Hanno aperto la cassaforte...».

«E sei contento?».

«Contento? Settanta!».

«Spero mila».

«Sì, a testa. Abbiamo diviso in tre».

«Bene. Vado dal questore che sono già in ritardo. E quello?», indicò un quaderno con la copertina nera che Antonio teneva in mano.

«Lo abbiamo trovato nella cassaforte. Te lo lascio sulla scrivania».

Rocco annuì, superò Antonio e si diresse verso l'ascensore. «Questo funziona o è ancora rotto?».

«È ancora rotto».

Alzando gli occhi al cielo il vicequestore prese a salire le scale.

C'erano Moriani, Dudovich, Schiavone e Costa. Rocco fu l'ultimo a entrare. Il questore non li guardava mentre parlava, preferiva concentrarsi sui bagliori sparati dal fusto della penna bic mentre la rigirava nervoso fra le mani poggiate sulla scrivania. «Vorrei, se è lecito e se non vi sembra un azzardo, conoscere le novità sulla lettera bomba e sull'ELP. Dudovich?».

Quello si morse le labbra e attaccò. «Per ora abbiamo una sola traccia vaga dalla questura di Pavia. Hanno un fermo, un sospetto, tale Davide Sciacca, studente di filosofia a Milano».

«Lo hanno fermato perché?».

«Non so ancora i dettagli, pare l'abbiano trovato coi volantini dell'Esercito di Liberazione del Pianeta nello zaino. Lui nega su tutto il fronte, e non c'è da stupirsi».

Costa si rivolse al viceispettore Moriani: «Noi?».

«Noi ancora niente, dottor Costa. Se il nucleo della Valle esiste, e dico se, non ha lasciato ancora traccia significativa alle sue spalle».

«Non c'è» disse Rocco. Quell'affermazione azzardata conquistò gli occhi ferini di Costa. «Non c'è cosa?».

«Non c'è l'ELP qui in Valle. Io dico che è una copertura per l'omicidio di Ferrazzi».

«Posso sapere su quali evidenze basa il suo sospetto?». Non c'era bisogno di un fine conoscitore dell'animo umano per percepire il tono ironico del questore.

«Perché sarebbe un omicidio stupido. La CDC era in regola con i controlli dell'Arpa. Da anni. In più, perché non far saltare in aria l'intera fabbrica, come hanno fatto per gli aerei privati a Voghera? Perché uccidere solo il proprietario? La fabbrica fra eredi e compagnia bella sarebbe andata avanti da sola».

«Se fosse come dice lei» intervenne Dudovich, «non crede che dovremmo avere qualche comunicato dello stesso ELP che disconosce l'attentato?».

«Non è semplice. Vedete, l'ELP – e su questo siamo tutti d'accordo – non è un gruppo omogeneo. Sono bande isolate che agiscono ognuna indipendentemente dall'altra. Forse ce n'è una principale, diciamo il gruppo madre che ha figliato gli altri, ma i componenti magari non si conoscono fra loro». Rocco appoggiò le mani allo schienale della sedia dov'era seduto Moriani. «E meno si conoscono fra loro, meglio è» proseguì, «c'è più sicurezza, non credete? Ma sono convinto che è solo questione di ore, perché fra loro hanno un modo di contattarsi che ancora non abbiamo scoperto, e vedrete che si comunicheranno l'estraneità all'omicidio e lo riveleranno online. Sono pronto a scommetterci».

«Per ora non abbiamo trovato nessuna traccia sul web di loro chat o commenti o comunicazioni» intervenne Moriani, «sembrano molto abili. Ci lavoriamo come dei pazzi, prima o poi un'impronta la troviamo, sicuro. E forse da quella...».

Bussarono alla porta. Si affacciò un agente giovane con un paio di baffetti proustiani. «Scusi, dottor Costa, agente Manganelli della postale. Posso conferire con Moriani?».

«No, ce lo dici a tutti» disse Costa.

«Bene. Abbiamo trovato da dove hanno mandato il secondo video».

Costa si alzò in piedi e anche Moriani. «Hanno usato una saponetta della Wind intestata a tale Mariano Morlupo che risulta deceduto due mesi fa. Le coordinate portano a Rueglio, sulla strada per Bossola».

«Sarebbe?» chiese Costa.

«Vicino Ivrea» rispose l'agente. «Luogo in mezzo alle montagne, nessuna copertura con telecamere».

«E non ci aiuta» fece Dudovich.

«A proposito di aiuti» intervenne Moriani. «Manganelli! C'era stata una richiesta da parte del vicequestore per un particolare sul video».

L'agente restò qualche secondo a pensare. «Vado a vedere...», e sparì insieme ai suoi baffetti.

«Che particolare? Di che parlate?».

«Ho visto sul video della rivendicazione dell'incendio al negozio qui ad Aosta un dettaglio che mi ha incuriosito» rispose Rocco.

«Sì, al tizio mascherato che parla a un certo punto, quando fa il saluto con le dita davanti al viso, gli si scopre un lembo di pelle del polso» proseguì Moriani.

«E avete qualcosa di concreto in mano?» chiese Dudovich.

«È quello che ho chiesto all'agente Manganelli. Ci stava lavorando un nostro collega».

«Intanto sappiamo che è di etnia caucasica» fece Rocco. «È poco ma è qualcosa».

«Fossimo in Camerun sarebbe una bella svolta» commentò ironico Costa.

«Be', non è vero. Un quaranta per cento degli immigrati in regione è di pelle scura. Parliamo di un duemila persone. Maschi. È poco ma cominciamo a sfoltire, no?».

«E lei, Schiavone, quando arriverà a sfoltire il novantanove virgola nove per cento della popolazione, ossia avrà il nome di questo figlio di buona donna, allora ci farà sorridere. Dico bene, Dudovich?». Il vice della Digos abbassò lo sguardo. Non aveva voglia di contraddire il superiore. «Ma fino ad allora non abbiamo un belino. Addirittura lei, Schiavone, dice che l'ELP non ha niente a che fare con l'omicidio. Lei, Dudovich, mi sembra che a parte un disgraziato con qualche volantino nello zaino non mi racconta altro e lei, Moriani, ha scoperto che il video è stato lanciato in rete con una saponetta da una strada isolata vicino Ivrea...».

«Sissignore».

«E mi dica, è facile per voi della postale realizzare un simile rintracciamento?».

«Non è difficile».

«Alla luce di questo, lei batterebbe la zona in ricerca palmo a palmo?».

Il viceispettore della polizia postale non seppe rispondere. «Ebbene, io non lo so se serve davvero, ma sono costretto a provarci, essendo l'unica flebile traccia che voi tre mi portate di questo Esercito della salvezza. Perché io, Schiavone, al contrario di lei, credo che l'ELP sia il colpevole di quest'omicidio».

«Però...» disse Moriani, «mi scusi, dottor Costa, è la prima volta che sento l'uso di una saponetta per mandare il messaggio».

«Si spieghi, Moriani».

«Gli altri gruppi fanno rimbalzare il messaggio su decine di provider, insomma ci sanno fare, in mezzo a loro sicuro ci sono degli hacker, mi ci gioco lo stipendio. Invece qui in Valle usano una saponetta. Che comunque qualche rischio lo comporta, perché ora noi andremo a vedere dove è stato acceso il contratto, chi era questo Mariano Morlupo, eccetera eccetera».

Ribussarono alla porta. Manganelli riaffacciò i suoi baffetti. «Posso?».

«Avanti!».

L'agente allungò un foglio a Moriani che lo osservò, fece un sorrisino, poi lo diede al questore. «Guardi lei stesso, dottor Costa».

Rocco si avvicinò e si piazzò alle spalle del questore. Sul foglio c'era l'ingrandimento del fotogramma preso dal video. Il lembo di pelle del polso sotto il guanto riportava una piccola macchia. «Cos'è? Un neo? Una voglia?».

«No, dottor Costa, c'è scritto sotto».

Il questore infilò gli occhiali. «Un tatuaggio? Che è, una ipsilon capovolta?».

«Qui dice che potrebbe essere il disegno della costellazione del cancro» concluse Rocco. «Oppure un taglio...».

«Bene! Allora cerchiamo un bianco adulto di etnia caucasica nato fra il 22 giugno e il 22 luglio oppure sempre un caucasico che ha tentato il suicidio? O che porta un braccialetto? O si è fatto un tatuaggio?» chiese Costa.

«È un bel restringimento» osservò Dudovich.

«Ma fatemi il piacere», e con questo ultimo commento del questore la riunione era da considerare terminata.

Dovette fumare un'altra canna per lenire il mal di testa che lo stava perseguitando. Lo amareggiava non reggere più l'alcol come un tempo. Come il sesso, le cartilagini, il fiato, i muscoli, le viscere, la vista, l'udito, i capelli, tutto si stava raggrinzendo, aveva ragione Marina, come carta in un falò. Poteva solo accettarlo e declinare le responsabilità di eventuali fallimenti al tempo bastardo che sembrava non si stancasse mai di correre. Quando con una schicchera lanciò la cicca dalla finestra e tornò alla scrivania, solo allora vide il quadernetto nero che Antonio gli aveva lasciato. Poco più piccolo di un normale quaderno di scuola, era un registro di conti. Pagine e pagine scritte a penna. Le iniziali, un numero di cellulare o di casa, dei trattini e infine una somma. A volte le righe erano cancellate, altre invece segnate con un punto esclamativo. Il primo recitava:

~~F.P. 0125. 9661 ———————— E. 3.500 12/12/2013~~

F.P., il cui numero di telefono era 0125 9661, doveva restituire tremilacinquecento euro e l'aveva fatto il 12 dicembre del 2013. Quattro file più in basso invece S.S. non aveva restituito i quattromila e duecento euro che erano cresciuti diventando seimila e settecento. E ancora doveva restituirli. F.P. tornava sette righe più in basso, ancora tremilacinquecento, restituiti il 4 marzo del 2014.

Prestavano soldi. Almeno quindici pagine di nominativi, molti cancellati, qualcuno come S.S. ancora no. Era un lavoro lento e noioso rintracciare tutti i debitori, ma ne valeva la pena. Molti di loro forse stavano stappando bottiglie di champagne dopo l'arresto di quella notte. Avrebbe lasciato il lavoraccio a Deruta e D'Intino. Si accorse che ancora non aveva ricomprato le cialde del caffè. Alzò gli occhi al cielo imprecando fra i denti e uscì dalla stanza. Stavolta Lupa lo seguì, voleva sgranchirsi un po' le zampe anche lei. In corridoio gli venne incontro Casella, masticava forse una gomma americana. «Dottore, a lei cercavo». Rumina, questo pensò Schiavone osservandogli il mento, le guance e le labbra. «Allora, ci hanno appena comunicato che ci sta il funerale domani».

«Case', posso sapere che cazzo hai in bocca?».

«Un elastico».

«E perché hai un elastico in bocca?».

«Perché se tengo in movimento le mandibole, non mangio. Sto mettendo qualche chilo di troppo», e si picchiò la pancia.

«Perché cazzo non ti compri una gomma da masticare».

«C'è lo zucchero».

«Però il caffè lo prendi con due bustine».

«Sì».

Rocco scosse la testa. «Torniamo a noi. Parli del funerale di Simone Ferrazzi?».

«Sissignore. Alla cattedrale, alle dieci».

«Allora comunica a tutti di essere presenti. Dove sono D'Intino e Deruta?».

«Mi sa nella stanza nostra».

«Mandameli fra un quarto d'ora che gli devo dare un compito. E sputa quel cazzo di elastico, viene da vomitare a guardarti».

Raggiunse il distributore. Sentì l'odore delle miscele, dolciastro, appiccicoso. Rivoli di caffè sporcavano la macchina colando dal piano di preparazione. A terra il linoleum era leopardato dalle macchie dei liquidi bianchi e marroni. Decise che sarebbe andato al bar, non ce la faceva ad affrontare quell'elargitore di ciofeche.

Con le mani in tasca attraversò il corso ed entrò nel locale. Lo detestava, ma doveva accontentarsi, dal momento che non gli andava di arrivare da Ettore in piazza. L'inno alla gioia eruppe in tutta la sua molestia.

«Sandra?».

«Ciao. Ti volevo ringraziare. Ho preso parecchi punti».

«Immaginavo».

«L'hai visto il servizio che abbiamo fatto in rete?».

«Sì» mentì.

«Bugiardo. Vado a riposarmi, ho bisogno di un po' di sonno».

«Buonanotte».

«Rocco?».

«Dimmi».

Sandra restò in silenzio. «Sandra, mi senti? È caduta la linea?».

«No, niente. Ciao, Rocco», e terminò la telefonata.

Il caffè sapeva di terra bagnata. Ne lasciò mezza tazzina. Lupa leccò le molliche di dolci dal pavimento, poi uscirono, tutti e due insoddisfatti. Doveva tornare in ufficio e non ne aveva voglia. E allora fece mente locale: Lupa è con me, pensò, il loden ce l'ho addosso insieme alle sigarette e al portafogli, le chiavi di casa in tasca, vado a riposare pure io, concluse, e si incamminò col sapore rancido in bocca. «Lupa, ci fermiamo a prendere un caffè come Cristo comanda. Da Ettore?».

Fuori, ai tavoli, ci trovò Brizio e Furio. S'erano appena svegliati e facevano colazione coi toast al prosciutto. «Mica me ce abituo» disse Brizio. «Il salato a colazione, non ce riesco».

«Perché non prendi 'na cosa dolce?».

«Da 'ste parti alle nove di mattina i cornetti so' finiti».

Rocco si sedette al tavolo. «È andata bene ieri sera, no?».

«Benone» fece Furio. «Abbiamo azzardato, per poco non ce seccavano».

«Sì, Antonio m'ha accennato».

«È bravo er pischello. Comunque avemo scajato 'na settantina per uno. Guarda che c'era pure un quadernuccio. L'avemo dato a Antonio».

«Sì, me l'ha consegnato. È un registro di debiti. Prestavano soldi».

«Ah sì?». Brizio morse il toast con aria schifata. «'Sti fiji de 'na gran mignotta». Nessuno dei tre aveva mai sopportato i cravattari. Quando erano piccoli le loro famiglie a Trastevere ne erano preda. Er Bustina, così si chiamava quello secco a vicolo del Cinque. All'epoca tenevano l'attività dentro ai negozi, manco vendessero prodotti per la casa. Prestavano soldi alle madri di mezzo quartiere per la spesa di tutti i giorni; il pane e il latte e il pollo la domenica, con gli interessi e tutto. Piano piano Er Bustina, Marcellone, Zeppa, sor Augusto sparirono uno ad uno, chi per vecchiaia, chi per vendetta, chi perché erano arrivate le banche.

«Che fate, state un altro po'?».

«Io sì» rispose Brizio. Furio alzò le spalle. «Io in verità me vorrei fa' un giro. Non so' mai stato al Museo Egizio de Torino».

Rocco sbarrò gli occhi. «E da quando te ne frega un cazzo dei musei?».

Furio sorrise appena. «Un motivo c'è. Certi affarucci me porterebbero a famme 'na cultura sugli antichi egizi. Te basta?».

«A me sì» fece Rocco, «ma per quello che te serve, basta un libro con le illustrazioni».

«Rocco, io in una libreria non so' mai entrato. Mica vorrai che comincio mo, a quasi cinquant'anni!».

«Pe' carità. Invece in un museo?», poi un ricordo esplose nella testa di Rocco. Furio in un museo c'era già stato, vent'anni prima, ma non come visitatore. «Ah no, scusa, un museo l'hai visitato».

E Furio scoppiò a ridere.

«Stella forse me raggiunge» disse Brizio appena finito il caffè. «Ce ne stiamo un po' tranquilli. Però se serve, Rocco, sempre a disposizione».

«E pure se te servo io» rispose il vicequestore. «Ma Ettore? Non viene?».

«Eccolo», e Furio indicò la porta del bar. Ettore guardò Rocco che alzò la tazzina di caffè vuota di Brizio. Il barman mostrò il pollice in alto e rientrò. «Sto per dire una cosa che potrei pentirmene».

«Spara, Rocco».

«Ma noi tre, perché non se n'annamo in vacanza? Magari pure co' Stella e qualche strappona amica tua, Furio».

Furio e Brizio prima si guardarono, poi guardarono Rocco. «'Na vacanza? Noi tre? Più Stella e 'na strappona?».

«E perché, che c'è de strano?».

«E dove te ne andresti?» chiese Furio interessato, forse l'idea lo convinceva.

«Annamo a vede' i leoni?».

«I leoni?».

«I leoni. Elefanti, giraffe... in Africa». Rocco guardò i due amici.

«I leoni dici?». Brizio sembrava poco convinto. «Ma perché?».

«Perché sono belli, perché fra un po' capace che non ce stanno più e perché se non sei 'na gazzella non ci hai da preoccupatte...».

«M'hai convinto» disse Brizio. «E ndo' se va?».

«Tipo in Kenya?» chiese Furio.

«O in Tanzania. Facciamo?».

«E facciamo, sì. Paghi tu, Rocco?», e Brizio scoppiò a ridere.

«Con quello che avete preso stanotte, ce fate tre volte il giro del mondo».

Brizio prese un respiro e guardò Furio. «Senti, Rocco, rimanga fra noi tre. C'erano solo settantamila, l'avemo lasciati ad Antonio».

Rocco li guardò ammirato. «Non ce credo».

«E ci devi credere».

«Ve state a rammolli'?».

«No, Rocco, è giusto così. Noi miravamo all'incasso grosso. Non è andata, e va bene. Ma a quel poraccio dell'agente tuo je servivano proprio. Capirai pe' prendelli ho aperto una baracca che chiamalla cassaforte me vergogno. Du' minuti».

Arrivò Ettore col caffè. «Un caffè per il vicequestore».

«Grazie, Ettore... ah, Ettore!» lo richiamò, quello tornò indietro. Rocco tirò fuori una banconota da venti euro. «Pago la colazione dei signori. Bastano?».

«E avanzano».

«E tieni il resto».

«E com'è tutta questa generosità, dottor Schiavone?».

«Mi adeguo agli altri». Ettore fece una smorfia e se ne andò. Furio guardò Schiavone. «Non ce fa' l'abitudine, però» disse.

Rientrò in ufficio dopo pranzo, D'Intino e Deruta lo avevano aspettato per ore. «Che cazzo fate nella mia stanza?» chiese.

«Dottore, ci aveva detto che voleva vederci».

«Stamattina» aggiunse D'Intino.

«Che è, D'Inti'? Un tono polemico? C'è dell'ironia?».

«No, dotto', je manco sacce che è 'st'ironia».

«Allora prendete!», e gli gettò il quaderno nero. «Qui dentro ci sono iniziali con numeri di telefono. Risalite all'identità di queste persone. Stilate una lista».

«Come facciamo?» chiese Deruta

Rocco chiuse gli occhi, se li stropicciò, prese un respiro profondo, poi con calma disse: «C'è un numero di telefono?».

«Sì».

«Partirei da quello».

«Bella idea. Giusto». I due agenti se ne andarono. Poi Deruta si bloccò sull'uscio e tornò indietro. «Dottore, si ricorda dell'esplosivo?».

«Embè?».

«Allora, noi abbiamo cercato e cercato, e di denunce di sparizioni degli ultimi mesi ce ne sono tre. Una da una cava di peperino in provincia di Viterbo un mese fa, l'altra da una caserma a Vicenza ma l'allarme è rientrato perché pare fosse solo un conteggio errato del furiere e infine, la più strana, da un museo».

«Da un museo?».

«A Cogne».

«Qui in Valle? Che cazzo aspettavi a dirmelo?».

«Ecco, dotto', gliel'ho detto».

«Procurami il numero di questa cava di Viterbo, subito!».

«Sissignore».

«Ah! E per il lavoro al quaderno nero potete usare gli evidenziatori» aggiunse quando i due agenti erano già in corridoio.

«Grazie!» urlò D'Intino contento. Antonio entrò nella stanza. Aveva recuperato il sorriso che mancava da qualche giorno. «Perché hanno loro il quaderno?».

«È un registro prestiti. Ci tocca salire di nuovo su a Cogne. Pare sia sparita un po' di dinamite dal museo».

«E saliamo, Rocco».

«Hai chiamato tuo fratello?».

«Sì». Il viceispettore si stropicciò le mani. «Arriva domani» disse quasi emozionato. «Io ti volevo ringraziare».

«Non devi ringraziare me, ma i miei due amici».

«Non lo farò mai più. Non mi sono mai cacato sotto così tanto, neanche quando siamo andati a sparare a quei figli di buona donna, quelli dei camion».

«Quando ci ho rimesso il rene. Abbiamo un po' da lavorare sulla bomba».

«L'ELP?».

«A me di questa storia dell'ELP frega un cazzo virgola quindici» disse Rocco.

«Che è poco, no?» chiese Antonio.

«Molto poco. L'omicidio del dottor Ferrazzi non è, ripeto non è un atto terroristico ma omicidio vero e proprio. E a proposito di questo, domani c'è il funerale. Facciamo un bel ripasso della situazione. Cosa abbiamo sul tavolo?».

«Abbiamo un morto pieno di soldi».

«Bene, seguirei quelli. Chi prende i quattrini?».

«Ho chiamato il notaio. Se c'è testamento vedremo, se non ci dovesse essere un terzo alla nuova moglie...».

«La Lessert».

«Esatto, due terzi ai figli, Paolo e Nicola. La prima moglie invece...».

«Non becca una lira, questo lo ricordo anche io. Reminiscenze universitarie, a volte rispuntano come cadaveri irriconoscibili gonfi di acqua. Quindi un po' di gente assatanata di quattrini ci sarebbe. Ora passiamo agli operai e impiegati della ditta. Che tu sappia qualcuno trarrà guadagno?».

«Che io sappia no».

«A naso, chi non ti piaceva, Anto'?».

«A naso? Quello che è entrato con l'estintore... il vicedirettore, quello coi capelli biondi e corti».

«Giancarlo Testori, e perché?».

«Perché? Non lo so, non mi piace».

«Lo sai neanche a me? Tanto da qualcuno dobbiamo cominciare. Perché non andiamo a farci due chiacchiere serie?».

«Che intendi per serie?».

«Dottore? Ecco il numero della cava a Viterbo». Deruta si era affacciato nella stanza e consegnò un biglietto a Schiavone che lesse. «Alfredo Micci... grazie, Deruta! Andiamo, Anto'!».

«Deve essere terribile lavorare a due passi da dove è successo il guaio» fu la prima frase che il vicequestore disse appena si sedette davanti al vicedirettore della CDC. Quello si limitò ad annuire. «Che succederà?».

«In che senso, dottor Schiavone?».

«Dico, la fabbrica».

«Qui proseguiamo. Abbiamo consegne, ordinativi...».

«Sì, ma chi comanda ora?».

«Per adesso il sottoscritto», e sembrò pentirsi di averlo detto. Infatti alzò subito le mani. «Vi prego di non arrivare a facili conclusioni. Non mi cambia lo stipendio, anzi, con la morte del direttore l'unico guadagno che ho avuto è l'aumento di responsabilità».

«E chi conclude nulla, dottor Testori. Figuriamoci. No, noi siamo qui per capire cosa succederà all'azienda. Chi la prenderà in gestione?».

Testori scosse la testa. «Bella domanda. I figli del dottor Ferrazzi non hanno certo le capacità, tantomeno il know how. Probabile si faccia una riunione con gli eredi per decidere».

«Detto fra noi, a me la soluzione migliore sembrerebbe lei a capo della CDC». Testori non disse niente. Rocco proseguì: «Da quanto lavora qui dentro?».

«Sette anni».

«E il dottor Ferrazzi si fidava di lei ciecamente» aggiunse Rocco.

«Mi piace pensare di sì».

«E allora? Vedrà, sarà lei il direttore. E così, oltre alle responsabilità, magari guadagnerà anche un bell'aumento di stipendio». Le parole di Schiavone caddero nel silenzio. «Non crederà che...».

«Ma io non credo un bel niente, Testori, gliel'ho già detto, e non insinuo nulla. Non stia troppo sulla difensiva, lei fa parte dell'Esercito di Liberazione del Pianeta?».

«Direi proprio di no».

«E allora cos'ha da temere? Ci viene ai funerali domani?».

«Certo. Ci saranno tutti. Impiegati, operai, familiari, tutti. Simone Ferrazzi era benvoluto e amato da tutti».

«Be', proprio da tutti tutti, no» concluse Rocco.

«Giusto, ha ragione» ammise il vicedirettore.

«Lei abita qui in Valle?».

«Io sì, ma stasera vado a prendere mia madre a Ivrea. Anche lei conosceva Simone».

«Ottimo!». Lo guardò bene negli occhi, controllò l'ovale del viso e alla fine capì. Giancarlo Testori era un *Hydrochoerus hydrochaeris*, noto ai più col nome di capibara, una sorta di enorme cavia che vivacchia in America del Sud. Gli occhi allungati e stretti con le palpebre mezze calate, che gli davano quell'aria antipatica e un po' sussiegosa, i capelli corti, folti e biondi e le narici del naso distanti lo facevano somigliare al più grosso roditore del mondo, il simpatico topone che si aggira nelle foreste del continente sudamericano dal Brasile al Paraguay. Felice della scoperta quasi gli venne da mollargli una pacca di ringraziamento sulla spalla. Quel cambio improvviso di umore del vicequestore invece preoccupò Testori che si strinse le labbra. «Se avesse avuto i baffi...» disse quasi fra sé Rocco, «avrei capito prima. E sì, perché coi baffi il capibara tende a somigliare a un vecchio monaco vietnamita...», e piantò lì il vicedirettore della CDC che scambiò un'occhiata interrogativa con Scipioni. «Cose sue» gli disse il viceispettore per tranquillizzarlo.

Antonio guidava e Rocco scriveva messaggi sul cellulare. «È una cosa privata?» gli chiese il viceispettore.

«No. Baldi. Sta controllando il curriculum della CDC, e si convince sempre di più che l'ELP non c'entra una beneamata. Pare che solo io e lui la pensiamo in questo modo».

«Dopo quello che mi hai raccontato, la vedo così anche io».

«Grazie» rispose il vicequestore senza alzare gli occhi dal telefonino.

«È da lui che siamo diretti? Da Baldi?».

«Speravo ci arrivassi da solo, Anto'», poi digitò dei numeri sulla tastiera. «Pronto?», sentì una voce catarrosa dall'altra parte.

«Parlo con la questura di Viterbo?» chiese Rocco.

«Sissignore. Chi è?».

«Vicequestore Rocco Schiavone, questura di Aosta».

«Viceispettore Marini. Mi dica, dottore» fece quello.

«Chiamo per un furto di tritolo da una cava un mese fa... da Alfredo Micci».

«Mi dia il tempo per recuperare la pratica».

«Sì, fai il favore Marini, mandami tutto l'incartamento ad Aosta».

«Va benissimo. Alla sua attenzione?».

«Esatto. Grazie, ti devo un favore».

«Dovere, dotto', dovere».

D'Intino aveva deciso di cominciare il lavoro del quaderno nero dopo pranzo. Aveva promesso a Pupa di accompagnarla a vedere un negozio a via Sant'Anselmo pieno di cianfrusaglie, secondo D'Intino, di oggetti d'arredo interessantissimi era invece l'opinione di Pupa. «La casa è fredda e poco accogliente, Memè. Bisogna addobbarla» aveva detto. «Soprattutto dopo quella domanda che mi hai fatto».

«Sì, ma tu non hai risposto».

«No» gli aveva detto, misteriosa, ammaliatrice, socchiudendo appena le palpebre.

A mezzogiorno e mezza Pupa e donna Natalina arrivarono sottobraccio. D'Intino le attendeva davanti al negozio. Guardava donna Natalina avanzare lenta, con gli occhi cattivi controllava la strada e i negozi e scuoteva la testa. Appena lo raggiunsero neanche lo salutò. Pupa sbrigò la faccenda con un bacio sulla guancia. «Be', jamme!» fece la vecchia. «Mimmo, sentime bbuone. Ma tu te po' fa' trasferi' a 'nu paese 'nghe lu mare? A me tutte 'ste muntagne poco mi piacciono».

D'Intino la guardò serio. «No, non è che uno può pigliare e farsi trasferire. Ha da fa' la dumanne e se va bbuone, forse, lo trasferiscono. Ma pecché, mica ci dovete vivere voi a Aosta. Semmai ci deve vivere vostra figlia». L'aveva detto! Aveva affrontato il discorso per caso, senza preparazione. Pupa sembrava non partecipare e si diresse verso il negozio. Restò solo con donna Natalina che lo guardò severa, e gli si avvicinò tanto che D'Intino sentì l'odore della pomata che l'anziana metteva ogni sera e che ormai aveva impregnato casa e mobili. «Je sto 'nghe figliame fino alla morte!», e dicendo morte spalancò gli occhi minacciosi. «Si' capite mo?».

Aveva capito D'Intino? Lei aveva intenzione di restare con la figlia fino al giorno della sua morte. Non era chiaro se si riferisse alla morte di D'Intino o alla propria, ma tanto il discorso non cambiava di molto. D'Intino si voltò verso Pupa distratta ormai dalla vetrina. Sotto lo sguardo terrificante di donna Natalina, l'agente doveva prendere una decisione, proprio in quel momento, a via Croix de Ville. «Donna Natalina, ma voi non dovevate fare 'nu viaggio per l'Italia?».

«E me purtevo nove valigie, Mimmo D'Intino?».

«No?».

«None. Je so' venute qua pe' resta'!», e sottolineò l'ultima parola sbattendo il dorso della mano destra sul palmo della sinistra. «Je da qui non me ne vado!».

D'Intino sentì come la stretta di una mano gelida sui testicoli. Poi il sangue tornò a fluire regolare. «E se io a Pupa non me la prendo?» disse in tono di sfida.

Donna Natalina scoppiò a ridere. «Tu a Pupa te la di' piglia', si' capite mo? E 'stu fatte del trasferimento, pensaci. A me l'aria di mare fa bbuone, all'osse e a li pulmoni. Qui fa troppo friddo pe' una dell'età mia».

«Tenete paura di sentirvi male?» chiese D'Intino con una flebile speranza nel tono.

Donna Natalina sorrise mostrando la dentiera. «Te piacesse! Je sotterro a te e a tutta Mozzagrogna, Domenico D'Intino, nun ce mette core e speranza. Mo jamme a lu negozio che figliame vo' tanto accatta' le cosarellucce pe' quella munnezza di casa che si' truvate. Jamè».

Baldi era occupato, la porta chiusa, Rocco come sempre si fissò a guardare i nodi del legno per cedere alla solita pareidolia. Stavolta vide chiaramente la penisola scandinava a destra della maniglia. Stava esplorando l'altra anta perché gli sembrava di aver individuato un destriero con solo tre zampe, quando la porta si aprì. Il magistrato Messina uscì dalla stanza. «Schiavone. Come va?», e gli strinse la mano.

«Allora li avete presi» disse il vicequestore

«Esatto. Ramificazioni fino a Milano dove c'era il centro organizzativo. La vendevano in Svizzera e in Francia. Abbiamo arrestato 68 persone».

«Complimenti».

«So che anche lei stava su quella banda».

«Sì, omicidio Novailloz».

«Ho avuto appena le carte da Baldi. Un altro capo di accusa».

«Un altro capo di accusa».

Il magistrato si grattò la barba e con un sorriso falso lasciò il poliziotto nel corridoio. Rocco si affacciò nell'ufficio e Baldi gli fece cenno di entrare mentre parlava al telefono. «Sì, sì. Certo, d'accordo, d'accordo. Al massimo domani». Abbassò la cornetta. «Che rottura di coglioni che è il procuratore... allora Schiavone, ho passato tutto l'incartamento a Messina e quel tizio, il barbiere di Courmayeur, lo inchiodano loro. Le dispiace?».

«Frega una mazza».

«Lo sospettavo. Si vuole sedere?». Baldi prese una cartella alla sua destra. La aprì. Ci guardò dentro, poi la fiondò nel cestino della carta straccia. «Non è questa». Provò con una seconda. Una terza. La quarta si rivelò quella giusta. «Allora la CDC... bene. Fu fondata da Ferrazzi, coi soldi del padre della moglie, e da Giovanni Albanesi, cavaliere del lavoro eccetera eccetera. Il cavalier Albanesi morì e lasciò tutto al figlio». Sfogliava le carte distratto. «Il figlio, il maggiore Bruno Albanesi».

«Maggiore perché ce ne sono altri, di figli?».

«No, maggiore nel senso di militare...», e alzò gli occhi al cielo per l'ovvietà. «La fabbrica andava così così. Poi nel 2008 si è ripresa, e parecchio, ha un bel fatturato per quell'anno. Vuole vedere?».

«No».

«Nel 2009 Ferrazzi compra la parte del maggiore Bruno Albanesi per tre milioni di euro, e diventa unico proprietario. Poi la barca naviga, naviga, quand'è che hanno divorziato Ferrazzi e la moglie?».

Rocco alzò la testa verso il soffitto per assecondare lo sforzo mnemonico. «Dunque... nel 2011 mi pare... sì, inizi del 2011».

«Come fa a saperlo?».

«Me l'ha detto la prima moglie quando l'ho interrogata».

«Quando l'ha interrogata?».

«Madonna che palle... un paio di giorni fa. Ma che sono tutte 'ste domande?».

«Niente, curiosità mia. Lei a volte dimentica fenomeni appena accaduti e si ricorda invece dei particolari e dei dettagli di poco conto ormai annebbiati dal tempo. Se n'era accorto?».

«A volte».

«Perché secondo lei?».

«Non lo so. Pensi, per esempio mi ricordo il voto che ho preso a diritto privato ma non quello che ho mangiato a colazione».

«Infatti. Anche io me lo ricordo bene e scommetto che era più alto del suo».

«Non ci voleva molto!».

«Allora dicevamo, divorzio nel 2011, la signora prende un bel po' di proprietà immobiliari che le garantiranno una vecchiaia tranquilla e anche una buonuscita di due milioni di euro. Bel colpo, Milena Ferrazzi! Anche se la signora era già ricca di suo».

«Piove sempre sul bagnato. Comunque col divorzio mi farei sempre due calcoli per vedere quanto ha lasciato sul tavolo».

«Parecchio, Schiavone, perché i conti della CDC sono sempre in crescita, addirittura grazie a una comanda importante di una fabbrica di automobili tedesca, quasi quintuplicati».

«Era in gamba 'sto Ferrazzi».

«E direi di sì».

«Che marca? Dico di automobili?».

«Porsche. Qui vedo il contratto. Pensi un po', ci hanno messo più di tre anni a chiudere l'affare. Ma poi è arrivata una valanga di soldi».

«Questo ci fa capire cosa, dottor Baldi?».

«A me non fa capire niente».

«E neanche a me. Se l'interesse non è economico, chi l'ha fatto saltare in aria? Fermo restando che l'ELP non c'entra niente... Facciamo un po' di ipotesi?».

«Una moglie gelosa? Qualche altra amante di cui non sappiamo nulla?».

«Un figlio incazzato?».

«A proposito di figli. Quello che fa il dentista...».

«Sì, Paolo?».

«Esatto». Baldi scartabellò tutto il plico fino a trovare il documento che cercava. «Ecco, è una denuncia dei carabinieri. Me l'hanno data loro».

«Il minimo, dopo quello che gli ho regalato io!» ringhiò Rocco.

«Allora, nel 2010 c'è stata una colluttazione piuttosto violenta fra Paolo, il dentista, e suo padre».

«Ah. Motivo?».

«Era il novembre del 2010... l'argomento pare fosse il divorzio imminente».

«Il ragazzo era geloso?» chiese Rocco.

«Chi può dirlo? Insomma il nostro industriale è finito all'ospedale. Tre punti. Poi s'è dato non luogo a procedere eccetera». Baldi abbassò il documento. «Quello che invece è interessante è che Paolo Ferrazzi ha rinunciato all'eredità. L'ho saputo dal notaio Rebaudengo».

«Allora un figlio incazzato lo escludiamo?».

«Io come sospetto lo terrei in cantina. S'è sempre picchiato col padre, no?».

«L'altro figlio, Nicola?».

«Bah!», il magistrato si lasciò andare sullo schienale della poltrona. «Anche lui in lotta col padre che non appoggiava l'attività del ristorante, ma...».

«Anche lui ha rifiutato l'eredità?».

«Che io sappia non credo» disse Baldi.

«Allora teniamocelo lì». Rocco si alzò in piedi, fece due passi, chiese il permesso di accendere una sigaretta che Baldi accordò. «Io avrei bisogno di capire di più. Questa CDC...».

«Fu fondata coi soldi di Giacomo Signorelli, il padre di Milena, e dal cavalier Albanesi. Un suo amico del cuore... tutti e due pieni di soldi».

«Ora è chiaro. Insomma, Ferrazzi era il marito di Milena squattrinato ma volenteroso?».

«Esatto! Diciamo che s'era sistemato. Aveva appeso il cappello al chiodo».

«Più che un cappello, un sombrero!» fece Rocco.

«Sì. Però poi la CDC l'ha fatta crescere, quindi era bravo e talentuoso».

Rocco sorrise. «E si è ripreso gli anni della giovinezza investiti con la figlia del riccone per rifarsi una vita con Annabella Lessert».

«Ecco, un po' cinica come visione, ma può anche essere».

«Quindi la rabbia di Milena Signorelli in Ferrazzi la lasciamo come movente?».

«La lascerei, sì», e Baldi sottolineò tre volte con la penna il nome della donna appuntato sul taccuino.

«Mentre questo maggiore Bruno Albanesi, il figlio del cavaliere?».

«Questo fu saldato con tre milioni, come le ho detto, e se ne andò per i fatti suoi».

«Li conosciamo?».

«Cosa?».

«I fatti suoi?».

«Farò un'indagine anche su di lui, ma è andato all'estero. Certo è che negli anni a seguire l'acquisizione della CDC da parte del Ferrazzi, l'azienda è cresciuta e ha aumentato in maniera esponenziale gli utili».

«Ciò sta a dimostrare che Ferrazzi sapeva il fatto suo» concluse Rocco. Poi si riaccomodò sulla poltroncina. «Vogliamo aggiungere fra le cause dell'omicidio, che so?, un creditore?» azzardò Schiavone.

«La vedo difficile, questo i soldi li maneggiava, e pure tanti» obiettò Baldi.

«Magari era lui che ricattava qualcuno?».

«Poco credibile, Schiavone!».

«Allora un rivale in amore!» sentenziò Rocco. «Una vecchia fiamma di Annabella Lessert? Lei l'ha vista?».

Baldi scosse il capo. «Vale la pena?».

«Direi che è una pista molto probabile. Venga al funerale domani, dottore. Si impara parecchio ai funerali».

«Credo proprio che declinerò l'invito. Purtroppo ho una comunione».

Rocco lo guardò con sincera simpatia. «Mi dispiace».

«Non lo dica a me».

«Ora se non c'è altro, farei un salto in miniera».

«In miniera?».

«A Cogne».

«Si porti l'acetilene».

«Provvederò».

Rocco rientrava in questura trasportando quattro scatole da cinquanta cialde ciascuna che sarebbero durate qualche settimana considerando il ritmo con il quale lui e la sua squadra usufruivano della macchinetta. «Tu! Ci devi fare un monumento!». Si voltò. Sara e Michela Gambino erano ai piedi delle scale.

«Anche due, se ne vale la pena».

«Vale la pena!». Michela gli fece cenno di seguirla e insieme a Sara ridiscese la rampa che portava al suo laboratorio. Entrarono nella stanzetta mimetizzata, quella dove la sostituta aveva sistemato il tavolo che fungeva da lente. «Guarda qua, Rocco» disse eccitata Michela e indicò un punto sul tavolone, Rocco posò le buste coi cartoni delle cialde e si avvicinò. «Il timbro!».

C'erano riuscite. Avevano ricostruito pezzettino per pezzettino almeno due terzi della busta concentrandosi sul timbro postale. Un lavoro certosino, impossibile solo da pensare. E invece Sara e Michela sorridenti e con le braccia incrociate sul petto erano lì, dopo giorni di lavoro al buio e quintali di pazienza, a mostrare il lavoro al vicequestore. «È stata spedita il 13 di questo mese dall'ufficio postale 0125 234533, che è il codice frazionario».

«Immagino voi sappiate già a quale ufficio corrisponda».

«E che ci vuole?» disse Sara. «Ivrea, via Torino 55».

«Stasera tutte e due cena pagata. Scegliete voi il ristorante, chi portare, comunicatemelo e ci vediamo lì».

«Guarda che se ce lo lasci fare sono dolori».

«Ho le spalle coperte, Miche'» disse Rocco. «Prenotatelo per le dieci», e raccolte le scatole del caffè schizzò via dall'ufficio.

All'altezza di Pont-Saint-Martin arrivarono i banchi di nebbia. «Allegria» disse Rocco, ma Antonio non diminuì la velocità. «Sei certo che non ci sfracelliamo?» chiese tranquillo il vicequestore. Antonio sorrise. Rocco aumentò il flusso di aria sul parabrezza, poi si accese una sigaretta. «Gli bastano a tuo fratello?».

«Per ora se li fa bastare. Era felicissimo».

«Sì, ma digli di stare accucciato. Sono soldi in contanti, se gli chiedono la provenienza, che cazzo risponde?».

«Lo sta aiutando il suo commercialista. Credo che se la caverà».

«Me lo auguro, Anto'».

«Anche io dopo quello che ho rischiato!».

Rocco fece un tiro alla Camel. «Ma adrenalina piacevole o solo paura?».

«All'inizio paura, tanta. Mi sentivo le ginocchia rigide, sudavo, pure se faceva freddo ed era notte, il cuore in gola. Poi quando siamo dovuti scappare perché arrivava la polizia in Svizzera, che ti devo dire? S'è accesa una luce e non ho avuto più paura».

«Quella è l'adrenalina».

«Sì. E mi veniva anche da ridere. Io che scappo dai carabinieri. Ho dormito pesante. Lo sai? Neanche ho sentito la sveglia. E prima di andare a letto avevo voglia di parlare. Con chiunque. Raccontargli che razza di serata avevo passato, i soldi, l'attesa mentre Furio e Brizio stavano dentro l'ufficio a scassinare la cassaforte. Non me lo scorderò mai finché campo».

Rocco aprì il finestrino per far uscire il fumo. «Non lo rifare più».

«Ma che sei matto? Neanche sotto tortura».

«Non dirlo, Antonio, devi esserne convinto fino in fondo, perché anche Italo lo diceva e guarda com'è andata a finire».

«Te lo giuro, Rocco, mai più! A proposito, com'è andata a finire?».

Rocco gettò la cicca fuori dal finestrino. «Con Italo? C'è il processo il mese prossimo. Ma ha poche speranze, se lo bevono. Senti, lì all'ufficio postale ci stanno aspettando?».

«Ho fatto chiamare dal centralino della questura».

Ad attenderli c'era Dorotea Milani, una donna robusta, coi capelli color teak e le labbra dipinte di rosso. Ogni volta che sbatteva le palpebre sembrava serrasse due tende blu elettrico. Il più leggero movimento del corpo era sottolineato dal fievole scampanellio della collana, una creazione di ninnoli di bronzo e semi infilati in una catenella di canapa. «Bene arrivati, se volete seguirmi», e fece strada. Attraversarono l'ufficio postale a quell'ora chiuso al pubblico, solo due impiegati dietro le casse stavano risolvendo qualche pratica. Superarono il divisorio per ritrovarsi sul retro in un trionfo di pacchi, buste e stampati ordinati su una decina di librerie. C'era anche una vecchia bilancia e due scrivanie. La stanza della dottoressa Milani era stata ricavata con tre pareti di cristallo. Era piccola e poco accogliente, Antonio preferì restare fuori cedendo l'unica sedia al vicequestore che però decise di non utilizzarla. «Da questo ufficio postale, il 13 del mese, è stato spedito un pacco a una fabbrica. Il pacco era una bomba». La direttrice impallidì. Oltre alla pelle sembrarono perdere colore anche il rossetto e l'ombretto blu. «Una bomba?».

«Esatto. Chi conserva i filmati interni?».

«La situation room, stanno a Roma. All'Eur».

Rocco sorrise. «Anche io stavo a Roma, all'Eur... serve la domanda del magistrato?».

«Potreste avere pure quella del presidente della Repubblica».

«E perché mai? Cancellati?».

«No, quel giorno, il 13, avevamo un guasto al sistema delle telecamere e c'erano due tecnici venuti per riparare, ma non ci sembrava opportuno interrompere il servizio».

«Ci dia i nominativi di questi due tecnici, per cortesia».

«Subito! Sono nostri interni della tutela aziendale...». Si alzò e uscì dal box.

Rocco guardò Antonio. «Non è una coincidenza. 'Sto figlio di puttana era a conoscenza del disservizio».

«E come?».

«Non lo so, Antonio, al momento non lo so. Sto cercando un collegamento fra la vittima e questa città ma non mi viene in mente niente. Eppure l'ufficio non l'ha scelto a caso».

Rientrò la direttrice. «Allora, sono venuti Fabio e Aldo Calandra». Passò un foglio a Rocco, ma lo intercettò Antonio. «Dove li troviamo?».

«A Biella».

«Prima chiamiamoli. In quanti sapevano del disservizio?» chiese Rocco.

«Be', qui in sede tutti noi. Siamo in sei. Poi la tutela aziendale e i due tecnici che sono venuti la mattina. Hanno cominciato prima dell'ora di apertura ma poi un problema ha allungato i tempi. Topi».

«Topi?» chiese Antonio.

«Sì. Avevano rosicchiato dei fili nel controsoffitto. Niente di che ma per trovare il danno c'è voluto più tempo del previsto».

Rocco ascoltava in silenzio. «Possiamo avere i nominativi di tutti gli impiegati della sede?».

«Certo» rispose la direttrice e uscì un'altra volta dal box ufficio.

«Non si sa mai, Rocco».

«Hai fatto bene a chiederli. Voglio andare da questi di Biella. Chiamali e dagli un appuntamento». Rocco si alzò. «Salutame la direttrice, di stare qui mi sono rotto i coglioni».

Quando Dorotea Milani rientrò con l'appunto, sembrò si fosse intristita nel trovare solo Antonio. «Il vicequestore si è dovuto assentare per una telefonata. La ringrazia e la saluta» le disse Scipioni prendendo anche quel foglio.

«Spero di essere stata utile».

«Lo è stata, dottoressa. Buon lavoro», e anche Scipioni lasciò il box della direttrice.

Trovò Rocco al centro della sala dell'ufficio postale che osservava la telecamera. «Che c'è?» gli chiese. Rocco fece un piccolo giro su se stesso. Puntò con il dito una seconda videocamera che inquadrava le casse. «Correggimi se sbaglio» disse, «la prima, quella lassù, inquadra l'entrata e lo sportello del bancomat».

«Mi pare di sì».

«Questa invece le casse».

«Esatto».

«Ne vedi altre, Anto'?».

«No, non mi pare».

Dorotea si affacciò dagli uffici. «Ah, dottore. Serve ancora qualcosa?».

«In sala le telecamere sono queste due?».

«Esatto».

«Ancora grazie, dottoressa» fece Rocco e lasciò l'ufficio seguito da Scipioni.

Avevano preferito darsi appuntamento in un bar di via Italia, in centro città. I fratelli Calandra erano identici anche se Aldo aveva tre anni più di Fabio. Stessi capelli castani pettinati con la riga di lato, stesso naso a becco, stessi occhi neri e vicini, stessa bocca senza labbra, fissa in una smorfia che poteva sembrare un sorriso, ma che sorriso non era. «Sì, certo, il 13. Topi» disse Aldo.

«Mi dica qualcosa in più. Come arriva la segnalazione?».

«Giorno prima ci ha chiamato la direttrice, che telecamera numero uno non andava. Aveva avuto segnalazione da Roma. Così io e mio fratello mattina dopo alle sei eravamo in sede a Ivrea e con quattro ore abbiamo ripristinato il segnale».

Rocco guardò Antonio. «Siete sposati?».

«Io sì» disse Fabio, il più giovane. «Mio fratello è divorziato».

«E che vuole commissario...».

«Vicequestore, sono vicequestore».

«Scusi. E che vuole vicequestore, non sempre le ciambelle riescono col buco».

Qualcosa stava dando sui nervi a Rocco ma non riusciva a capire se fossero gli occhietti da roditore dei fratelli Calandra o il fatto che spesso omettevano gli articoli. Lo capì quando li vide bere il caffè. Risucchiavano come quelli che mangiavano le lumache dal guscio. «Oh! E non state a pensa' al caffè, concentratevi. A quante persone avete raccontato il problema dell'ufficio postale di Ivrea?».

«A nessuna. Perché che gliene frega alla gente di una telecamera che non funziona?».

«Giusto» chiosò Fabio e si riportò la tazzina alle labbra, risucchiò ancora. Rocco stava per mollargli un ceffone sull'orecchio ma resisté. «Pensi, settimana prossima ne abbiamo altri tre di interventi».

«La settimana prossima» lo corresse Rocco.

«E io che ho detto?».

«Hai detto settimana prossima senza l'articolo». Fabio lo guardò senza capire. «Io odio chi non usa gli articoli, chiaro?».

«Chiaro, dottore».

«E dunque di questo guasto solo voi due ne eravate a conoscenza? Neanche sua moglie, Fabio?».

I fratelli si guardarono, poi scossero la testa all'unisono. «Neanche mia moglie, lei ha problemi di casa, non del lavoro mio» rispose con una certa sicurezza.

«Era intervento di ordinaria amministrazione» aggiunse Aldo e anche lui finì il caffè ancora una volta assorbendo il liquido con il rumore schifoso.

«Era *un* intervento, Aldo, *un*! Lei ha *i* problemi *della* casa, Fabio. Mortacci vostra, starvi a sentire parlare e a risucchiare quel cazzo de caffè m'ha esaurito. Mi avete rotto *il*, capite?, il cazzo!».

Sulla via del ritorno Antonio guidava tranquillo, senza accelerazioni o sorpassi azzardati. «Qui dobbiamo incrociare un sacco di nominativi. Gli impiegati delle poste, 'sti due fratelli Calandra».

«A meno che non ci abbiano preso in giro dall'inizio perché complici. Intanto nessuno dei due tecnici aveva tatuaggi sul polso».

«Bravo, l'hai notato».

«E neanche la direttrice».

«Di lei non avrei mai sospettato, Anto'».

«Io sospetto di tutti ormai».

«E fai bene. Stasera vieni a cena, offro io. C'è la Gambino, l'archeologa, credo Fumagalli...».

«Stasera, a dire la verità, avrei un appuntamento».

«Con...?».

«Una tizia. Fa il barman a Courmayeur».

«Ma si dice barman o barwoman?».

«Non lo so, Rocco».

Passarono altri dieci minuti in silenzio.

«Ho visto che facevi una smorfia ogni volta che i due bevevano il caffè. Com'è?».

«Mi fanno schifo i risucchi di brodo, caffè, cibo, qualsiasi cosa metti in bocca deve avvenire in maniera silenziosa. E pure il masticamento. E il viaggio per tornare ad Aosta».

«Ricevuto» disse Antonio e non scambiarono più una parola fino al parcheggio della questura. Appena scesi incontrarono Caterina insieme allo gnu, al secolo l'agente scelto Maurizio Bruschi. La viceispettrice sorrideva. «Monica Novailloz è tornata a casa» disse a Rocco.

«Sono felice» le rispose il vicequestore. «Hai ripreso possesso dell'appartamento?».

«Siamo rimaste buone amiche. È una persona meravigliosa».

«Bene. Guarda a volte la vita che sorprese riserva».

Poi Caterina prese da parte Rocco. «Ascolta, Rocco, qualcuno ti vuole parlare», e lo guardò seria.

«Qualcuno chi?».

«Si farà vivo lui», e si allontanò riunendosi a Bruschi. «Abbiamo una chiamata. Il solito ex fidanzatino che non si mette il cuore in pace» fece Bruschi. Ma a Schiavone parve che lo gnu avesse pronunciato la frase con un tono di scherno. Lo guardò dritto negli occhi. «E come vi comporterete? Come lo convincete?» gli chiese. Quello fece una smorfia che voleva essere un sorriso. «Gli conviene. Altrimenti incorre in guai che neanche se li aspetta».

«Mi piacciono i poliziotti decisi». Caterina, che conosceva troppo bene Rocco, cercò di sciogliere quell'aria gelata che s'era creata fra i due. «Sì, se non facciamo così non riusciamo a difendere nessuno...» disse Bruschi senza neanche pensarci.

«Bravi» si complimentò Rocco senza staccare gli occhi dall'agente scelto.

«Grazie» rispose quello. «È una lezione che tutti, dico proprio tutti, dovrebbero tenere a mente» aggiunse.

«Bruschi, hai dei problemi?» chiese Rocco avvicinandosi. Quello sbatté appena le palpebre. «Io no. Lei?».

«Nessuno. Se non me le fanno girare sono un tipo tranquillo che tende a farsi i cazzi suoi». Antonio con due passi impercettibili si era avvicinato a Rocco pronto a scattare.

«Allora siamo a posto» disse lo gnu. «Vicequestore...».

«Agente...».

«Scelto» lo corresse lo gnu. «Sono agente scelto. Credo che in questura il rispetto dei ruoli sia importante».

«Non lo metto in dubbio. Infatti dovresti ringrazia' Dio, se ce credi, che un vicequestore perda tempo con te».

«Diciamo che invece me ne frega poco più di niente?».

Rocco non ne poteva più. «Senti un po', agente speciale, mo stiamo in un parcheggio e senza divisa. Quindi puoi parlare libero, non sono tuo superiore, siamo due persone che si stanno parecchio sul cazzo. Dimmi che vuoi, che fai l'ironico, oppure levati dai coglioni».

«Che voglio? Io niente. Te che vuoi!», e si fece sotto.

«Aggredisci, fai il cattivello e non vuoi niente? Te rode? Allora? Dimme un po'».

«Non mi piace che te ne stai appartato con Caterina, ti basta?».

Rocco guardò Caterina e gli venne da ridere. «Ma che ci ha lo gnu? È geloso?».

«Adesso basta» intervenne la viceispettrice. «Maurizio, io con Schiavone ci devo parlare anche a quattr'occhi senza che ascolti nessuno».

«Non intendevo questo, Caterina, sai di che parlo». Si liberò della presa della collega per dirigersi ad ampie falcate verso la macchina.

«Oh, ma che cazzo ha?».

«È geloso, Rocco».

«Ma perché voi due...?».

Caterina annuì. Rocco scoppiò a ridere ed entrò in questura. Restarono soli Antonio e Caterina. «A parte questo come stai, Caterina?» le chiese.

«Bene. Tu?».

«Ho visto momenti migliori. Che sai di Italo?».

«Quello che sanno tutti. Che dice, Rocco?».

«Che se lo bevono. Oh, non ti sentire offesa da quella risata».

«È finito il tempo in cui Rocco poteva offendermi, Anto'. Buona serata», e andò dal collega che torvo l'aspettava in auto.

«Caterina?».

La donna si voltò. «Dimmi».

«Ma si dice barman o barwoman in caso di una donna?».

«E che ne so? Chiamala col nome, è meglio».

Venerdì

La cena era stata divertente, Baldi aveva dato il meglio di sé come anche Sara e Michela. Fumagalli era stato sulle sue, forse stava ripensando al matrimonio o forse davvero non ne poteva più della regolarità esistenziale con la quale affrontava giorni, mesi e anni. La notte profonda, non ancora mattina, avrebbe lasciato a Rocco qualche ora di sonno. Lo incontrò davanti al portone di casa sua: Pietro Rakovic, o almeno così aveva detto di chiamarsi quando l'aveva incrociato a Roma durante il processo a Mastrodomenico. Il barracuda, perché somigliava a un barracuda argentato. Era dei Servizi e Rocco avrebbe giurato che avesse la temperatura della pelle identica a quella del pesce subtropicale. Rakovic si staccò dal muro e si avvicinò al vicequestore. «Mi dispiace disturbarla a quest'ora» gli disse, «le farebbero piacere quattro passi?».

«No. Ma rifiutare non mi sembra un'opzione, giusto?».

L'uomo sorrise. «Ha una direzione preferita?».

«Faccia lei».

«Direi verso la cattedrale», e si incamminarono. Aosta era deserta, le luci delle case spente, resistevano l'illuminazione stradale e qualche vetrina. I passi di Rakovic rimbombavano nel silenzio. «Fa freddo a quest'ora» disse il barracuda.

«Che vuole?». Rocco andò dritto al punto.

«Questi dell'ELP. Stanno diventando un dito nel fianco».

«Nel fianco di chi?».

Rakovic si fermò in mezzo alla strada. «Ma del paese!», e allargò le braccia. «Sono atti terroristici, i loro».

«Che finora non hanno causato danni a persone, ma solo a proprietà private della cui liceità possiamo discuterne».

«Non mi dica che lei è uno di quei vegani fanatici e un po' rompiballe?».

«Possiamo aprire un dibattito sulla questione, ma non ne ho voglia».

«Mi piace, lei parla sempre chiaro».

«Lei non mi piace, perché di chiaro ha solo i capelli».

Rakovic scoppiò a ridere. «Me l'avevano detto che era simpatico e alla mano». Svoltarono l'angolo per ritrovarsi di fronte alla cattedrale. «Sia come sia. Hanno ucciso un uomo qui in Valle».

«Non sono stati loro».

«Ah sì? Ne è certo?».

«Se lo faccia raccontare dal questore o dal magistrato, io sono stanco e avrei diritto anche a due ore di sonno prima di riprendere a lavorare». Si fermarono di nuovo e Rocco lo affrontò di petto. «Non sono dei vostri, anche perché non ho ancora capito lei chi cazzo rappresenta. Sono un poliziotto ricattabile perché cazzate ne ho fatte tante e lei pare conoscerle tutte, ma non ho voglia di lavorare sottobanco o avere a che fare coi vostri affari».

«Chiaro. Lo aveva già detto al primo incontro. Però vede, ci sono molti modi di servire lo Stato. Come fa lei o come faccio io. Due facce, stessa medaglia. E se ogni tanto una delle due parti ha bisogno dell'altra, è sempre il bene dello Stato quello che ci preoccupa. Non è così anche per lei?».

«E allora torno alla prima domanda della nostra *promenade* notturna. Che vuole?».

«Che lei mi avverta su qualsiasi passo in avanti verso questo ELP. Ha visto oggi che hanno combinato in Toscana?».

«Non ho avuto modo».

«Hanno fatto saltare in aria un mattatoio, e vicino Modena hanno rubato due camion che trasportavano animali diretti al macello che poi hanno liberato nelle valli di Comacchio».

Rocco scoppiò a ridere. «Perché nelle valli di Comacchio?».

«Ma che ne so? Sì, sono strani, questo l'ammetto. E anche molto bravi. Ma prima o poi li fermiamo».

«Allora auguri».

«Schiavone, posso contare sulla sua discrezione e sul suo aiuto?».

Rocco si accese una sigaretta e sputò il fumo verso il cielo. Grigio, come le nuvole che avevano ricoperto la città. «E perché dovrei contattare lei e non il mio superiore?».

«La veda così. Sono io il suo superiore».

«E Pietro Rakovic è il suo nome?».

«E Pietro Rakovic è il mio nome. Avevo un nonno istriano».

Rocco fece l'ultimo tiro alla sigaretta che poi lanciò lontano. La osservò rotolare insieme alla brace fino a sparire in un tombino. «Dottor Rakovic, non la conosco, non ho prove del ruolo che lei afferma di avere, non mi fido della mia mano sinistra, si figuri di lei. Se vuole il mio aiuto dovrà decidersi e darmi qualche dettaglio in più».

«Facciamo così, allora. Caterina Rispoli la guidavamo noi. Sempre noi abbiamo arrestato Mastrodomenico. E sempre noi sappiamo tutto di lei. E di Sebastiano Cecchetti, al momento latitante. A proposito, lei sa dove si trova?».

«E come potrei?».

«L'ultima destinazione certa era il Sudamerica. Non l'ha contattata?».

«Fra me e Sebastiano non c'è più niente».

«Io aspetto novità. Vedrà, quando ci conosceremo meglio magari le risulterò anche simpatico».

«Una sorta di sindrome di Stoccolma?».

E Rakovic, ridendo, svoltò diretto a piazza Chanoux. Rocco tornò indietro verso casa. Sperava solo che Lupa non insistesse per l'uscita notturna perché cominciava a sentire il peso della giornata sulle spalle, sui piedi doloranti nelle Clarks da buttare e nel collo che continuava a sgranchire senza ottenere risultasti apprezzabili.

Arrivarono all'Hotel La Baita di Cogne alle otto e trenta. Stavolta la padrona non c'era e neanche il marito. Li ricevette una ragazza sui trent'anni, alta e magra, mora con i capelli lunghi e lisci pieni di riflessi. Aveva il naso leggermente storto che donava irregolarità alla bellezza del viso. «Che posso fare?».

«Dobbiamo parlare con Gianna e Pierre» disse Rocco.

«Dovrebbero essere qui a momenti, stamattina all'alba hanno accompagnato alla miniera un giornalista del Tg3».

«Bene».

«Volete sedervi?».

«Se non le dispiace ci prendiamo un caffè».

«Benissimo... Augusto? Fai due caffè ai signori?».

Il ragazzo dietro al bar sorrise. Rocco lo ricordava, era lì anche giorni prima e li aveva seguiti nel giro di perlustrazione del paese. Sempre sorridente, con gli occhi chiari e attenti di un ragazzino e i capelli sempre pettinati a ciuffetti come aculei. «Lo volete corretto? Un grappino?» lo disse con un tono appena canzonatorio, come se sapesse che la polizia in servizio non beve. «No, figliolo, normale, sempre che tu sappia farlo».

Il ragazzo guardò Rocco dritto negli occhi. «Siete venuti a fare una visita in miniera? Ci siete andati al villaggio l'altra volta?».

«Ti chiami Augusto, vero?».

«Esatto».

«Come il grande imperatore romano! E sai cosa aveva di grande il primo fra tutti i Cesari?».

«No...».

«Si faceva i cazzi suoi» gli disse Schiavone, «ecco perché il suo nome è vivo ancora oggi». Antonio sorrise. «Vero, 'sta storia la sapevo anche io» aggiunse il viceispettore.

«Sei di queste parti, Augusto? Avrai pure un cognome, no?».

«Certo, ne sono dotato. Commod», e posò le tazzine sul banco.

«Ma dai! Quasi come Commodo, un altro Cesare! In te scorre il sangue degli uomini che hanno fatto grande Roma. E senti un po', Augusto Commod, sei di Cogne?».

«Esatto».

«Mi vuoi accompagnare tu a vedere le miniere? Te la senti?».

«Per sentirmela, me la sentirei, ma non posso. Ho il turno qui al bar».

«Peccato», e Rocco mise le labbra sulla tazzina. «No, Augusto Commod, come i cazzi tuoi, anche il caffè non lo sai fare». Posò la tazzina e lasciò cinque euro accanto allo zucchero. «Però puoi tenere la mancia» gli disse. «Anzi, fai una cosa, evita lo scontrino, così li incassi tutti tu!».

Come risposta il ragazzo andò alla cassa e batté la cifra. Poi consegnò lo scontrino a Rocco. «Ecco a lei, tenga. Noi qui le tasse le paghiamo».

«E fate bene, Augusto Commod, fate molto bene».

«C'è altro che desiderate?» chiese sempre con aria canzonatoria.

«Oh sì, c'è altro, ma me lo dirai in un secondo momento, non ora».

Gli occhi di Augusto divennero interrogativi.

«Sì, sono certo che io e te un giorno faremo una lunga chiacchierata. E potrai svelarmi un sacco di cose che mi servono. Per esempio, da quando in qua ti senti in diritto di seguire due poliziotti?».

Il ragazzo divenne serio. «Io non ho seguito nessuno».

Rocco gli batté le mani. «Bravo!».

«Augusto, che succede?». Una voce di donna fece voltare Rocco e Antonio. Era Gianna. «Mi scusi, dottore, a volte perde il controllo», poi dura si rivolse al ragazzo: «Vai a scaricare il vino. Adesso!». Quello tornò docile e sparì dietro una porta laterale. Rocco lo osservò. Portava scarpe da tennis bianche, la suola sporca di terra rossa.

«Mi ha detto Lucilla che mi cercavate?».

«Sì, la cercavamo. Lei e suo marito. Si tratta di una denuncia di qualche tempo fa. Sparizione di tritolo».

Gianna ci pensò un attimo, poi quasi si picchiò la fronte. «Ma certo, certo. Venite, venite pure, seguitemi», e fece strada attraversando la piccola hall, poi la reception e infine aprì una porta di legno chiara per entrare in un ufficio piccolo e accogliente. Rocco si chinò e sussurrò qualcosa nell'orecchio di Antonio che ascoltò e lasciò l'ufficio.

«Prego, si segga pure». La donna aprì una piccola scansia e tirò fuori delle cartelline rosse e verdi. «Questa è tutta la documentazione del museo. Gliel'avevo detto che io e mio marito...».

«Sì, vi occupate anche delle visite alle miniere. Mi dica una cosa. Sono tutte visitabili?».

«No, qualche tratto, sono profonde chilometri e chilometri, entrano nella pancia della montagna, si arriva fin dove si è sicuri, poi son posti chiusi ormai da anni e anche pericolosi... le mostro delle foto». Consegnò a Rocco una brochure che il vicequestore guardò con molta attenzione. Si vedevano le grotte scavate con binari e carrelli, assi di legno, attrezzi, tunnel che si perdevano nel buio della miniera.

«Bello», e Rocco restituì il dépliant a Gianna che intanto scartabellava in un faldone. Si fissò a guardarle le scarpe. Le portava da trekking, avevano la suola macchiata di terra rossa.

«Dunque, ecco qua... sì, undici mesi fa ci fu un furto su al museo. Venne qualche suo collega dalla questura».

«Cosa rubarono?».

«Due picconi antichi, un casco con la lampada, delle calzature e due candelotti di tritolo. Ma il tritolo è vecchissimo, non è funzionante, lo teniamo come un simbolo, era la chiave che serviva a farsi strada nella roccia. Vennero anche gli artificieri a controllare i candelotti rimasti e non erano più attivi».

«Capisco».

«Davvero non vuol vedere la miniera? È semplice, facciamo in auto fino a un certo punto, poi è una passeggiata. L'unica cosa è che magari si sporca un poco le scarpe», e indicò le sue.

«Si figuri, ormai ne cambio un paio al mese» rispose Schiavone. «Grazie, comunque non mi serve. Lei e Pierre da quant'è che avete questo posto?».

«La Baita? Era di mio padre e prima ancora del nonno. Io ho sempre vissuto qui».

«Be'», Rocco alzò lo sguardo sul panorama fuori dalla finestra, «una vita invidiabile la sua. Quanti campi da tennis ci sono a Cogne?».

«Come?».

Rocco ripeté la domanda.

«Ce n'è uno al bar La Sapinière, a Buthier».

«Lei frequenta?».

«Io? No, mai giocato», e gli sorrise.

«Figli ne ha, Gianna?».

«Certo», e indicò una fotografia appesa alla parete. Ritraeva una ragazza bionda con un sorriso solare e un ragazzo sui venticinque anni, bello e scuro di carnagione in un giardino con alle spalle una villa meravigliosa. «Rossana che studia a Londra, e Flavio che invece sta a Milano. Non è perché sono la madre...».

«... ma sono i migliori del mondo!» concluse la frase Rocco con la foto in mano e Gianna scoppiò a ridere. «Esatto!».

«Dove è stata presa la foto? Questa villa è meravigliosa».

«Ah, non ricordo. Mi pare una gita in Veneto. E lei? Figli?».

«Niente figli». Rocco posò la fotografia.

«Perché non ne avete adottato uno? Io e Pierre con Flavio ringraziamo il cielo ogni giorno d'averlo fatto».

«No, il mio problema era un altro, Gianna». La donna lo guardò. Sembrò intuire che aveva toccato la punta di un iceberg.

«Io ho paura, dottor Schiavone, per loro. Per il futuro. Che mondo gli stiamo lasciando?».

«Anche io mi pongo questa domanda. Forse dovremmo dare retta a questi dell'ELP, non crede?».

«Confessione per confessione? Forse sì!».

«Gianna...», Rocco si avvicinò alla scrivania, ci poggiò sopra i gomiti, «se lei sapesse qualcosa, me lo direbbe».

«Che intende?».

«Da me non deve temere nulla, semmai il contrario. Si deve fidare».

Le parole di Rocco sembrarono cadere sul tappeto per essere assorbite dal silenzio che calò nella stanza. «Credo... continuo a non capire».

«No, Gianna, lei ha capito. Sappia che io sono un alleato. Hanno brutta gente contro, mica un poliziotto di merda come me. Hanno alzato il tiro, e quando in questo paese si alza il tiro, lo sa meglio di me cosa succede».

Gianna deglutì. In quel momento si aprì la porta dell'ufficio e apparve Pierre sorridente. «Salve! Buongiorno, dottor Schiavone! Che posso fare per lei?».

Ma il viso della moglie, serio come una lapide, spense tutto l'entusiasmo dell'uomo. «Che... che succede?».

«Niente, Pierre, niente che non si possa aggiustare». Rocco allungò la mano e strinse quella di Gianna. «Ci pensi. Con permesso», e uscì dalla stanza.

Nel parcheggio trovò l'auto ma non Antonio. Si accese una sigaretta e si appoggiò al cofano. Guardò l'albergo. Dalla finestra dell'ufficio intravide Pierre. Sul retro un piccolo furgoncino con il portellone aperto carico di casse. Accanto, poggiato alle scale che scendevano in cantina, un carrellino portapacchi. Poco dopo Antonio apparve sereno e tranquillo. «Andiamo, Anto'? Ci aspetta un funerale».

Salirono in auto. «Allora?».

«Il ragazzetto appena è rimasto solo ha fatto subito una telefonata. Giocano troppo scoperti».

«Sono d'accordo con te».

«Secondo te si nascondono da queste parti?».

«Sì. Credo che abbiano il nascondiglio nelle miniere, trovarli non ci vorrebbe nulla. Sono ingenui, glielo leggi in faccia».

I tornanti che scendevano verso Aosta cominciavano a essere fastidiosi. «Dici che sanno anche dov'è il cazzone che ha aggredito gli operai?».

«Sanno chi è, sanno dov'è».

«Che vuoi fare?».

«Niente, Anto', che devo fare? Beccare un figlio di puttana che ha fatto saltare in aria un uomo, ecco che devo fare».

La messa officiata dal vescovo si trascinava con la solita lentezza dei riti. La cattedrale era affogata da un'esplosione di fiori e corone, non fu difficile per Rocco e i suoi uomini mimetizzarsi con i condolenti che riempivano tutta la navata. Anche nelle esequie si rispettava la scala sociale della fabbrica. In fondo sulle ultime panche c'erano gli operai, Rocco riconobbe la ragazza che l'aveva portato a fare il giro, Grazia, poi più avanti i quadri impiegatizi. C'era Orietta Perelli e altri visi che il vicequestore aveva incrociato il giorno dell'attentato. Qualche panca più avanti ancora

Giancarlo Testori, il vice in odore di promozione, accompagnato da una donna piccolina ed elegante, sopra i settant'anni. A destra della bara, sulle panche davanti all'altare, stava la famiglia nuova, Annabella Lessert vestita in nero, con metà viso coperto dagli occhiali dalle enormi lenti scure. Sulla panca a sinistra del catafalco invece c'era Milena Ferrazzi, la prima moglie. Le stava vicino il figlio Paolo, intorcinato su se stesso, si copriva lo stomaco con le braccia. Accanto a lui una donna giovane, poco più che trentenne, bruna, con gli occhi piccoli e volpigni. Dall'altra parte, alla destra della madre, sedeva Nicola, che aveva il volto rilassato di chi ha dormito bene e a lungo. Parlava sottovoce con un uomo sulla sessantina con le orecchie grandi dai lobi enormi. Basette folte e capelli un po' lunghi sul collo, radi sulla calotta cranica; aveva gli occhi tondi, bovini e le labbra carnose che smozzicavano parole, forse stava pregando. Poi c'era qualche autorità cittadina, un paio di divise e addirittura Costa, che lo salutò con un mezzo sorriso.

Dopo una decina di minuti Rocco uscì accompagnato dai suoi. Sul sagrato della cattedrale c'era qualcuno che fumava e chiacchierava come fosse al bar. Fu facile individuare quelli delle pompe funebri dalla stoffa sulle spalle della giacca lisa per il trasporto delle bare. «Lo tumulate qui ad Aosta?» chiese Rocco a uno di loro. «Sì, alla tomba di famiglia».

Il vicequestore tornò dai suoi. «Avete visto i parenti, sono quelli seduti alle prime panche. Ora al cimitero vado solo io, voi tornate pure in questura. Più tardi vi assegno i compiti. Dobbiamo prepararci a giorni senza pausa e molto, molto noiosi».

«Cioè?».

«Li dobbiamo seguire, Anto'. Sciolti, ognuno per fatti propri, anzi, Antonio, tu vieni con me al cimitero».

«E come si fa a rifiutare un invito simile?».

Insieme salirono in macchina. «È uno di loro in quella chiesa, fra le prime panche» asserì Schiavone.

«Perché lo dici, Rocco?».

«Mi faccio due conti. Un figlio eredita fabbrica, liquidi e proprietà. L'altro lo odiava tanto da averlo mandato in ospedale. Quando sono venuti in questura, non mi sembravano addolorati».

«Vero. La prima moglie?».

«Lei? Quattro anni fa ha divorziato, ha avuto la buonuscita, è ricca di famiglia, ma se l'umiliazione non le fosse passata? Tradita per Annabella. E poi considera che lei sente come sua la CDC e il successo dell'ex marito. I soldi per l'apertura venivano tutti da lì».

«E Annabella?».

«Forse ha un altro? Levarsi di torno Simone Ferrazzi più vecchio di lei e ricco sfondato, mi pare che anche lei ci guadagni, no? Lei e un suo eventuale amante».

«Magari l'hanno fatto tutti insieme».

«Sì, come no, un pezzo per uno. Quelle sono cazzate da film gialli, Anto'. Qui il figlio di puttana è uno e uno solo. O sola, dipende».

Arrivarono al cimitero con grande anticipo. Presero le informazioni dal guardiano e si incamminarono fra i vialetti punteggiati di lapidi e piccole cappelle di famiglia. Quella dei Ferrazzi era aperta e preparata. La lastra di marmo era stata rimossa scoprendo il posto vacante in attesa delle spoglie del caro estinto. In disparte due operai del Comune attendevano con sacchi di cemento, cofana e cazzuola. «Ma stai sempre al cellulare? Ma che guardi?» chiese Rocco ad Antonio che pareva non riuscisse a staccarsi da quell'attrezzo. «Un video che interessa tutti e due», e gli allungò il telefono. «Aridaje» disse Rocco appena vide la sagoma del solito uomo incappucciato davanti al telo verde con il simbolo dell'ELP.

«Alza il volume» suggerì Antonio. Rocco eseguì.

La voce distorta e abbassata di almeno un'ottava scandiva le parole. «L'Esercito di Liberazione del Pianeta si dichiara del tutto estraneo all'attentato alla CDC in Valle d'Aosta. Siamo un gruppo di protesta per la difesa del pianeta, non siamo degli assassini. Colpiamo solo i mezzi di produzione nocivi all'ambiente. Per noi la vita è sacra e inviolabile». Il comunicato si chiuse con le solite quattro dita alzate davanti al viso. «Ecco fatto» disse Rocco. «Si sono mossi».

«Avevi ragione», e Antonio si riprese il cellulare. «Avevi ragione piena».

«A questo punto manca proprio l'Esercito di Liberazione del Pianeta qui in Valle».

«E no scusa, l'attentato al negozio?».

Rocco si abbottonò il loden, un vento improvviso si era alzato correndo in mezzo alle tombe, pareva portare il freddo di quelle lapidi fin dentro le ossa. «Abbiamo analizzato il video di quell'attentato. L'autore è lo stesso della bomba a Ferrazzi. Stessa mano, voce, difetti di pronuncia e addirittura grafia. Questo che ci fa capire?».

«Che è un piano premeditato?».

«Bravo, Antonio».

«E tutti quei simboli trovati in città?» chiese il viceispettore.

«Non è detto che chi li ha scarabocchiati sia parte dell'organizzazione. Non tutti quelli che scrivevano Ordine Nuovo o Brigate Rosse sui muri erano dei terroristi. Simpatizzanti, sostenitori, magari».

«Sì, è chiaro». Antonio si mise il cellulare in tasca. «Io una volta sul muro ho scritto Forza Inter, ma mentivo. Non so neanche perché l'ho fatto».

«Forse perché scrivere Forza Palermo sui muri di un paesino delle Marche significava autodenunciarsi?».

«Mi sa che è così».

«A proposito, si dice le arancine o gli arancini?».

Antonio alzò gli occhi al cielo. «Allora, viene da arance. Si dice le arance al femminile e al femminile devi dire le arancine. Gli arancini non sono roba nostra».

«Qualcuno però aranci lo dice al maschile».

«E quel qualcuno sbaglia e non deve scassare la minchia!».

«Ricevuto, Anto'. Anche se un mio amico di Catania...».

«Miii, devo chiamare la Gambino e spiegarti per bene come funzionano le arancine?».

«Per carità, Anto'. Eccoli, arrivano».

Un impiegato dell'agenzia funebre sopraggiunse di fretta trasportando due corone. Lo accompagnava il guardiano del Comune, anche lui carico di fiori. Piazzarono gli omaggi davanti alla porta della cappella, sorrisero appena a Rocco e Antonio, poi il guardiano fece cenno ai due muratori di allontanarsi e quelli obbedirono silenziosi. Dopo qualche minuto sul vialetto si vide avanzare la bara trasportata da un becchino su un carrello di metallo. Una delle quattro ruote cigolava. Dietro il prete, che pregava a testa bassa, seguivano i parenti, muti, con passo lento e cadenzato, che chiudevano la processione. Si era stabilita una curiosa sincronia ritmica fra il cigolio della rotella e lo scalpiccio dei parenti del defunto sulla ghiaia che si interruppe quando la processione arrivò a destinazione. Nicola, il cuoco, era impegnato nella lettura di qualche messaggio sul telefonino. Il fratello Paolo era aggrappato al braccio della madre, o forse era lei che si sosteneva al figlio, Annabella si puliva il naso con un fazzoletto candido, Testori, il vicedirettore, stava con le mani intrecciate dietro la schiena, pareva un turista in visita a un monumento. L'uomo con le basette folte zoppicando si avvicinò alla bara, la sfiorò e si portò la mano alle labbra. Poi si voltò e guardò Rocco negli occhi. Si spostò verso Milena Ferrazzi, si chinò per parlarle all'orecchio. Anche la donna si voltò per inquadrare il vicequestore, chinò il capo in cenno di saluto, poi mormorò qualcosa nell'orecchio dell'uomo con le basette e gli occhi bovini. La bara fu sollevata e portata all'interno della cappella. Il prete la benedì, poi recitarono l'Eterno riposo e alla fine il sacerdote strinse le mani dei convenuti e si allontanò. Stettero un poco ammucchiati davanti alla tomba per dare l'estremo saluto, poi uno a uno sfilarono via. L'ultimo fu l'uomo con le basette folte che giratosi puntò dritto verso il vicequestore. I due muratori riapparvero con secchi e attrezzi per sigillare la lastra di marmo. «Lei è il vicequestore?» chiese.

«Schiavone. Lui è Scipioni, viceispettore».

Antonio sorrise appena.

«Sono Bruno Albanesi, molto lieto». Strinse la mano ai due poliziotti. «Forse mi avrete già sentito nominare».

«Sì. Lei è il figlio del cavalier Albanesi, fondatore della CDC. Lei è il maggiore Albanesi».

«Esatto. Congedato da maggiore», si batté la gamba zoppa. «Italcon, Libano, 1983...».

«È stato ferito?».

«22 settembre del 1983. Ci bombardarono i drusi, colpirono un deposito munizioni e io ero di stanza lì...». Allargò le braccia. Aveva gli occhi e le guance rossi, un viso contadino che cozzava con l'abito elegante di sartoria e le scarpe inglesi di pelle lucida. «Li sente ancora i suoi commilitoni?».

«Ogni tanto. È stata dura, dottor Schiavone, ma non mi pento di quello che ho fatto».

«E perché pentirsi, maggiore?» gli disse Rocco.

«Ci ho rimesso la gamba e un pezzo di vita. Ma la storia va come deve andare, non siamo in grado di cambiarla. Anche io per un periodo lavorai nella CDC...».

«Poi prese una buonuscita e si dedicò ad altro».

«Esatto. Un po' di meritate vacanze, poi ho cominciato varie attività, in Italia, in Portogallo, perfino in Cile. Qualcuna è andata bene, altre un po' meno. Mi sono sposato due volte...».

«Come Simone Ferrazzi».

«Eh già. Anche in questo eravamo molto simili. Ma a differenza di Simone, io figli non ne ho avuti e neanche quel successo negli affari. Si chiederà perché sono venuto da lei».

«Per pura cortesia?».

Il sorriso sparì dal viso di Bruno Albanesi. «Per rabbia».

«Rabbia?».

«Sì, rabbia. Lei li ha visti, no? Uno di quelli ha ucciso Simone».

Rocco guardò Antonio, poi tornò con l'attenzione a Bruno. «Ne è certo?».

«Sì».

«Non si tratta dunque di un attentato?».

«Lei non ci crede e non ci credo neanche io. Non ho sospetti, non posso averne, non frequento da tempo i familiari e non faccio il poliziotto, ma sono certo che uno di loro è l'omicida».

«Le sue parole sono pesanti, ma grazie per il suggerimento».

«Suggerimento inutile, credo, perché se lei è qui significa che la pensa come me, dottor Schiavone».

Rocco sorrise. «Sono a sua disposizione per qualsiasi dettaglio o retroscena voglia conoscere» riprese Albanesi. «La prego, mi sfrutti. Sono un po' la memoria storica della CDC». Estrasse un biglietto da visita dal portafogli e lo consegnò a Schiavone. «Abito a Fossaz, vicino all'Hotel Bellavista. Qui c'è il mio numero».

«Grazie, maggiore Albanesi».

«Mi piacerebbe se da oggi lei mi chiamasse Bruno».

«E io per lei sono Rocco». Si strinsero la mano e l'uomo si voltò e si incamminò col suo passo storto verso l'uscita del cimitero. Rocco intascò il biglietto, poi si accese una sigaretta. «Andiamo, Anto'».

«Comandi!» rispose il viceispettore.

Rocco aveva riunito tutti nell'ufficio a mangiare i panini portati dal forno di Federico. Si era aggiunta anche Caterina che aveva già aggredito il secondo. «Ci organizziamo così. Ho bisogno di una persona attaccata ad Annabella Lessert».

«Sulla bonazza andrei volentieri io» rispose subito Casella. «Cioè andrei, nel senso che la seguirei, non che...».

«Capito, Case', anche perché non credo tu possa sperare in niente più di questo».

«Lei mi sottovaluta».

«Impossibile, Ugo. Per sottovalutarti dovrei considerarti un organismo monocellulare. Comincia subito. Deruta invece va sul vicedirettore».

«Testori?».

«Bravo. D'Intino?».

«Comandi».

«Tu stai su Nicola, che è facile. Fino a mezzanotte

lavora nel suo ristorante, ma io voglio capire che fa dopo. Antonio, tu sul dentista».

«Il dentista pratica a Novara».

«E te ne andrai a Novara. Alle spese ci pensa l'ufficio».

«Chi sta sulla ex moglie?».

«Caterina, hai finito di ingozzarti?».

«Scusa» rispose a bocca piena, «ma sono buonissimi!».

«Se il tuo fidanzato lo permette, stai sulla ex, Milena?».

«Sì, certo».

«Antonio vi ha preparato indirizzi e tutto. Non oltre le tre di notte. Poi si riprende domani. Deruta e D'Intino, avete spulciato il quaderno nero?».

«Certo. E siamo risaliti ad almeno cinquanta nominativi. Le abbiamo lasciato l'appunto lì sopra» disse Deruta e indicò una decina di fogli spillati. A una prima occhiata erano un tripudio di strisce rosa, verdi, arancioni e gialle. «Come avete usato i colori?» chiese a D'Intino che rispose eccitato. «Allora, rosa sono quelli che stanno nella regione. Verdi quelli che invece stanno qui ad Aosta. Arancioni sono morti e gialli fuori regione».

«Mi sembra un lavoro fatto molto bene, D'Intino e Deruta. Grazie. E, magari chiedo troppo, avete notato qualcosa?».

«No, dottore, noi ci siamo limitati alla ricerca, senza complicarci troppo la vita».

«Bravo, Deruta, mi sembra una bella filosofia, una cosa alla volta, un ottimo proposito per tutti noi che tanto mica facciamo i poliziotti, no? Mannaggia... andate in pace, *missa est*».

In perfetto silenzio e sincronizzati si alzarono dal divanetto e dalle sedie. Uscirono in ordine, Rocco quasi si stupì dell'armonia di movimenti e intenzioni che si era creata nella squadra. Stupore che durò poco, un cozzo e un frastuono di qualcosa che cadeva a pezzi nell'altra sala, accompagnato da una mezza bestemmia di Casella e dalle urla di Antonio, lo riportarono alla normalità. Quell'ordine, quella simmetria, erano stati solo frutto del caso. Cominciò a guardare i cinquanta nomi della lista cominciando dagli abitanti di Aosta. Se li ripeteva ad alta voce, semmai fossero riusciti a richiamare qualche guizzo di memoria utile. «Stefano Savinio... Rosamaria Ducroix... Antonella Perriello...». Niente, nessun suono familiare, nessun lampo mnemonico. «Paolo Fermont... Giangiacomo Dettori...». Squillò il telefono della scrivania che svegliò Lupa. «Sì, Schiavone».

«Salga», e come sua abitudine il questore abbassò la cornetta. Non era il comando perentorio in sé, e neanche il fatto di dover obbedire a infastidire il vicequestore. Era la concentrazione. Ci metteva tanto a trovare il ritmo dei pensieri, come una tenue vena aurea da seguire. Poi qualcuno che bussava alla porta o una telefonata gli facevano l'effetto di una scopa sulla ragnatela. Spazzava via tutto e doveva ricominciare daccapo a ricostruire il sentiero dei ragionamenti. Uscendo dalla stanza si stupì dell'assenza sul cartello delle rotture di scatole, continuamente aggiornato, di una delle più semplici e immediate; data per scontata, forse, e invece meritevole di menzione e di consegna alla memoria dei posteri: gli scassacazzi. Li iscrisse al nono livello, che poi corresse in nove e mezzo perché erano loro a rendere la vita impossibile a tutti i livelli: sociale, politico, economico, psicologico, antropologico. Schiavone non era razzista, non lo era mai stato, ma ciò non valeva per gli scassacazzi. Quelli, per Rocco, erano una razza a parte, una razza inferiore che andava isolata, tolta dal consesso umano. Perché erano perniciosi e inflessibili nel loro rompere i coglioni. Lo stupido lo si può educare, pensava, l'ipocrita lo si può convincere o almeno smascherare, il rompicazzi no. Ligio al dovere etico di rendere la vita degli altri impossibile, da sempre nemico dell'umanità, spietato e mai imbrigliato, si nutre e ingrassa sulle spalle degli altri, scarica anzi sulle spalle degli altri le sue frustrazioni e le sue ansie rendendo la vita difficile, in alcuni casi impossibile, al prossimo. L'unica cura per interrompere quell'attività diabolica è l'eliminazione fisica del soggetto, su questo Rocco non aveva dubbi. Ragionando, pensò fosse utile aggiungere un altro cartello nel corridoio, anche quello diviso in livelli dal più basso al più alto, in cui elencare e etichettare le diverse tipologie della razza. Al sesto avrebbe messo gli scassacazzi inconsapevoli, quelli cioè che non avevano coscienza della loro gravosità. D'Intino, per esempio, lo era in quanto imbecille, e in quanto imbecille non poteva dunque riconoscere l'appartenenza a quella categoria infame. Al decimo livello chi invece aveva rotto i coglioni in maniera mortifera con coscienza, piacere, gusto, e spesso brama di potere a tutto il mondo. Dai grandi dittatori, Hitler, Mussolini, Stalin, ai poeti come Carducci e D'Annunzio, tutti i risorgimentali con in testa Garibaldi e Cavour. Si fermò, la lista era troppo vasta, abbisognava di giorni e giorni di riflessione, cura e studio, e l'ascensore che lo aveva portato al piano si era aperto. Avvicinandosi alla porta del questore, decise di classificare Costa un rompicoglioni di ottavo livello, lo stesso in cui ascrisse anche il suo nome.

Non fece in tempo a mettere la faccia dentro l'ufficio che Costa gli domandò: «Passi avanti?». C'era anche Dudovich seduto accanto alla scrivania.

«Ha visto il filmato in rete?» gli chiese Rocco di rimando.

«Certo» rispose Costa.

«Non gli diamo adito» si aggiunse Dudovich. «Primo dobbiamo studiarne l'attendibilità, poi chi è che parla? Un capo? Un portavoce? A nome di chi?».

«Io credo che sia credibile» disse Rocco.

«E comunque il filmato è già al vaglio di dodici questure in Italia. A breve avremo anche noi la risposta».

«Sì, anche la postale ci sta lavorando» intervenne Dudovich. «E noi non siamo stati con le mani in mano. Abbiamo individuato qui in Valle almeno sedici persone molto attive nella protesta, sono simpatizzanti dell'ELP. Contiamo, indagando, di saperne di più a stretto giro».

«Posso fare una domanda?».

«Si accomodi Schiavone, ne ha facoltà».

«Queste sedici persone che state indagando, le avete fotografate alle manifestazioni? Che, vi ricordo, sono un diritto inalienabile in una democrazia?».

«Anche. Le controlliamo, ispezioniamo quello che scrivono sul web. Qui è in gioco la serenità del paese» concluse Dudovich.

«O la vostra credibilità? Io vi dico che se pure ci fosse un nucleo dell'ELP in Valle, non ha niente a che fare con quell'omicidio. E aggiungerei anche con l'incendio al negozio di tassidermia».

«E sentiamo» lo sfidò Costa, «allora perché?».

«Per depistare, dottore. Sta a noi non caderci».

«Ho la sensazione, dottor Schiavone», la voce di Costa era graffiante, sarcastica, pronta alla battaglia, «che noi e lei viaggiamo su due macchine diverse».

«Ha ragione, dottor Costa, ma è peggio, perché io credo che non stiamo neanche intraprendendo lo stesso viaggio».

«Il che, detto da un subordinato a un superiore, potrebbe configurare l'affacciarsi dell'articolo 329 del Codice penale».

«Mi rinfreschi la memoria».

«Recita più o meno, Schiavone, che l'agente di forza pubblica o il militare che rifiuta o ritarda di eseguire una richiesta fattagli da autorità competente, può essere punito fino a due anni di reclusione».

«Ci sarà da discutere col giudice sulla liceità della richiesta nonché la competenza dell'autorità».

Costa si morse le labbra. «Non mi sfidi, Schiavone, di lei comincio davvero ad averne le palle piene».

«Lei mi dia retta, dottore, e farà la sua bella figura. Segua Dudovich, niente di personale, collega, e si ritroverà col culo per terra e dovrà arrampicarsi sugli specchi per trovare scuse. In quale articolo del Codice penale si parla del reato di salvataggio del culo dell'autorità in-competente? No, perché nel caso non sarebbe la prima volta, da quando sono qui, che quell'articolo ci riguarda da vicino. Posso andare oppure ha un ordine chiaro e determinato per il sottoscritto?».

«Ce l'ho eccome! O lei mi fa avere entro due giorni materiale a prova di bomba, è il caso di dirlo, o si atterrà alle mie disposizioni. Che sono quelle di cercare e scovare questi dell'ELP che in Valle ci sono e ammazzano persone. Le è chiaro?».

«Chiarissimo».

Tornò nella sua stanza e chiuse la porta con una tale forza che si staccarono tre pezzi di intonaco dalla cornice. Lupa si spaventò, per calmarla le si sedette accanto e cominciò a carezzarla. Spesso quella pratica amorosa riusciva a quietare anche i suoi nervi. «'Ste merde» disse a mezza bocca. «Spiano e seguono la gente in assenza di reato. Da quando partecipare a una protesta ti rende un sospetto? Fanculo, mi ricordano brutti tempi e brutte giornate, Lupa». Brutti tempi e brutte giornate. Quel pensiero gli riportò inevitabile il volto di Pietro Rakovic. Era certo che si aggirasse per Aosta, che controllasse documenti e che non fosse da solo in città. Accese il computer più per sfidare la sorte che per reale speranza di riuscire nella ricerca. Scrisse

«Pietro Rakovic» sulla tastiera. Uscirono due giocatori di basket, uno psichiatra, un cantautore, un Antonio Rakovic che aveva un'autofficina a Varazze. Cercò anche nelle immagini e ringraziò la sua spiccata capacità, l'unica che si riconosceva, nell'abbinare gli animali ai volti degli uomini. C'era un barracuda in una foto in bianco e nero. Era Giuseppe Rakovic, psichiatra. Addirittura era su Wikipedia: Giuseppe Rakovic, nato a Pola nel 1920 e morto a Vicenza nel 1994. Ex partigiano, era uno psichiatra che aveva lavorato nell'ospedale di Maggiano in provincia di Lucca. Nel 1991 aprì Villa Incerti, nel Vicentino, per occuparsi di patologie come bipolarità, disturbo dell'umore e della personalità.

C'era anche una fotografia della splendida villa che ospitava il Centro Rakovic. Bianca e rosa, con un prato da Reggia di Caserta. Il luogo ideale, pensò, per occuparsi di persone in bilico sul ciglio dell'orrore.

Aveva avuto una botta di culo. Sorrise mentre spegneva il computer. Pietro Rakovic era figlio di Giuseppe. Almeno quella figura fatta di fumo cominciava ad avere una sua corporeità. Sentì improvviso il bisogno dei suoi amici. Mandò un messaggio a Furio: «Stasera ceniamo insieme». La risposta arrivò neanche cinque secondi dopo: «Frate', sto a Milano con Brizio. Dobbiamo rimandare».

Consumò il resto del pomeriggio con una passeggiata insieme a Lupa per Aosta. L'avevano chiamato i suoi uomini per dirgli che Paolo Ferrazzi era restato in città insieme alla madre nell'appartamento in centro, aveva allora liberato Antonio dall'appostamento visto che seguire la madre era compito di Caterina. La Lessert era tornata a casa sua a Petit Antey, una località sopra Châtillon. Il vicedirettore Testori era rientrato invece a Pont-Saint-Martin. Non poteva accadere niente di speciale, non dopo un funerale, non con il morto appena chiuso nella cappella. Toccava a Rocco capire che succedeva in quella famiglia perché più camminava per le stradine del centro più si convinceva che il colpevole era lì in mezzo. C'era bisogno di approfondire e se l'occasione non capitava, doveva farla accadere lui.

Era notte quando fece un giro di telefonate ai suoi agenti. Erano tutti in macchina a osservare case e appartamenti con le luci spente. Nessuno aveva nulla da riferire. Caterina era sotto l'appartamento di Milena e dei figli a via Croix de Ville, a duecento metri da casa sua. Decise di andare a farle compagnia.

Si portò Lupa che amava le uscite impreviste fuori orario. L'ispettrice era seduta su una panchina proprio all'inizio della strada e mangiava patatine fritte. Appena vide la sagoma del vicequestore sorrise. «Vuoi?».

«No, grazie, ho cenato».

«Che hai mangiato?».

«Credimi, non lo vuoi sapere». Alzò lo sguardo. «Piano?».

«Secondo, quell'appartamento con gli scuri grigi. È tutto spento da ore. Nessuno è uscito, nessuno è entrato».

«Forse stiamo facendo un lavoro inutile».

«Forse. Ma se non lo facessimo ci chiederemmo: cosa ci siamo persi?».

Si sedette accanto a Caterina. «È venuto, lo sai?».

«Chi?».

«Quella persona che mi doveva parlare».

«Ah...». Caterina accartocciò il pacchetto.

«Perché mi mettete in mezzo a queste storie? Io con quella gente là non ho voglia di avere a che fare».

«Rocco, mica gliel'ho detto io. È lui che si è convinto. Sai perché?».

«Perché sono un poliziotto di merda?».

«Anche. Ma soprattutto perché di me sai tutto e dalla tua bocca non è uscita neanche una parola».

Rocco si morse le labbra. «Sono affidabile?».

Risero insieme. «Non volevo fare il maschietto cazzuto con il tuo fidanzato. Mi ha fatto girare le palle...».

«A volte può essere irritante, lo so. Ma è una brava persona. Penso che... vabbè, te lo posso dire. Mi sa che ci sposiamo».

Rocco annuì con un mezzo sorriso sulle labbra. «Sono felice. Si stanno sposando tutti. Michela, tu, perfino D'Intino. Promettimi di non invitarmi».

«No, Rocco, lo so, i matrimoni sono all'ottavo livello, vero?».

«Tendente al nono».

«Se ci sposeremo sarà una funzione semplice e con poche persone. Magari dopo facciamo un festone, e a quello ci devi venire».

«Come accettato. Però il regalo te lo faccio, giuro».

«Di me non sai niente, non ci azzeccheresti» lo sfidò Caterina.

«Scommetti che ti lascio a bocca aperta?».

«Andata!», e gli strinse la mano. Restarono in silenzio per un po' a guardare le finestre di casa Ferrazzi. «Ci hai mai pensato?».

«Cosa, Cateri'?».

«A sposarmi?».

«Io? No, Caterina, senza offesa ma non ci ho mai pensato. Mi stavo innamorando, forse, e lo sai. Con tempi molto lunghi, la velocità di un ghiacciaio per capirci, e credo...».

«Io ero innamorata di te. E se non si fosse messa in mezzo quella storia di Sebastiano e Baiocchi, ce l'avrei fatta». Si guardarono. «Prima il dovere» suggerì Rocco.

«Già».

«E come vedevi la nostra vita matrimoniale?».

«Era questo il problema, Rocco. Non la vedevo».

Rocco prese un respiro. L'aria della notte era fresca, distante ormai dai rigori invernali, ma bruciava lo stesso i polmoni. «Anche questo, Caterina, anche questo dovrò metterlo nei conti che tiro ogni tanto». Guardando il cielo le afferrò la mano. Caterina restò immobile col sacchetto di patatine ben stretto nel pugno. «Hai avuto una vita di merda, e ti meriti un po' di serenità. Certo, io non te la potevo dare e spero che lo gnu invece...».

«Lo gnu?».

«Sì, Bruschi somiglia a uno gnu».

Caterina scoppiò a ridere.

«Sì, te la darà. Hai già lo sguardo diverso, rilassato, gli occhi sono più freschi del solito. Anche i capelli sembrano più vivi».

«I capelli?».

«Sì, i capelli». Lasciò la mano della collega e prese il pacchetto di sigarette. Ne tirò fuori una e ci giocherellò, senza accenderla. «Alla fine del computo, conoscerti va nella colonna degli avvenimenti positivi».

«Anche per me è stato così» disse la viceispettrice.

«E credo anche che stare qui sotto a fare la guardia a quei due coglioni non serva a nulla. Quindi andiamocene a dormire e pensiamo a domani, che cose da fare ce ne saranno molte».

«Vuoi che venga a casa tua?».

«Una sorta di bicchiere della staffa? Un addio al nubilato?».

«Se ti va».

Prima fecero l'amore, poi scoparono con forza, disperazione, ferendosi la pelle con le unghie e lasciandosi i lividi. Era l'ultima volta che l'avrebbero fatto, lo sapevano, e si aggrappavano all'altro come naufraghi al salvagente. Si succhiavano le labbra, i genitali, si annusavano ogni lembo di pelle, si assaggiarono coi morsi e con la lingua, sfregando pelle contro pelle per lasciarsi il marchio. Alla fine avevano il fiatone come dopo una corsa, la pelle arrossata. Sembravano due persone rotolate nude in un burrone pieno di rovi, due gatti rissosi, non due amanti sorpresi dall'alba ancora avvinghiati.

Sabato

D'Intino rincasò strisciante di stanchezza alle tre del mattino dopo aver aspettato la chiusura del ristorante di Nicola a Courmayeur e seguito il proprietario a casa a poche centinaia di metri dal locale. Aveva aspettato che le luci si spegnessero, poi aveva ripreso la strada per Aosta. Sognava solo il divano Ikea che era più comodo del suo vecchio letto e di dormire qualche ora. Doveva lasciare un messaggio a Pupa e a donna Natalina di non disturbarlo almeno fino all'una. Con l'umidità della notte nelle ossa e le palpebre pesanti, infilò le chiavi nella toppa e con delicatezza aprì la porta. Il saloncino era immerso nella semioscurità. Non accese la luce per appendere la giacca a vento alla spalliera della sedia. Rapido si svestì restando in mutande. Almeno il divano letto glielo avevano lasciato aperto, preparato. Quel gesto di cortesia lo commosse. Si infilò sotto le coperte e lasciò andare ossa e muscoli sul materasso. C'era caldo sotto il piumino, e un profumo strano, un po' amaro, forse, pensò, bisogna cambiare il detersivo della lavatrice. Il suo piede gelido toccò un lembo di pelle calda. Sobbalzò. Si voltò. Alla sua destra un corpo gonfiava le lenzuola. Spuntava solo la sommità del cranio. I capelli sembravano chiari. Forse bianchi. Che donna Natalina si fosse decisa e gli avesse lasciato il letto matrimoniale? Sorrise e sgusciò via dalle coltri. A piedi nudi, un passo dopo l'altro, arrivò alla camera da letto e aprì la porta. Si avvicinò, attento a non picchiare il piede scalzo sull'angolo di un mobile, e toccò le lenzuola. Poggiò il ginocchio destro sul materasso, si lasciò andare verso i cuscini ma doveva aver sbagliato lato perché quello era già occupato. Allora, cauto, fece il giro sfiorando la pediera, poggiò il ginocchio sul letto e scivolò sotto le coperte. Anche lì c'era qualcuno che si svegliò di soprassalto. «Che è?» gridò una voce di donna, che accese l'abat-jour trovando l'agente D'Intino in mutande e canottiera, spettinato e spaventato. «Che fai qui, Memè?» urlò Pupa. Anche donna Natalina, col sonno leggero degli ottuagenari, si era svegliata e aveva acceso la lampadina. «Che fai qui?» gridò anche lei.

«Che faccio qui? Il letto mio è occupato, so' pensate che ci stava donna Natalina».

«Io? Io sto nel mio letto, Mimmo».

«E allora chi ci sta a lu me'?» chiese irritato il poliziotto. Pupa sorrise. «Vieni», e scoprendo le coperte in camicia da notte poggiò i piedi per terra alla ricerca delle ciabatte che trovò dopo qualche tentativo. Prese per mano D'Intino e sotto lo sguardo cattivo di donna Natalina uscirono dalla camera da letto. Pupa accese la luce del salone. Una massa indistinta riposava nel divano letto di Domenico. «Chi è?» chiese allarmato. Il corpaccione si mosse rumorosamente, si girò come un'enorme bestia allo spiedo, tirò giù il copripiumino e svelò il suo volto.

Era Gino Tenisci.

«Gino?».

«Uè, Mimmo, come va?» ciancicò quello.

Una rabbia vecchia e acida gli risalì lo stomaco. «Chi sti ffa' dentro a lu letta me'?».

«Dormo» rispose tranquillo.

«Pupa me vuo' dice che cazze sta a succede?» gridò con gli occhi rossi. Gino Tenisci, l'ex padrone dell'autosalone, quello che lo prendeva per il culo seduto al bar del corso, che diceva a tutti «D'Intino è 'nu zumpafosse e tiene le pezze al culo!» era nel suo letto, sotto le sue lenzuola nella casa che lui pagava.

«Calmati, Memè. Gino è di passaggio e non teneva dove durmi'. Pe' una notte potete dividere lu letto, no?».

«No» disse D'Intino, «proprio no. Je dentro a lu letto me' al massimo ci voglio a te, mica a Gino Tenisci».

«Si' proprio ospitale, zumpafosse!» disse con amaro sarcasmo il vecchio proprietario dell'autosalone Ok Motor by Gino Tenisci, ormai fallito e trasformato in un supermercato. «Je non so' 'nu zumpafosse, sono un poliziotto, e comunque Tenisci si' tu che vieni a chiedere l'ospitalità a me, e no lu cuntrarie! Quindi casomai lu zumpafosse si' tu!».

«Memè, cerca di capire». Pupa gli si aggrappò all'avambraccio. «Addu' va a 'st'ora?».

«A la casa se'! Sono le tre! È quasi mattina. Je so' fatte tutta la notte a lavura', Gino, te n'ha da je'! Sciò! Fuori!».

«Alle tre di notte, addo' vade?».

«Per favore, Memè, pe' 'nu juorno chiudi un occhio» lo pregò Pupa con un sorriso triste. Sbatté due volte i petali delle palpebre rosei, quasi trasparenti. Bastò a far capitolare Domenico D'Intino. Il cuore del poliziotto frenò la corsa, e Mimmo cercò di cancellare dalla memoria l'odio per Gino Tenisci, abbassò il capo e si infilò sotto le coperte. «Mo fino all'una fatemi dormire!» ruggì. Tenisci riprese la sua posizione letargica, Pupa tornò in camera da letto dalla madre. «Si' proprie 'nu zumpafosse 'nghe le pezze a lu culo» mormorò Tenisci. D'Intino fece finta di non aver sentito. La quiete tornò nell'appartamento.

Alle 14 e 45 di un sabato sonnacchioso, l'ELP aveva colpito in Valle. Terza volta per Dudovich e il questore, prima secondo le convinzioni di Rocco. L'obiettivo era la ditta F.P. Costruzioni. Erano stati incendiati i capannoni e distrutti cinque automezzi. Nessun danno a persone, così aveva recitato l'annuncio del giornale radio, ma ingenti alla proprietà. «Questi siamo noi» esordiva così il video della rivendicazione dell'ELP, «che colpiamo i mezzi di produzione che soffocano e uccidono il nostro pianeta. La F.P. Costruzioni ha depositato e tombato in area protetta quintali di rifiuti da demolizione...». Mentre lo guardava sul computer del questore, Rocco si accorse senza ombra di dubbio che a parlare non era lo stesso dei video precedenti, che questi erano quelli veri e che la sua intuizione sull'omicidio era esatta. «Mi dica perché?» gli chiese Costa.

«Riguardi i video del negozio e dell'omicidio alla CDC. Per prima cosa chi parla in questa nuova registrazione pronuncia la erre in maniera normale e non rotata, come nei video precedenti. Ora chi parla ha una leggera inflessione dialettale, io farei ascoltare il video anche alla mia esperta. Secondo dettaglio: la scritta sul panno verde. Ha un'altra grafia. Ci faccia caso e vedrà che ho ragione. Terzo, questo ragazzo col passamontagna è due volte più magro dell'altro e se ci fa caso, proprio osservando il passamontagna, si capisce che porta la barba. L'altro no. Le basta?».

«No, non mi basta, perché potrebbe essere un altro del gruppo a parlare».

«Riascolti quando dice *questi siamo noi. Colpiamo*... com'è che ha detto? Sì, *i mezzi di produzione che soffocano e uccidono il nostro pianeta. La F.P. Costruzioni ha depositato e tombato in area protetta quintali di rifiuti da demolizione*... insomma, questi usavano il territorio del Gran Paradiso per farne una discarica abusiva. Ma non hanno toccato nessuno, non c'è un ferito, manco un graffio. Perché non si convince?».

«Anche se mi convincessi, Schiavone, ora però gli ecoterroristi in Valle li abbiamo, su questo spero sarà d'accordo».

«Certo che sono d'accordo. Eccoli lì, hanno appena avuto il loro battesimo!».

«Noi, i carabinieri, chiederemo anche l'aiuto dell'esercito, presidieremo gli obiettivi sensibili. Mi riferisco a società di costruzioni, depositi carburante, mentre di allevamenti intensivi per fortuna non ne abbiamo. Vanno fermati, Schiavone».

«Non lo metto in dubbio. Quello che però le chiedo, dottor Costa, è di lasciarmi continuare l'indagine sull'omicidio Ferrazzi in maniera separata. Sono certo che presto le porterò notizie confortanti».

Il questore guardò serio Rocco. «Come fa a dirlo?».

«Non l'ho sempre accontentata?».

«No» rispose secco Costa. «Avrà notato che i carabinieri si sono avocati anche la scoperta dell'omicida di Roberto Novailloz mentre invece era opera nostra. Lo sa quanto mi è difficile e penoso tacere e fingere che sia andata così per davvero?».

«Sì, dottore, lo so. Ma le assicuro che la sua stella tornerà a risplendere non appena risolverò questa schifezza dell'omicidio Ferrazzi. Sento già la puzza, dottor Costa».

«Per favore non ricominci con 'ste cose da cane da tartufo e...».

«Bracco, mi sento più un bracco» lo corresse il vicequestore.

«Ecco da bracco o...» si interruppe all'improvviso, chiuse gli occhi e si stropicciò il viso. «Schiavone, è sabato» attaccò e sembrava calmo, rilassato, riposato. «In ufficio siamo io lei e un venti per cento degli agenti in forza alla questura di Aosta. Questo sta a significare che la nostra vita fa schifo al belino, che siamo due uomini soli, senza una famiglia, che abbiamo nel lavoro l'unica valvola di sfogo. Ecco perché a volte ci accendiamo come fiammiferi, perché in un modo o nell'altro stiamo sullo stesso natante».

«Mi trova d'accordo».

«E spesso chi sta sullo stesso natante tende a litigare con chi gli è vicino».

«Confermo. Ma perché dice natante e non barca?».

«Perché da un genovese uno si aspetta qualche sinonimo in più nel linguaggio marinaro». Costa si alzò. «A me Dudovich non è simpatico, ma è lui che dovrà mettere le mani su questi terroristi. O teppisti, come li vuole chiamare. E le dico che da Roma questo è l'ordine: fermare questi pezzi di merda dell'ELP. Prima che diventi una slavina. Prima che esportiamo il prodotto negli altri paesi europei. Già bastano mafia, camorra e 'ndrangheta, no?».

«Questi non sono mafia o camorra, sono ragazzi che reagiscono e difendono qualcosa che sentono loro. Mi correggo, che è loro. Anzi mi correggo ancora, che è anche loro».

«Sì, Schiavone, ha già espresso la sua vicinanza agli ideali di queste bande più di una volta, ma lei fa il poliziotto e se ogni tanto mi butta un occhio sulla faccenda, oltre che sul caso della CDC, lo prenderò come un favore personale. Le ripeto, Dudovich è un brav'uomo, ma i brav'uomini non sono quelli che risolvono i problemi. Non sanno sporcarsi le mani per farlo».

Rocco si grattò la barba. «Io invece lo so fare?».

«Come disse un imprenditore automobilistico, il guardiano delle scuderie del re deve conoscere tutti i ladri di cavalli del regno».

«E quindi essere ladro anche lui?».

«Esatto, Schiavone».

«È stato molto chiaro».

«Perché ha due graffi sulla guancia? Una rissa?» gli chiese indicandoli.

«Questi? No, un gatto si è azzuffato con Lupa, allora per dividerli...».

Costa scosse la testa. «Non le credo».

«I ladri hanno i loro segreti, lo sa?».

«Certo che lo so, e infatti non indagherò oltre. Buona giornata».

Trovò i suoi uomini nella stanza. Avevano l'aria stanca e provata, avrebbe voluto mandarli di nuovo a casa ma doveva sapere qualcosa di più sulla famiglia Ferrazzi e Annabella. «Io mi vado a fare quattro chiacchiere con il maggiore. Un volontario sulla Lessert e un altro su Testori». Alzarono la mano Casella e Deruta. «Grazie. Il vostro cambio saranno fra qualche ora Antonio e D'Intino. D'Inti', ci hai i calamari sotto all'occhi. Non hai dormito?».

«No, dotto', niente. So' truvate lu lette occupato».

«Il letto occupato? E da chi?».

«Da uno».

Rocco guardò gli altri. «Uno chi?».

«Uno che stava a lu paese, mo 'n te' una lira e va vagando».

«Vabbè, se vaga si toglierà presto di torno, no?».

«Speremo, dotto'. Perché, e mo ve le diche col cuore in mane, io lo odio. Gino Tenisci si chiama. Le so' sempre odiate!».

Rocco scosse la testa come fanno i cani quando escono dall'acqua, per cacciare i ragionamenti che D'Intino lo induceva a compiere ogni volta che apriva bocca. «Vabbè, sticazzi, D'Inti'. Mo mettiti qui in ufficio, fatti una pennica che per le prossime ore non hai niente da fare».

«Grazie, dotto'. Scusi, che significa pennica?».

«Tu che parli una lingua perduta nella notte dei tempi, chiedi a me una traduzione?».

«Dicesi pennica un riposo breve e ristoratore» intervenne Antonio.

«Ah, bbone, allora grazie!».

«Scusi, dottore, ma che ha fatto sul viso? Ha dei graffi» gli fece notare Casella.

«Ugo, stimato collega, uomo di lunga esperienza e di lucida intelligenza, perché non riesci a imparare...».

«... a farmi i cazzi miei? Giusto» concluse lo stesso Casella.

«A più tardi», e Rocco abbandonò la squadra.

Impiegò una mezz'oretta di macchina per arrivare a Fossaz, un bel villaggio con le case gentili e colorate. Bruno Albanesi abitava al primo piano di una palazzina giallastra con i balconi a ringhiera che si aprivano su una piazzetta interdetta al traffico. Quando Rocco cominciò a salire le scale per raggiungere l'interno 3, il maggiore era già sulla porta di casa che lo attendeva. «Buonasera, dottor Schiavone» disse con un sorriso. Si strinsero la mano. La casa profumava di miele. I soffitti bassi e le luci soffuse gli mettevano voglia di allungarsi sulla dormeuse accanto al camino, coprirsi con il plaid scozzese e dormire per un'ottantina di ore. Era su quella poltrona che Bruno era steso, su un tavolino col lume aveva poggiato un libro, *Mani* di Patrick Leigh Fermor, viaggi nel Peloponneso. «Siccome ormai non viaggio molto con il corpo, lo faccio con la mente» si giustificò. «Cosa le posso offrire?».

«Se c'è un caffè va benissimo».

Si avvicinò all'angolo cottura e prese la moka. «Mi fa piacere che mi abbia telefonato, dottor Schiavone. Forse sono un po' troppo coinvolto nella faccenda, ma la notte non riesco a dormire». Rocco guardò i piccoli quadri alle pareti. Erano tutti paesaggi innevati. Poi una foto del maggiore, all'epoca tenente, che sorrideva insieme a due commilitoni. Albanesi la prese in mano. «Ecco qui. Sono i ragazzi del battaglione. Questo sono io, questo è il maresciallo Goffredo Giunchi, il sottotenente Andrea Panunzi, anche lui congedato, e il povero Cristiano d'Ombra. Lui ha continuato il militare, è morto qualche anno dopo, ma in un'altra parte del mondo». Guardò ancora la foto con nostalgia, poi la posò sul ripiano. Aveva gli occhi lucidi.

«Mi diceva che non riesce a dormire?».

«Esatto, dottore. Però mi creda, ho anche paura di parlare perché potrei sembrare un pazzo visionario o anche solo un vecchio rincoglionito che non è più in contatto con la realtà, quindi la prego di prendere i miei racconti con le dovute cautele».

«Non si preoccupi, maggiore, fa parte del mio mestiere. È bello qui».

«Sì, mi trovo bene. Sono appena due anni. Ero in Cile, prima. Ho sentito il bisogno di tornare a casa. È una bella frazione questa, anche se d'inverno preferirei una villa al mare. In Cile ero a Puerto Viejo. Conosce?».

«Mai stato in Cile».

«Un mare stupendo».

«Perché è andato via?».

«Diciamo che laggiù non c'era più nulla per me», e gli fece l'occhiolino. A Rocco parve che la palpebra grassa impiegasse un tempo lunghissimo prima di coprire l'occhio bovino.

«Che fa durante il tempo libero?».

«Riparo vecchie radio, amplificatori, giradischi. Poi li rivendo. Ci guadagno anche qualcosa, è un prezioso passatempo per me».

«Tornano di moda i vinili».

«Appunto. Ora sto lavorando su una radio Brionvega. La Cubo, ricorda?».

«A casa mia ce n'era una gialla».

«Coincidenza. Anche questa che riparo è gialla! L'ho comprata non funzionante a un mercatino per pochi soldi. Se riparte il prezzo di mercato è quasi seicento euro!».

«Un affare!» disse Rocco. Nel salone si aprivano due porte. «Ha una bella casa».

«Sì, ho una camera da letto, due bagni e un'altra stanza che è il mio laboratorio. Ho abitato in ville sul mare, gliel'ho detto, attici in città. Ma ora ringrazio il cielo di avere ancora un tetto».

«Vive solo?».

Il maggiore allargò le braccia. Portava un cardigan marrone scuro e i pantaloni di velluto chiari e larghi lo ingrassavano ancora di più. Con quel gesto sembrò poter abbracciare tutto il salone. Il rumore del caffè e l'aroma sprigionato dalla macchinetta riempirono la stanza. «Ci prende lo zucchero?».

«Mai!».

«Altrimenti non si beve il caffè, giusto?».

«Esatto, Bruno».

Il maggiore portò la tazzina a Rocco, poi si sedette sulla chaise longue. «Se l'è vista brutta? Intendo in Libano?».

«È successo tutto in maniera così rapida che non ho avuto il tempo di aver paura. Sotto attacco ti si scatena l'adrenalina, il cervello va velocissimo e quando sono stato ferito lì per lì neanche me n'ero accorto. Sono stati bravi i chirurghi del campo. Mi hanno salvato la gamba. È piena di ferro, se passo al metal detector suono come il concerto di Capodanno!», e rise. «Oltre a questo ho ereditato il fatto che basta un petardo a farmi sobbalzare». Il caffè era ottimo, Rocco lo finì e poggiò la tazzina sul tavolino accanto al libro. «Che famiglia è?» gli chiese.

Bruno prese un respiro profondo. «I figli hanno sempre detestato Simone. Nicola per via del ristorante. Quel progetto non andava giù al padre. E a dire la verità neanche a me. Sa perché l'ha voluto aprire? Perché lui dice di essere un cuoco, ma in realtà non lo è».

«Ah no?».

«No. È per via di Barbara».

«Chi è Barbara?».

«Lei sì che è una cuoca. Ed è la madre di Francesco, il compagno di Nicola. Era al funerale ma ha avuto la decenza di tenersi indietro rispetto alla famiglia. Diciamo che il ristorante accontenta più Barbara che altri. Barbara è un tipo speciale, sa? Nicola la considera la sua vera madre. È una che ha viaggiato molto, tre mariti, insomma mi ha capito. E Nicola stava più a casa loro che a casa sua. Ecco perché Simone era contrario al ristorante, perché sapeva che non era il figlio a volerlo, ma la suocera. Ed ecco anche perché Milena non la può vedere».

«E Paolo?».

«Paolo ha sempre odiato il padre. Parliamoci chiaro, Simone non era uno che la sera tornava a casa. Viaggiava molto, credo abbia avuto un sacco di donne, anzi non credo, lo so! E agli occhi di Paolo faceva soffrire la madre, anche se, l'ho sempre pensato, i figli non hanno nessun diritto di intromettersi nei rapporti fra i genitori. Poi la goccia è stata Annabella, lì Paolo non ci ha visto più, ha tolto il saluto al padre e ha spostato lo studio dentistico a Novara, che è la città della moglie».

«Era la ragazza accanto a lui in chiesa? Quella con lo sguardo da volpe?» chiese Rocco.

«Esatto, Giovanna. Odia tutta la famiglia Ferrazzi. Milena l'ha sempre trattata come una pezza da piedi perché di origini umili, Simone invece... no, Simone era dolce con lei. Credo a volte anche troppo dolce, più del consentito. Ma qui deve usare quelle pinze che le ho suggerito all'inizio».

«Ricevuto».

«Insomma, Paolo ha sempre difeso la madre, ama solo la madre e detesta anche il fratello, troppo indulgente a suo giudizio verso il padre».

«Una bella famiglia».

«Una normale famiglia, direi».

«Ha ragione. Sa una cosa, Bruno? Nella mia esperienza le peggiori nefandezza nascono quasi sempre in famiglia».

«Ecco perché io ho evitato di costruirne una», e scoppiò a ridere.

«E Annabella?».

Bruno tirò fuori il fazzoletto e si soffiò il naso. «Una puttana» disse.

«Devo usare le pinze?».

«No, impacchetti l'informazione e se la tenga stretta. L'assunsi io, pensi, come segretaria del commercialista della CDC. Loredana, quella che c'era prima, aveva raggiunto l'età pensionistica. Simone mi disse: Prendiamo una ragazza giovane, l'intenzione era quella della gavetta per poi promuoverla a segretaria personale del presidente. Direi che Annabella è arrivata anche più in alto, non le pare?».

«Lei scarta a priori la genuinità dei sentimenti?».

Bruno scoppiò a ridere. «Annabella, prima di Simone, aveva già esplorato il sottoscritto, ma troppo vecchio, troppo perdente per lei, poi si era concentrata su Nicola, anche lì c'era poco da fare, in ultimo provò con Paolo, quando poi si accorse che il migliore ce l'aveva sotto il naso e bastava allungare la mano...».

«L'allungò».

«Una donna così bella ci mette niente a far girare la testa ad un uomo più vecchio di vent'anni».

Rocco restò in silenzio per qualche secondo, poi guardò Bruno negli occhi. «Ci andò a letto?».

«Chi, io? Per carità, no. Annabella non è il tipo di donna che mi interessa».

«Lei non è sposato?».

«Lo ero. Ho avuto il benservito proprio due anni fa. Che ci vuole fare? Così sono i matrimoni».

«Dov'è ora sua moglie?».

«A Santiago del Cile. Poveretta, col divorzio non ha guadagnato un granché, ma laggiù ha abbastanza per camparci... lo vede, no?», e con uno sguardo abbracciò il salone, «non sono certo Simone Ferrazzi. Da me ha avuto solo amore e amicizia. Che però, se ci pensa, non è poco».

«Non le ha lasciato anche un po' di denaro?».

Albanesi alzò appena le spalle.

«Della sua buonuscita non è rimasto nulla?».

«Gliel'ho detto, non sono mai stato bravo negli affari. Ho di che vivere, però non mi sono mai arreso, questo è un fatto».

«Maggiore, io la ringrazio, non le rubo più altro tempo».

«Può rubarmi tutto il tempo che vuole, per quello che vale. Mi ha fatto piacere parlare con lei. Spero vorrà tornare a trovarmi».

«Può farlo anche lei quando vuole. Sa dove trovarmi».

«Torno alla mia Brionvega».

«Buon lavoro».

Alle sei del pomeriggio prese le lenzuola che odoravano ancora di Caterina e le scaraventò in lavatrice. Alle sette e mezza suonò il citofono. Rocco alzò gli occhi al cielo sicuro di uno dei suoi, con qualche problema incomprensibile e irrisolvibile. «Pronto?».

«Sono Rakovic».

Cazzo vuole?, pensò. «Dica».

«Posso salire?». Rocco aprì il portone. Sarebbe stato molto meglio Deruta o Antonio alla porta, invece gli toccava Pietro Rakovic e le ombre che si portava dietro. Lo aspettò sull'uscio. Lo vide salire gli ultimi gradini, portava uno zuccotto di lana. Quando alzò il viso gli brillavano gli occhi. Lupa preferì andare in camera da letto. «Buonasera, Schiavone».

«Buonasera». Rakovic si pulì le scarpe sullo zerbino, poi superò Rocco. «Ha una bella casa».

«Qualcosa mi dice, magari mi sbaglio, che lei ci sia già entrato».

«Si sbaglia, e questo suo pensiero mi intristisce perché mi rendo conto che di me ha un'opinione errata».

«Si accomodi pure. Vuole un caffè? Altro da offrire non ho».

«No, nulla grazie». Si lasciò andare sul divano, poi infilò le mani nella tasca del giubbotto e consegnò a Rocco tre fotografie. «Può dare un'occhiata, per favore?».

Erano state scattate durante l'ultima manifestazione davanti al palazzo della Regione. Nella prima c'erano tre donne e due uomini che gridavano e che Rocco non aveva mai visto. Nella seconda un mucchio di ragazzi con le mani in alto, nella terza un gruppo con tamburi e striscioni. «Le guardi bene, Schiavone. Riconosce qualcuno?».

«No, Rakovic, nessuno».

«Ne è sicuro?».

«Mi lasci guardare meglio». Rocco strizzò gli occhi e ispezionò ogni centimetro della prima foto. La scartò restituendola a Rakovic. «Avete spiato un po' di gente» fece il vicequestore guardando la seconda. Il terz'ultimo da destra era Carlo, il figlio di Eugenia. Rocco non cambiò espressione, neanche deglutì, si limitò a restituire anche quell'istantanea. «Niente» disse, e afferrò la terza. Rakovic in silenzio aspettò la fine dell'esame. «Macché, saranno tutti studenti universitari, non frequento gli atenei», e riconsegnò anche l'ultima. Poi guardò Rakovic negli occhi. «Perché me le ha mostrate?».

«Perché fra loro qualche potenziale terrorista c'è. Vede, in ogni foto che le ho mostrato c'è almeno un tizio o una tizia con precedenti».

«Che tipo di precedenti?».

«Spaccio, aggressione, uno di loro anche furto con scasso».

«Capisco. Il che li rende subito dei possibili terroristi?».

«Da qualche parte devo pur cominciare». Sorrise e Rocco ebbe la netta sensazione che Pietro Rakovic sapesse di Carlo. Aveva solo messo alla prova il vicequestore, e ormai aveva compreso la sua ostilità e reticenza. «Lei, Schiavone, se fosse nei miei panni, da dove partirebbe?».

«Dalla stazione di Aosta, e me ne tornerei a Roma» gli rispose Rocco.

«Proprio non ce la faccio a portarla dalla mia parte».

«Ormai dovrebbe saperlo. Come saprà anche che in quella foto un ragazzo io lo conosco, ma non ho alcuna intenzione di fare il suo nome. Il suo è un metodo che mi fa schifo, niente di personale».

«Carlo Artaz, che a quanto so lei ha utilizzato in qualche indagine».

«No, è solo il figlio della convivente di un mio agente».

«Ugo Casella» disse Rakovic soddisfatto, «ed è abilissimo con il computer».

«Quindi?».

«Quindi sarebbe un buon cervello per un gruppo terroristico come l'ELP, non crede?».

Rocco si alzò in piedi e andò alla finestra. «Sa quanti ragazzi abili col computer ci sono oggi in giro? Tutti. Io e lei lavoriamo ancora con le scartoffie e le fotografie, loro sono un'altra generazione. Sono abili a non lasciare tracce. Vuole un esempio? Ho ospitato per mesi un ragazzo in questa casa insieme alla madre. Gabriele. Eravamo molto uniti, ci volevamo bene. Se n'è andato a Milano, e lo sa?, è sparito. Ho provato a chiamarlo ma deve aver cambiato numero, neanche esiste un recapito telefonico della sua abitazione. Quindi potrebbe essere lui l'hacker che andate cercando».

Rakovic imitò Rocco e si alzò. «Io le chiedo solo di collaborare e cercare di fermarli. Sa meglio di me che le loro azioni potrebbero peggiorare. Un omicidio già l'hanno commesso».

«Ancora? Rakovic, lei ascolta quando qualcuno le parla?».

«E lei? Lo ha già dimostrato che il proprietario della CDC non è stato fatto fuori da loro? No, quindi per ora vince ancora la mia versione».

Schiavone prese il pacchetto di sigarette dal tavolino basso. «Fuma?».

«No, grazie».

«Se permette...».

«È casa sua».

Rocco l'accese. «Mi creda. Questi non sono in grado di uccidere un uomo. E soprattutto non lo vogliono fare».

«Ma di accoltellarne uno invece?».

«È una sua supposizione che l'aggressore facesse parte dell'ELP. Per me era solo uno fuori di testa». Sputò il fumo verso il soffitto. «Mi creda, Rakovic, la state facendo più grossa di quanto non sia».

«E lei, Schiavone, creda a me, non è così. A presto». Si voltò di scatto verso la porta di casa che si chiuse alle spalle dopo pochi secondi. «Lupa?». Rocco richiamò la cagna. «È andato via, torna alla cuccia».

Domenica

Si era addormentato davanti a un film francese. Non poté dire quanto fosse passato. Ora in televisione c'era un comico e l'inno alla gioia squillava dal cellulare. Sul display il nome di Antonio. «Che succede? Che ore sono? Che cazzo vuoi?».

«Sono quasi le due di notte. Sono a Petit Antey, davanti casa di Annabella Lessert. Casa... sembra un albergo a cinque stelle. Ti dico solo che...».

«Anto', vai al dunque che già mi sono rotto il cazzo».

«Allora, la signora è rientrata verso le nove e mezza. Le ha aperto la porta un cameriere asiatico».

«È un dettaglio importante?».

«No».

«E allora saltalo!». Ormai si era svegliato, decise che ci voleva una Camel.

«Io ho aspettato fino a quando è rimasta accesa solo la luce del primo piano, forse la camera da letto».

«Poi immagino si sia spenta pure quella».

«No, Rocco. Si sono spente le luci del giardino».

«E ci sarà un timer, cazzo!».

«Aspetta. Una mezz'ora fa è arrivata un'auto a fari spenti».

«A fari spenti?».

«Sì, Rocco. Questa casa è in una stradina piccola e non ci passa nessuno se non diretto da Annabella Lessert».

«E tu allora?».

«Io sono arrivato qui a piedi per non dare nell'occhio, al momento sono all'esterno, incastrato in un cespuglio e mi sto cacando sotto di freddo».

«Bene, sono felice. Allora 'sta macchina?».

«BMW 320. L'ho fotografata ma la targa a luci spente non si vede».

«È parcheggiata lì fuori?».

«No, Rocco. È entrata nel garage della villa. Poi le porte si sono richiuse e addio, io non lo so chi c'era dentro. Che faccio? Aspetto e vediamo chi esce con questa macchina?».

«No. Ti faccio dare il cambio da qualcuno. Chi c'è libero?».

«Mi pare D'Intino».

«Chiamalo!».

«Senti, ma per la storia dell'ELP, vuoi tornare su a Cogne?».

«Ma neanche pagato» rispose Rocco. «È una storia di cui me ne sbatto i coglioni».

D'Intino stava guardando Tenisci con gli occhi dell'omicida. L'uomo era ancora a casa sua, aveva mangiato il suo cibo che stava nel suo frigorifero, usato le sue posate, i suoi piatti e i suoi bicchieri e aveva tutta l'intenzione di restare a dormire anche quella notte nel suo divano letto. «Avevi detto 'nu juorno! 'Nghe oggi fa due!».

Pupa restava in disparte sulla soglia della camera da letto. Donna Natalina dormiva già da un pezzo nel letto matrimoniale. «Mimmo, non so' truvate 'nu poste. Domani me ne vado, lo giuro», e cercò l'alleanza di Pupa con uno sguardo.

«Domani troviamo un altro posto, Memè» disse infatti la donna.

«Je non so' capite, Pupa. Ma tu sti' 'nghe me o stai co' cussu'?».

Pupa aggrottò le sopracciglia. «Che domanda è? Con chi sto? Siete due amici, e sto con tutt'e due».

«Sì, ma mo, che cussu' se vuo' ficca' un'altra volta dentro a lu lette me', che dici?».

«Che tu sei più fortunato e lo devi aiutare. Fallo stare».

«Ah, mo je lo faccio stare? E quando mio cugino ha venute all'autosalone a chiedere un posto e tu li si' mannate affanculo, Gino? Ti ricordi?».

«E allora?».

«E allora mo stai qui a chiedere l'aiuto a me?».

«Tu si' un uomo buono, Memè. Poi vedrai che tutto s'aggiusta» intervenne Pupa toccandogli il braccio. Mimmo scansò la presa della donna. «Che s'aggiusta?» le chiese con gli occhi rossi di rabbia.

«Tutto, Memè, s'aggiusta tutto».

«Che s'aggiusta, che prima dici che vengo a fa' 'nu giro, e invece ci vieni 'nghe mámmeta? Che s'aggiusta, che mi fai prendere una casa cchiù costosa, ma mámmeta aremane 'n mezzo a li cujune? Che s'aggiusta, Pupa, che la vecchia mi dice pure che da qui non si muove, che anzi vo' je a lu mare? Che mi seppellisce a me e a tutta Mozzagrogna, che viene 'nghe nove valigie, nove! Che s'aggiusta, Pupa? Che arriva cussu', 'stu 'mbapite facciagialla, puzza caca' li chiuve, e si mette a lu lette me'! Che cazzo s'aggiusta, Pupa, che je pago la casa, li mobili, lu magna' pe' durmi' 'nghe 'nu sturdillite puzzulente dentro a 'nu divane letto? Che s'aggiusta? Che? Ve sete cuppate a la casa me'! Questa è la verità!».

«Noi ci siamo cosa, Memè?» gridò Pupa. «Ci siamo ficcati a casa tua?».

«Sine! Tu, mámmeta e mo volete ficca' pure 'stu facciagialla che 'n 'te' cchiù 'na lira e va in giro come a 'nu barbone! O mi sbaglio? Non hai più una lira e vieni a sta' 'nghe me?». Tenisci restava a bocca chiusa con gli occhi bassi. Suonò il cellulare di D'Intino. «Anto', mo no. Cinque minuti e ti richiamo. Come? Sì, mo venghe. Mandame l'indirizzo». Intanto donna Natalina s'era affacciata alla stanza. «Che succede?».

«Statte zitta!» le urlò contro D'Intino. «Mo me ne esco, perché je tenghe da lavura'», e guardò duro Tenisci, «perché io lavoro, pe' guadagna' li sordi che servono a campa'. No come a voialtri, tre mignatte sucasangue che pensavate de fa' fesso a Domenico D'Intino! Entro domani vi levate da la casa me', ve na turnete a Mozzagrogna e sparite. Tu!», e indicò Gino, «tu!», e indicò donna Natalina, «e puro tu», e stavolta l'indice finì contro il petto di Pupa. «Perché je so' come li cani: stenghe zitte e stenghe zitte. Po' succede che 'na parola è troppa e vi stacco le cosse 'nghe li denti!».

«Memè» disse Pupa quasi in lacrime. «Ma che dici? Il nostro rapporto...».

«Ma qua' rapporto, Pupa, qua' rapporto! Chi sti dice? Che mi si' ruvinate, 'nghe chello che so' pagate la casa e lu magna'! T'ho chiesto: me vu' spusa'? E manco si' risposto! E che sciccise!». Afferrò la giacca e aprì la porta di casa. «Uè, patti chiari, entro domani come dicono qui a Nord... fora di bal! Sennò vado da lu giudice e vi denunzio per appropriamento indebito di casa altrui!».

«Domenico D'Intino!» gridò donna Natalina minacciosa. «Io non ti permetto...».

«Ma che vu' permette, vecchia sdentata, arefatte le nove valigie, piglia a fijate e a Gino Tenisci». Poi puntando un dito come fosse una rivoltella indicò Gino Tenisci, donna Natalina e infine Pupa. «Uno! Due! Tre! Entrambi fuori!» ringhiò con tono autoritario e se ne andò sbattendo la porta di casa per andare a dare il cambio ad Antonio.

«'Ngulo, s'ha 'ncazzate!» osservò distaccato Tenisci rollando una sigaretta.

Doveva avvertire Carlo di persona o chiedere a Casella di dare al ragazzo un appuntamento lontano dagli occhi e dalle orecchie di chiunque. Non che Carlo rischiasse, ma insomma era meglio sapesse di avere un avviso di garanzia non ufficiale sul capo. Non aveva fatto in tempo a mettere piede in questura che Costa lo chiamò d'urgenza. Il desiderio della canna gli rimase nella strozza insieme al caffè, lasciò Lupa a riprendere il sonno e salì dal questore. «Abbiamo una bella novità» furono le parole squillanti che lo accolsero. Nella stanza c'erano al solito Dudovich e Moriani. «Prego, Moriani», e con un gesto della mano gli consegnò con generosità la parola.

«Allora, abbiamo lavorato parecchio all'ultimo messaggio dell'ELP dell'attentato alla F.P. confrontandolo col precedente in cui negavano il loro coinvolgimento nell'omicidio Ferrazzi».

Rocco si sedette sulla poltroncina che era rimasta libera. «Sono molto, molto abili» proseguì Moriani, «hanno utilizzato un metodo abbastanza complesso. In poche parole sono entrati in rete tramite gli hotspot di cellulari che rimbalzavano fra loro il segnale. Due in Francia e uno in Svizzera, gli altri cinque, e qui sta il bello, ad Aosta. Ma non appena abbiamo cercato di rintracciarli, quelli sono spariti nel nulla. Niente cellulare, niente scheda, niente, volatilizzati».

«Ma avranno fatto dei contratti a nome di qualcuno» disse Dudovich.

«E certo. Rispondono tutti a Abdel Kadher», e Moriani consegnò a ciascuno delle fotocopie. Avevano rintracciato i contratti con tanto di documento del sedicente Abdel Kadher. Un nordafricano con la barba e i capelli nerissimi, una faccia qualunque.

«E chi è? Che si sa di lui?» chiese Costa.

«Dovrebbe essere un algerino nato a Orano il 17 febbraio 1995».

«Perché usa il condizionale?» gli chiese Dudovich.

«Non risulta residente né in Valle, né in Italia né all'ambasciata algerina, tantomeno in Francia».

Rocco annuì un paio di volte. «Sanno fare anche i documenti falsi».

«Come fanno a sparire i segnali?» chiese Dudovich.

«E questo è un mistero. Inghiottiti nel nulla, credetemi» rispose Moriani allargando le braccia.

«Be', li avranno distrutti e ogni volta ne metteranno in campo dei nuovi» asserì Costa con una certa sicumera.

«No, dottore», si vedeva che dare torto al superiore pesasse sull'animo di Moriani, «sono gli stessi numeri, gli stessi hotspot che riappaiono».

«Ah!». Costa c'era rimasto male di non aver dato la risposta finale alle supposizioni. Si alzò in piedi. «Cosa consiglia, Moriani?».

«Non lo so. Continuo la ricerca, ma trovo assurdo che tutti i cellulari fossero agganciati a tre celle diverse di Aosta per poi sparire, io non me ne capacito».

«Bene. Almeno questa diversità di tecnica vi dovrebbe convincere che l'omicidio Ferrazzi e l'ELP non hanno niente a che spartire. Io torno al lavoro», e lasciata la sedia, Rocco abbandonò l'ufficio di Costa.

Scese le scale per tornare al suo piano, quando si sentì chiamare. Alzò lo sguardo e affacciato alla ringhiera vide Moriani. «Dottor Schiavone, le posso parlare due minuti?».

«Certo».

Rapido Moriani raggiunse il vicequestore. «Le va di prendere una boccata d'aria?».

Rocco non rispose e insieme scesero fino al piano terra. Uscirono poi sul piazzale e Rocco si accese una sigaretta. «Che succede, Moriani?».

«Andiamo verso il parcheggio?».

Solo in quel momento Rocco notò lo sguardo impaurito e nervoso del collega. «Nel parcheggio no. Ho un'idea migliore. Vieni con me». Gettò la sigaretta e rientrarono in questura. Scesero le scale e arrivarono al laboratorio di Michela Gambino. Era tutto spento, la solita luce viola che dava all'ambiente un'aria spettrale.

«Cos'è?» chiese Moriani.

«Il nostro laboratorio della scientifica. Qui puoi parlare tranquillo. Che succede?».

«Allora, lei lo sa, prima di fare il poliziotto...».

«Eri un hacker. E pure bravino, a quanto mi ha detto Carlo».

«Ecco, al punto c'è andato lei. Questa tecnica dei cellulari che si rimbalzano il segnale per far perdere le tracce era una sua invenzione».

Rocco strinse le labbra. «Di Carlo?».

«Di Carlo Artaz, il figlio di Eugenia. Ora, dottor Schiavone, io non so se lui c'entra qualcosa oppure no, e io questa informazione la terrei segreta». Non riusciva a bloccare le mani bianchissime, le rigirava una dentro l'altra, parevano due cavie impegnate in una lotta all'ultimo sangue. «Carlo Artaz è un amico vero. Un fratello, anzi».

«Ce la fai?».

«A far cosa, dottore?».

«A tenerti questa informazione per te?».

«Ci ho pensato tutta la notte. Sono un poliziotto, dovrei condividerla, ma non ce la faccio. E, la prego, io con lei non ho mai parlato».

«Mai. Torniamo su, Moriani. Ognuno al lavoro che stava svolgendo».

Bussò alla porta di Eugenia e Casella. Attese un po', poi Casella aprì. «Dottore? Come mai qui?». Era pronto per uscire. «Stavo venendo in questura, oggi attacco più tardi. Mi poteva telefonare».

«Scusa se rompo di domenica, ma non sono qui per te». Entrò in casa, poi abbassò la voce. «Eugenia?».

«È di là, in camera» rispose Casella, anche lui mormorando.

«Allora dalle chiacchiera, tienila impegnata, Carlo è in stanza?».

«Ieri sera c'era, forse dorme ancora, stamattina non l'ho ancora visto».

Rocco attraversò il saloncino e bussò leggero alla porta di Carlo. Ugo scambiò uno sguardo con il superiore, poi si precipitò in camera da letto. «Chi era?». Rocco sentì la voce di Eugenia e il mormorio di Casella in risposta. Rocco entrò nella stanza di Carlo. I computer erano accesi, mormoravano e ticchettavano processando chissà cosa. Il tavolo ingombro di fogli, il cestino pieno, due pacchetti di gomme aperti e lasciati accanto alla tastiera, il letto intonso. «Cazzo» disse. Poi uscì dalla stanza. Casella lo intercettò facendo capolino. «Ha parlato con Carlo?» chiese ad alta voce a beneficio di Eugenia che stava ascoltando.

Rocco sussurrò: «Non c'è».

«Oh cazzo...» rispose Ugo.

«Che succede?». Stavolta la voce di Eugenia era squillante, argentina, di chi ha addosso una carica di ansia da accenderci un lume.

«Niente, Eugenia, sono Schiavone, tutto a posto. A presto».

Eugenia spalancò la porta della camera da letto. Anche lei era vestita, pronta per uscire. Si stava mettendo un orecchino. «Cercava Carlo?».

Rocco annuì.

«E...?».

«E non c'è».

«Come non c'è?». Eugenia si precipitò nella stanza del figlio. Ne uscì dopo qualche secondo. «E dov'è andato?» chiese lanciandosi sul cellulare che teneva sulla credenza del salone. Lo accese. Ugo e Rocco si guardarono. «Ieri sera era in camera sua» balbettò l'agente.

«Sei sicuro?».

«Alle dieci sì, dotto', era in camera».

Eugenia attendeva con il cellulare all'orecchio. «È staccato. Ma dove... aspettate». Aprì un cassetto e controllò alcuni mazzi di chiavi. «No, la macchina non l'ha presa. Quando resta la notte fuori mi avverte sempre!».

«Signora Eugenia, mi stia bene a sentire». Rocco cercò di calmare l'ansia della donna che era in crescendo, un'onda che stava per abbattersi. «Continui a chiamare Carlo, ogni cinque minuti. Io e te, Ugo, andiamo di corsa in ufficio!».

Ugo si infilò la giacca a vento. Eugenia riprovò a chiamare il figlio. «Che sta succedendo, dottore?».

«Carlo è l'elemento essenziale per risolvere un caso. E se non lo trovo mi scappa il colpevole».

Quella bugia sembrò attenuare le vibrazioni angosciose che emanavano dal corpo della donna. «Un... elemento essenziale?».

«Sì, solo lui sa come inchiodare l'assassino con quei suoi trucchetti lì, col computer...».

«Ah...».

«Mi raccomando, appena lo trova gli dica di mettersi subito, ripeto, subito in contatto con me!».

«Va bene, dottore, va bene...», poi un *beep* sul cellulare di Eugenia le restituì i colori. «Ah no! Eccolo, mi aveva lasciato un messaggio. Solo che avevo spento il cellulare, scema che sono, ed è arrivato solo ora».

«E che dice?».

«L'ha mandato a mezzanotte. Dice: Mamma non torno a dormire».

«E basta?».

«E che altro mi doveva dire, dottore? Carlo è un uomo ormai», e col sorriso se ne tornò in camera da letto.

I poliziotti uscirono dall'appartamento. Stavano per scendere la prima rampa di scale quando l'inno alla gioia del suo cellulare suonò. «D'Intino? Che vuoi?».

«Dotto', sto qui al posto di Antonio. Si ricorda?».

«E mi ricordo sì. Embè?».

«Allora, quello che è venuto stanotte a trovare Annabella Lessert se n'ha jte mo mo. Se n'è andato adesso».

«L'hai fotografato?».

«Non c'era bisogno, lo conosciamo. È lu vicedirettore, coso là...».

«Testori?».

«Sine!».

«Grazie, D'Intino. Oh, la sai la coincidenza? Sto scendendo le scale di casa tua insieme a Casella».

«Dotto'!» gridò l'agente. «Faciteme 'nu piacere in cambio di questa notizia che ve so' date».

«E di' un po'?».

«Bussate alla porta e dite: Siete voi Pupa Iezzi, donna Natalina Iezzi e Gino Tenisci?».

«E quanta gente ce sta a casa tua?».

«Appunto. Fateli caca' sotto, che se non se ne vanno da la casa me' arriva la celere. Anzi no, i nocs».

«Bum».

«E sì, bum. Pe' piacere, dotto', lo so che nun pozzo domanda' a voi un favore dopo quelle che ve so' fatte, però pe' piacere. Je 'nce la facce cchiù!».

«Sì, infatti non mi puoi domandare un favore», e Rocco chiuse la telefonata. «Ma che sta succedendo, dottore?» chiese Casella che lo seguiva.

«Una cosa alla volta», e fece il numero di Antonio mentre entrava in auto lasciando il posto di guida a Casella.

«Anto', di corsa tutti in ufficio da me», poi guardò Casella. «Accendi, parti, andiamo!». Casella eseguì. «Posso sapere, dotto'?».

«Carlo è nei guai».

«Carlo?».

«Sì. Mi ha preavvertito Moriani, un suo ex collega ora poliziotto alla postale, che si sta giocando il culo per salvare il suo amico».

«Nei guai?» ripeteva Casella accelerando. «Ma perché?».

«L'ELP. Pare che abbia a che fare con loro».

«Oh Madonna! Carlo! E se lo sa la madre?».

«La seconda cosa è che D'Intino e Antonio hanno scoperto una tresca che potrebbe cambiare le carte in tavola: il vicedirettore della CDC si scopa la Lessert».

«'Azzo! E questa è una bomba! Scusi, volevo dire notiziona! Perché parla' di bomba mo con la CDC... mannaggia, dobbiamo rintracciare Carlo! E subito».

«Ecco, sforzati e fatti venire un'idea. Questa tresca fra il vicedirettore e Annabella è solo un altro tassello, Ugo. Solo un altro tassello. Li dobbiamo unire tutti, e prima o poi il faccia di cazzo lo prendiamo. Lo prendiamo?».

Ugo non disse niente, pensava a Carlo, e poi sapeva che Rocco non aspettava risposta quando ragionava a voce alta. «Sono sotto la lente» proseguì, «sanno che noi li osserviamo e si muovono cauti».

Casella frenò al semaforo. «Brucialo, Case', che cazzo te fermi, sennò uno perché è della polizia?» gli ordinò il suo superiore. Casella obbedì scatenando una salva di clacson. «Quindi dobbiamo muoverci coi piedi di piombo. Per prima cosa i dettagli, Ugo. I dettagli sono importanti. Mi servono più dettagli possibili su questo vicedirettore, Giancarlo Testori. Ci pensa Deruta non appena sbarchiamo in questura. Antonio deve lavorare sulla Lessert. E tu, Case', tu ti metti su Carlo. Io devo parlare col magistrato. Passa sul marciapiede e levati dal cazzo tutta 'sta gente».

«Ma...».

«Niente ma, fai come ti dico io». Casella quasi chiuse gli occhi, montò con le ruote sul marciapiede e superò in un tiro tre macchine ferme in attesa del semaforo. Altri clacson accolsero l'auto della polizia mentre passava l'incrocio. «Dotto', per la nostra sicurezza e quella degli altri, non sarebbe il caso di mettere la sirena?».

«Non me ne frega una mazza della nostra sicurezza e di quella degli altri. Devo arrivare in questura. Quando senti Deruta, digli anche di passare a prendere Lupa a casa mia. La chiave sta sotto lo zerbino».

Casella inchiodò nel parcheggio e Rocco scese di corsa.

Quando Moriani, nove minuti dopo, entrò nel suo ufficio, Rocco chiuse la porta a chiave. «Spiegami, perché io Carlo non lo trovo».

«Non era a casa?» fece il giovane ispettore.

«Non ci ha neanche dormito! La madre non sa niente, quindi dimmi tu. Ha una donna? Una ragazza? Un posto che frequenta spesso?».

«Una volta andavamo in un bar dietro il Ponte Romano. Una volta. Ora non credo esista neanche più quel bar».

«Qualche amico in comune? Moriani, ti devi spremere il cervello!».

«Allora niente, c'era Riccardo ma andò a Milano, poi non lo sentii più. Aspetti!» gridò. Chiuse gli occhi e strinse i pugni. «Come si chiamava... come cazzo si chiamava...».

Rocco non poteva essere d'aiuto. Si limitava a camminare in su e in giù. Qualcuno bussò alla porta. «Non ora, fuori dai coglioni!» gridò. «Allora?».

«C'era l'anno scorso una tizia. Lavorava alla biglietteria della funivia per Pila. Mi pare si vedessero, lei e Carlo».

«Senti, mentre ci pensi rispondimi: il materiale fotografico che quello stronzo di Dudovich ha raccolto durante le manifestazioni, chi lo sta vagliando?».

«Indovini un po'?».

«Forse la risposta è lì. Cerca un viso, un'ombra».

«Saranno centinaia!» protestò Moriani.

«Sono le dieci. Mettiti ventre a terra e lavora a...», l'inno alla gioia suonò. Rocco si lanciò sul telefono. «Casella, che cazzo vuoi?».

«Mi apra, dotto', per favore, è urgente, sono dietro alla porta!».

Rocco la spalancò, Casella era nel corridoio in attesa. «Embè?».

«Carlo è a casa» sussurrò. «Lo faccio venire?».

«No, qui no. Dagli un appuntamento, fra sette minuti al piazzale della stazione angolo con via Cretier. Mi raccomando preciso».

«Perché lì?».

«Non ci sono telecamere». Poi Rocco rientrò nella stanza. «Pare che l'abbiamo rintracciato. Moriani, fai lo stesso il lavoro che ti ho detto. Può tornare utile».

«Io...».

«Che c'è?».

«Sto facendo una cosa che...».

«Non è il momento delle crisi di coscienza. Stai salvando un amico».

Il poliziotto abbozzò un sorriso. «Ogni dettaglio che non ritorna, ogni viso che ti suggerisce qualcosa, un nome, una situazione, lo guardiamo insieme e ci ragioniamo. Non una parola con il questore o con Dudovich».

Gli aprì la porta. Poi prese il loden e si incamminò verso l'uscita. «Case', tu resti qui e aspetta gli altri. Lasciatemi almeno una brioche sennò passate i guai».

«Oggi è domenica, dotto', le brioche è meglio che se le scorda».

Carlo aveva la pelle del viso pallida e la faccia stanca. Sbatteva le palpebre come avesse dolore agli occhi. Quando vide il vicequestore allargò le braccia. «Ma dottore, si può sapere che...».

Rocco gli fece cenno di tacere e di seguirlo nel sottopassaggio dei binari. Carlo spaventato cominciava a preoccuparsi. Una volta al riparo, Rocco si accese una sigaretta. «Moriani mi ha avvertito. Ha riconosciuto una tecnica che mettevi in opera quando lavoravate insieme».

Carlo restò serio a guardare il vicequestore, un sorriso tirato, si passò la mano sulla barba di qualche giorno. «Immaginavo. Ma è una cazzata, dottor Schiavone» disse. «Perché io non sono un cretino».

«Non l'ho mai messo in dubbio».

«Io sono solo quello che loro credono di aver scoperto, ma sono lontanissimi dalla verità».

Rocco si avvicinò ancora di più al ragazzo. «C'è gente di merda che ti sta dietro. Gente che spara».

«A chi spara? A una nuvola, dottore. Le nuvole spariscono e ritornano, senza che lei o io ce ne accorgiamo nemmeno».

«Non fare metafore del cazzo. È della tua sicurezza che sto parlando. Hai addosso i Servizi, ora ti è più chiaro? E io con quelli non posso fare niente».

Carlo restò serio.

«Chi è Abdel Kadher?».

«Chi?».

«Abdel Kadher, cittadino algerino».

«Dottore, io non so di cosa sta parlando».

Rocco sorrise a Carlo. «Molto bene. Ora ascoltami: se c'è da nascondere, nascondi, se c'è da infrattare, infratta». Gli diede una pacca sulla spalla. Non aveva mai avuto la sensazione di parlare con un ragazzo quando si rapportava a Carlo, ma mai come stavolta ebbe la certezza di avere di fronte un uomo, un fratello anche più vecchio di lui. «Perché lo fa?» gli chiese Carlo mentre il vicequestore si avviava verso gli scalini che l'avrebbero portato in superficie. «Perché mi piacete, perché sono d'accordo con voi, perché li state stringendo in un angolo, ed è una bellissima sensazione. Sono con voi perché avete il coraggio che io non ho e se vi lasciate beccare, per me sarebbe un enorme dolore. E a proposito, suggerisci ad Augusto Commod, su alla Baita, che è come un faro nel buio».

Carlo guardò Rocco stringendosi le labbra. «Ho parlato con Gianna e Pierre, dovresti conoscerli. E come ci sono arrivato io, loro ci arrivano in ancora meno tempo. Il tizio dell'aggressione ai due operai, è il figlio?».

Carlo non rispose. Passò un treno che riempì la volta del sottopassaggio col suo sferragliare basso e cupo. Quando il frastuono si allontanò, Rocco sorrise appena a Carlo, e gli fece l'occhiolino. Poi sparì salendo le scale verso l'uscita del piazzale.

Tranne Ugo Casella, tutta la squadra era nella stanza. Qualcuno aveva comprato le brioche per non far saltare quell'appuntamento quotidiano che ormai tutti aspettavano. Avevano scartato il pacco e si erano limitati a osservarle.

«Da dove vengono queste?».

«Da un bar del centro» rispose Deruta. «Niente a che vedere con quelle di Federico, ma mi dicono che sono buone».

«Be', e allora? Buon appetito».

I poliziotti si lanciarono sul vassoio.

«'Cci vostra, ma che siete, piranha?».

«Questa della tresca fra Annabella e il vicedirettore è una grande notizia» affermò Antonio con le labbra sporche di zucchero a velo.

«I due vincono un sacco di punti» disse Rocco. «Ora sono liberi di amarsi, quello diventa il capo grazie al fatto che la signora Lessert eredita la baracca, insomma...».

«Insomma, li abbiamo presi?» azzardò Deruta.

«Prima dobbiamo fugarci tutti gli altri dubbi. Piedi di piombo, ve l'ho già detto. A chi avevo dato il compito di approfondire su Testori?».

Casella entrò nella stanza con dei fogli in mano. Guardò la guantiera dei dolci spolpata e un velo di tristezza calò sul suo viso. «Li avete finiti?» domandò con un filo di voce.

«No, ti ho conservato un'aragostina» fece premuroso Deruta.

«Grazie» la gioia era tornata negli occhi di Casella.

«Anche se, scusate se lo dico, ma quelle di Federico a queste neanche se le vedono» puntualizzò Deruta.

«Che ci dici, Deruta?» chiese Rocco.

«Un po' di dettagli su Testori, come mi aveva chiesto. Allora, è nato a Milano, ma si trasferì in Valle a tredici anni perché il papà lavorava in banca. Dopo la pensione il padre se ne andò a vivere con la moglie a Ivrea, invece Giancarlo in Valle è rimasto. Prima ha lavorato per un'azienda che produceva liquori, poi è diventato direttore di un grande magazzino qui ad Aosta e infine è arrivato alla CDC. Divorziò tre anni fa da Beltrani Franca. Che altro so? Ah, abita a Saint-Vincent vicino al casinò che però non frequenta mica». Deruta abbassò i fogli di cui aveva dato pubblica lettura.

«Ottimo lavoro, Michele. L'ultima domanda: sai quando è nato?».

Deruta recuperò gli appunti. «Il 30 novembre».

«Potresti dirmi il segno zodiacale al quale appartiene?».

«No».

«Sagittario» rispose Casella. «Lo so perché mio cugino è del 30 novembre».

«Per ora non c'è altro, ho bisogno di restare solo per qualche minuto. Diciamo anche mezz'ora. Ah, una cosa che vale per tutti tranne che per Scipioni. Se continuiamo a ingozzarci così, voglio le analisi del sangue sul mio tavolo entro una settimana». Gli agenti uscirono dalla stanza borbottando, Schiavone restò con Lupa che riprese possesso del divanetto in finta pelle. Aprì il solito cassetto e accese la canna. Doveva trovare un modo per tenere umido quel cassetto, la maria tendeva a seccarsi e ad assumere un sapore troppo amaro. Magari un armadietto per i sigari, pensò. Solo che non poteva piazzare in bella vista un humidor in ufficio e riempirlo, invece che di Cohiba e Montecristo, di fiori di cannabis. Al secondo tiro, mentre la nuvola di fumo saliva verso il soffitto, riprese in mano il quaderno nero che i suoi agenti avevano spulciato. Ricominciò a leggere i nomi, nessuno aveva senso. Dovette arrivare all'ultima pagina per incontrare un nominativo mezzo appuntato che facesse suonare non un campanello, ma la campana di una cattedrale: N. Ferraz. Poteva essere Nicola Ferrazzi? Prestito di centoventimila euro restituito tre anni prima. Poi a fine anno altri ottantamila euro, restituiti solo trentamila, e poi un terzo prestito l'anno scorso di centotrentamila euro che si andava ad aggiungere ai cinquantamila precedenti, per un totale di centottantamila euro, senza calcolare gli interessi. Il cuoco o chef o cuciniere s'era riempito di debiti. Si alzò dalla poltroncina, gettò la cicca a fare compagnia alle altre decine sul tettuccio di copertura delle scale della questura, poi fu assalito da un dubbio: e se si fosse trattato di qualcun altro? Ferraz Natale? Oppure anche di un'omonimia? Prese il cellulare, ormai il trucchetto di nascondere il proprio recapito telefonico lo conosceva a memoria, digitò il numero di Nicola Ferrazzi segnato sul quaderno nero. Attese tre squilli. «Sì?».

«Parlo con Nicola Ferrazzi?».

«Sì, sono io».

«Sono il corriere dei vini. Qui al ristorante non c'è nessuno» disse Rocco.

«Sono lì alle cinque. Lei è nuovo?».

«Iffr... sarc... sbanuma?».

«Come?».

Chiuse la telefonata e sorrise. «Omonimia 'sto ciufolo» disse a mezza voce. Si infilò il loden e comandò a Lupa di restare lì a dormire, cosa che il cane non sentì perché era nel mezzo dei suoi sogni.

Il ristorante si chiamava Pavillon. Era ancora chiuso anche se dentro un ragazzo in casacca bianca stava finendo di apparecchiare i tavoli. «Che facciamo, bussiamo?» chiese Antonio.

«Direi di aspettare qui fuori. Non dovrebbe tardare».

«Quindi l'ha fatto per i soldi? Era nei guai e un'eredità lo avrebbe tolto dalle pressioni?».

«Guarda» fece Rocco indicando un negozio chiuso sull'altro marciapiede. «Quella era la barberia di Alessio Rocci. Proprio di fronte al ristorante di Nicola. Comodo, no?».

«Attraversava e chiedeva il prestito. Vabbè, è Courmayeur, mica stai a Milano. So' tre strade».

Fumarono una sigaretta in silenzio osservando la gente che passava. «Si vede che siamo fuori stagione».

«Sì» disse Rocco, «non vedo uomini con maglioni di cashmere dai colori sgargianti».

Antonio sorrise. «Ma era milionario. Cioè, era figlio di un milionario. Perché non chiederli al padre?».

«L'attività del figlio era contrastata da Simone Ferrazzi, voleva fare da solo, senza chiedere al padre».

«E la madre?».

«Anche Milena era contraria a quest'attività. Odiava troppo la consuocera».

Antonio gettò a terra la sigaretta. Poi si avvicinò al menu esposto sulla vetrina. «Un antipasto sta sui quindici euro, un primo supera i trenta, dai cinquanta in su per un secondo», poi scoppiò a ridere.

«'Mbè?».

«D'Intino spesso mi chiede dove andare a mangiare per fare bella figura con una tizia che gli si è accasata. La prossima volta lo mando qui. Ci lascia lo stipendio».

«D'Intino credo si stia liberando di tizia e familiari al seguito».

«Davvero?».

«Così m'è parso di capire».

«Sono contento, lo stavano mettendo in mezzo!».

«Eccolo!». Rocco indicò la strada. Nicola si stava avvicinando al ristorante. Quando vide i due poliziotti di fronte all'entrata rallentò appena, poi sorrise e proseguì. «A cosa debbo, Schiavone?» chiese.

«Un paio di domande, preferisce qui o dentro il suo ristorante?».

Nicola Ferrazzi diede un'occhiata all'interno del locale. «Qui» decise.

«Lei aveva chiesto in prestito soldi a Alessio Rocci, il barbiere che ha il negozio proprio lì davanti».

Nicola sbiancò. «Sì» mormorò, gli sembrò sciocco e soprattutto una perdita di tempo negarlo.

«Immagino per la sua attività».

«Immagina bene».

«Sul quaderno che abbiamo ritrovato appare il suo nome come debitore di centottantamila euro».

«Bum!» gridò Nicola. «Figlio di buona donna... non sono così tanti. Neanche la metà».

«Sarà un sollievo per lei ora che Rocci è in carcere».

«L'ho letto sui giornali, sì...».

«Dove l'ha letto?» chiese Rocco aggrottando le sopracciglia.

«Sui giornali».

«Lo ripeta, per favore».

Nicola guardò divertito prima Rocco poi Antonio. «Sui giornali...».

Il vicequestore scosse la testa e gli strinse la mano. «Mi stia bene» disse piantandolo sul marciapiede. Antonio lo seguì confuso.

«Scusa, Rocco, ma non ho capito. Come... che certezza hai che non sia lui?».

«La erre moscia, Antonio. Nicola ha la erre moscia. Finora non ci avevo fatto caso. Dobbiamo solo accertarci che non abbia un complice».

«Un complice?», e senza aver capito Antonio ingranò la prima.

«Anche se sembrerebbe strano avere un complice che fa un proclama in rete e cerca di usare la erre moscia per imitarlo. Sarebbe un po' un cortocircuito, non pensi?».

«No, perché non ci sto capendo un cazzo».

«A casa ti faccio i disegnini! Una cosa però l'ho capita. Chi ha ucciso Ferrazzi si sta divertendo a depistare il più possibile le indagini. Altrimenti perché far finta di avere la erre moscia? Se non per buttare un'ombra di sospetto su Nicola?».

Ripresero la strada di Aosta. Rocco restava pensieroso. Sul cruscotto c'era il giornale. Era quello della Buccellato. Lo sfogliò. Erano ancora sull'arresto della banda della coca elvetica, così li avevano ribattezzati, portato a termine dai carabinieri, e per uno dei trafficanti si configurava anche l'accusa di omicidio ai danni di Roberto Novailloz grazie alle indagini approfondite dei militari. «Indagini dei militari?». Lanciò il giornale di nuovo sul cruscotto. «Forse dovremmo mandare il quaderno nero ai cugini in divisa, è una prova di strozzinaggio».

«Sì, ma il fatto che si prendono gli onori dell'indagine sull'omicidio, non ti fa girare i coglioni, Rocco?».

«Da impazzire. E infatti m'è venuta un'idea!».

Prese il cellulare. «Sei occupata?».

«Sto a casa di Fabiano».

«Fabiano? Chi è?».

«Te l'ho detto, ma non mi stai a sentire».

«Ah sì, certo, quello che fa un po' ridere e che a letto almeno funziona. Avrei un regalo per te».

Antonio sorrise. Aveva capito.

«Per me?» chiese Sandra.

«Sì, niente di personale, molto professionale».

«Ah, bene. Puoi dirmi di cosa si tratta?».

«Credimi, al telefono non posso. Quando e se riesci a liberarti te lo consegno. Cercherei di non tardare troppo fossi in te, è un'ottima uscita sul giornale».

«Lo sai che se dici così fra dieci minuti ti raggiungo».

«No, non fra dieci minuti, fra una mezz'oretta in ufficio da me. Te l'ha mai detto nessuno che sei competitiva e arrivista?».

«Sì».

Antonio accelerò. «Appoggio la scelta, capo».

«E pure se non l'appoggiavi sai quanto cazzo me ne fregava?».

Proseguì nella lettura del quotidiano senza trovare notizie rilevanti. Era convinto che gli articoli di politica interna fossero gli stessi riciclati da anni. Cambiavano solo il nome del ministro o sottosegretario di turno. Una melma grigiastra in cui non si registrava nessun volto, nessuna visione. Solo noia e populismo. L'unico ideale che erano riusciti a costruire era l'odio verso il più debole. Rocco era convinto che l'avessero pensata a tavolino. Una piramide, dove al vertice siedono i più ricchi, gli intoccabili, i grandi evasori, la mafia, la bella società politica, mondo imprenditoriale e grandi professionisti, poi a scendere fasce via via più povere. Gli autonomi, le partite Iva, gli stipendiati, i lavoratori al nero, gli studenti, i disoccupati, i percettori di sussidio, i senzatetto e infine gli immigrati. Ognuno a odiare a morte la fascia a seguire, un'ostilità a cascata che levava malta e cemento alla coesione sociale, all'identità di intenti nelle persone, isolate e impegnate ciascuna nell'esecrazione del vicino, e quindi deboli e indifese davanti a chi aveva costruito quella stratificazione sociale. La ciliegina sulla torta era poi l'attacco più che ventennale alla cultura, all'università e all'istruzione, agli intellettuali, al teatro, alle voci di chiunque avesse posto delle domande critiche che, in dittatura come in democrazia, resta sempre il pericolo principale. Ed era quello, in fondo, il motivo per cui gli piacevano quelli dell'ELP.

Una volta in ufficio si accese una sigaretta, allungò i piedi sulla scrivania e chiuse gli occhi. Le immagini cominciarono a sfilare nel buio delle palpebre. Il ristorante di Nicola Ferrazzi, i prati di Cogne, Brizio e Furio seduti al bar, le carezze e i graffi di Caterina. «Dormi?».

Aprì gli occhi. Sandra era davanti a lui. Struccata, i capelli sciolti in disordine, un po' di occhiaie e le labbra pallide. «Io no. Tu non ti sei svegliata da molto».

«È il primo complimento della giornata». Si sedette aggiustandosi la chioma.

«Vuoi un caffè?».

«No, grazie. L'ho preso a casa di Fabiano».

Rocco si alzò e accese la macchinetta. «Io me lo preparo invece. Fabiano... Non è un bellissimo nome... e parla uno che si chiama Rocco. Io poi vorrei capire, ma tu sei Sandra o Alessandra?».

«Io mi chiamo Alessandra Camilla Eleonora Jacopa Buccellato. E meno male che non ho preso il cognome di mamma sennò l'appello in classe sarebbe durato una mezz'ora in più».

«Io solo Rocco. I miei non avevano manco i soldi per darmi un secondo nome».

«Era gratuito».

«Ma sai, quando uno è povero ha paura anche a chiedere, perché sa che tanto non se lo potrà permettere».

La giornalista batté le mani. «Voglio il regalo».

Rocco aprì il cassetto, prese il quaderno nero e lo consegnò a Sandra.

«Di che si tratta?» chiese sfogliandolo.

«È stato ritrovato negli uffici della Bulleri. È una lista di...».

«Strozzini? Erano anche strozzini?».

«Esatto. Siamo risaliti a tutti i nomi che vedi...». Le consegnò il lavoro di Deruta e D'Intino. «Precisi e puntuali troverai che gli evidenziati in verde sono residenti ad Aosta, in rosa invece nella regione, i gialli fuori regione e gli arancioni infine sono deceduti». Gli occhi di Sandra brillavano. «Sandra, inutile dirti che da me e dalla polizia non hai ricevuto niente. Inventati una storia, uno scoop di un giornalista, un ritrovamento anonimo, quello che ti pare».

«Per amor di precisione, dov'erano nascosti i documenti?».

«Nella cassaforte».

«Cazzo...». Sandra si passò una mano sul mento. «Cazzo, cazzo, cazzo... bene, l'ho comprato!».

«Sì?».

«Sì, l'ho comprato da uno che, saputo dell'arresto, è andato nell'ufficio della Bulleri e ha fatto il colpo. Regge, no? Fra l'altro credo di non essere lontana dalla realtà».

«No» ammise Rocco fissandola negli occhi.

«Sei stato tu?».

«Certe cose non le faccio».

Sandra alzò un sopracciglio, mise il quaderno in borsa e si alzò di scatto.

«Ah, noterai nella lista dei debitori anche Nicola Ferrazzi, il figlio del proprietario della CDC».

«E...?».

«Lui non c'entra una mazza con l'omicidio. Ti chiedo di sorvolare il dettaglio. Lo faresti per me?».

Sandra sorrise rassicurante. «Mi pare il minimo», poi arrivò alla porta. «Ti aspetto».

«Non mi va di uscire, resto qui» fraintese il vicequestore.

«Non mi hai capita. Io ti aspetto. Se tu vuoi, quando vuoi, non c'è Fabiano, Pincopallo o Sempronio che tengano. Io vengo da te», e gettata la granata, lasciò Rocco e Lupa a vedersela con l'esplosione.

«Antonio!» gridò Rocco affacciandosi alla sala e facendo sobbalzare tutti gli agenti.

«Sono qui», e alzò la mano da dietro la sua postazione del computer.

«Mi guardi dove vive la mamma di Testori?».

«Abbiamo un nome?».

«Benedetta Testori» rispose Casella. Rocco lo guardò compiaciuto. «Perché lo sai?».

«Perché quando lei ci ha detto che saremmo andati al funerale lì ho chiesto le generalità a tutti. E il nome della donna m'è rimasto impresso, perché pure una sorella di mamma si chiamava Benedetta. Era brava a fare le cozze arraganate. Si prende il pane...».

«Per piacere, Case', non scassare con le ricette e puttanate simili. Invece ti sei accorto se al funerale era presente una Barbara di cui non so il cognome?».

Casella prese il suo taccuino e cominciò a sfogliare. «Certo. Ce n'erano due. Barbara De Sisti, operaia della CDC, e Barbara Truc, 58 anni, chef».

«Che è la madre del compagno di Nicola» aggiunse Antonio.

«Bene. Trovato l'indirizzo di questa Benedetta Testori?».

«È a Ivrea in via Dora Baltea 2».

«E dimmi un'altra cosa, Anto', quanta strada c'è fra via Dora Baltea 2 e via Torino 55?»

«Dunque... a piedi?». Cincischiò col cellulare. «Manco cinque minuti».

Rocco batté le mani. «Grandi! Andiamo?».

«Dove?».

«Alla CDC».

«E che lavorano pure di domenica?».

«Recuperano per il tempo che so' restati chiusi... qui mica stai a Roma, Anto', questa è gente seria» e ridendo mollò una pacca sul ginocchio del viceispettore.

Arrivarono alla CDC in tempo per vedere gli operai uscire dalla fabbrica. Li incrociarono, Rocco riconobbe Grazia e la salutò, quella rispose con un sorriso e uno sguardo di velluto che accelerò i battiti del cuore del vicequestore. «Ci basta poco» disse Rocco ad Antonio che però non capì. «A noi maschi, intendo. Ci basta poco e ci mandano fuori giri».

«Ma a chi ti riferisci?».

Rocco non rispose ed entrarono negli uffici. Orietta Perelli andò subito loro incontro. «Dottor Schiavone, che piacere rivederla. Come posso...?».

«Testori».

«Ah, il direttore non c'è. È uscito presto nel pomeriggio e non è più tornato. Ma domattina sarà di nuovo qui, ha un appuntamento con i tedeschi».

«Anto'? Mi sono rotto il cazzo. Signora Perelli, mi dia il numero del vicedirettore. Anzi lo chiami con urgenza».

La donna spaventata corse al banco della reception e superando una collega lì seduta afferrò il telefono e compose il numero. «Dottore? Sì, mi scusi, ci sono qui il vicedirettore Schiavone e un suo collega».

«Sentito, Anto'? Ora sono vicedirettore».

«E si vede che hai fatto carriera».

«Sì, dottore...». Coprì la cornetta e si rivolse a Rocco. «Che cosa devo dire?».

«Che si presenti fra mezz'ora in questura o lo andiamo a prendere noi».

Orietta deglutì. «Sì, dottore, dice il vicedirettore Schiavone...».

«Vicequestore!» gridò Rocco.

«Eh? Ah sì, scusi, dice il vicequestore Schiavone che dovrebbe recarsi in questura entro mezz'ora».

«Altrimenti lo andiamo a prendere noi. Glielo riferisca».

«Altrimenti pare la vengano a prendere loro, così dice... sì... sì, certo, certo». Orietta si rivolse ancora a Rocco: «Il direttore chiede se deve portare l'avvocato».

«Non c'è ancora bisogno» rispose Rocco.

«Dice che non c'è ancora bisogno... sì, va bene, dottor Testori...». Chiuse la telefonata. La collega la guardava con gli occhi sgranati di un pesce in un acquario. «Sarà in questura fra esattamente quaranta minuti».

Rocco sorrise. «Bene. Mi porta in giardino?» chiese a Orietta che lo raggiunse. «Vuole passare davanti o dal retro?».

«Dagli uffici» rispose Rocco. Orietta fece strada anche se Rocco e Antonio la conoscevano benissimo. L'ufficio di Ferrazzi aveva ancora i sigilli. «Fra un po' li potete togliere» disse Schiavone indicandoli. Uscirono in giardino, nel piazzale che dava sull'entrata della fabbrica. Rocco si diresse subito allo scarabocchio dell'ELP fatto con la vernice. Si chinò a osservarlo, poi si guardò intorno. «Gli era facile disegnarlo al vicedirettore» osservò Antonio.

Rocco non rispose. Guardò la rete metallica che cingeva la fabbrica, la struttura con le finestre in alto, il vecchio cancello in disuso, quello nuovo col passo carrabile, poi senza dire una parola lasciò l'impianto.

Era spaventato. Seduto davanti alla scrivania del vicequestore, guardava ora Schiavone ora Scipioni che gli sedeva accanto; aveva il fiato corto e grumi di saliva bianca agli angoli della bocca. Rocco si era acceso una sigaretta e non aveva parlato. Si era limitato a osservargli i capelli compatti come una moquette. «Ci mette qualche prodotto?» fu la prima frase che pronunciò il vicequestore.

«Come?».

«Dico, sui capelli. Ci mette qualche prodotto?».

Testori si passò una mano sulla chioma. «No, nessun prodotto. Li lavo con uno shampoo della farmacia».

«Allora li ha così di natura» disse Rocco guardando la mano del vicedirettore della CDC.

«Sì, anche mio padre che ha 75 anni li ha ancora tutti e non sono sbiancati».

«Cos'ha sul polso? A destra?».

Giancarlo Testori allungò il braccio tirando su il polsino della camicia. «Un taglio» disse. Era visibile una cicatrice a forma di ipsilon. «Me lo feci da bambino sullo skateboard. Sette punti e tre settimane chiuso a casa per punizione».

Rocco sospirò. «Non era un braccialetto né un tatuaggio» disse al viceispettore.

«Già» rispose Antonio. Testori li guardava senza capire.

«Da quanto tempo la ama?».

Se avesse preso un cazzotto al plesso solare avrebbe respirato meglio. «Da... quanto tempo amo chi?».

Rocco si appoggiò alla scrivania. «Senta, Testori, se chiedo vuol dire che so, non si metta a negare e a fare scene. Sappiamo di chi stiamo parlando. Allora?».

«Sono due anni».

«E Simone Ferrazzi lo sapeva?».

«Se pensa che sia stato io a...».

«Stop! Io faccio le domande e lei risponde, è così che va qui da noi. Quindi ripeto: Simone lo sapeva che lei e Annabella passavate del tempo insieme fuori dall'orario di lavoro su un letto o un divano oppure in un alberghetto, che ne so?, a Ivrea?».

Storse appena la bocca prima di rispondere. «No, non lo sapeva. Ci ha colto all'improvviso una sera che stavamo facendo gli straordinari».

«Di che cazzo sta parlando? Chi vi ha colto? Il marito?».

«No, la passione. Io e Annabella. Lavoravamo fino a tardi, poi è stata un'attrazione improvvisa che...».

«Ma che cazzo me ne frega di come avete cominciato!» gridò Rocco. «Si rende conto? Lei ha un movente grosso quanto un armadio! Fuori Ferrazzi, dentro Testori, no? E insieme a Annabella si beccava direzione e parte della proprietà della CDC. Mica male».

«Io non ho... ma siamo impazziti?».

«Il video finto dell'ELP?».

«Il video finto? Io? E come avrei...».

«La busta spedita da un ufficio postale di Ivrea, a soli cinque minuti a piedi da casa di sua madre, un ambiente che forse lei conosceva, no? Lo sa perfettamente come sono posizionate le telecamere interne. In più ha avuto la botta di culo che quel giorno le suddette camere fossero fuori uso».

«Io? Ma lei è impazzito? Io di tutto questo non so neanche...».

«E la cicatrice sul polso. È visibile nel finto video dell'ELP. Dovremmo fare anche una prova grafologica, ma non mi stupirei se la sua grafia fosse quella del video e del muretto alla CDC».

Testori boccheggiava. Non sapeva come rispondere a quella valanga di accuse. «È assurdo. Assurdo! Amo Annabella, sì, ma che è un reato?».

«Se non altro, è molto pericoloso» osservò Antonio.

«Devo solo scoprire dove ha trovato il tritolo, ma sono certo che spulciando nel suo computer, qualche traccia sarà rimasta. Ispettore, il dottor Testori resta un po' con noi».

«Ricevuto».

«Io non...», poi Giancarlo crollò coprendosi il viso con le mani.

Rocco senza aggiungere una parola uscì dalla stanza.

Tornato in ufficio si allungò sulla poltrona. Lupa aveva trovato il resto di un vecchio panino e concentrata lo stava mangiando.

«L'hai trovato» mi dice. Non ricordo se è la prima volta che viene in ufficio, ma stona con questa stanza di merda. Quello che mi lascia perplesso sono le orecchie di Lupa che ora sono dritte e ha smesso di masticare il pane secco. La sente anche lei, mi sa.

«Sembrerebbe» le dico. Marina guarda fuori dalla finestra. «È bruttissimo qui. Perché non appendi qualcosa? Le pareti spoglie sono squallide».

Lo so. «Ora cominci con la solita pippa che se sei vuoto dentro lo sei pure fuori, e la casa la arredi...».

«Io non dico niente, Rocco. Mi intristisce pensarti qui. Rispondimi con sincerità. Ma tu, quando sei felice, ci fai caso?».

«Bella domanda. Non lo so...».

«Perché è facile avere ricordi felici. Ma se un ricordo è felice, significa che anche in quell'attimo c'era felicità. Mi spiego?».

«Certo».

«Però alla fine non lo notiamo, e ci ricordiamo solo che siamo stati felici. Nel passato. Perché?».

«Perché essere felici nel presente fa paura, Mari'...».

«Mi sa pure a me».

«Mi trovi raggrinzito?».

Scoppia a ridere. «Tipo una mela vecchia?».

«C'è chi s'è lasciato andare e chi invece no. Io mi sento un vagone su un binario morto».

«L'hai scelto tu».

«No. Non l'ho scelto io, Marina. È andata così». Si avvicina un poco. Mi guarda. Di che colore ha gli occhi? Non lo capisco più. «Perché non ti innamori, Rocco?».

Non mi va di parlare di questo. «Non è come partire per una vacanza».

«Pensi che non lo sappia?».

«Se mi fai questa domanda sì, mi sa di sì. Ti faccio un esempio, così magari ti spiego meglio». Mi do un pugno leggero sul cuore. «Capito? Mantiene le funzioni vitali, ma altro non ha voglia di farlo».

«Che sciocchezze vai dicendo? Si tratta solo di aprire la porta. Tu la tieni chiusa. Ecco perché sei su un binario morto. Non distingui neanche più i momenti belli da

quelli brutti. Non sei morto, Rocco! Sei vivo! E già questo dovrebbe farti sorridere, anzi no, ridere! A crepapelle. Ricordatelo, sei tu che tieni la porta chiusa».

Se ne va. Lupa riprende a mordicchiare il pane.

Rocco aveva voglia di una serata tranquilla, a mangiare con i suoi amici, sperando fossero tornati da Milano o da chissà quale altro posto in cui svolgevano i loro affari. Michela Gambino gli venne incontro sorridente. «Ciao Rocco... novità?».

«Forse l'ho preso» disse.

«Come forse? Bene! Festeggiamo?».

«No, Miche', non mi va di festeggiare. Non c'è niente da festeggiare».

«Fra una settimana io e Alberto ci sposiamo. Non è un valido motivo?».

«Mah... a essere sinceri».

«No, Rocco, non esserlo. Vuoi imparare 'sto fatto che ci sono dei momenti in cui non si può essere sinceri? Questo è uno di quelli!». Lo baciò sulla guancia e salì le scale della questura. «Senti, tutto il puzzle io l'ho fotografato e archiviato. Ora lo smonto, non serve più, vero?».

«No, Miche', non serve più. E grazie».

«Figurati».

«Anzi no. Stasera... io, te e Alberto a cena. Vi devo parlare».

Michela perse il sorriso. Non le era piaciuto il tono di Schiavone. «Dove?».

«Al solito ristorante».

«È cosa grave?».

«Non ancora. Alle nove?», poi si voltò e proseguì verso casa. Solo in quel momento si accorse che aveva dimenticato Lupa in ufficio. «Ma che cazzo...». Tornò indietro e risalì le scale. Non gli era mai capitata una dimenticanza simile. Arrivato al piano fischiò. Lupa gli corse incontro. Si accovacciò per carezzarla. «Mi ero scordato di te, Lupa, mannaggia alla miseria...». La cagnolona lo leccava ovunque con la lingua rapida come una saetta e la coda in movimento opposto al posteriore. «Dotto', allora l'abbiamo preso?», era la voce di D'Intino che si era affacciato.

«Eh? Sì, forse sì. Tu hai risolto?».

«Forse sì. Vado a la casa. Se stanno ancora dentro mi ospitano Federico e Michele. Dotto', io a quelli non li voglio più vedere».

Rocco gli sorrise, si tirò sulle ginocchia non senza uno sforzo lamentoso e ridiscese le scale.

Dopo aver avvertito il questore e Baldi, fece una doccia. Il questore già parlava di conferenza stampa, Rocco riuscì a frenarlo, aveva bisogno ancora di qualche riscontro, poi con piacere gli avrebbe lasciato nelle mani il caso, i giornalisti e la fama. Evitò con una certa agilità di guardarsi il volto allo specchio, ormai aveva imparato a fissare la cornice o le luci laterali, uscì dal bagno e andò in camera da letto. Si asciugò, lento; le mani e le braccia andavano in automatico, la testa seguiva altri pensieri. Fissava la luce del lampione stradale sulla tenda che ora si gonfiava ora scendeva seguendo le pieghe della stoffa. Quando sono felice, me ne accorgo?, si chiese. Prima di rivestirsi si controllò i nei allo specchio, ce n'era uno sotto l'ascella che non gli piaceva, al più presto sarebbe andato dal dermatologo a farsi la mappatura. Chiamò Brizio e Furio, ma avevano il cellulare staccato. Il che significava che ovunque fossero, erano in piena attività. La piazza sotto casa era deserta.

«Avete mai fatto l'album delle figurine?».

«Dei calciatori?» rispose Alberto sorseggiando vino.

«Anche».

«Io sì. Me ne ricordo uno che si chiamava tipo Invenzioni e scoperte, o Scoperte scientifiche...» disse Michela mentre spezzava un grissino.

«Io quelle dei calciatori e degli animali. Motivo della domanda?».

«Li finivate?» chiese Rocco.

«Non ricordo. Mi pare di no».

«Neanche io. Mancava sempre qualche figurina. Ed ero certa che venivano distribuite con il chiaro scopo di non lasciar completare a nessuno la collezione. E sapete come facevano?».

«Immagino tu abbia la risposta, Michela».

«Certo, lo scoprii alle elementari. Le distribuzioni erano regionali. Ciò che era raro in Sicilia, ce l'avevano tutti in Veneto, quello che in Piemonte non lo trovavi abbondava in Puglia. Sapevano che noi bambini non è che giravamo per la penisola alla ricerca delle figurine, e quindi per rimediare le mancanti o scrivevi alla casa editrice per averle, pagando fior di piccioli, oppure i piccioli li davi a qualche bambino di Domodossola che spesso manco te le rispediva fermo posta».

«Una truffa?».

«Non era proprio una truffa, ma era architettato in modo che per completare l'album qualche sforzo economico lo dovevi fare. Per esempio, quello delle Invenzioni e scoperte, a Palermo tutti avevamo il ritratto di Enrico Fermi con l'atomo e il telefono di Meucci. Non c'era minchia di rimediare il parafulmine di Jefferson, che invece a Piacenza ci lastricavano le strade. Lo so perché avevo una cugina che me ne mandò due, addirittura. E io quei giorni a Palermo ero una regina!».

Rocco e Alberto si guardarono. «Può essere» concessero. «Ma a Roma ti assicuro che le figurine dei calciatori le avevano tutti. Solo che, ora che mi ci fai pensare, la distribuzione forse era per circoscrizioni invece che per province. Brizio finì un'unica volta l'album dei calciatori perché Trevisanello due ce l'avevano a Batteria Nomentana e Roffi e Lombardi del Cagliari invece li aveva doppioni suo cugino a San Giovanni. A Trastevere eravamo pieni di Musiello della Juventus che a viale Jonio pare non esistesse neanche».

«Bene» disse Michela. «'Sto fatto delle figurine?».

«Perché ho la stessa sensazione che avevo da bambino. Mi manca una figurina per finire la pagina».

Restarono in silenzio per qualche secondo, attesero che il cameriere depositasse i tre spaghetti alle vongole, poi attaccò Alberto: «Oltre al piacere di mangiare insieme e a questa storia delle figurine, perché siamo qui?».

«Io credo, anzi sono certo, di sapere qualcosa sull'ELP in Valle».

Lo guardarono seri. La sala era vuota, se si escludeva una coppia di ragazzi al tavolo sotto l'archetto.

«E come sono venuto a saperlo io, ci mettono niente gli altri a venirne a capo».

«Ma fammi capire», Alberto gettò due gusci nel piattino, «perché ti interessa così tanto?».

«Sono convinto sia coinvolto un ragazzo cui voglio molto bene e che in passato mi ha aiutato».

«Possiamo fare qualcosa?».

«Per esempio so che fanno rimbalzare il segnale fra cinque cellulari che, appena individuati, spariscono. Tutti agganciati ad Aosta».

«Interessante» disse Michela a bocca piena.

«Già. Spariscono. E io ho pensato che un buon posto per far sparire i segnali potrebbe essere una miniera di magnetite».

«Bravi!» approvò Michela. «La magnetite è ferro, ben riparata, difficile individuare i cellulari, bravi. E allora?».

«A Cogne ce n'è una molto famosa. Vorrei poter fare qualcosa per sviare le indagini e salvare il culo a questi ragazzi».

Alberto masticava e pensava. Michela invece s'era fissata a guardare il quadro di una marina. «Se loro non vogliono smettere, non puoi salvarli ma sperare solo che la facciano franca» disse.

«Comunque se al nascondiglio ci sei arrivato, suggeriscigli di cambiarlo» propose Alberto.

«Oppure li raggiungo?».

«No, non te l'hanno chiesto. Tu hai avvertito uno di loro del pericolo?».

«L'ho fatto».

«E allora sta a loro prendere decisioni».

Avevano finito il piatto. Michela si guardava i denti riflessi nella lama del coltello «Ho prezzemolo?», e mostrò la bocca coi denti serrati a Rocco che fece no con la testa.

«Perché ne parli a noi?» chiese Alberto.

«Perché siete la cosa più simile a degli amici che ho da queste parti».

«Davvero?» fece lusingata Michela.

«Davvero. E poi speravo in qualcosa di scientifico sulla magnetite che potesse in qualche modo aiutarmi».

«È un minerale ferroso» attaccò Michela, «ha delle proprietà magnetiche, buon conduttore, ma poco altro. Dunque tu pensavi a Cogne, giusto?».

Rocco annuì. Michela sorrise. «Sai tutto, Rocco?».

«In che senso?».

«Sai che esiste una vecchia ferrovia sotterranea che usavano quelli della miniera per trasportare il materiale in maniera semplice e rapida da Cogne ad Aosta tagliando la Valle?».

«No... non ne so niente».

«Bene, esiste davvero. È una ferrovia che è stata dismessa tanti anni fa. Ci passava un trenino merci». Rocco si versò del vino. Michela proseguì: «Ora se io faccio base nel paese di Cogne e voglio sparire in un momento senza lasciare traccia, non pensi che utilizzerei quella ferrovia sotterranea abbandonata dove ormai non entra più nessuno da anni?».

«Cioè arrivare in un momento ad Aosta mentre gli altri ti stanno cercando per le valli allungando la strada e perdendo le tracce?».

«Io credo sia questo il motivo della scelta» concluse Michela. «Ma forse ce n'è anche un altro».

«Dimmi».

«I cellulari spariscono ad Aosta, così dicono, no?».

«Esatto».

«La ferrovia, se la puoi usare da Cogne ad Aosta, la puoi percorrere anche al contrario, non ci vuole Enrico Fermi per arrivarci».

«No, ma con questo?».

«Con questo, attraverso quella ferrovia da Aosta se ne tornano a Cogne e il segnale dei cellulari col cacchio che lo rintracci più. Poi una volta lì, a centinaia di metri nella pancia della montagna in mezzo al ferro, ti saluto. Forse sarebbe un buon posto anche per il mio laboratorio» ragionò a voce alta.

«Sì, sarebbe un buon motivo. Ma tu perché sai del trenino?».

«Perché mi informo, leggo. A differenza di te, cerco di conoscere il territorio nel quale lavoro, Rocco».

«E porta a casa» disse Alberto. «Per secondo che prendiamo? L'orata?».

«Facciamoci dire dal capo. Lui lo sa. Quello che invece non so è come comportarmi».

«Ti riferisci ai ragazzi?».

«Sì, Albe', a loro».

«Io credo tu abbia fatto già tanto. Gli hai messo la pulce nell'orecchio, ora sta a loro non farsi beccare».

La porta del ristorante si aprì. Entrarono un uomo e una donna che Rocco riconobbe subito, ricambiato.

«Ma dimmi tu!» fece Alberto. «Ma quella non è cosa... dai, stavate insieme quando eri appena arrivato qui ad Aosta».

«Nora».

«Stavi con quella?» chiese Michela sottovoce.

«Sì, diciamo che dividevamo un po' il tempo. Se ti interessa vendeva abiti da sposa. Visto che voi due fra un po' convolate...».

«Io mi sposo in borghese» disse Michela, «mi ci vedi alla mia età come una meringa?».

«Perché non ci vai a parlare?» gli chiese Alberto.

«Perché sta con un uomo che si chiama Galbiati e fa il costruttore, perché le minestre riscaldate non funzionano, perché...».

«Non si direbbe da come guardi Caterina» lo interruppe Michela.

«Quella è tutta un'altra storia, Miche'».

«No, è sempre la stessa. Cambiano i protagonisti, ma è uguale uguale, spiccicato proprio».

«Per secondo?». Ciro era arrivato fresco e riposato.

«Ce l'hai una minestra? Magari riscaldata?» gli chiese Michela e insieme ad Alberto scoppiarono a ridere.

«Ammazza le risate» commentò Rocco. «Lasciali perde, Ciro, e scegli tu che portarci, ci fidiamo». Con un leggero inchino del capo Ciro lasciò il tavolo. «Tornando alle figurine, io mica ho capito di che parlavi» disse Alberto.

«Hai presente il lavoraccio di Michela sulla busta e i frammenti di carta della bomba alla CDC?».

«Direi» intervenne Michela, «me lo sogno ancora la notte. Embè?».

«Fino a quando non hai trovato il pezzo giusto il puzzle non era completo. Ecco. A me manca quel pezzo».

«L'hai preso il colpevole, no?».

«Sembra sia proprio lui. Eppure io ho la sensazione che manchi un frammento».

«Dormici sopra» gli consigliò Alberto. «Se ti fissi non ne esci più».

«Per questo stasera vi ho invitati a cena. Per distrarmi».

«Ah, grazie!».

«E ha funzionato?».

«Mi sa di sì, Michela... proprio grazie alla minestra riscaldata!».

Caro Memè,

come vedi abbiamo esaurito i tuoi desideri e ce ne siamo andati. Non mi scorderò mai come ci hai trattate, a me e mamma, mantenevo un ricordo di te diverso. Mi ti ricordavo infatti buono e premuroso, invece mi sono dovuta ricredere. Ce ne siamo andate io, mamma e pure Gino. Per fortuna Gino teneva un amico qui vicino che ci ha imprestato una macchina e con quella siamo partiti. Via da questa città, via da te, per sempre Memè, non voglio mai più rivederti. Mi ero illusa, e alla mia età le illusioni possono fare molto male. Perché ti sei rivoltato contro come un cane arrabbiato? Che ti abbiamo fatto? Solo perché Gino non teneva dove stare per qualche giorno? Sei un egoista, prepotente, e quando torno a Mozzagrogna questa storia la voglio proprio raccontare a tutti, che pure in paese si deve sapere che razza di uomo sei divenuto. A meno che tu non ti penti e chiedi scusa a me, a mamma e pure a Gino, sennò non ti far più risentire. Mai più.

La tua ex amica,

IEZZI PUPA

Domenico D'Intino rilesse la lettera tre volte, poi la ripiegò e la lasciò sul tavolo. La casa era vuota. Si erano portati via, oltre ai vestiti, tre vasi e gli asciugamani che lui aveva comprato da Ikea. All'appello mancavano pure le tazze colorate, il piumino matrimoniale, le lenzuola a sacco, due tappetini, quattro candele profumate, le posate nuove e i coltelli da cucina, tre pentole, il copriletto a pois, i quadri con le stampe finto antiche incorniciate della Valle d'Aosta, la tavoletta e lo spazzolone del cesso. Anche il frigorifero era vuoto, a parte una bottiglia di acqua aperta e mezzo panetto di burro. Si sedette sul divano che gli aveva fatto da giaciglio e pensò che doveva richiamare Nenè. Ormai la soffitta l'aveva perduta, gli toccava restare in quell'appartamento, ma forse l'amico era ancora disponibile a dividere non tanto l'affitto, quanto la solitudine. Stracciò la lettera di Pupa e la incendiò nel posacenere, uno dei pochi oggetti che avevano resistito al sacco di Pupa e donna Natalina.

Era quasi mezzanotte. Rocco e Lupa tornavano dal

ristorante. Rocco prese il cellulare e chiamò Baldi. «La disturbo?».

«Guardavo una partita della Premier League in televisione».

«È un sì oppure un no?».

«Quanto me ne può fregare del Crystal Palace?».

«Vorrei che lei desse un'occhiata ancora una volta alla CDC. Ai finanziamenti, ai capitali, ai guadagni lordi e a quelli netti, alla ricapitalizzazione, alla...».

«Ho capito, Schiavone. Motivo?».

«Devo essere certo di alcuni passaggi che non mi sono molto chiari. Domattina pensa di poter dare una risposta?».

«Siccome io non ho un cazzo da fare, Schiavone, che stare ai suoi comodi, secondo lei adesso io mi alzo dal divano, prendo gli incartamenti e li studio in modo che domattina possa essere pronto?».

«Non volevo arrivare a questo, dottor Baldi, è che...».

«Perché farò proprio così. Non ho sonno, e se mi metto a lavorare almeno do un senso a questa notte che altrimenti risulterà infinita e inaffrontabile».

«Grazie, dottor Baldi».

«Però, in cambio, domattina lei e il questore venite da me. E lei mi spiegherà di che stiamo parlando. Ha richiesto il fermo per Testori o mi ricordo male?».

«Ricorda benissimo. Domattina spero di essere più trasparente e comprensibile».

Chiuse la telefonata. Poi lo vide. Da principio pensava fosse solo uno che gli somigliava, invece seduto ai tavolini del caffè centrale, a quell'ora chiuso, c'era l'agente Domenico D'Intino. Lupa gli corse incontro. Quello alzò lo sguardo. Vide Schiavone e scattò in piedi. «D'Inti'? Che stai facendo in giro a quest'ora?».

«Niente, dotto'... pensavo. Non mi andava di stare a casa».

Aveva gli occhi lucidi, pallido, coi capelli superstiti spettinati. «È una settimana che sei strano, mi dici che cazzo hai combinato? Ma non hai... cosa, lì, come si chiama? Pupa, che ti aspetta?».

D'Intino si rimise seduto. Rocco prese una sedia e si accese una sigaretta. «E raccontami».

L'agente abruzzese raccontò per un quarto d'ora senza pausa. Alla fine Rocco si accese un'altra sigaretta. «Hai fatto bene a cacciarli, D'Intino. T'avevano messo in mezzo».

«Sine, dotto'. S'hanno fregate tutti i mobili che avevo accattato. Avranno affittato 'nu furgone per prendersi tutta quella roba».

Rocco gli mollò una pacca sul ginocchio. «D'Inti', in una settimana hai fatto quello che non hai mai affrontato in tutta la vita. Ma lo sai? C'è chi nella vita riesce a costruire qualcosa, chi invece no. Io come vedi non ce l'ho fatta!».

«Manco io, dotto'... che uno può pensa' al lavoro, alla carriera, no? Ma po', alla fine, sempre di una compagna andiamo a parlare, è così, vero? Anche perché lu lavoro... pe' me è già 'nu miracolo che m'hanno preso alla polizia. Quindi che carriera e carriera?».

«Una mia amica mi ha chiesto se mi accorgo di quando sono felice. E le ho risposto che no, non me ne accorgo. Tu?».

«Je? Non lo so, dotto'... felice? Ero felice quando Pupa è arrivata alla stazione, sì. E me ne so' accorto, so' pure accattate li fiori. Sì, pure quando le so' chiesto di diventare mia moglie, ero felice. Ero felice a usci' a cena 'nghe lei. Sì. Ma mi succede così poco che pe' forza me ne accorgo. Lei invece? Quand'è che è stato felice l'ultima volta?».

Rocco strizzò gli occhi. Guardò la piazza deserta. Lupa aveva trovato qualcosa da mangiare vicino al monumento agli alpini. «Non lo so... è passato qualche anno. Però vedi? Hai fatto bene tu, hai rischiato. Non è andata, ma ci hai provato, no?».

«Eh sì. M'ero 'ncollato pure alla mamma. Quando so' visto arriva' Tenisci, che era secondo me l'amante, be' lì è stato troppo».

«Sai che ti dico? Bravo. Hai avuto il coraggio. Ci vediamo domani, D'Inti'...».

«Certo, dotto'... a domani».

Rocco si alzò e richiamò Lupa.

«Dottor Schiavone?», l'agente era ancora seduto al tavolino.

«Che c'è?».

«Grazie».

Lunedì

Quando Deruta entrò nella stanza del vicequestore portando le brioche, quasi sobbalzò nel vederlo lì, già seduto alla scrivania, con il fumo della sigaretta che gli nascondeva il viso. Leggeva dei fogli. Alle sette del mattino con il sole ancora incerto se spuntare o no, guardò negli occhi il suo superiore. «Dotto', tutto bene?».

«Sì».

«Che legge? Ah, sì lo so, quelle sono le fotocopie che le ho lasciato, l'incartamento di Marini da Viterbo».

«Esatto».

«Aspetta che mo finisco» disse Rocco sempre con gli occhi concentrati sul documento. Deruta si sedette accanto a Lupa che si leccava una zampa.

Il documento evidenziava il furto di mezzo chilo di tritolo la notte fra il 21 e il 22 febbraio nella cava di peperino di Alfredo Micci. L'esplosivo era conservato all'asciutto nella stanza del responsabile scavi, in un armadietto blindato le cui chiavi le aveva solo il responsabile, Tocci Mario di anni 61, il guardiano Panunzi Andrea di anni 56, e il proprietario Micci Alfredo di anni 73. Tocci Mario la mattina del 22 febbraio si era accorto dell'ammanco e subito aveva sporto denuncia presso la questura di Viterbo. Nessuna effrazione, sia del cancello della cava che dell'ufficio del responsabile. L'armadietto aveva la serratura intonsa. In calce c'era appuntato a mano il rapporto del responsabile delle indagini, viceispettore Angelo Sanna. In una grafia incerta e tremolante aveva scritto: «La causa del furto è da amputare a una dimenticanza perché a domanda ripetuta il Tocci non era così sicuro di aver chiuso a chiave l'armadietto flindato la sera prima. E infatti senpre il Tocci dichiarava che il sudetto armadietto capace che era aperto dalla mattina del 22 febbraio corrente mese di febbraio. Quindi il furto non è da considerarsi con destrezza ma occasionale grazie all'occasione lasciata dal Tocci Mario».

Convinto che lo scrivente Angelo Sanna sarebbe stato un degno rinforzo per la sua squadra, Schiavone alzò lo sguardo. «Oggi che giorno è?».

«Lunedì» rispose l'agente Deruta.

«Dove sono gli altri?».

«Antonio sta salendo, D'Intino ancora non s'è visto e Casella è andato un attimo al bagno».

«Deruta. Sono pronto». L'agente non lo capiva. «Io e il questore ce ne andiamo in procura. Voi state qui, potrebbe servirci appoggio. Pronti».

«A fare che?».

«Che cazzo ne so? Pronti. Ora lascio Lupa alle vostre cure...». Prese un saccottino al cioccolato dalla guantiera ancora incartata. «Buono! Serviti, Deru', sennò si freddano».

«Io sarei a dieta».

«Appunto, saresti...», e con due morsi finì il dolce. Lupa lo osservava con le orecchie dritte. «No. Lo zucchero, Lupa, no!».

«Ho portato questo», e Deruta si mise la mano in tasca. «Io e Fede a Zanna gliene diamo un po' ogni settimana. È pane secco, fa bene al tartaro. Posso?».

«Ah, ecco dove l'ha preso ieri... certo, la fai felice».

Deruta lanciò la pagnottella a Lupa che l'acchiappò al volo e cominciò a sgranocchiarla. «Perché si è intristito all'improvviso, dottor Schiavone?».

«Perché ho capito proprio adesso, mentre parlavo con te».

«Cosa ha capito?».

«Chi è stato, e mi viene da vomitare. Guarda la mia faccia. Vedi? Sono sereno, triste e sereno. Eppure tutte 'ste cazzo di rughe, i capelli diradati, le pieghe qui intorno agli occhi, guarda il collo, da rettile, perché? Non sono solo gli anni che passano, Michele. È che non ce la faccio più. A me di andare nel pozzo di merda e tirare fuori lo schifoso che ha fatto tutto questo, mi distrugge ormai. E non ho più le forze». Si alzò dalla poltrona. «Costa alle otto sarà al tribunale, io ci vado da solo, prima devo passare in un posto. Non credo che dal magistrato starò più di mezz'ora. Ma voi tenetevi pronti». Si infilò il loden. «Miche', ma tu perché mi stai a sentire?».

«Mi stava parlando e io ascoltavo».

«Ma io la maggior parte delle volte dico cazzate, do fiato a pensieri inutili. Non sei tenuto a stare lì e berti questa valanga di banalità».

«Dotto', io aspetto sempre che lei mi comandi qualcosa, per questo sto a sentire. E le dico la verità, il più delle volte mica capisco i suoi discorsi. Però la storia delle rughe, quella l'ho capita».

«Bene, Miche'. A più tardi».

«A più tardi, dottore».

Lupa continuava a sgranocchiare il pane secco. «Brava, Lupa, fa bene ai denti» disse l'agente e se ne andò.

Guidò lento sull'autostrada fino a Pont-Saint-Martin. Poi girò verso via San Giorgio Dora e arrivò alla CDC. Lasciò l'auto fuori dal complesso industriale. La guardia giurata lo riconobbe. «Serve qualcosa, dottore?».

Rocco fece cenno di no e si incamminò seguendo la recinzione dall'esterno del complesso industriale. Superò il nuovo passo carrabile, doveva fare attenzione perché camminava in mezzo agli sterpi e a fossi che si aprivano all'improvviso sotto il muschio e i rovi. Proseguì l'aggiramento, passando accanto a dei bidoni vecchi e arrugginiti, salì e ridiscese degli enormi tubi di scarico abbandonati, poi raggiunse il vecchio passo carrabile, quello non più in uso. Guardò i rami di glicine spezzati, poi si chinò a controllare la serratura. Era tutta arrugginita. Infilò il coltellino nel buco e lo ritirò sporco di olio. Sorrise. Gli bastava così.

Costa e Baldi lo attendevano nella stanza del magistrato. Insieme a loro anche Dudovich. Avevano tutti l'aria di chi non aveva chiuso occhio. «Volete un caffè?» esordì il padrone di casa. Risposero quasi all'unisono: «No, grazie». Baldi allora aprì la finestra. «È ufficiale, in questo ufficio si può fumare», e si accese una sigaretta. «La fumo in piedi qui vicino così non vi do fastidio» disse e si mise a braccia conserte. Costa e Dudovich si accomodarono sulle poltroncine fronte scrivania, Rocco restò in piedi. Era il suo spettacolo, toccava a lui, gli altri pendevano dalle sue labbra. «Bene, chi ha eliminato Simone Ferrazzi l'ha fatto per un motivo personale, niente a che vedere con l'inquinamento, il pianeta e l'aria pulita. Quella di usare l'ELP è stata una mascherata per confonderci e deviare le indagini. E devo dire che l'omicida ci ha fatto rimbalzare da una parte all'altra. È stato abile, molto abile».

«Lei si sta riferendo al dottor Testori?» chiese Costa.

«No. Quella è stata la sua ennesima trappola. Ma ci arriviamo. Allora, seguitemi...».

Seduto sulla poltrona Rocco beveva il caffè appena uscito dalla moka. Bruno Albanesi lo guardava serio. «Che cosa posso fare per lei?».

«Ragionare con me, le va?».

«Pronto».

«Parliamo dell'omicidio del suo amico, Simone Ferrazzi. Ricapitoliamo insieme. La bomba uccide Ferrazzi. E arriva il video dell'ELP, che è un falso video dell'ELP».

«Giusto».

«Cosa c'è in questo video? Un uomo che parla con la erre moscia. Tranne per una parola sola, dove invece la erre la pronuncia correttamente. E sempre quest'uomo mostra, sbadatamente, una macchia su un polso. Un braccialetto? Un tatuaggio? I primi a essere sospettati sono quelli che più hanno da guadagnare con la morte di Ferrazzi. Nicola, Paolo e la ex moglie. Uno dei figli, Nicola, quello del ristorante, esce fuori che ha un grosso debito con gente poco raccomandabile. Allora cosa ho fatto? Il primo sospetto su cui mi concentro è proprio Nicola, perché Paolo, l'altro fratello, ha addirittura rinunciato all'eredità. Quindi per ora lo lasciamo lì. Nicola ha la erre moscia. Ma si ricordi che nel video l'autore pronunciando la parola *perfluoro* emette una erre sonora, senza rotacismo insomma. Non può essere un dettaglio sbagliato per chi è così organizzato».

«No?».

«No, Albanesi. È una trappola. Ci sta dicendo che l'omicida sta fingendo di essere Nicola ma in realtà è un altro. E veniamo al secondo sospetto, quello che credevo fosse l'omicida. Il più papabile, Giancarlo Testori, che io stesso ho fermato».

«Ha fermato Giancarlo? L'ha beccato?» gli occhi di Albanesi si accesero, eccitati.

«È l'amante di Annabella, è quello che dalla morte di Ferrazzi ci guadagna di più».

«Gliel'avevo detto, dottore, che era una approfittatrice!».

«In verità l'ha definita una puttana, ma vado avanti. Giancarlo conosce a memoria l'ufficio postale dal quale è partito il pacco bomba, sa perché?».

«No, perché?».

«Ma sì che lo sa, è a pochi passi da casa della madre, in più sul polso ha un taglio a forma di ipsilon come si vede nel filmato».

Albanesi si alzò per posare la tazzina nel lavello. «Non ci avevo fatto caso».

«Noi sì. È il nostro lavoro non perdere neanche un dettaglio. In più vive e lavora nella fabbrica, quindi gli è facilissimo lasciare il marchio dell'ELP proprio sul muretto dell'impianto interno senza scavalcare o lasciare segni di effrazione. Perché è questo che è successo, lei lo sapeva?».

«No, non lo sapevo. Cioè ha dipinto il segno fasullo dell'ELP dentro la CDC?».

«Esatto! Ma anche questo secondo sospetto è una trappola, è tutto un tentativo, abile l'ammetto, di scaricare la colpa su Testori. Che è il sospetto più papabile di tutti. Ma poi ho pensato a un sacco di dettagli che mi ronzavano in testa e non tornavano. Il primo dettaglio, quel simbolo dell'ELP dentro alla fabbrica».

«Sì. Poteva in effetti farlo fuori dalla recinzione, sul muretto...» disse Albanesi.

«Poteva, ma ha voluto dipingerlo all'interno per avvalorare la tesi della colpevolezza di qualcuno che lì dentro ci lavora. Però c'è un fatto importante. Sul retro della fabbrica c'è un vecchio passo carrabile, un cancello pieno di ruggine che non usano più da tempo. Eppure quando ho fatto il primo giro lì intorno, un paio d'ore dopo l'omicidio, attorno ai cardini e ai battenti del cancello, a sinistra per la precisione, ho notato il glicine amputato. Di fresco. Questo dettaglio m'è rimasto impresso. Qualcuno il cancello l'ha usato di recente. Ma chi? Stamattina sono andato alla fabbrica e ho provato a forzare la serratura che da anni non funziona». Si mise una mano in tasca e tirò fuori il coltellino svizzero. «Guardi la punta della lama. C'è olio».

«Qualcuno allora ha davvero usato quel vecchio passo carraio?».

«È così, Albanesi, è così. L'ha usato perché ne conserva ancora la chiave, la vecchia chiave. E l'ha aperto. Ora veniamo al secondo pezzo del puzzle che non si infilava. Il tritolo. Dove l'ha rimediato? Anche lì ci ho sbattuto la testa e non ci arrivavo. Poi sempre stamattina si è aperto il cielo e le nuvole che incombevano sulla casa sono sprofondate nel petto dell'oceano. Il furto a Viterbo! Nella cava di pietra, sa chi lavorava?».

«No».

«Andrea Panunzi!». Rocco si alzò e andò al mobile dell'ingresso. Prese la fotografia che ritraeva i commilitoni in Libano e la consegnò ad Albanesi. «L'ex tenente Panunzi di stanza in Libano insieme a lei nel 1983».

Albanesi guardò la foto, poi Rocco. «Non capisco».

«No, lei ha capito benissimo. Lei era militare e ho la sensazione che di esplosivo se ne intenda, e parecchio».

Gli occhi bovini di Albanesi divennero due tagli scuri e minacciosi. «Lei sta muovendo un'accusa molto grave, dottor Schiavone, e comincio a pentirmi di averla fatta entrare in casa mia come un amico». Incrociò le braccia al petto. «E sentiamo, perché l'avrei fatto?».

Rocco tirò fuori dei fogli dalla tasca del loden. «Questi documenti me li ha dati il magistrato stamattina. Le faccio un riassunto?».

Costa guardava i giornalisti con l'aria del predatore che ha adocchiato la sua vittima e sa che ormai non gli scapperà più. Anche Sandra Buccellato pendeva dalle sue labbra, e questo lo inorgoglì. «Per capire il movente dell'omicidio dobbiamo risalire al 2009 quando l'intera proprietà della CDC passa nelle mani di Ferrazzi. Che liquida con la somma di tre milioni di euro Bruno Albanesi. In realtà compra, perché il suo è un aumento di capitale e scalza così il socio. Di lì a pochi mesi, con l'arrivo della comanda delle automobili tedesche, il fatturato della CDC quintuplica. Altro che tre milioni di euro. Albanesi di soldi avrebbe dovuto averne almeno sei volte tanto. Ma dell'accordo coi tedeschi non ne sapeva nulla, mentre Ferrazzi sapeva che la CDC avrebbe decuplicato i guadagni».

I giornalisti scrivevano sui loro taccuini.

«Albanesi ha covato rabbia contro Ferrazzi e ha atteso l'occasione. L'ELP non c'entrava nulla, come noi sapevamo da un pezzo ma, segretezza di indagine, certo non potevamo raccontarlo ai quattro venti».

Si alzò la mano di un giornalista riccetto. «Dottore, perché Albanesi ha atteso così tanto per vendicarsi?».

«Era in Cile, la sua vita è andata a rotoli, finì anche i soldi che aveva ricevuto da Ferrazzi. Ha divorziato dalla moglie ed è tornato qui ad Aosta. Vendicarsi di Ferrazzi deve essere stato un suo pensiero fisso. Si sentiva insomma defraudato, preso in giro da un ex amico. Aveva tutto il tempo per architettare quel piano».

«Dov'è Albanesi al momento?».

«In carcere, abbiamo fermato anche l'ex tenente Panunzi complice di questo omicidio. Altre domande?».

Il cielo s'era coperto e l'occhio pallido del sole non vinceva la coltre di nuvole. Mani in tasca, Rocco decise che sarebbe passato da Ettore per un caffè. Non aveva voglia di andare in ufficio. Gli tornava in mente la faccia di Albanesi quando aveva sentito bussare alla porta e visto entrare Scipioni e Casella pronti per scortarlo in questura. Gli aveva sputato addosso, rosso in viso, senza rispondergli all'ultima domanda: perché avesse scelto di spedire il pacco proprio da Ivrea. «Vaffanculo» aveva gridato. S'era cautelato, tutto qui, altro a Rocco non veniva in mente. Se loro fossero risaliti all'ufficio postale, avrebbe almeno messo un altro carico da novanta sulle spalle di Testori. Non pensava al pranzo, aveva solo voglia di fumare quaranta sigarette una dopo l'altra e provare a chiudere gli occhi. Dov'era Carlo? Aveva avvertito i compagni? Sperava che avessero cambiato nascondiglio, che avessero spostato attrezzatura e materiale da qualche altra parte, lontano dagli occhi indiscreti di Moriani che pure aveva cercato di aiutarlo e soprattutto di Rakovic. Che altro poteva fare? Cos'era rimasto da fare? Desiderare che qualche accordo governativo e delle serie iniziative calmassero i cosiddetti ecoterroristi che Rocco aveva ribattezzato *ecoterrorizzati*. Altrimenti l'affare sarebbe andato avanti chissà per quanto tempo, fra allevamenti bruciati e cementifici dati alle fiamme. E prima o poi il morto ci sarebbe scappato. E da quel momento tutti sarebbero andati addosso all'ELP, non avrebbero più avuto la simpatia della gente. Ora che ci pensava, era quasi certo che la prossima mossa di Pietro Rakovic avrebbe potuto essere proprio quella: farci scappare il morto. Non era la prima volta che i Servizi usavano quell'espediente, e non sarebbe stata neanche l'ultima. E averci quell'uomo alle calcagna non gli lasciò una sensazione piacevole. L'ombra oscura, viscida e subdola del barracuda era tornata a infestargli i pensieri. Passava davanti all'hotel quando lo vide, seduto sulle panchine della piazza, evocato quasi dalle sue stesse riflessioni. Si alzò e gli venne incontro. «Ha fatto un buon lavoro, Schiavone» disse, «il questore dovrebbe farle un encomio pubblico».

«Mi basta che non mi costringa a partecipare alle sue conferenze stampa».

Il barracuda rise. «Sì, devo dire che dà uno spettacolo di narcisismo e arroganza difficile da sostenere. Le va di fare quattro passi?».

«Li stavo già facendo, dottor Rakovic».

«A proposito», si mise la mano in tasca e tirò fuori una raccomandata. «Qui dentro c'è qualcosa che dovrebbe consegnare al magistrato. È la fedina penale di Albanesi in Cile. Non è immacolata». Rocco la prese. «Vede che collaboriamo io e lei?». Camminarono per una decina di metri senza dire una parola. «Parafrasando un libro di Böll... lei va troppo spesso a Cogne».

«Ho dovuto indagare a proposito di un'aggressione a due operai dei telefoni».

«E ne è venuto a capo?».

«No».

«Abbiamo ancora uno squilibrato a piede libero» mormorò Rakovic. «Vorrei fare un salto con lei anche io su a Cogne per togliermi un paio di curiosità. Mi accompagna?».

«Posso rifiutare?».

«Direi di no. E poi due teste pensano meglio di una, o mi sbaglio?».

Salirono su una elegante BMW dai finestrini oscurati. Rakovic partì e si immise sulla strada per uscire da Aosta. «La pregherei di non fumare qui dentro, Schiavone. L'auto non è mia, è dello Stato».

«Fino a Cogne dovrei resistere, dottor Rakovic».

«Ci fermiamo anche prima, a Epinel, quindi la tortura per lei durerà anche di meno, se possibile».

«Epinel?».

«Andiamo a fare visita alla trattoria dell'aggressione».

«Cosa spera di trovare?».

«Senta, Schiavone, le faccio una proposta. Diamoci del tu. Io sono Pietro, lei Rocco. Le va?».

«Benissimo, Pietro», e Rocco guardò fuori dal finestrino. Sul marciapiede una madre stava sgridando un bambino strattonandolo. Quando li superarono si accorse che non era la madre, ma il padre. Era stato ingannato dalla chioma lunga e dalla piccola statura.

«Ora che ci diamo del tu, posso sapere per chi lavori?».

«Ti serve una sigla? Che ti frega? Te l'ho già spiegato, Rocco. Lavoro per lo Stato, sono una specie di poliziotto che non lavora in questura. Vuoi il curriculum? Ho servito nei reparti della Folgore, ho partecipato a due missioni all'estero, congedato ho cominciato a lavorare con l'intelligence e oggi eccomi qui. Ah, come te ho preso la laurea in giurisprudenza».

«E t'è servita?».

«Direi di no».

Lasciarono Aosta. A Rocco era già venuta voglia di fumare. «E lavori da solo?».

«Proprio come te, Rocco. Mi fido poco del prossimo. Gli uomini li chiamo quando ne ho bisogno».

«Forse per questi dell'ELP dovresti farlo».

«Non scomodo certo quei reparti per 'sti quattro cazzoni».

La strada cominciò a salire e l'auto fu subito circondata dagli alberi. Fiori gialli e rosa scuro spuntavano nel sottobosco. La primavera stava arrivando, e forse anche la pioggia, a guardare le nuvole nere in agguato dietro le montagne. «Perché stiamo andando nella trattoria dell'agguato?» chiese il vicequestore. «Lorella Guichardaz, la proprietaria del bar trattoria, 65 anni. Questo è il nome da sposata. Prima si chiamava Lorella Castri. Ti dice niente questo nome, Rocco?» gli chiese Rakovic.

«No, niente».

«Lorella Castri è stata arrestata nel '71 per partecipazione a banda armata. Insieme a un nucleo di compagni a Milano si è resa colpevole di due gambizzazioni, un magistrato e un capitano dei carabinieri; l'incendio della sede di un sindacato non allineato a Bologna, e due rapine a mano armata a Cuneo e a Parma completano il curriculum». Scalò la marcia prima della curva. «Capito, Rocco? Mica male, no? Ma la cosa più inquietante è che dopo quattro anni di carcere è uscita per buona condotta. Cambiando vita. Nel 1976 si è anche laureata e indovina un po' in cosa?».

«Giurisprudenza?».

«Esatto! Ha studiato in carcere. Ha fatto l'avvocato per qualche anno, difendendo i suoi ex compagni e in generale gente senza il becco di un quattrino, poi alla fine ha mollato tutto, s'è sposata Diego Guichardaz che morendo tre anni fa le ha lasciato il bar trattoria. Bella storia, no?».

«Dipende dai punti di vista» disse Rocco.

«Di' la verità, mai avresti pensato che quella signora dai capelli bianchi e le guance paffute e rosee fosse stata una volta una terrorista».

«No, non l'avrei mai pensato. Invece che tu sia stato un tenente dei parà figlio di mignotta ci metterei la mano sul fuoco».

«Il passato è un morto senza cadavere!» sentenziò Rakovic.

«Ma non citiamo cazzate, Pietro. Il passato i cadaveri ce li ha eccome. Tende a nasconderli, a negarli, ma ci sono. È il difetto di questo paese, lo sai?».

«Quale, Rocco?».

«Negare il passato, oppure stendere una mano di bianco a coprire, giustificare le scelte dovute alla giovane età o all'ingenuità del momento. Non prendersi le responsabilità significa restare dei bambini, non crescere mai, significa poter sempre andare da un padre e dire: non era colpa mia, non volevo! Sei stato un assassino? Hai deportato ebrei? Ti sei alleato coi nazisti? Hai violentato due donne in una villa al Circeo? E va bene, era l'età! Era un concorso di cause! Due Padre Nostro e un'Ave Maria e non è mai successo! Chi, noi? Noi stavamo con gli americani. Com'è che dicono le cartoline di Napoli? Scurdammoce 'o passato? 'Sto cazzo ti scordi. Tienilo ben presente, invece, perché è da lì che nasce tutto. E chi dimentica, Pietro, è colpevole, anche se non ha mai fatto del male a una mosca».

«Io le mie scelte le ho sempre pagate» disse Rakovic. «Tu?».

«Anche molto care, e non fare l'occhio di quello che la sa lunga, perché non sai un cazzo».

Rakovic scoppiò a ridere. «Da quando ci diamo del tu mi sembra che la nostra conversazione sia diventata molto più sincera e diretta».

«Vero? Ora c'è altro che mi vuoi dire prima di arrivare alla trattoria?».

«No, anche perché è dietro la prossima curva».

Il locale era chiuso nonostante fosse l'ora di pranzo. Nessuna luce al piano terra.

«È giorno di riposo?» chiese Rocco, ma Pietro Rakovic non rispose. Si affacciarono alla porta principale. Il bar era deserto. Girarono intorno alla costruzione per ritrovarsi sul retro. C'erano dei tavoli e delle panche per pranzare all'aperto non appena l'estate avesse preso possesso dell'emisfero. Proseguirono per qualche metro fino ad arrivare a una porta di legno. Pietro Rakovic l'aprì con cautela. Fece cenno a Rocco di seguirlo.

Si ritrovarono in una stanza con degli scaffali colmi di derrate alimentari. Barattoli, bottiglie di bibite e succhi di frutta, sacchetti di noccioline americane e cracker. Birre a casse. Prevaleva un odore di cipolla untuoso come il pavimento sul quale si poteva scivolare con estrema facilità. Passarono in cucina. Seduto al tavolo impegnato con una scodella dove infilava il cucchiaio con la mano appena tremante, c'era l'anziano Adolphe che sorrise sdentato ai nuovi arrivati. Aveva ancora tutti i capelli, candidi, con qualche sfumatura giallastra. «*Bon apeti'*» disse Rakovic. Quello sorrise di rimando. «Lorella?».

L'uomo alzò le spalle. «*Dze si pas!*».

La cucina era a forma di elle, voltato l'angolo si ritrovarono davanti ai fornelli, frigoriferi, cappe e tavoli di lavoro. Tutto estremamente pulito e ordinato, sportelli e piani rilucevano come una sala operatoria. Non c'era anima viva, solo un pentolino usato forse dal vecchio e messo nel lavello. Dalla cucina passarono nella sala da pranzo e nel bar. «Bene. Che si fa?» chiese Rocco. Rakovic proseguì attraversando tutta la sala. I tavoli non erano apparecchiati, su un mobile c'erano una decina di portacondimenti e alcuni menu. Usciti dalla sala si trovarono in un disimpegno dal quale partiva la scala che portava al primo piano. Rakovic la affrontò deciso. «C'è nessuno?» gridò. Le luci erano spente e la temperatura scendeva di qualche grado man mano che salivano gli scalini. Alla fine si ritrovarono in un piccolo corridoio. Il pavimento era coperto da una vecchia moquette rosso carminio mitragliata da macchie nere. Una carta da parati color crema rivestiva le pareti. C'erano solo tre porte. La prima era quella di un bagno, dietro la seconda invece c'era una specie di studiolo ripostiglio con un computer, stampante, faldoni pieni di documenti, ordinativi, la scrivania era disordinata quanto le librerie dove si mischiavano romanzi, manuali tributari, libri di poesie. Sulla sedia di pelle vecchia e sbiancata dal tempo, ne avevano lasciato uno aperto. Rocco lo prese. Era di Emily Dickinson. Sulla pagina aperta lesse: «Quando sento la parola *fuga*, il mio sangue scorre più veloce, sorge in me improvvisa la speranza e son pronta a volare». Il vicequestore sorrise. «Inutile che cerchiamo» disse. «Lorella se n'è andata», e allungò il libro a Rakovic che lo gettò a terra. L'uomo dei Servizi non si arrese, uscì dallo studio e si diresse all'ultima porta. Era chiusa a chiave. Cercò di forzarla senza riuscirci. «Devo entrare» disse. Rocco sbuffò, tirò fuori il coltellino milleusi. Dopo trenta secondi la serratura cedette. Era una stanza da letto matrimoniale. Il letto di legno chiaro era in ordine, col copripiumino a fiori gonfio e rincalzato sotto il materasso, alla finestra tende coi merletti. Neanche un quadro o un poster. Per terra un foglio di carta scritto a mano. Pietro Rakovic lo raccolse. A Rocco non era sfuggita la firma in calce, bella chiara e leggibile. «Vuoi leggerlo?» chiese il vicequestore.

«È indirizzata a me».

«Visto che mi hai rotto i coglioni fino a qui, fossi in te lo farei. Suona come minaccia, ma è un consiglio».

Caro Pietro... non ricordavo ci dessimo del tu... caro Pietro, se sei entrato qui dentro hai fatto un buco nell'acqua anche stavolta. Non è la prima e credimi non sarà l'ultima. Ti ho visto due giorni fa ad Aosta, per caso, e ho capito che sei salito per quelli dell'ELP. Ho intuito anche che sarei stata la prima persona alla quale avresti fatto visita. E, pensa, ho compreso che devo andar via. Mi hai fregato anni fa, non ci ricasco. Li conosco questi ragazzi. Li ammiro. Sono diversi e lontani dalla mia generazione, nel bene e nel male. Mi sarei unita a loro ma sono vecchia e parlo un'altra lingua. Ho parlato, anzi, un'altra lingua. Lascio il bar trattoria a mia nipote, sarà altrettanto brava a tenerlo. Io per ora sono in Francia, come vedi non ho paura a dirtelo, dopo chi lo sa? Spagna? Portogallo? Grecia? Perché no, Roma? Non ho soldi, ma ho tanti amici. Qualcuno lo conosci, la maggior parte no. Lasciali in pace questi ragazzi, sono persone sane, arrabbiate, non li spingete, tu e i tuoi amichetti, oltre il limite. Non costringeteli a fare cose di cui potranno pentirsi. Ascoltateli, parlateci. Parlare, Pietro, sembra diventato impossibile. E pensa che invece è dalla parola che nasce tutto. Buon proseguimento. E salutami Schiavone. Non ho ancora capito che razza di poliziotto sia, mi auguro per lui non sia un tuo amico. O peggio ancora un tuo uomo. Ah, un ultimo consiglio.

Non sei più tanto segreto, ti conosciamo, e come tu arrivi come un predatore dal cielo coi tuoi artigli, sappi che lo stesso possiamo fare noi. Non sei più al vertice della piramide della catena alimentare, Rakovic. Ci sei nel mezzo. Guardati sempre le spalle. Senza alcun affetto,

LORELLA

Strappò la lettera e la gettò in un cestino della carta straccia. «Piaciuta?» chiese a Rocco. «Ti ha nominato. Questo vuol dire che eri sulla strada giusta. Che di dettagli ne hai afferrati parecchi e che adesso mi fai qualche nome».

Rocco restò in silenzio. «Che nomi vuoi che ti faccia? Io ero sulle tracce della dinamite rubata e a Cogne sono salito per una denuncia di anni fa. Si è rivelato tempo perso perché era dinamite inutilizzabile, esposta nel museo delle miniere solo per bellezza».

«E torniamoci, al massimo ti sei fatto una gita di qualche chilometro».

Trovarono l'Hotel La Baita in piena attività. Nel parcheggio una decina di automobili, la porta del retro della cucina era quasi coperta da scatoloni vuoti. Un cuoco con un copricapo nero e il grembiule uscì a fumare una sigaretta. Un rumore di voci e musica veniva dall'interno e risuonava leggero fino al piazzale dove Rakovic aveva lasciato l'auto. «Vieni, entriamo dal giardino» suggerì a Rocco che lo seguì. Superarono un cancelletto di legno per ritrovarsi in un portico con sei colonne di pietra che supportavano un tetto di lose quasi argentee. Una vetrata lunga tutto il lato della costruzione mostrava tavoli con candele all'interno. Rakovic aprì una porta scorrevole e subito il chiacchiericcio divenne un frastuono unito al rumore dei piatti, delle posate, l'odore di brace torceva lo stomaco. Appena messo piede nella sala, il volume delle voci si abbassò, molti si voltarono per guardare i due strani individui entrati dal portico del giardino. Rakovic fece un saluto per rassicurare i clienti che ripresero a parlare e mangiare mentre insieme a Rocco attraversava il salone. Almeno una decina di tavoli erano occupati da commensali, uomini e donne. A Rocco parvero tutti sopra la cinquantina e non notò neanche un bambino. Girato intorno all'angolo sbucarono nella reception dov'era il bar e l'ufficio di Gianna e Pierre. Dietro il bancone a servire caffè a due clienti non c'era Augusto ma una ragazza dai capelli biondi e le guance arrossate. Rakovic superò il disimpegno e andò a bussare alla porta dell'ufficetto. «Avanti» si sentì. Entrarono. Appena vide Rakovic accompagnato da Schiavone, Gianna impallidì. Era sola dietro la scrivania, stava parlando al telefono che riattaccò con un movimento lento del braccio. «Sì?» disse.

«Signora Bioley! Come sta?».

«Bene...» disse incerta guardando sia Rocco che Rakovic.

«Suo marito Pierre? È qui?».

«Io... dovrebbe essere ad Aosta per il vino, o forse è tornato e sta lavorando in sala?».

«Chissà», e Pietro Rakovic si sedette. Poi, come se fosse a casa sua, invitò Rocco a fare lo stesso. Schiavone preferì restare in piedi. Passò qualche secondo in un silenzio pesante accompagnato dalle voci del ristorante e dal cozzare delle posate sui piatti. Qualcuno stappò una bottiglia di spumante.

«Suo figlio è a Milano?» chiese Rakovic.

«Mio figlio? Sì, è a Milano» rispose la donna guardando ora Rakovic ora Rocco, sembrava incerta su chi dei due fosse il capo.

«Quindi come posso parlare con lui?».

«Le do il telefono. Ma perché? Che succede?».

«Niente, signora» intervenne Rocco, «il signore qui...».

«Il signore qui deve fare un po' di domande» lo interruppe Rakovic. «Per esempio, lei ha mai sentito il nome di Carlo Artaz?».

«Carlo Artaz? No» fece la donna che sembrava aver recuperato una certa serenità.

«E Augusto Commod?».

«Oh, quello sì. Lavora per me al bar. Oggi ha preso la giornata per delle visite ad Aosta. Una zia, credo».

«Bene». Rakovic sorrise soddisfatto. «E Lorella Castri?».

«Non conosco, no, mi dispiace» e negò anche con la testa per rafforzare il concetto.

«Ah, forse la conosce come Lorella Guichardaz?».

Gianna sorrise. «Certo! Ha il bar giù a Epinel! Che succede?» chiese preoccupata.

«Ci può aiutare? Perché pare sia sparita».

«Sparita?».

«Sparita».

Restarono ancora in silenzio. Rocco si avvicinò alla parete. Guardò di nuovo la foto dei figli di Gianna. Si sentiva addosso gli occhi della donna. «Suo figlio è stato adottato, vero?» le chiese.

«Sì, gliel'ho detto l'altra volta che è venuto a trovarmi».

«Posso chiedere da quale paese?».

«Certo. Flavio era stato abbandonato nel nord della Siria. Era rifugiato. Quando è venuto da noi aveva nove mesi. Siamo stati fortunati...». Rocco restò inchiodato davanti alla foto incorniciata mentre Rakovic riprese a fare le domande. «Signora Bioley, da quanto tempo il ragazzetto al bar, Augusto Commod, lavora per voi?».

«Saranno un paio di anni... sì, due anni».

«Mai avuto problemi?».

«Ma lei è della polizia? Dei carabinieri? Perché mi sta tempestando di domande?».

E fu allora che Rocco capì che quella era una sceneggiata messa su per lui. Si voltò verso la donna. «Cara Gianna, ci dispiace se l'abbiamo disturbata. E ci dispiace anche rubarla ai suoi clienti. La saluto perché immagino abbiamo tutti cose più importanti di cui occuparci. Mi stia bene, e porti i miei auguri a suo figlio di pronta guarigione, anche se, purtroppo, quei problemi lì hanno bisogno di tempo». Allungò la mano e gliela strinse. «Se vuoi continuare con la sceneggiata, Rakovic, fa' pure, io vado a fumare», e lasciò i due nella stanza senza aggiungere neanche un respiro.

Restarono in silenzio per metà viaggio. Rakovic aveva messo una stazione radio di musica classica.

Mandavano un brano che Rocco non aveva mai sentito, dolce e struggente, che sembrava cullare l'auto ad ogni curva.

«Quando l'hai capito, Schiavone?» gli chiese Rakovic.

«La foto dei figli di Gianna, quella sulla parete. Sullo sfondo, c'è Villa Incerti, la fondò tuo padre, o mi sbaglio?».

«Gliel'avrò detto cento volte di toglierla».

«Come sta Flavio, il figlio di Gianna?».

Rakovic passò in terza prima di affrontare la curva. «Alterna momenti di benessere a poca lucidità».

Il vicequestore si lasciò andare a guardare i boschi che costeggiavano la strada. «È lui l'aggressore alla trattoria?».

«Sì».

«Sempre lui ha fatto i contratti per i cellulari fingendosi algerino?».

«Esatto».

«Perché?».

«Un giorno te lo spiego, Rocco».

«No, me lo spieghi ora... che cazzo vuoi?».

«Dovevo essere sicuro con chi ho a che fare. E ora sono tranquillo e posso fidarmi di te».

L'auto si immise nella strada per Aosta. «Non li vuoi arrestare?».

«No. Solo controllare» rispose Rakovic.

«Lorella è storia vera o una messa in scena pure quella?».

«No, lei è vera. Ma fra un po' tornerà quando capirà che sono inoffensivo».

Rocco si accese una sigaretta. Pietro non disse una parola. «Non capisco perché, qual è il tuo compito. Che cazzo fai? Indaghi, li scopri e non li fermi?».

«Si fermeranno da soli. Il disordine serve, Rocco. Serve per ricordare alla gente che il pericolo c'è sempre e non sai da dove viene, serve per togliere di mezzo magari qualche persona che si sta gonfiando e va fermata, serve per ridimensionare e serve anche perché l'ecologia in fondo è un ideale condivisibile».

«In fondo?».

«Ma sì, inutile negarlo, no?».

«Li conoscete tutti questi dell'ELP?».

«Quasi. Un paio di gruppi ancora no, ma è questione di tempo. Non tutti hanno degli hacker così bravi come Carlo o chi Carlo ha istruito, e non tutti hanno una miniera dove nascondersi».

«Li pilotate?».

Rakovic non rispose. Rocco aprì il finestrino e gettò la cicca. «Ecco, ho fatto un gesto poco ecologico».

«Vero».

«Ma tu li conosci questi della Valle?».

«Io conosco Flavio da anni. Attraverso lui ho conosciuto anche Augusto e il vecchio, quello che mangiava alla trattoria».

«Che c'entra?».

«Conosce la ferrovia Pila-Cogne come il suo cappello. Li tenevo d'occhio. Ci sono altri tre ragazzi, due uomini e una donna, che abitano a Pila, vicino a quella vecchia stazione del trenino».

«Tutta questa messa in scena per poterti fidare di me?».

«Sì. Sai troppo, e mica sono uno che va in giro eliminando testimoni scomodi», ma Rakovic lo disse serio, senza nessuna incrinatura d'ironia.

«Grazie per l'attenzione» fece Rocco. «Quindi anche gli ideali di questi ragazzi sono una presa in giro?».

«Non capisci un cazzo, Rocco. Loro sono autentici. Ma combattere i nostri figli è una cazzata che fanno Dudovich, il tuo questore e qualche politico rincoglionito. Controlliamo che non facciano troppi danni, e siamo certi che poi qualche accordo si troverà e tutto tornerà nella norma. E magari, chi lo sa? Potrebbero anche tornare utili. Hai visto mai?».

«Utili come?».

Rakovic alzò appena le spalle. «Utili. C'è sempre bisogno di un nemico da qualche parte».

«È un gioco pericoloso, questo» osservò Schiavone e Rakovic sorrise. «L'abbiamo già fatto altre volte, Schiavone. Funziona» lo rassicurò.

«E se ci scappa il morto?».

«Puoi fare una frittata senza rompere le uova?».

«Allora te le ho rotte io!».

«Trovando l'assassino? Sì. Era meglio dubitare e incolpare l'ELP».

Pietro mise la freccia. «Devo fare benzina» disse e lasciò la strada. Si avvicinò alla pompa. «Rocco, è il capitalismo, è la società dove vivi. È come un buco nero, perché anche la protesta è un buon viatico per gli affari. Tutto è denaro. Non ci sono amici o nemici, ricordalo. Ci sono buoni e pessimi affari. Vuoi sapere chi ci guadagna dall'ELP? Per esempio tutte le industrie che lavorano i prodotti naturali, organici, a basso impatto ambientale. Comprati qualche loro azione nei prossimi giorni, credimi. Mi fa il pieno?» chiese al benzinaio che intanto era sopraggiunto. Rocco aprì l'auto. «Dove vai?».

«Me ne torno a piedi. Dentro 'sta macchina non ci resisto più».

«Un'ultima cosa. Io Carlo Artaz lo devo far arrestare. Starà dentro due giorni, poi esce. Se vuoi cementare la tua amicizia con quel tipo, inventagli che uscirà grazie a te».

Rocco sputò per terra e si diresse verso la statale.

Camminava sul ciglio della strada con un piede sull'asfalto e l'altro sull'erba osservando la Clarks destra fradicia e quella sinistra asciutta. Chiedeva un passaggio con il pollice alzato, gesto che non faceva dal 1983 quando erano andati in campeggio a Palinuro, con Brizio Sebastiano e Furio. Arrivati al Camping Nettuno in piena notte, avevano montato la tenda coi picchetti mentre i tedeschi urlavano dalle loro roulotte organizzate e teutoniche di fare silenzio. La mattina s'erano accorti che la tenda pendeva tutta da una parte, e chiunque passasse di fronte alla canadese rideva o la osservava in silenzio come fosse un'installazione di Vettor Pisani. Dopo un paio di chilometri aveva la schiena indolenzita e il piede destro zuppo. Chiamò la questura. Casella si offrì di venirlo a prendere.

«Com'è che sta qui a piedi, dottore?».

«Non chiedere, Ugo. E comunque preferivo la tua compagnia».

Il poliziotto si voltò appena. «Non distogliere l'attenzione dalla carreggiata, Case', fa' il favore».

«Sissignore».

«Ascoltami bene. Quello che sto per dirti non esce da questa macchina».

«Non esce».

«Arresteranno Carlo».

«Come?».

«Ma non ti preoccupare. Due giorni, poi torna a casa con tanto di scuse e salamelecchi. Capito?».

«Sì...».

«Dillo anche a Eugenia. Di starsene tranquilla. Non hanno niente contro di lui, è solo un atto che un personaggio che non ti auguro mai di incontrare è costretto a fare. Non chiedere, Ugo, è complicato».

«No, dottore, non chiedo, per carità. Lo avverto Carlo?».

«No, a Carlo ci penso io. Sta a casa?».

«Credo di sì».

«Tu pensa a far stare serena la madre».

«Senta, dottore, se ci sta lei è meglio. Non possiamo andarci insieme?».

Erano seduti in salone. Eugenia con gli occhi di un quadro di Munch, Carlo invece tranquillo, forse appena pallido ma il colore della carnagione era dovuto più alla sua vita sedentaria che a qualche emozione. Casella portò i caffè. Li zuccherarono. «Allora statemi bene a sentire. Ti ricordi, Carlo, la chiacchierata che abbiamo fatto?».

«Certo» rispose il ragazzo. «Ma pensavo fosse un argomento fra me e lei».

«Sicuro. Ma adesso la notizia che devo darvi riguarda tutti. E ve la do solo se promettete di fidarvi di me».

«Ciecamente» disse Carlo.

«Anche io, ciecamente» si aggiunse Eugenia.

«Pure io» fece Casella.

«Ugo, grazie al cazzo che ti fidi di me, sei nella squadra o lavori altrove? Dunque, verranno a prendere Carlo».

«Cosa?» gridò Eugenia. Rocco e Ugo con lo stesso gesto della mano cercarono di calmarla. «Ascoltatemi, per favore. Verranno a prenderlo perché c'è un sospetto su di lui, ma è tutta una sciocchezza. Tempo quarantott'ore e tornerà a casa con tanto di scuse. Ci siete fin qui?».

«Posso sapere perché?».

«Certo, Carlo. Per la tua vecchia attività di hacker, prima che tu lavorassi per banche e enti sanitari».

«Capisco» disse. E aveva capito per davvero ma non parlò per non spaventare la madre. Eugenia respirava a fatica e gli stringeva le mani che il figlio aveva poggiato sul tavolo. Aveva gli occhi lucidi. «Stia tranquilla, Eugenia, è un pro forma. Neanche finisce sulla fedina penale. È più un atto dovuto che altro».

«Non capisco, dovuto perché?».

«Perché c'è un figlio di buona donna che ha accusato Carlo di attività illecite per pararsi il culo. Ma io ho già portato in questura insieme a Casella un pacco di atti alto così che scagionano Carlo e inchiodano il figlio di buona donna».

Eugenia guardò il suo uomo che annuiva tranquillo e sicuro, ma che in quel momento era stupefatto della capacità di Schiavone di inventare storie e bugie sul momento.

«Vedrete, è solo un intoppo burocratico. Dovete fidarvi di me».

«Io di lei mi fido, dottor Schiavone. Ma finché Carlo non tornerà a casa...», e scoppiò a piangere. Ugo la raggiunse subito e la abbracciò. «Stai tranquilla, Eugenia, non succede niente. Niente. Calmati».

«Calmati, mamma», anche Carlo avvicinò la sedia a quella della madre e la strinse. Rocco osservò quel gruppo scultoreo, una madre in lacrime al centro, suo figlio alla destra e il marito alla sinistra. «Non accadrà niente, Eugenia».

Salì le scale incrociando poliziotti che non conosceva. Arrivò al suo corridoio. «Lupa!». Il cane non era in ufficio. Guardò anche dietro la tenda. «Lupa? Dove sei?». Tornò in corridoio. Si affacciò nella sala degli agenti. C'erano Deruta e D'Intino davanti ai monitor del computer. «Avete visto Lupa?» chiese Schiavone.

«Noi? No. Dotto', che dobbiamo fare? Siamo qui in attesa di...».

«E restateci. Tanto fino a stasera ve tocca, no? Lupa? Lupa!» chiamò ancora. Riscese le scale. «Avete visto Lupa?» chiese a tutti quelli che incrociava. Chi alzava le spalle, chi non capiva. Alla fine la trovò con Antonio Scipioni accanto al distributore di caffè e merendine. «Lupa, dove cazzo...?».

«Aveva fame e le crocchette erano finite. Le ho preso i cracker».

«Grazie, Antonio». Il cane aveva il naso pieno di molliche. Salutò Rocco con le solite zampate sui pantaloni.

«Dov'eri?» disse Scipioni guardandolo in viso.

«Storia lunga. Grazie per la cagna».

«E grazie di che».

Rocco seguito da Lupa si incamminò per il corridoio. Antonio lo richiamò. «Rocco? Tutto bene?».

«Non lo so, Anto', non lo so proprio».

Andò a piazza Sant'Orso con la chiesa e il campanile, sotto il tiglio secolare. Si sedette sulla panchina e accese una sigaretta. Le foglie accarezzavano l'aria, la piazza era deserta e anche i rumori della città sembravano spariti. Poi chiuse gli occhi e provò un esercizio che non gli era mai riuscito. Non pensare a nulla. Fallì anche quel giorno. Pensò a un uomo che per una ragione insulsa ne uccide un altro, a chi vorrebbe un mondo migliore per tutti ma viene cacciato come un cane rabbioso, al mondo migliore che non ci sarà, alla sua età che non gli permetteva più di ritentare, alla condanna che si era inflitto, alla sua solitudine, alla stanchezza e al dolore al collo, e alle spalle, alla merda che aveva ingoiato e respirato e che sembrava non avere mai fine, alla gioia di cui il pianeta era poco attrezzato, alla vergogna di essere anche lui causa di tanto schifo.

Abbracciò Lupa che restò ferma con la lingua di fuori in attesa che sparisse il temporale di quei pensieri.

«Signore, si sente bene?» chiese una suora passandogli accanto.

«Ma perché non si fa i cazzi suoi, sorella?» le domandò Rocco. Poi si alzò e si incamminò verso casa.

Le nuvole lunghe e affusolate sembravano zucchero filato sfuggito dal bastoncino. L'odore di liquirizia e di qualche pianta amara saliva dal terreno bollente. C'era silenzio, in alto passava qualche uccello e un fischio lontano spezzava l'aria. La sterpaglia gialla arsa si muoveva appena sotto un vento leggero e bollente, qui e là degli alberi spezzavano la monotonia del panorama. Rocco sudava, maglietta e pantaloni erano fradici ma non staccava gli occhi dal cespuglio. Brizio e Stella abbracciati guardavano dallo stesso binocolo alternandosi. Furio invece l'aveva lasciato a Margherita, una tizia che aveva conosciuto a Milano, bionda e con i femori lunghi come autostrade. Dopo un'ora di posta furono premiati. Il branco uscì lento e sonnacchioso. Quattro femmine, in mezzo alle loro zampe svicolavano due cuccioli con gli occhi meravigliati. Correvano e si rotolavano. Tre giovani maschi seguivano a debita distanza. Poi apparve il vecchio, la criniera ancora folta, coperto di mosche, agitava la coda pigro e indolente. Ruggì al sole, poi alla Land Rover, abituato forse a incontrare intrusi nel territorio del suo branco, e seguì la famiglia verso la pozza d'acqua che distava poche centinaia di metri. Ad ogni passo i muscoli dei leoni guizzavano sotto la pelle, ogni tanto dalle zampe si alzava un piccolo nugolo di polvere. «Kennedy dice che siamo fortunati a vedere i cuccioli. Non è roba di tutti i giorni» disse Furio alzandosi la visiera del cappello sugli occhiali. «Dio, se sono belli», e Stella abbracciò Brizio. Kennedy dal posto di guida annuì sorridendo con i denti più bianchi delle nuvole. «So' stupendi» aggiunse Brizio. «Se devo mori', voglio mori' sbranato dai leoni» disse.

«Magari dopo l'epidurale» gli suggerì Rocco.

«Sì, ecco, magari anestetizzato».

Il branco sparì dietro un gruppo di alberelli. Rimase qualche uccello bianco a becchettare fra l'erba gialla e stopposa. «Vabbè, Kennedy, *start the car and go home*» disse Furio.

«*Mara moja*... subito, subito», e Kennedy accese il motore per poi ingranare la marcia. La Land Rover sputò un fumo nero e denso e si avviò lenta verso la pista che li avrebbe riportati dopo due ore al resort.

Poteva ritenersi soddisfatto. Li aveva visti, liberi, in natura. Ne aveva percepito l'odore selvatico anche a distanza, e per qualche secondo lo sguardo di una delle femmine aveva incrociato il suo. Gli si era scavato un buco nello stomaco perché gli occhi della leonessa erano specchi in cui guardarsi.

E provare vergogna per se stessi.

Ma era stato felice, per la prima volta dopo tanti anni era stato felice. E se lo ripeteva mentre la macchina riportava il gruppo all'accampamento.

Ringraziamenti

Grazie a Ivan Carlei per l'idea delle galline sull'autostrada. A Vesna Drakovic, Laura Portioli, Antonella Perrello e Claudio Metallo per l'aiuto e ancora grazie a tutti i lettori che mi hanno accompagnato in questi impegnativi, velocissimi, splendidi 10 anni.

Indice

ELP

Questo volume è stato stampato
su carta Arena Ivory Smooth
delle Cartiere Fedrigoni
nel mese di giugno 2023
presso la Leva srl - Milano
e confezionato
presso IGF s.p.a. - Aldeno (TN)

La memoria

Ultimi volumi pubblicati

1101 Andrea Camilleri. Il metodo Catalanotti
1102 Giampaolo Simi. Come una famiglia
1103 P. T. Barnum. Battaglie e trionfi. Quarant'anni di ricordi
1104 Colin Dexter. La morte mi è vicina
1105 Marco Malvaldi. A bocce ferme
1106 Enrico Deaglio. La zia Irene e l'anarchico Tresca
1107 Len Deighton. SS-GB. I nazisti occupano Londra
1108 Maksim Gor'kij. Lenin, un uomo
1109 Ben Pastor. La notte delle stelle cadenti
1110 Antonio Manzini. Fate il vostro gioco
1111 Andrea Camilleri. Gli arancini di Montalbano
1112 Francesco Recami. Il diario segreto del cuore
1113 Salvatore Silvano Nigro. La funesta docilità
1114 Dominique Manotti. Vite bruciate
1115 Anthony Trollope. Phineas Finn
1116 Martin Suter. Il talento del cuoco
1117 John Julius Norwich. Breve storia della Sicilia
1118 Gaetano Savatteri. Il delitto di Kolymbetra
1119 Roberto Alajmo. Repertorio dei pazzi della città di Palermo
1120 Andrea Camilleri, Gian Mauro Costa, Alicia Giménez-Bartlett, Marco Malvaldi, Dominique Manotti, Santo Piazzese, Francesco Recami, Gaetano Savatteri. Una giornata in giallo
1121 Giosuè Calaciura. Il tram di Natale
1122 Antonio Manzini. Rien ne va plus
1123 Uwe Timm. Un mondo migliore
1124 Franco Lorenzoni. I bambini ci guardano. Una esperienza educativa controvento
1125 Alicia Giménez-Bartlett. Exit

1126 Claudio Coletta. Prima della neve
1127 Alejo Carpentier. Guerra del tempo
1128 Lodovico Festa. La confusione morale
1129 Jenny Erpenbeck. Di passaggio
1130 Alessandro Robecchi. I tempi nuovi
1131 Jane Gardam. Figlio dell'Impero Britannico
1132 Andrea Molesini. Dove un'ombra sconsolata mi cerca
1133 Yokomizo Seishi. Il detective Kindaichi
1134 Ildegarda di Bingen. Cause e cure delle infermità
1135 Graham Greene. Il console onorario
1136 Marco Malvaldi, Glay Ghammouri. Vento in scatola
1137 Andrea Camilleri. Il cuoco dell'Alcyon
1138 Nicola Fantini, Laura Pariani. Arrivederci, signor Čajkovskij
1139 Francesco Recami. L'atroce delitto di via Lurcini. Commedia nera n. 3
1140 Gian Mauro Costa, Marco Malvaldi, Santo Piazzese, Francesco Recami, Alessandro Robecchi, Gaetano Savatteri, Giampaolo Simi, Fabio Stassi. Cinquanta in blu. Otto racconti gialli
1141 Colin Dexter. Il giorno del rimorso
1142 Maurizio de Giovanni. Dodici rose a Settembre
1143 Ben Pastor. La canzone del cavaliere
1144 Tom Stoppard. Rosencrantz e Guildenstern sono morti
1145 Franco Cardini. Lawrence d'Arabia. La vanità e la passione di un eroico perdente
1146 Giampaolo Simi. I giorni del giudizio
1147 Katharina Adler. Ida
1148 Francesco Recami. La verità su Amedeo Consonni
1149 Graham Greene. Il treno per Istanbul
1150 Roberto Alajmo, Maria Attanasio, Giosuè Calaciura, Davide Camarrone, Giorgio Fontana, Alicia Giménez-Bartlett, Antonio Manzini, Andrea Molesini, Uwe Timm. Cinquanta in blu. Storie
1151 Adriano Sofri. Il martire fascista. Una storia equivoca e terribile
1152 Alan Bradley. Il gatto striato miagola tre volte. Un romanzo di Flavia de Luce
1153 Anthony Trollope. Natale a Thompson Hall e altri racconti
1154 Furio Scarpelli. Amori nel fragore della metropoli
1155 Antonio Manzini. Ah l'amore l'amore

1156 Alejo Carpentier. L'arpa e l'ombra
1157 Katharine Burdekin. La notte della svastica
1158 Gian Mauro Costa. Mercato nero
1159 Maria Attanasio. Lo splendore del niente e altre storie
1160 Alessandro Robecchi. I cerchi nell'acqua
1161 Jenny Erpenbeck. Storia della bambina che volle fermare il tempo
1162 Pietro Leveratto. Il silenzio alla fine
1163 Yokomizo Seishi. La locanda del Gatto nero
1164 Gianni Di Gregorio. Lontano lontano
1165 Dominique Manotti. Il bicchiere della staffa
1166 Simona Tanzini. Conosci l'estate?
1167 Graham Greene. Il fattore umano
1168 Marco Malvaldi. Il borghese Pellegrino
1169 John Mortimer. Rumpole per la difesa
1170 Andrea Camilleri. Riccardino
1171 Anthony Trollope. I diamanti Eustace
1172 Fabio Stassi. Uccido chi voglio
1173 Stanisław Lem. L'Invincibile
1174 Francesco Recami. La cassa refrigerata. Commedia nera n. 4
1175 Uwe Timm. La scoperta della currywurst
1176 Szczepan Twardoch. Il re di Varsavia
1177 Antonio Manzini. Gli ultimi giorni di quiete
1178 Alan Bradley. Un posto intimo e bello
1179 Gaetano Savatteri. Il lusso della giovinezza
1180 Graham Greene. Una pistola in vendita
1181 John Julius Norwich. Il Mare di Mezzo. Una storia del Mediterraneo
1182 Simona Baldelli. Fiaba di Natale. Il sorprendente viaggio dell'Uomo dell'aria
1183 Alicia Giménez-Bartlett. Autobiografia di Petra Delicado
1184 George Orwell. Millenovecentottantaquattro
1185 Omer Meir Wellber. Storia vera e non vera di Chaim Birkner
1186 Yasmina Khadra. L'affronto
1187 Giampaolo Simi. Rosa elettrica
1188 Concetto Marchesi. Perché sono comunista
1189 Tom Stoppard. L'invenzione dell'amore
1190 Gaetano Savatteri. Quattro indagini a Màkari
1191 Alessandro Robecchi. Flora
1192 Andrea Albertini. Una famiglia straordinaria

1193 Jane Gardam. L'uomo col cappello di legno
1194 Eugenio Baroncelli. Libro di furti. 301 vite rubate alla mia
1195 Alessandro Barbero. Alabama
1196 Sergio Valzania. Napoleone
1197 Roberto Alajmo. Io non ci volevo venire
1198 Andrea Molesini. Il rogo della Repubblica
1199 Margaret Doody. Aristotele e la Montagna d'Oro
1200
1201 Andrea Camilleri. La Pensione Eva
1202 Antonio Manzini. Vecchie conoscenze
1203 Lu Xun. Grida
1204 William Lindsay Gresham. Nightmare Alley
1205 Colin Dexter. Il più grande mistero di Morse e altre storie
1206 Stanisław Lem. Ritorno dall'universo
1207 Marco Malvaldi. Bolle di sapone
1208 Andrej Longo. Solo la pioggia
1209 Andrej Longo. Chi ha ucciso Sarah?
1210 Yasmina Khadra. Le rondini di Kabul
1211 Ben Pastor. La Sinagoga degli zingari
1212 Andrea Camilleri. La prima indagine di Montalbano
1213 Davide Camarrone. Zen al quadrato
1214 Antonio Castronuovo. Dizionario del bibliomane
1215 Karel Čapek. L'anno del giardiniere
1216 Graham Greene. Il terzo uomo
1217 John Julius Norwich. I normanni nel Sud. 1016-1130
1218 Alicia Giménez-Bartlett, Andrej Longo, Marco Malvaldi, Antonio Manzini, Santo Piazzese, Francesco Recami, Alessandro Robecchi, Gaetano Savatteri, Giampaolo Simi, Fabio Stassi, Simona Tanzini. Una settimana in giallo
1219 Stephen Crane. Il segno rosso del coraggio
1220 Yokomizo Seishi. Fragranze di morte
1221 Antonio Manzini. Le ossa parlano
1222 Hans von Trotha. Le ultime ore di Ludwig Pollak
1223 Antonia Spaliviero. La compagna Natalia
1224 Gaetano Savatteri. I colpevoli sono matti. Quattro indagini a Màkari
1225 Lu Xun. Esitazione
1226 Marta Sanz. Piccole donne rosse
1227 Susan Glaspell. Una giuria di sole donne

1228 Alessandro Robecchi. Una piccola questione di cuore
1229 Marco Consentino, Domenico Dodaro. Madame Vitti
1230 Roberto Alajmo. La strategia dell'opossum
1231 Alessandro Barbero. Poeta al comando
1232 Giorgio Fontana. Il Mago di Riga
1233 Marzia Sabella. Lo sputo
1234 Giosuè Calaciura. Malacarne
1235 Giampaolo Simi. Senza dirci addio
1236 Graham Greene. In viaggio con la zia
1237 Daria Galateria. Il bestiario di Proust
1238 Francesco Recami. I killer non vanno in pensione
1239 Andrea Camilleri. La coscienza di Montalbano
1240 Roberto Alajmo, Andrej Longo, Marco Malvaldi, Antonio Manzini, Francesco Recami, Alessandro Robecchi, Gaetano Savatteri, Fabio Stassi. Una notte in giallo
1241 Dominique Manotti. Marsiglia '73
1242 Claudio Coletta. In tua assenza
1243 Andrej Longo. Mille giorni che non vieni
1244 Alan Bradley. Le trecce d'oro dei defunti
1245 Emilienne Malfatto. Il lamento del Tigri
1246 Antonio Manzini. La mala erba
1247 Nicola Schicchi. Via Polara n. 5
1248 Roberto Alajmo. Notizia del disastro
1249 Jenny Erpenbeck. Il libro delle parole
1250 Marco Malvaldi, Samantha Bruzzone. Chi si ferma è perduto
1251 John Julius Norwich. Il regno nel sole. 1130-1194
1252 Andrea Camilleri. La guerra privata di Samuele e altre storie di Vigàta
1253 Ben Pastor. La Venere di Salò
1254 Graham Greene. Un Mondo tutto mio. Diario dei sogni
1255 L'isola nuova. Trent'anni di scritture di Sicilia
1256 Anthony Trollope. Il ritorno di Phineas Finn
1257 Alicia Giménez-Bartlett. La presidente
1258 Sergio Atzeni. Passavamo sulla terra leggeri
1259 Uwe Timm. Come mio fratello
1260 Dario Ferrari. La ricreazione è finita
1261 Giorgio Manganelli. Mia anima carnale
1262 Fabio Stassi. Notturno francese
1263 Alessandro Robecchi. Cinque blues per la banda Monterossi
1264 Alessandro Barbero. Brick for stone

1265 Franco Lorenzoni. Educare controvento. Storie di maestre e maestri ribelli
1266 Caterina Cardona. Un matrimonio epistolare
1267 Davide Enia. Così in terra
1268 Jane Gardam. L'eterno rivale
1269 Sonya Orfalian. Alfabeto dei piccoli armeni
1270 Andrea Camilleri. La paura di Montalbano
1271 Maria Judite de Carvalho. Gli armadi vuoti
1272 Roberto Alajmo. La boffa allo scecco